LA TRAMPA

JOHN GRISHAM
LA TRAMPA

Traducción de
Fernando Garí Puig

PLAZA & JANÉS

Título original: *The Associate*

Primera edición: mayo, 2009

Printed in Spain – Impreso en España

ISBN: 978-84-01-33734-5
Depósito legal: NA. 1.316-2009

Compuesto en Lozano Faisano, S. L. (L'Hospitalet)

Impreso y encuadernado en Rodesa Rotativas de Estella, S. A.
Pol. Ind. San Miguel, parcelas E7 E8
Villatuerta (Navarra)

L 3 3 7 3 4 5

Para Steve Rubin, Suzanne Herz,
John Pitts, Alison Rich, Rebecca Holland,
John Fontana y el resto de la panda de Doubleday

1

Las reglas de la Liga Juvenil de New Haven estipulaban que cada chico debía jugar al menos diez minutos en cada partido. Sin embargo, se hacían excepciones con los jugadores que habían hecho enfadar a sus entrenadores saltándose los entrenamientos o infringiendo alguna otra norma. En tales casos, el entrenador estaba facultado para redactar un informe antes del partido y comunicar al árbitro que fulano o mengano no jugarían mucho o nada por culpa de tal o cual infracción. De todas maneras, la liga no lo veía con buenos ojos ya que, según ella, no se trataba tanto de competir como de pasarlo bien.

Cuando solo faltaban cuatro minutos para el final del encuentro, el entrenador Kyle echó un vistazo al banquillo e hizo un gesto de asentimiento a un enfurruñado muchacho llamado Marquis y le preguntó:

—¿Quieres jugar?

Sin contestar, Marquis fue hasta la mesa de los árbitros y esperó el toque de silbato. Sus infracciones eran numerosas: saltarse los entrenamientos, faltar a clase, sacar malas notas, extraviar el uniforme, usar un lenguaje inapropiado... Lo cierto era que, después de diez semanas y quince partidos, Marquis había infringido todas las normas que su entrenador había establecido. Hacía tiempo que este se había dado cuenta de que cualquier nueva norma que impusiera sería violada por su estrella, y por esa razón había reducido la lista y luchado contra la tentación de añadir más. Pero no había dado resultado. Su intento de controlar a diez chavales de los suburbios sin aplicar mano dura había dejado a los Red Knights en el último lugar de la liga de invierno para menores de doce años.

Marquis solo tenía once, pero cuando salía a la cancha era claramente el mejor. Prefería lanzar y marcar antes que pasar y defender, y a los dos minutos ya había sorteado a jugadores mucho más corpulentos y marcado seis puntos. Su promedio era de catorce y, si se le permitía jugar más de medio partido, probablemente podía alcanzar los treinta. En su joven opinión, no necesitaba entrenar.

Pero, a pesar de su solitaria exhibición, el partido estaba perdido. Kyle McAvoy se sentó en el banco, observando el juego y esperando a que pasaran los minutos. Un encuentro más y la temporada habría finalizado. Y con ella su tarea de entrenador de baloncesto. En dos años había ganado una docena de partidos y perdido el doble. También se había preguntado muchas veces a quién, en su sano juicio, podía gustarle la labor de entrenar, fuera cual fuese el nivel. Se había dicho mil veces que lo hacía por los chavales. Chavales sin padres, chavales de hogares desestructurados, chavales que necesitaban una influencia masculina que fuera positiva. Y seguía creyéndolo; pero, tras dos años haciendo de niñera, discutiendo con los padres cuando estos se molestaban en acudir, enfrentándose con otros entrenadores que tampoco estaban por encima del reproche e intentando hacer caso omiso de unos árbitros adolescentes que no sabían distinguir un bloqueo de una carga, ya estaba harto. Daba por cumplido su servicio a la comunidad, al menos en aquella ciudad.

Observó el desarrollo del juego y esperó, gritando de vez

en cuando porque eso era lo que se suponía que hacían los entrenadores. Miró el desierto gimnasio a su alrededor, el viejo edificio de ladrillo del centro de New Haven que llevaba cincuenta años siendo la sede de la liga. Apenas había un puñado de padres repartidos en las gradas, aguardando el bocinazo final. Marquis volvió a marcar, pero nadie aplaudió. Los Red Knights perdían por doce y solo faltaban dos minutos.

En el extremo más alejado de la cancha, justo bajo el viejo marcador, un hombre cruzó la puerta y se quedó apoyado contra las gradas plegables. Destacaba porque era blanco; no había ningún jugador blanco en los dos equipos. También llamaba la atención porque llevaba un traje azul marino o negro, camisa blanca y corbata color burdeos, todo ello bajo una gabardina que proclamaba la presencia de un agente de la ley de algún tipo, o de un policía.

El entrenador Kyle lo vio justo cuando el hombre entró. Se dijo que ese hombre estaba fuera de lugar; seguramente se trataba de un detective o de alguien de narcóticos que iba tras la pista de un traficante. No sería la primera vez que se produjera un arresto en el gimnasio.

Apoyado en las gradas plegables, el hombre observó larga y suspicazmente el banquillo de los Red Knights hasta que sus ojos se detuvieron en Kyle, que le sostuvo la mirada hasta un segundo antes de que se sintiera incómodo. Marquis falló un lanzamiento desde media distancia, y Kyle se levantó con los brazos extendidos, como si con ese gesto preguntara «por qué», pero el chaval hizo caso omiso mientras se retiraba para defender. Una estúpida falta detuvo el reloj y alargó aún más la agonía. Mientras contemplaba los tres tiros libres, Kyle echó un vistazo por encima del hombro y vio que el policía, el agente o lo que fuera tenía los ojos clavados no en la acción, sino en el entrenador.

Para un estudiante de Derecho de veinticinco años, sin antecedentes penales ni inclinaciones o costumbres de dudosa legalidad, la presencia y atención de un individuo que a todas luces parecía trabajar al servicio de la ley y el orden no tendría que haber sido motivo de preocupación alguna. Sin embargo, para Kyle McAvoy, las cosas eran distintas. Los policías de la calle o las patrullas de carretera no le quitaban el sueño porque, más que pensar, reaccionaban automáticamente. No obstante, los hombres de traje gris, los investigadores entrenados para husmear y descubrir todo tipo de secretos, todavía lo inquietaban.

Faltaban treinta segundos para que acabara el partido, pero Marquis se enzarzó en una discusión con el árbitro. Dos semanas antes había sido expulsado por enviar a la mierda a un árbitro. Kyle gritó desde el banquillo a su jugador estrella que nunca escuchaba y volvió a echar una rápida ojeada para ver si el agente n.º 1 estaba acompañado por el agente n.º 2; pero no, no lo estaba.

Otra estúpida falta, y Kyle gritó al árbitro que la dejara pasar. Luego, se sentó y se pasó el dedo por el sudoroso cuello. Era principios de febrero, y en el gimnasio, como siempre, hacía bastante frío.

Así que, ¿por qué estaba sudando?

El policía, el agente o lo que fuera no se había movido del sitio. La verdad era que parecía disfrutar observándolo.

La decrépita bocina sonó por fin, dando el partido por misericordiosamente acabado. Uno de los equipos lo celebró con entusiasmo y el otro no. Luego se alinearon para el obligado apretón de manos y las felicitaciones de rigor que, para aquellos chavales que apenas tenían doce años, carecían de sentido tanto como para los jugadores universitarios. Mientras felicitaba al entrenador contrario, Kyle miró hacia el fondo del gimnasio. El hombre blanco había desaparecido.

Se preguntó qué problemas lo esperaban fuera. Estaba claro que se trataba solo de paranoia, pero hacía tanto tiempo que la paranoia se había instalado en su vida que en esos momentos simplemente cargaba con ella y seguía adelante como si tal cosa.

Los Red Knights se reunieron en el vestuario de visitantes, un angosto espacio situado bajo la vieja y hundida grada permanente del equipo local. Allí, el entrenador Kyle dijo a sus jugadores las palabras de siempre: «Ha sido un buen intento», «Estáis mejorando algunos aspectos», «A ver si el próximo sábado acabamos mejor». Los chicos se cambiaban de ropa y apenas prestaron atención. Estaban hartos del baloncesto porque estaban hartos de perder y, naturalmente, la culpa la tenía el entrenador, que era demasiado joven, demasiado blanco y demasiado pijo.

Los pocos padres que habían asistido al encuentro esperaban a la puerta del vestuario; el momento de tensión que se producía cuando el equipo salía era uno de los aspectos que Kyle más odiaba de su labor para la comunidad. Le llovían las críticas de siempre sobre tácticas de juego. Además, Marquis tenía un tío de veintidós años que había sido un jugador de las ligas estatales y disfrutaba fastidiando a Kyle por el injusto trato que este dispensaba «al mejor jugador de la liga».

En el vestidor había otra puerta que daba a un estrecho y oscuro pasillo, situado bajo las gradas, que a su vez conducía a una puerta que desembocaba en un callejón. Kyle no era el primer entrenador que había descubierto aquella ruta de escape y esa noche quería evitar no solo a los familiares de los jugadores y sus quejas, sino también al agente, al policía o lo que fuera. Se despidió rápidamente de sus chicos y, mientras estos iban saliendo del vestuario, él se escabulló por detrás. En cuestión de segundos se halló fuera, en el callejón, y echó a andar lo más rápidamente que pudo por la helada acera. La nieve, aplastada por pisadas, estaba dura y resbaladiza. La temperatura había caído por debajo de cero. Eran las ocho y media de la tarde de un miércoles y tenía previsto dirigirse a la revista de la facultad de Derecho de Yale, donde trabajaría por lo menos hasta pasada la medianoche.

Pero no iba a llegar.

El agente se encontraba apoyado contra el parachoques de un jeep Cherokee aparcado en la acera. El vehículo estaba a nombre de un tal John McAvoy, de York, Pensilvania; pero, durante los últimos seis años había sido el fiel compañero de Kyle, su hijo y verdadero propietario.

A pesar de que de repente sintió los pies como ladrillos y que las piernas le temblaban, Kyle se las arregló para caminar con naturalidad. «No solo me han encontrado —se dijo mientras intentaba pensar con claridad—, sino que han hecho bien su trabajo y han localizado mi coche. De todas maneras, no les habrá costado demasiado. No he hecho nada malo, no he hecho nada malo», se repitió.

—Un partido difícil, ¿verdad, entrenador? —dijo el agente, cuando Kyle se aproximaba y se hallaba a pocos metros de distancia.

Kyle se detuvo y contempló al joven corpulento de mejillas rosadas y cabello pelirrojo cortado a cepillo que lo había estado observando en el gimnasio.

—¿En qué puedo ayudarlo? —le preguntó, y al instante vio al n.º 2 salir de entre las sombras. Siempre iban en parejas.

—Eso es precisamente lo que puede hacer: ayudar —respondió el n.º 1, metiéndose la mano en el bolsillo y sacando una placa de identificación—. Me llamo Bob Plant. FBI.

—Un verdadero placer —respondió Kyle, que no pudo evitar dar un respingo mientras notaba que la sangre huía de su cerebro.

El n.º 2 entró en escena. Era mucho más delgado y unos diez años mayor, con canas en las sienes. También él se metió la mano en el bolsillo y mostró su placa con la naturalidad que produce la práctica.

—Nelson Ginyard. FBI —se presentó.

Bob y Nelson. Los dos irlandeses, los dos del nordeste.

—¿Alguien más? —preguntó Kyle.

—No. ¿Tiene un minuto para que hablemos?

—La verdad es que no.

—Puede que le interese hacerlo —dijo Ginyard—. Podría resultarle muy productivo.

—Permítame que lo dude.

—Si se marcha, lo seguiremos —dijo Plant, enderezándose y acercándose un paso—, y no creo que quiera vernos rondándole por el campus, ¿verdad?

—¿Me están amenazando? —quiso saber Kyle. La sudoración había vuelto a empezar, esta vez en las axilas. A pesar del frío glacial, notó que gruesas gotas le caían por las costillas.

—Todavía no —contestó Plant con una sonrisa burlona.

—Mire, vayamos a tomar un café —propuso Ginyard—. A la vuelta de la esquina hay un sitio donde hacen bocadillos. Allí estaremos mucho más calientes.

—¿Voy a necesitar un abogado?

—No.

—Eso es lo que siempre dicen ustedes. Mi padre es abogado, y yo crecí entre libros de leyes, de manera que conozco sus trucos.

—No hay ningún truco, Kyle. Se lo aseguro —dijo Ginyard, que logró parecer sincero—. Denos diez minutos. Le prometo que no lo lamentará.

—¿De qué se trata?

—Diez minutos. Es todo lo que le pedimos.

—Denme una pista o, de lo contrario, la respuesta será un «no».

Bob y Nelson cruzaron una mirada y ambos se encogieron de hombros, como si dijeran: «¿Por qué no? Se lo tendremos que decir tarde o temprano». Ginyard se dio la vuelta y observó la calle antes de decir:

—Universidad de Duquesne. Hace cinco años. Unos chavales de una hermandad borrachos y una chica.

La mente y el cuerpo de Kyle reaccionaron de modo distinto. El cuerpo lo admitió con un hundimiento de los hombros, un respingo y un apreciable temblor de las piernas. Pero su mente se rebeló al instante.

—¡Eso no es más que un montón de mierda! —exclamó y lanzó un escupitajo a la acera—. ¡Ya me conozco la historia! ¡No ocurrió nada, y ustedes lo saben!

Se produjo un largo silencio mientras Ginyard seguía observando la calle, y Plant vigilaba todos los movimientos de su hombre. La mente de Kyle funcionaba a toda velocidad. ¿Por qué intervenía el FBI en un presunto delito estatal? En segundo de derecho penal habían estudiado las nuevas leyes referentes a los interrogatorios del FBI. En esos momentos se consideraba delito mentir a un agente en una situación como aquella. ¿Sería mejor callar o llamar a su padre? No, no llamaría a su padre en ninguna circunstancia.

Ginyard se volvió, se acercó y apretó la mandíbula igual que un mal actor, intentando que su tono sonara amenazador.

—Vayamos al grano, señor McAvoy, porque me estoy congelando. Hay una acusación contra usted en Pittsburg, ¿de acuerdo? Por violación. Si quiere hacerse el listo, el primero de su clase de Derecho, y correr en busca de un abogado o llamar a su viejo, entonces mañana tendremos aquí la acusación contra usted y toda la vida que ha llevado hasta ahora y la que planeaba llevar se habrá ido a la mierda para siempre. Sin embargo, si nos concede diez minutos de su valiosísimo tiempo, ahora mismo, en el sitio de los bocadillos a la vuelta de la esquina, entonces esa acusación quedará en suspenso, por no decir que completamente olvidada.

—Podrá librarse del asunto —dijo Plant desde el lado—. Sin que se sepa una palabra.

—¿Y por qué debería creer todo esto? —logró preguntar Kyle, con la boca seca.

—Diez minutos.

—¿Tiene una grabadora?

—Desde luego.

—La quiero encima de la mesa, ¿vale? Quiero que quede grabada toda la conversación porque no me fío un pelo de ustedes.

—Me parece bien.

Hundieron las manos en los bolsillos de sus idénticas gabardinas y se alejaron a grandes zancadas. Kyle abrió el jeep y entró. Puso el motor en marcha, conectó la calefacción a máxima potencia y pensó en marcharse a toda prisa de allí.

2

Buster's Deli era un establecimiento largo y estrecho, con reservados de vinilo rojo a lo largo de la pared derecha. A la izquierda estaba la barra; y detrás de esta, la parrilla. Al fondo había un par de máquinas del millón. En las paredes colgaban en ordenado desorden todo tipo de recuerdos y objetos relacionados con Yale. Kyle había comido allí unas cuantas veces durante su primer año en la facultad; de eso hacía muchos meses.

Los dos últimos reservados estaban debidamente ocupados por el gobierno federal. Sin embargo, en la última mesa había una tercera e idéntica gabardina charlando con Plant y Ginyard, esperando. Cuando Kyle se acercó despacio, el agente lo miró y le ofreció la sonrisa burlona de rigor antes de sentarse en el siguiente reservado. El n.º 4 estaba allí, tomando café lentamente. Plant y Ginyard habían pedido unos sándwiches con patatas fritas y pepinillos, aunque estaban intactos. La mesa estaba llena de comida y tazas de café. Plant se puso en pie y pasó al otro lado, de modo que él y su compañero pudieran mirar cara a cara a su víctima. Seguían con las gabardinas puestas. Kyle se sentó en el reservado.

La iluminación era escasa y decrépita, de modo que el rincón del fondo estaba oscuro. El estruendo de las máquinas del millón se mezclaba con el ruido del partido que emitían en el canal deportivo de la ESPN y que se veía en la pantalla plana de la barra.

—¿Hacen falta cuatro? —preguntó Kyle, señalando con la cabeza a los otros dos agentes sentados en el reservado a su espalda.

—Esos son solo los que usted puede ver —contestó Ginyard.

—¿Le apetece un sándwich? —dijo Plant.

—No.

Una hora antes se moría de hambre; pero, en esos momentos, sus sistemas digestivo, excretor y nervioso se encontraban al borde del colapso mientras intentaba respirar normalmente y aparentar que lo conseguía. Sacó un bolígrafo barato y una tarjeta y, con toda la calma que fue capaz de reunir, dijo:

—Me gustaría que me enseñaran esas placas otra vez.

Las respuestas que obtuvo fueron idénticas: primero incredulidad; luego ofensa y después un gesto de «qué más da» mientras rebuscaban en sus bolsillos y sacaban sus más preciadas posesiones. Las dejaron en la mesa, y Kyle cogió primero la de Ginyard. Anotó el nombre completo —Nelson Edward Ginyard— y el número de identificación cogiendo el bolígrafo con fuerza, igual que un alumno aplicado. La mano le temblaba, pero no creyó que nadie lo notara. Frotó el emblema de latón con cuidado, sin saber exactamente qué estaba buscando, pero tomándose todo su tiempo.

—¿Podría ver algún documento de identificación con fotografía? —pidió.

—Pero ¿qué demonios…?

—El documento, por favor.

—No.

—No pienso hablar hasta que haya acabado con los preliminares. Simplemente enséñeme su carnet de conducir. Yo le enseñaré el mío.

—Ya tenemos copia.

—Me da igual. El documento.

Ginyard puso los ojos en blanco mientras metía la mano en su bolsillo trasero. Sacó una cartera estropeada y mostró un permiso de conducir de Connecticut donde aparecía una siniestra foto del portador. Kyle la examinó y apuntó la fecha de nacimiento y los datos del permiso.

—Es peor que una foto de pasaporte —comentó.

—¿No quiere ver también una de mi mujer y mis hijos? —preguntó Ginyard, sacando una instantánea en color y lanzándola a la mesa.

—No, gracias. ¿De qué oficina son ustedes?

—De Hartford —contestó Ginyard y, señalando el otro reservado, añadió—: y ellos de Pittsburg.

A continuación, Kyle examinó la placa de Plant y su carnet de conducir. Cuando hubo acabado, sacó el móvil y empezó a teclear.

—¿Qué está usted haciendo? —preguntó Ginyard.

—Voy a comprobar sus identidades en internet.

—¿Cree usted que nos va a encontrar en alguna bonita página web del FBI? —preguntó Plant con un destello de furia. A ninguno de los dos parecía hacerles gracia, pero ninguno de ellos aparentaba preocupación.

—Sé en qué página buscar —dijo Kyle, introduciendo la dirección de un directorio federal poco conocido.

—No nos encontrará —le advirtió Ginyard.

—Esto llevará un minuto. ¿Dónde está la grabadora?

Plant sacó una grabadora digital del tamaño y forma de un cepillo de dientes eléctrico y la conectó.

—Por favor, digan la fecha, la hora y el lugar —ordenó Kyle con una seguridad en sí mismo que lo sorprendió incluso a él—. Y por favor, declaren que el interrogatorio todavía no ha empezado y que no se han hecho declaraciones previas.

—¡Sí, señor! —exclamó Plant—. ¡Me encantan los estudiantes de Derecho!

—Ve usted demasiada televisión —declaró Ginyard.

—Adelante.

Plant colocó la grabadora en el centro de la mesa, entre un sándwich de atún y otro de *pastrami*, acercó un poco los labios y dijo lo que le habían dicho. Kyle estaba mirando el móvil, y cuando la página web apareció, introdujo el nombre de Nelson Edward Ginyard. Pasaron unos segundos, y nadie se sorprendió cuando se obtuvo confirmación de que existía un agente Ginyard en la oficina del FBI en Hartford.

—¿Quiere verlo? —preguntó Kyle, mostrándole la pequeña pantalla.

—Felicidades —replicó Ginyard—. ¿Ya está satisfecho?

—No. La verdad es que preferiría no tener que estar aquí.

—Puede marcharse cuando quiera —comentó Plant.

—Ustedes me pidieron diez minutos —dijo Kyle, mirando el reloj.

Los dos agentes se inclinaron hacia delante al mismo tiempo. Con cuatro codos en fila, el reservado pareció haber encogido de repente.

—¿Recuerda usted a un tipo llamado Bennie Wright que era investigador jefe de Delitos Sexuales en el departamento de Policía de Pittsburg?

El que había hablado era Ginyard, pero los dos miraban atentamente a Kyle, observando con atención todos sus tics nerviosos.

—No.

—¿No lo conoció hace cinco años, durante la investigación?

—No recuerdo haber conocido a ningún Bennie Wright. Podría ser, pero ese nombre no me suena. Al fin y al cabo, han pasado cinco años desde que no ocurrió ese suceso que nunca se produjo.

Los dos agentes meditaron la respuesta sin dejar de mirar fijamente a Kyle. Este tenía la impresión de que ambos querían decirle que estaba mintiendo.

En vez de eso, Ginyard dijo:

—Bueno, pues resulta que el detective Wright está en la ciudad y que le gustaría verlo a usted dentro de una hora.

—¿Otra reunión?

—Si no le importa... No será mucho rato, y es muy probable que pueda librarse de la acusación.

—¿Acusación de qué, exactamente?

—De violación.

—No hubo ninguna violación. Esa fue la conclusión a la que llegó la policía de Pittsburg, hace cinco años.

—Bueno, según parece, la chica ha vuelto —dijo Ginyard—. Ha rehecho su vida, se ha sometido a terapia intensiva y, lo mejor de todo, ahora se ha buscado una buena abogada.

Puesto que Ginyard no dijo más, no parecía que hubiera necesidad de responder. Kyle no pudo evitar encogerse un poco más. Miró la barra y los taburetes vacíos, echó un vistazo al televisor. Era un partido universitario, y las gradas estaban llenas de vociferantes estudiantes. Se preguntó qué hacía sentado donde se hallaba sentado.

«Sigue hablando —se dijo—, pero no les digas nada.»

—¿Puedo hacer una pregunta?

—Desde luego.

—Si la acusación se ha formalizado, ¿cómo se va a detener? ¿Por qué estamos hablando?

—Por orden del tribunal, está sometida a condición —explicó Ginyard—. Según el detective Wright, el fiscal tiene un trato que ofrecerle, una propuesta que en realidad viene del abogado de la víctima y que le permitirá a usted salir de este lío. Si sigue el juego, la acusación contra usted nunca verá la luz.

—Sigo sin entenderlo. Quizá debería llamar a mi padre.

—Eso es cosa suya; pero si es usted inteligente, esperará a haber hablado con el detective Wright.

—Ustedes no me han leído mis derechos.

—Esto no es un interrogatorio —intervino Plant—, y tampoco es una investigación —añadió cogiendo una grasienta patata frita del plato.

—Entonces, ¿qué demonios es?

—Una reunión.

Ginyard carraspeó, se recostó en el asiento y prosiguió:

—Se trata de un delito estatal, Kyle. Todos lo sabemos. Normalmente no intervendríamos, pero puesto que usted está en Connecticut, y la acusación se formula en Pensilvania, los chicos de Pittsburg nos han pedido que les echemos una mano para concertar la próxima entrevista. Después de eso, les dejaremos campo libre.

—Sigo sin entenderlo.

—Vamos, una mente de abogado brillante como la suya... Seguro que no es tan tonto.

Se produjo una larga pausa mientras los tres sopesaban el siguiente movimiento. Plant devoró una segunda patata frita sin apartar los ojos de Kyle. Ginyard tomó un sorbo de café, torció el gesto por lo mal que sabía y siguió mirando. No había nadie jugando en las máquinas del millón. El establecimiento estaba desierto salvo por los cuatro agentes del FBI, el camarero —absorto en el partido— y Kyle.

Al fin, este se apoyó en los codos, se acercó a la grabadora y dijo en voz alta y clara:

—No hubo violación, no hubo delito. No hice nada malo.

—Estupendo, ¿por qué no habla con Wright?

—¿Y dónde está?

—A las diez en punto estará en el Holliday Inn de Saw Mill Road. Habitación 222.

—Es una mala idea. Creo que necesito un abogado.

—Puede que sí, puede que no —contestó Ginyard, acercándose, de modo que sus cabezas quedaron muy juntas—. Mire, sé que no se fía de nosotros, pero le ruego que me crea cuando le digo que debería usted hablar con Wright antes de decidir nada. Siempre puede llamar a un abogado o a su padre, aunque sea medianoche. O mañana. Si ahora se lo toma a la tremenda el resultado podría ser desastroso.

—Me marcho. Esta conversación ha terminado. Desconecte la grabadora.

Ninguno de los dos agentes hizo el menor gesto de apagarla, de modo que Kyle la miró un momento hasta que se acercó y dijo claramente:

—Soy Kyle McAvoy. Son las nueve menos diez de la noche y no tengo nada más que decir, de modo que me marcho de Buster's Deli ahora mismo.

A continuación, se deslizó por el banco para salir; estaba a punto de levantarse cuando Plant le espetó:

—Tiene el vídeo.

Una coz en la entrepierna hubiera dolido menos. Kyle se aferró al vinilo rojo del asiento y creyó desmayarse. Lentamente se sentó de nuevo. Tenía la lengua y los labios secos, y el agua no le sirvió de gran cosa.

El vídeo. Uno de los miembros de la hermandad, uno de los borrachos de la fiesta, supuestamente había grabado algo con un móvil. Supuestamente había imágenes de una chica desnuda en un sofá, demasiado bebida para moverse mientras tres o cuatro hermanos Beta la contemplaban, también desnudos o camino de estarlo. Kyle recordaba vagamente la escena, pero nunca había visto la grabación. Según la leyenda de los

Beta, había sido destruida. Los polis de Pittsburg la habían buscado sin encontrarla. Había desaparecido y había quedado sumida en el olvido y en el secreto de la hermandad Beta.

Plant y Ginyard volvían a mirarlo fijamente, codo con codo.

—¿Qué vídeo? —logró articular Kyle, pero su voz sonaba tan débil y tan poco convincente que ni él mismo se la creyó.

—El que ustedes, chicos, ocultaron a la policía —dijo Plant con rostro inexpresivo—. El vídeo que lo sitúa a usted en la escena del delito. El vídeo que le arruinará la vida y lo encerrará entre rejas durante más de veinte años.

¡Oh, ese vídeo!

—No sé de qué están hablando —contestó Kyle antes de beber más agua. Una arcada le atenazó el estómago y pensó que iba a vomitar.

—Yo creo que sí lo sabe —declaró Ginyard.

—¿Han visto ustedes esa grabación? —preguntó Kyle.

Los dos federales asintieron.

—Entonces saben que yo no toqué a esa chica.

—Puede que sí, y puede que no —dijo Ginyard—. Usted era un accesorio.

Kyle cerró los ojos y se masajeó las sienes para no vomitar. Aquella chica era una loca desmadrada que pasaba más tiempo en la casa de los Beta que en su dormitorio. Era una *groupie*, una pirada de las fiestas con abundante dinero de papá. Los miembros de la hermandad Beta se la habían pasado unos a otros y, cuando ella gritó «¡violación!», se callaron como muertos y se convirtieron en un muro impenetrable que negó cualquier autoría y proclamó su inocencia. La policía acabó por rendirse cuando se dio cuenta de que la chica era incapaz de dar detalles fiables. No se presentaron cargos, y por suerte ella acabó marchándose de Duquesne y desapareciendo. El increíble milagro de tan feo episodio fue que no se difundió y que no arruinó la vida de nadie más.

—La acusación lo cita a usted y a otros tres —dijo Ginyard.

—No hubo ninguna violación —insistió Kyle, sin dejar de masajearse las sienes—. Si hubo sexo, le aseguro que fue con el consentimiento de la chica.

—No pudo haber tal consentimiento si estaba desmayada —aclaró Ginyard.

—No estamos aquí para discutir, Kyle —intervino Plant—. Para eso están los abogados. Estamos aquí para llegar a un acuerdo. Si usted se decide a colaborar, todo esto quedará olvidado, al menos su participación en el asunto.

—¿Qué clase de trato?

—El detective Wright se lo explicará.

Kyle se echó hacia atrás y apoyó la cabeza en el respaldo del banco. Sentía deseos de suplicar, de rogar, de explicar que aquello no era justo, que estaba a punto de graduarse y pasar el examen del Colegio de Abogados para iniciar una brillante carrera profesional. Ante él se abría un futuro lleno de promesas, y tras él dejaba un pasado intachable. Bueno, casi.

Pero ellos ya sabían todo eso, ¿no? Miró la grabadora y decidió no darles nada de nada.

—De acuerdo, de acuerdo —dijo—. Allí estaré.

Ginyard se acercó aún más.

—Tiene una hora por delante. Si hace una llamada telefónica, lo sabremos. Si trata de huir, lo seguiremos. ¿Lo ha entendido? No haga tonterías, Kyle. Está tomando la decisión correcta, se lo aseguro. Siga así, y la pesadilla acabará.

—No le creo.

—Ya lo verá.

Kyle los dejó con sus bocadillos fríos y el café malo. Subió a su jeep y condujo hasta su apartamento, a tres manzanas de distancia del campus. Rebuscó en el armario del baño de su compañero de habitación y encontró un Valium. Luego, cerró la puerta de su dormitorio, apagó la luz y se tumbó en el suelo.

3

Se trataba de un Holliday Inn antiguo, construido en los años sesenta, cuando los moteles y las cadenas de comida rápida competían por ver quién construía más a lo largo de las carreteras y las vías principales. Kyle había pasado por delante un montón de veces y nunca lo había visto. Estaba flanqueado por un comercio de electrodomésticos usados y un restaurante especializado en tortitas.

Cuando aparcó el jeep junto a una furgoneta con matrícula de Indiana, el aparcamiento estaba oscuro y medio vacío. Apagó las luces, pero dejó el motor encendido y la calefacción en marcha. Nevaba ligeramente. ¿Por qué no podía estar cayendo la nevada del siglo? ¿Por qué no se producía un terremoto o una inundación, cualquier cosa que interrumpiera aquella espantosa situación? ¿Por qué demonios estaba haciendo lo que aquellos hombres le decían?

Por el vídeo.

A lo largo de la última hora había pensado en llamar a su padre, pero semejante conversación habría durado demasiado. John McAvoy le proporcionaría el mejor consejo legal, y lo haría deprisa, pero los antecedentes de la historia eran demasiado complicados. Había pensado en llamar al profesor Bart Mallory, su tutor, su amigo, su brillante maestro de Derecho

Penal, un antiguo juez que sabría exactamente lo que había que hacer en una circunstancia como aquella; pero, una vez más, había demasiadas explicaciones que dar y muy poco tiempo para hacerlo. Había pensado en llamar a sus dos antiguos colegas de la hermandad Beta de Duquesne, pero ¿para qué? Cualquier consejo que pudieran ofrecerle sería tan descabellado como las estrategias que se le pasaban en ese momento por la cabeza. No tenía sentido arruinarles la vida. Llevado por el horror del momento había pensado en distintas formas de desaparecer: una rápida escapada al aeropuerto; una visita clandestina a la estación de autobuses más próxima; un salto desde lo alto de un puente...

Pero lo estaban observando, ¿verdad? Y seguramente también lo estaban escuchando, de modo que alguien compartiría sus llamadas telefónicas. De lo que estaba seguro era de que, en esos momentos, lo estaban vigilando. Puede que en la furgoneta de Indiana hubiera un par de matones con micrófonos y gafas de visión nocturna, pasándolo en grande mientras se gastaban el dinero de los contribuyentes espiándolo.

No podía asegurar que el Valium le estuviera haciendo efecto.

Cuando el reloj digital del salpicadero marcó las 9.58, apagó el motor, se apeó y echó a andar por la nieve dejando un claro rastro de huellas a cada paso. ¿Sería aquel su último momento de libertad? Había leído innumerables casos de gente implicada en algún delito que se había presentado voluntariamente en comisaría para responder a unas preguntas y que, de repente, se había encontrado ante una acusación formal, esposada y entre rejas. Arrollada por el sistema.

Las puertas de cristal se cerraron con estrépito tras él, y Kyle se detuvo un segundo en el desierto vestíbulo con la impresión de haber oído el portazo de los barrotes de una celda. Veía cosas, oía cosas, imaginaba cosas. Parecía que el

Valium le había hecho el efecto contrario; tenía los nervios a flor de piel. Saludó al decrépito recepcionista que había en el mostrador, pero no recibió respuesta audible. Mientras subía en el mohoso ascensor hasta el segundo piso, se preguntó qué clase de loco entraría voluntariamente en la habitación de un motel llena de policías y agentes de la ley empeñados en acusarle de algo que nunca había ocurrido. ¿Por qué estaba haciendo algo así?

Por el vídeo.

Nunca lo había visto, y tampoco sabía de nadie que lo hubiera hecho. En el hermético mundo de los Beta corrían todo tipo de rumores, desmentidos y amenazas, pero nadie sabía si el «asunto de Elaine» había sido grabado de verdad. La certeza de que así era y el hecho de que la prueba material que lo demostraba se hallara en esos momentos en manos de la policía de Pittsburg le hizo considerar de nuevo la alternativa del puente.

«Espera un momento —se dijo—, no has hecho nada malo. No tocaste a esa chica. Al menos no esa noche.»

Nadie la había tocado. Al menos esa era la versión a prueba de bomba y requetejurada que circulaba entre los miembros de Beta. Pero ¿y si ese vídeo demostraba lo contrario? No lo sabría hasta que lo viera.

El desagradable olor a pintura fresca le golpeó cuando salió al pasillo del segundo piso. Se detuvo ante la habitación 222 y miró el reloj para asegurarse de que no llegaba ni un minuto antes de lo previsto. Llamó tres veces con los nudillos y enseguida oyó pasos y voces apagadas. Alguien corrió la cadena de seguridad y abrió la puerta bruscamente. El agente Ginyard apareció en el umbral.

—Me alegro de que se haya decidido a venir —dijo.

Kyle entró, dejando su viejo mundo detrás. El nuevo le pareció repentinamente aterrador.

Ginyard se había quitado la chaqueta y sobre la camisa, blanca, llevaba un arnés del que asomaba una enorme pistola negra. El agente Plant y los otros dos que había visto en Buster también se habían quitado la chaqueta para que el joven Kyle pudiera apreciar la variedad de su arsenal: automáticas Beretta de 9 mm con idénticas pistoleras y arneses negros de piel. Tipos armados hasta los dientes y todos con la misma expresión de desagrado, como si estuvieran encantados ante la posibilidad de pegarle un tiro a un violador.

—Buena decisión —dijo Plant.

Sin embargo, en la confusión del momento, Kyle se dijo que haber acudido era en realidad una pésima decisión.

La habitación 222 había sido convertida en una improvisada oficina: habían corrido la cama de matrimonio a un rincón; y las cortinas estaban cerradas. Encima de dos mesas plegables había todo tipo de indicios de que se trabajaba a conciencia: carpetas, sobres, libretas de notas y tres ordenadores portátiles conectados. En el más cercano, Kyle vio brevemente una foto suya sacada del anuario del instituto, el Central York, clase de 2001. Pinchadas en la pared de detrás de los ordenadores, se veían varias fotos de dieciocho por trece de tres de sus antiguos cofrades de Beta. En la pared del fondo había una de Elaine Keenan.

La habitación daba a otra contigua, y la puerta que las separaba estaba abierta. El agente n.º 5, misma pistola, mismo arnés, entró y fulminó a Kyle con la mirada.

«Cinco agentes, dos habitaciones y toneladas de papel, ¿para qué?, ¿para cazarme?», se preguntó Kyle mientras la cabeza le daba vueltas al ver en acción el poder de su gobierno.

—¿Le importa vaciarse los bolsillos? —le dijo Ginyard, tendiéndole una caja de cartón.

—¿Por qué?

—Por favor.

—¿Creen que voy armado? ¿De verdad piensan que voy a sacar un cuchillo y a lanzarme contra alguno de ustedes?

El agente n.º 5 encontró gracioso el comentario y rompió el hielo con una carcajada. Kyle sacó el llavero, lo hizo tintinear ante las narices de Ginyard y volvió a guardárselo.

—¿Le importa que lo registre? —dijo Plant, acercándose.

—Claro que no —contestó Kyle, alzando los brazos—. Los estudiantes de Yale solemos ir armados hasta los dientes.

Plant lo cacheó rápidamente y desapareció en la otra habitación.

—El detective Wright está al otro lado del pasillo —explicó Ginyard.

Una habitación más.

Kyle lo siguió al anodino pasillo y esperó mientras el agente llamaba a la puerta de la habitación 225. Cuando esta se abrió, Kyle entró solo.

Bennie Wright no exhibía armas de ningún tipo. Le estrechó la mano mientras decía rápidamente:

—Soy el detective Wright, del departamento de Policía de Pittsburg.

«Un verdadero placer —pensó Kyle—. ¿Puede decirme qué estoy haciendo aquí?»

Wright tendría unos cuarenta y tantos años, era bajo, pulcro y calvo, salvo por unos mechones negros que llevaba peinados hacia atrás, por encima de las orejas. Sus ojos también eran negros y estaban parcialmente ocultos tras unas gafas de lectura que llevaba apoyadas en la punta de la nariz. Cerró la puerta tras Kyle, le indicó un sitio y le dijo:

—¿Por qué no se sienta?

—¿Qué quiere de mí? —preguntó Kyle, sin moverse de donde estaba.

Wright pasó junto a la cama y se detuvo detrás de otra

mesa plegable donde había un par de sillas metálicas baratas situadas frente a frente.

—Charlemos un poco, Kyle —le dijo en tono amable, y este se dio cuenta de que aquel hombre hablaba con un cierto acento. Era evidente que el inglés no era su lengua materna, aunque de esta tampoco había rastro alguno y a Kyle le pareció raro. Un policía de Pittsburg llamado Bennie Wright no debía tener acento.

En un rincón había instalada una pequeña cámara de vídeo de la que salían unos cables que se enchufaban en un portátil con pantalla de doce pulgadas.

—Por favor —insistió Wright, señalando la silla vacía frente a él y tomando asiento en la otra.

—Quiero que todo esto quede grabado —dijo Kyle.

Wright echó un vistazo por encima del hombro a la cámara.

—No hay problema —contestó.

Kyle se acercó a la mesa lentamente y se sentó. Wright se estaba arremangando la camisa. La corbata ya la tenía aflojada.

A la derecha de Kyle estaba el portátil con la pantalla en negro; a su izquierda, una gruesa carpeta sin abrir y, en medio, una libreta de notas, de hojas blancas, con un bolígrafo encima, esperando.

—Conecte la cámara —pidió Kyle.

Wright apretó una tecla del ordenador, y en la pantalla apareció el rostro de Kyle. Se vio a sí mismo, pero en su rostro solo pudo leer miedo.

Wright abrió eficientemente la carpeta y sacó los documentos pertinentes, como si el joven Kyle estuviera allí para solicitar una simple tarjeta de crédito de estudiante. Cuando encontró las hojas que buscaba, las colocó en el centro y dijo:

—Primero tenemos que darle a conocer sus derechos.

—No —repuso Kyle—. Primero tenemos que ver su placa e identificación.

Aquello molestó al detective, pero solo unos segundos. Sin decir palabra, sacó una cartera marrón de su bolsillo trasero, la abrió y le mostró el contenido.

—Hace más de veinte años que la tengo —dijo.

Kyle examinó la placa de bronce, que realmente mostraba señales del paso del tiempo: Benjamin J. Wright, departamento de Policía de Pittsburg, número 6658.

—¿Y qué me dice de su carnet de conducir?

Wright cerró la cartera, abrió otro compartimiento, buscó entre varias tarjetas y le entregó un permiso de Pensilvania.

—¿Satisfecho? —preguntó.

Kyle se lo devolvió.

—¿Qué pinta el FBI en esta historia? —quiso saber.

—¿Podemos acabar primero con lo de sus derechos? —preguntó Wright, reordenando los papeles.

—Desde luego. Sé lo que son.

—Estoy seguro de que sí. Al fin y al cabo, es usted uno de los mejores estudiantes de una de las más prestigiosas facultades de Derecho del país. Un joven muy listo. —Kyle estaba leyendo mientras Wright hablaba—. Tiene derecho a guardar silencio. Cualquier cosa que diga podrá ser utilizada contra usted ante un tribunal. Tiene derecho a un abogado y si no puede costearse uno, el estado se lo proporcionará. ¿Alguna pregunta?

—No. —Kyle firmó los dos impresos y se los devolvió a Wright.

—¿Qué pinta el FBI en esta historia? —repitió.

—Créame, Kyle, el FBI es el último de sus problemas. —Las manos del detective eran velludas, tranquilas, y tenía los dedos entrelazados encima de la libreta de notas—. Mire, tenemos mucho que tratar, y el tiempo corre. ¿Ha jugado alguna vez al fútbol americano?

—Sí.

—Bien, entonces digamos que esta mesa es el campo. No es que sea un gran ejemplo, pero servirá. Usted está aquí y esta es la línea de gol. —Con su mano izquierda trazó una línea imaginaria ante el ordenador—. Tiene usted por delante cien yardas para marcar, para ganar, para salir de aquí de una pieza. —Con su mano derecha trazó otra línea cerca del grueso expediente. Entre una y otra mediaban ciento veinte centímetros—. Cien yardas, Kyle. Cuente conmigo, ¿vale?

—Vale.

Juntó las manos y dio un golpecito encima de la libreta.

—En algún lugar de por aquí, alrededor de las cincuenta yardas, le enseñaré el vídeo que constituye la fuente de todos estos problemas. Y no le gustará, Kyle; le repugnará, le hará vomitar. Pero, si podemos, proseguiremos su pequeña marcha hacia la línea de meta, y cuando lleguemos allí se sentirá realmente aliviado. Volverá a verse como el niño mimado, como el joven apuesto de ilimitado futuro y de pasado intachable que es. Sígame, Kyle, deje que yo sea su entrenador, el que le diga cómo hay que jugar, y juntos llegaremos a la tierra prometida. —Con su mano derecha señaló la línea de gol.

—¿Y qué hay de la acusación?

Wright tocó el expediente.

—Está aquí.

—¿Cuándo voy a verla?

—Deje de hacer preguntas, Kyle. Soy yo quien tiene que hacerlas. Y con un poco de suerte, usted tendrá las respuestas.

El acento no era español. Centroeuropeo, quizá, y tan leve que a ratos desaparecía del todo.

La mano izquierda de Wright volvió a situarse encima del ordenador.

—Ahora, Kyle, tenemos que empezar con lo básico, con los antecedentes, ¿de acuerdo?

—Como usted diga.

Wright sacó unos papeles del expediente, los estudió durante unos segundos y cogió el bolígrafo.

—Nació el 4 de febrero de 1983, en York, Pensilvania, tercer hijo y único varón de John y Patty McAvoy. Sus padres se divorciaron en 1989, cuando usted tenía seis años. Ninguno de los dos se ha vuelto a casar, ¿correcto?

—Correcto.

Wright escribió una marca en el papel y se lanzó a una serie de rápidas preguntas sobre familiares, sus fechas de nacimiento, educación, empleos, direcciones, aficiones e inclinaciones religiosas y políticas. A medida que la lista fue creciendo, Wright fue pasando hojas y las marcas se multiplicaron. Tenía todos y cada uno de sus datos en orden, incluso sabía dónde había nacido el sobrino de dos años de Kyle. Cuando acabó con la familia, sacó más papeles, y Kyle empezó a sentir los primeros síntomas de fatiga. Y eso solo era el principio.

—¿Quiere tomar algo?

—No.

—Su padre es abogado y actualmente ejerce en Nueva York. —Más que una pregunta era evidente que se trataba de una afirmación.

Kyle asintió. A continuación llegó un bombardeo sobre su padre, su vida, su trayectoria profesional, sus intereses. Kyle quiso preguntar más de una vez si aquello resultaba relevante, pero se mordió la lengua. Wright tenía toda la información, y Kyle no hacía más que confirmar lo que otros habían averiguado.

—Su madre es artista —le oyó decir Kyle.

—Sí, y dígame, ¿dónde estamos en el campo de fútbol en estos momentos?

—Acaba de recorrer sus primeras diez yardas. ¿Qué clase de artista?

—Es pintora.

Siguieron diez minutos de detalles sobre la vida de Patty McAvoy.

Al fin, el detective acabó con la familia y se centró en el sospechoso. Le hizo unas cuantas preguntas fáciles acerca de su infancia, pero no se entretuvo con los detalles.

«Ya los conoce», se dijo Kyle.

—Graduado con honores en el Instituto Central York, atleta destacado, Eagle Scout... ¿Por qué escogió la Universidad de Duquesne?

—Me ofrecieron una beca de baloncesto.

—¿Tuvo otras ofertas?

—Unas cuantas, de universidades más pequeñas.

—Pero en Duquesne no jugó usted mucho.

—Jugué trece minutos, hasta que me rompí los ligamentos de la rodilla en el primer partido.

—¿Y se operó?

—Sí, pero la rodilla estaba perdida. Dejé el baloncesto y me uní a un club de estudiantes.

—Luego entraremos en esa hermandad. ¿Le pidieron que volviera al equipo de baloncesto?

—Más o menos, pero la rodilla ya no funcionaba.

—Estudió Economía con notas casi perfectas. ¿Qué le ocurrió con el español en segundo? No sacó una «A».

—Supongo que tendría que haber escogido alemán.

—Una sola «B» en cuatro años no está mal. —Wright pasó una hoja y anotó algo. Kyle vio su propio rostro en la pantalla del ordenador y se dijo que debía relajarse.

—Premios especiales, una docena de organizaciones estudiantiles, campeonatos de *softball*; primero, secretario del club de estudiantes y después presidente... Su expediente académico impresiona, Kyle, especialmente si tenemos en cuenta que también tuvo tiempo de llevar una activa vida social. Hábleme de su primera detención.

—Solo hubo una, por lo tanto no hay primera ni segunda. Hasta ahora, creo.

—¿Qué ocurrió?

—Una tontería típica de la hermandad, una fiesta que no se acabó hasta que apareció la policía. Me pillaron con una botella de cerveza abierta. Pura minucia. Pagué una multa de trescientos dólares y pasé seis meses a prueba. Después de eso, el expediente fue eliminado y Yale nunca llegó a enterarse.

—¿El asunto lo llevó su padre?

—Participó, pero en realidad lo llevó un abogado de Pittsburg.

—¿Quién?

—Una mujer. Se llamaba Sylvia Marks.

—He oído hablar de ella. ¿No está especializada en gamberradas de clubes de estudiantes?

—Sí. Y sabe hacer su trabajo.

—Yo creía que hubo un segundo arresto.

—No. La policía me paró una vez en el campus, pero no me detuvo. Solo recibí una advertencia.

—¿Qué estaba haciendo?

—Nada.

—Entonces, ¿por qué lo pararon?

—Unos cuantos chavales de la hermandad se tiraban cócteles molotov. Muy listos ellos. Pero yo no intervine y en mi expediente no figuró nada, así que me pregunto cómo ha podido enterarse.

Wright hizo caso omiso del comentario y anotó algo en la libreta. Cuando acabó, preguntó:

—¿Por qué decidió ir a la facultad de Derecho?

—Esa fue una decisión que tomé a los doce años. Siempre quise ser abogado. Mi primer trabajo consistió en ocuparme de la fotocopiadora del despacho de mi padre. Es como si hubiera crecido allí.

—¿Dónde presentó su solicitud para entrar en Derecho?

—En Penn, en Yale, en Cornell y en Stanford.

—¿Y fue aceptado?

—En las cuatro.

—¿Y por qué se decidió por Yale?

—Siempre fue mi primera elección.

—¿Y Yale le ofreció una beca?

—Incentivos económicos. Sí, y las otras también.

—¿Pidió dinero prestado?

—Sí.

—¿Cuánto?

—¿De verdad tiene que saberlo?

—No le haría la pregunta si no tuviera que saberlo. ¿Cree que hablo por el placer de escucharme?

—No sabría responder a eso.

—Volvamos a los créditos para estudios.

—Cuando me gradúe, en mayo, deberé unos sesenta mil.

Wright asintió, como si estuviera de acuerdo en que la cantidad era la correcta. Pasó otra página, y Kyle vio que estaba llena de preguntas.

—¿Escribe usted para la revista jurídica?

—Soy el editor jefe del *Yale Law Journal.*

—¿Y no es ese uno de los honores más prestigiosos de la facultad?

—Sí, hay quien lo dice.

—El verano pasado trabajó de becario en Nueva York. Hábleme de eso.

—Fue en uno de esos megabufetes de Wall Street, Scully

& Pershing. La típica beca de verano. Nos cuidaron y mimaron, nos hicieron trabajar poco. Ya sabe, la clase de táctica persuasiva de todos los grandes bufetes. Primero cuidan a los novatos como a bebés y después, cuando los contratan, los hacen trabajar como esclavos.

—¿Los de Scully & Pershing le ofrecieron un puesto para cuando se graduara?

—Sí.

—¿Aceptó o lo rechazó?

—Ninguna de las dos cosas. No he tomado una decisión aún. El bufete me ha concedido más tiempo para que pueda hacerlo.

—¿Por qué le cuesta tanto decidirse?

—Tengo varias alternativas. Una de ellas es llegar a ser ayudante de un juez federal que puede que sea ascendido. Las cosas en ese ambiente van despacio.

—¿Tiene otras ofertas de trabajo?

—He tenido otras, sí.

—Háblame de ellas.

—¿De verdad es importante?

—Todo lo que pregunto es importante, Kyle.

—¿Tiene un poco de agua?

—Estoy seguro de que hay en el cuarto de baño.

Kyle se puso en pie, pasó entre la cama y la cómoda, encendió la luz del pequeño cuarto de baño y se sirvió un poco de agua del grifo en un endeble vaso de plástico. Se la bebió de un trago y lo volvió a llenar. Cuando regresó a la mesa, dejó el vaso más o menos en la línea de las veinte yardas y se contempló de nuevo en la pantalla del ordenador.

—Solo por curiosidad —dijo—, ¿dónde me encuentro en el campo en estos momentos?

—En la tercera línea de largo. Hábleme de las otras ofertas de trabajo que le han hecho otros bufetes.

—Oiga —saltó Kyle—, ¿por qué no me enseña el vídeo de una vez y nos ahorramos toda esta basura? Si realmente existe y me implica, me levantaré y saldré de aquí para llamar a un abogado.

Wright se inclinó sobre los codos y juntó las yemas de los dedos. En la parte inferior de su rostro se dibujó una sonrisa mientras la parte superior se mantenía inexpresiva.

—Perder los nervios de este modo puede costarle la vida, Kyle —dijo con absoluta frialdad.

¿La vida en lo referente a un cuerpo muerto o la vida entendida como futuro? Kyle no estaba seguro. Respiró hondo y tomó otro trago de agua. El arranque de ira se había desvanecido, reemplazado por el miedo y la confusión.

La falsa sonrisa de Wright se amplió.

—Por favor, Kyle, hasta ahora lo ha estado haciendo muy bien. Solo quedan unas cuantas preguntas más antes de que entremos en asuntos más espinosos. Hábleme de los otros bufetes.

—Me ofrecieron un trabajo en Logan & Kupec, de Nueva York; también en Baker Potts, en San Francisco, y en Garton, de Londres. Rechacé las tres ofertas porque sigo buscando un trabajo de interés público.

—¿Haciendo qué?, ¿ dónde?

—En Virginia, un puesto de asesoramiento a trabajadores inmigrantes.

—¿Y cuánto tiempo estaría en un puesto como ese?

—Un par de años, quizá. No lo sé. Es una opción como otra.

—Y con un sueldo mucho más bajo, ¿no?

—Sí. Mucho más bajo.

—¿Y cómo piensa devolver el crédito de estudios?

—Ya se me ocurrirá algo.

A Wright no le gustó aquella respuesta de listillo, pero

decidió dejarla pasar. Echó un vistazo a sus notas, aunque no necesitaba ninguna comprobación. Sabía que el joven Kyle allí presente debía sesenta y un mil dólares en concepto de crédito de estudios que Yale le perdonaría en su totalidad si pasaba los siguientes tres años trabajando a cambio de un salario mínimo, defendiendo a los pobres, los desfavorecidos, los oprimidos o el medio ambiente. La oferta que Kyle tenía encima de la mesa provenía de la Piedmont Legal Aid, y el puesto estaba financiado por un megabufete de Chicago. Según las fuentes de Wright, Kyle había aceptado verbalmente el puesto, que le iba a proporcionar treinta y dos mil dólares al año. Wall Street podía esperar. Siempre estaría allí. Su padre lo había animado a pasar una temporada en las trincheras, ensuciándose las manos y lejos del estilo de los abogados corporativos a los que él, John McAvoy, despreciaba.

Según el expediente, Scully & Pershing ofrecía un sueldo base de doscientos mil dólares más las gratificaciones de costumbre. Las ofertas de los otros bufetes eran similares.

—¿Cuándo decidirá qué trabajo quiere? —preguntó Wright.

—Muy pronto.

—¿Hacia qué se inclina?

—No me inclino hacia nada.

—¿Está seguro?

—Claro que estoy seguro.

Wright cogió el expediente, moviendo la cabeza y frunciendo el ceño severamente, como si le hubieran insultado. Sacó más papeles, los hojeó y miró fijamente a Kyle.

—¿Acaso no ha adquirido un compromiso verbal para aceptar un puesto en una organización llamada Piedmont Legal Aid, de Winchester, Virginia, donde empezará a trabajar el dos de septiembre de este año?

Kyle dejó escapar un suspiro y miró su imagen en el monitor. Sí, parecía tan débil como se sentía. Estuvo a punto de espetar «¿Cómo demonios lo sabe?», pero eso habría equivalido a admitir la verdad. Sin embargo, tampoco podía negarla, porque Wright ya la conocía. Mientras buscaba ansiosamente alguna excusa, su adversario se aprestó a darle la puntilla.

—Mire, Kyle, llamaremos a esto «la mentira número uno» —dijo Wright con una mueca burlona—. Si de algún modo llegamos a la mentira número dos, entonces apagaremos la cámara, nos daremos las buenas noches y nos volveremos a ver mañana, durante el arresto. Ya sabe: esposas, foto para la ficha policial, puede que uno o dos periodistas. No volverá a pensar en inmigrantes ilegales ni en Wall Street, se lo garantizo. Escuche, Kyle, será mejor que no me mienta. Sé demasiado.

Kyle estuvo a punto de contestar «Sí, señor», pero se las arregló de algún modo para simplemente asentir.

—Así pues, tiene pensado desempeñar algún tipo de trabajo solidario durante un par o tres de años, ¿no?

—Sí.

—¿Y después?

—No lo sé, pero estoy seguro de que me uniré a un bufete de los grandes y empezaré una nueva etapa.

—¿Qué opina de Scully & Pershing?

—Que es grande, poderoso y tiene dinero. Tengo entendido que es el bufete más grande del mundo, en función de a quién haya absorbido la semana anterior. Tiene oficinas en treinta ciudades de los cinco continentes, y cuenta con profesionales realmente brillantes que se presionan mucho unos a otros y especialmente a los socios más jóvenes.

—¿Es el tipo de trabajo que le gusta?

—Me es difícil decirlo. El dinero que pagan es una pasada; y el trabajo, brutal. Sin embargo, trabajar allí es como jugar en primera división. Supongo que, tarde o temprano, acabaré allí o en algún sitio parecido.

—¿En qué departamento estuvo el verano pasado?

—Pasé un poco por todos. Pero básicamente estuve en el de Pleitos y Demandas.

—Litigios. ¿Le gusta pleitear?

—No especialmente. ¿Puedo preguntarle qué tienen que ver estas preguntas con lo de Pittsburg?

Wright levantó los codos de la mesa e intentó relajarse echándose hacia atrás en la silla plegable. Cruzó las piernas y apoyó la libreta de notas en su muslo izquierdo mientras mordisqueaba el extremo del bolígrafo y contemplaba a Kyle como si fuera un famoso psiquiatra analizando a un paciente.

—Hablemos de su club de estudiantes de Duquesne.

—Como quiera.

—Había diez miembros en su grupo, ¿no?

—Nueve.

—¿Mantiene el contacto con todos ellos?

—Hasta cierto punto.

—La acusación cita su nombre y otros tres, así que hablemos de ellos. ¿Dónde está Alan Strock?

La acusación. En algún sitio de aquella condenada carpeta, a menos de un metro de distancia, se hallaba la acusación. ¿Cómo era posible que su nombre figurara en ella? No había tocado a la chica, no había sido testigo de ninguna violación, no había visto a nadie en el acto sexual. Recordaba vagamente haber estado presente en la habitación, pero en algún momento de la noche, del episodio, se había desmayado. ¿Cómo podía ser cómplice si no estaba consciente? Esa sería su defensa en un juicio, y sería una buena defensa; pero el fantasma de un juicio le resultaba demasiado terrorífico de imaginar. El juicio llegaría mucho después de la detención, de la publicidad y del espanto de ver su foto en los periódicos. Cerró los ojos, se masajeó las sienes y pensó en las llamadas que tendría que hacer; primero a su padre y después a su madre. Luego habría más: a los jefes de personal que le habían ofrecido trabajo, a sus hermanas... Ante todos ellos proclamaría su inocencia, pero sabía que nunca conseguiría alejar del todo la sombra de la sospecha de violación.

En esos momentos no tenía la menor confianza en el detective Wright y en el trato que este se guardaba en la manga. Si realmente existía una acusación formal, no habría milagro capaz de enterrarla.

—¿Qué me dice de Alan Strock? —insistió el detective.

—Está en la facultad de Medicina, en Ohio State.

—¿Alguna correspondencia reciente?

—Solo un correo electrónico, hace unos días.

—¿Y Joey Bernardo?

—Sigue en Pittsburg, trabajando para una firma de corredores de bolsa.

—¿Algún contacto reciente?

—Por teléfono, hace unos días.

—¿Les mencionó a Elaine Keenan?

—No.

—Se diría que han hecho todo lo posible por olvidarse de ella, ¿no le parece?

—Así es.

—Bueno, pues la chica ha vuelto a aparecer.

—Está claro que sí.

Wright se acomodó en la silla, descruzó las piernas, estiró la espalda y volvió a la posición anterior, con los codos encima de la mesa.

—Elaine se marchó de Duquesne tras su primer año —empezó diciendo en voz baja, como si tuviera una larga historia que contar—. Estaba muy alterada. Sus notas eran un desastre. En estos momentos asegura que la violación le produjo serios trastornos emocionales. Estuvo viviendo con sus padres durante un año en Erie. Luego, empezó a vagar por ahí. Mucha automedicación, alcohol y drogas. Consultó a varios terapeutas, pero nada la ayudó. ¿Sabe usted algo de esto?

—No. Después de que se marchara no volví a saber nada de ella.

—El caso es que tiene una hermana mayor en Scranton que la acogió y la ayudó, incluso le pagó la cura de desintoxicación. Luego, encontró a un loquero que sin duda hizo un buen trabajo con Elaine. En estos momentos, está limpia, sobria, se encuentra estupendamente y su memoria se ha recuperado de forma prodigiosa. También se ha procurado una buena abogada y, como es natural, reclama justicia.

—Parece usted un tanto escéptico.

—Soy policía, Kyle. Eso quiere decir que soy escéptico con todo; pero tengo entre manos el caso de esta joven, que parece creíble cuando asegura que fue violada, y además tengo un vídeo que constituye una poderosa prueba. Y por si fuera poco, anda por ahí una abogada sedienta de sangre.

—Todo esto no es más que una forma de chantaje, ¿verdad? Seguro que al final solo se trata de dinero.

—No sé a qué se refiere, Kyle.

—Lo sabe perfectamente. El cuarto acusado es Baxter Tate, y todos sabemos lo que eso significa. La familia Tate tiene mucho dinero que le viene de antiguo. Baxter nació rico. ¿Cuánto quiere esa chica?

—Las preguntas las haré yo, si no le importa. ¿Se acostó alguna vez con...?

—Sí, me acosté con Elaine Keenan, al igual que casi todos los miembros de nuestra hermandad. Esa chica estaba más loca que una cabra. Pasaba más tiempo en el piso de los Beta que los propios Beta, aguantaba bebiendo más que todos nosotros juntos y siempre tenía un surtido de píldoras en el bolso. Sus problemas empezaron mucho antes de que llegara a Duquesne. Créame, no querrá ir a juicio.

—¿Cuántas veces se acostó con ella?

—Una vez, creo que fue como cosa de un mes antes de la presunta violación.

—¿Sabe si Baxter Tate tuvo relaciones sexuales con ella la noche en cuestión?

Kyle hizo una pausa y respiró hondo antes de contestar.

—No, no lo sé. Perdí el conocimiento.

—¿Y Baxter reconoció haberse acostado con Elaine Keenan esa noche?

—A mí no me lo dijo.

Wright acabó de escribir una larga frase en su libreta mientras el ambiente se despejaba. Kyle casi pudo oír la cámara funcionando. La miró y vio que la pequeña luz roja seguía observándolo.

—¿Dónde está Baxter? —preguntó Wright tras una larga pausa.

—En algún lugar de Los Ángeles. En cuanto se graduó, se largó a Hollywood para convertirse en actor. No es que fuera un tío muy estable, la verdad.

—¿A qué se refiere?

—Baxter viene de una familia rica que está aún más desestructurada que la mayoría de las familias ricas. Le gustan la marcha y las fiestas, le gustan las tías y la bebida y las drogas y no ha dado señales de haber madurado. Su objetivo en la vida es convertirse en un gran actor y matarse bebiendo. Quiere morir joven, un poco al estilo James Dean.

—¿Ha intervenido en alguna película?

—En ninguna que yo sepa; pero sí ha protagonizado muchas borracheras.

De repente, Wright pareció aburrirse de las preguntas. Había dejado de escribir, y su mirada empezó a vagar. Guardó unos cuantos papeles en la carpeta y, por fin, dio un golpecito en el centro de la mesa con el dedo.

—Hemos hecho bastantes progresos, Kyle, gracias. La pelota está en el medio campo. ¿Quiere que veamos el vídeo?

4

Wright se levantó por primera vez, se estiró y fue hasta un rincón, donde esperaba una caja de cartón. Era de color blanco, y alguien había escrito pulcramente con un grueso rotulador negro: RE: KYLE MCAVOY Y OTROS. Wright sacó algo del interior y, con la firmeza y tranquilidad propia del verdugo que se apresta a apretar el fatídico botón, sacó el disco de su funda, lo introdujo en el ordenador, apretó una serie de teclas y tomó asiento. Kyle apenas podía respirar.

Mientras el ordenador zumbaba, el detective empezó a hablar:

—El teléfono era un Nokia 6000 Smartphone, fabricado en el año 2003 con un software Camcorder ETI instalado, una tarjeta de memoria de un giga capaz de almacenar trescientos minutos de grabación de vídeo comprimido de calidad megapíxel a una velocidad de quince FPS. Se activaba por la voz. En su momento era el no va más. Una virguería de teléfono, realmente.

—¿Propiedad de quién?

Wright le sonrió maliciosamente.

—Lo siento, Kyle.

Por alguna razón, el detective creyó que sería de alguna ayuda mostrar el teléfono en cuestión. Apretó una tecla y en la pantalla del ordenador apareció una fotografía del Nokia.

—¿Recuerda haberlo visto?

—No.

—Eso me parecía. Le resumiré la escena por si los detalles le resultan confusos. Es 25 de abril de 2003, el último día de clase. Los exámenes finales comienzan al cabo de una semana. Es viernes y hace un calor poco habitual para tratarse de Pittsburg. Ese día las temperaturas han alcanzado casi los treinta grados, todo un récord. Así pues, los chicos de Duquesne deciden hacer lo que hacen todos los estudiantes: empiezan a beber por la tarde y hacen grandes planes para seguir bebiendo durante toda la noche. Un montón de gente se congrega en el bloque de apartamentos donde usted tiene uno alquilado con otros tres amigos. La fiesta empieza en la piscina. Básicamente son miembros de la hermandad Beta y algunas chicas. Usted nada un poco, toma el sol, se bebe una cerveza y escucha a Phish. Las chicas van en biquini, y la vida es bella. En algún momento, después de que haya oscurecido, la fiesta se traslada a su apartamento. Piden pizzas. La música, de Widespread Panic en ese momento, está a todo volumen. Corre la cerveza, y alguien se presenta con un par de botellas de tequila que, naturalmente, desaparecen con rapidez. ¿Recuerda algo de todo esto?

—La mayor parte.

—Tiene usted veinte años y está terminando su segundo curso.

—Sí, lo sé.

—El tequila se mezcla con Red Bull, y usted y su pandilla preparan unos cuantos tragos. Estoy seguro de que se tomó varios.

Kyle asintió sin apartar los ojos de la pantalla.

—En un momento dado, la ropa empieza a desaparecer, y el propietario del móvil decide grabar en secreto todo aquello.

Supongo que quería su propio vídeo de las chicas con las tetas al aire. ¿Recuerda usted el apartamento, Kyle?

—Claro. Viví allí durante un año.

—Hemos examinado el lugar. Desde luego es un estercolero, como la mayoría de las viviendas estudiantiles; pero, según el casero, no ha cambiado. Nosotros creemos que lo más probable es que el tipo del móvil lo colocara en la encimera estrecha que separa la pequeña cocina del resto de la sala. Ese sitio parece ser el favorito para dejar libros de texto, agendas, botellas vacías de cerveza y todo lo que pasó esa noche por el apartamento.

—Así es.

—El caso es que nuestro hombre coge el móvil y, en medio del jaleo de la fiesta, lo esconde junto a un libro. La escena inicial es bastante desmadrada. La hemos estudiado con atención y hay seis chicas y nueve chicos, todos bailando en distintos grados de desnudez. ¿Le suena, Kyle?

—Algo, sí.

—Sabemos los nombres de todos.

—¿Me lo va a enseñar o solo piensa hablar?

—No sea tan impaciente —dijo Wright, y le dio a una tecla—. Son las once y cuarto de la noche cuando empieza el vídeo —añadió antes de darle a otra tecla.

La pantalla explotó con un frenesí de música —Widespread Panic tocando «Aunt Avis», de su disco *Bombs and Butterflies*— y cuerpos agitándose y dando vueltas. En algún rincón de su cerebro, Kyle había esperado una grabación oscura y llena de grano de unos cuantos Beta empinando el codo en la penumbra; sin embargo, estaba contemplando unas imágenes bastante nítidas grabadas con un teléfono móvil. El ángulo elegido por el desconocido propietario del aparato proporcionaba una vista prácticamente completa del apartamento 6-B del 4880 de East Chase.

Los quince juerguistas parecían todos bastante bebidos. Todas las chicas iban desnudas de cintura para arriba, lo mismo que casi todos los chicos. El baile consistía en un constante cambio de parejas donde todos se tocaban y sobaban. No había nadie que no llevara una bebida en la mano, y la mitad tenía un cigarrillo o un porro en la otra. Las carnes al aire eran para todos y las caricias y los toqueteos, los de rigor. Los cuerpos se juntaban un rato y cambiaban de compañero de juegos. Algunos de los invitados eran ruidosos y gritones, mientras que otros parecían atontados por el correr del alcohol y drogas. Muchos parecían cantar a coro con la música, y también los había que se enroscaban en largos besos mientras con sus manos buscaban zonas más íntimas.

—Me parece que usted es el de las gafas de sol —comentó Wright, satisfecho.

—Muchas gracias.

Gafas de sol, una gorra amarilla de los Pirates, un pantalón corto de talle bajo de un blanco sucio y un cuerpo delgado cuya palidez invernal pedía rayos de sol. Un vaso de plástico en una mano y un cigarrillo en la otra. Con la boca abierta, cantando. Un gilipollas borracho. Un veinteañero al borde del desmayo.

En esos momentos, cinco años después, no sintió nostalgia alguna ni añoró el desenfado de aquellos días. No echaba de menos las juergas ni las resacas ni el despertarse tarde en cama ajena. Pero, al mismo tiempo, tampoco sentía remordimientos. Sin duda le avergonzaba que lo hubieran grabado en ese estado, pero hacía mucho tiempo de eso. Sus veinte años habían sido como los de los demás y no había salido de juerga ni más ni menos que el resto de sus amigos y conocidos.

La música se detuvo un momento entre canción y canción, y corrieron más copas. Una de las chicas se desplomó en un sillón con todo el aspecto de haber acabado allí la noche. Luego, siguió sonando la música.

—Esto dura otros ocho minutos —dijo Wright, consultando sus notas. Kyle no tenía la menor duda de que el detective y su gente habían analizado y memorizado cada segundo, cada fotograma—. Como habrá notado, Elaine Keenan no aparece por ninguna parte. Ella asegura que estaba en la habitación contigua, bebiendo con otros amigos.

—Eso quiere decir que ha vuelto a cambiar su historia.

Wright hizo caso omiso y dijo:

—Si no le importa, avanzaré rápidamente hasta el momento en que aparece la policía. ¿Recuerda a la poli, Kyle?

—Sí.

La grabación avanzó con celeridad durante más o menos un minuto, hasta que Wright apretó finalmente la tecla «reproducir».

—A las once y veinticinco, la fiesta se interrumpió bruscamente. Escuche.

En plena canción y con casi los quince jóvenes a la vista, bailando, bebiendo y gritando, alguien fuera de plano chilló: «¡La pasma, la pasma!». Kyle se vio cogiendo a una chica y desapareciendo del encuadre. La música cesó. Las luces se apagaron. La pantalla estaba casi a oscuras.

—Según nuestros archivos, esa primavera la policía se presentó tres veces en su apartamento. Esta fue la última. Un joven llamado Alan Strock, uno de sus compañeros de piso, abrió la puerta y charló con los agentes. Les juró que no había ningún menor bebiendo, que no pasaba nada y que estaría encantado de apagar la música y no hacer más ruido. La policía le dio una oportunidad y se marchó tras amonestarlo, suponiendo que todo el mundo se había escondido en los dormitorios —continuó Wright.

—La mayoría huyó por la puerta trasera —dijo Kyle.

—Lo que fuera. El caso es que el vídeo del móvil estaba en modo de activación por la voz, así que se desconectó después de seis minutos de casi completo silencio. Se encontraba como mucho a seis metros de la puerta principal. Su propietario salió corriendo presa del pánico, y en la confusión alguien dio un golpe al aparato, de modo que la imagen se reajustó sola y no podemos ver tanto como antes. Pasan unos veinte minutos y todo está silencioso. A las once cuarenta y ocho, suenan voces y se enciende la luz. —Kyle se acercó a la pantalla. Casi una tercera parte del encuadre estaba obstruido por algo de color amarillo—. Seguramente un listín de teléfonos o las Páginas Amarillas —comentó el detective. La música volvió a sonar, pero a un volumen mucho más bajo.

Los cuatro compañeros de piso —Kyle, Alan Strock, Baxter Tate y Joey Bernardo— aparecieron en el salón, con copas en la mano. A continuación entró Elaine Keenan, que no dejaba de hablar y fumaba lo que parecía un canuto. Solo resultaba visible la mitad del sofá. El televisor, que no se veía, estaba encendido. Baxter Tate se acercó a la chica, le dijo algo, dejó su copa y se quitó la camiseta. Él y Elaine cayeron en el sofá, dándose el lote mientras los demás miraban la televisión o daban vueltas por ahí. Hablaban, pero la música y el televisor ahogaban sus palabras. Alan Strock caminó hasta situarse frente a la cámara, quitándose la camiseta y diciendo algo a Baxter, que quedaba oculto a la vista. No se oía a Elaine. Solo resultaba visible menos de la mitad del sofá, pero se apreciaba un lío de piernas.

Luego, las luces se apagaron y, durante un segundo, la sala quedó a oscuras. Lentamente, el resplandor del televisor rebotó en las paredes hasta proporcionar cierta claridad. Joey Bernardo apareció en el encuadre, quitándose también la camiseta. Se detuvo y se quedó mirando el sofá, donde tenía lugar algún tipo de frenética actividad.

—Escuche —susurró Wright.

Joey dijo algo que Kyle no llegó a entender.

—¿Lo ha entendido? —preguntó el detective.

—No.

Wright detuvo la grabación.

—Nuestros expertos han analizado el audio. En este momento, Joey Bernardo pregunta a Baxter si Elaine está dormida. Obviamente, Baxter Tate se está tirando a Elaine, que está inconsciente por la borrachera, y Bernardo, que pasaba por delante, se ha parado al ver lo que ocurría y ha preguntado si la chica estaba consciente. ¿Quiere volverlo a oír, Kyle?

—Sí.

Wright rebobinó el vídeo y lo pasó de nuevo. Kyle se acercó todo lo que pudo y, con la nariz pegada a la pantalla, miró atentamente, escuchó más atentamente aún y oyó la palabra «despierta». El detective asintió gravemente.

La acción prosiguió, con la música y el televisor de fondo. Aunque el apartamento estaba a oscuras, se podían distinguir figuras moviéndose entre las sombras. Al fin, Baxter Tate se levantó del sofá y se puso en pie. Estaba completamente desnudo y se alejó. Otra figura, la de Joey Bernardo, ocupó rápidamente su lugar. Alguno de los sonidos apenas resultaban audibles.

Una especie de chirrido regular surgió de la pantalla.

—Creemos que ese ruido lo hace el sofá —comentó Wright—. ¿Nos lo podría aclarar?

—No.

Al cabo de poco, se oyó un largo gemido y el ruido cesó. Joey se levantó del sofá y desapareció.

—Básicamente esto es el final del vídeo —dijo Wright—. La grabación sigue durante otros doce minutos, pero no ocurre nada. Si la chica, Elaine, se levantó o se movió del sofá, no se ve. Estamos casi completamente seguros de que Baxter Tate y Joey Bernardo se lo montaron con ella, pero no tenemos pruebas de que usted o Alan Strock lo hicieran.

—Yo no lo hice, ya se lo aseguro.

—¿Tiene idea de dónde estaba usted cuando se consumaron las violaciones? —preguntó Wright, apretando una tecla y apagando la pantalla.

—Estoy seguro de que usted tiene su propia teoría.

—Muy bien. —Wright volvía a estar armado con su bolígrafo y su libreta de notas—. Elaine dice que se despertó en el sofá varias horas más tarde, alrededor de las tres de la mañana, desnuda y con la vaga sensación de haber sido violada. Le entró pánico. No sabía dónde estaba y reconoce que todavía estaba bastante borracha. Al final, encontró su ropa, se vistió y lo vio a usted dormido en un sillón frente al televisor. Entonces recordó dónde se encontraba y recordó más de lo sucedido. No hay ni rastro de Tate, Bernardo o Strock. Ella intenta hablar con usted, lo zarandea por el hombro; pero, como no obtiene respuesta, acaba saliendo a toda prisa del apartamento y refugiándose en el de al lado, donde al fin se duerme.

—Y no mencionó lo de la violación durante cuatro días, ¿no es así, señor detective? ¿O es que acaso ha vuelto a cambiar su historia?

—Cuatro días. En efecto.

—Muchas gracias. Cuatro días, ni una palabra a nadie en cuatro días, ni a sus amigas ni a sus compañeras de piso ni a sus padres. Ni una palabra a nadie de que había sido violada. Entonces, de repente, decide que ha sido una violación. La policía no acababa de creer su historia, ¿verdad? Al final se presentaron en nuestro apartamento y en la casa Beta para hacer un montón de preguntas y marcharse con unas pocas respuestas. ¿Y por qué? Pues porque no hubo ninguna violación. Todo fue consentido, créame. Esa chica habría consentido cualquier cosa.

—¿Cómo iba a consentir nada estando inconsciente, Kyle?

—Si estaba inconsciente, ¿cómo es posible que recuerde haber sido violada? No hubo un examen médico que lo certificara, ninguna prueba. Solo tenemos un vacío de memoria y una joven sumamente confundida. La policía cerró el caso hace cinco años y debería hacer lo mismo ahora.

—Pero no ha sido así. El caso está aquí, y el Gran Jurado creyó que el vídeo demostraba que hubo violación.

—Todo eso no es más que basura y usted lo sabe. Este asunto no va de una violación, sino de dinero. La familia de Baxter Tate es inmensamente rica y Elaine se ha buscado un abogado ambicioso. Esta acusación no es más que un intento de intimidación para chantajear.

—¿Me está diciendo que está dispuesto a arriesgarse a pasar por el espectáculo de un juicio y una sentencia? ¿Quiere que un jurado vea ese vídeo, donde aparece usted y uno de sus compañeros de piso mientras los otros dos se aprovechan de una chica sin sentido?

—Yo no le puse la mano encima.

—No, pero estaba allí, muy cerca, apenas a unos metros.

—No lo recuerdo.

—Qué oportuno.

Kyle se puso en pie lentamente y fue al cuarto de baño. Llenó otro vaso de plástico, vació el contenido, volvió a llenarlo y se lo bebió. A continuación, se sentó en el borde de la cama y hundió la cabeza en las manos. No, no quería que un jurado viera ese vídeo. Él solo lo había visto una vez y ya rezaba para que fuera la última. Se imaginó sentado en la sala de un tribunal junto a sus tres antiguos compañeros, con las luces apagadas, al juez frunciendo el ceño, a Elaine llorando, a sus padres aguantando el tipo estoicamente en la primera fila, y al jurado conteniendo el aliento. La escena le revolvió el estómago.

Se sabía inocente, pero no estaba nada seguro de que un jurado estuviera de acuerdo.

Wright sacó el disco y lo guardó cuidadosamente en su funda.

Kyle se quedó mirando la carpeta del tamaño de un archivador durante largo rato. Se oyó ruido en el pasillo: voces apagadas, pasos. Quizá los del FBI se estaban impacientando. Pero le daba igual. Le pitaban los oídos y no sabía por qué.

En su mente, los pensamientos se sucedían uno tras otro, y le resultó imposible aclararse, pensar racionalmente, concentrarse en lo que debía decir y en lo que no. Las decisiones que tomara en aquel desagradable momento tendrían consecuencias para siempre. Durante un instante pensó en los tres jugadores de *lacrosse* de Duke que habían sido injustamente acusados de violar a una bailarina de striptease. Al final los absolvieron, pero no sin antes tener que sufrir un calvario. Y en ese caso no había ninguna grabación, nada que los relacionara con la víctima.

«¿Está despierta?», preguntaba Joey a Baxter. ¿Cuántas veces resonaría esa pregunta en las paredes de un tribunal? Fotograma a fotograma, palabra por palabra. Cuando se retiraran a deliberar el veredicto, los miembros del jurado se sabrían el vídeo de memoria.

Wright seguía pacientemente sentado a la mesa, con las velludas manos enlazadas encima de la libreta de notas. El tiempo ya no significaba nada para él. Podía esperar eternamente.

—¿Estamos aún en medio campo? —preguntó Kyle, rompiendo el silencio.

—Ya lo hemos pasado. Andamos por las cuarenta yardas y seguimos.

—Me gustaría ver la acusación.

—Claro.

Kyle se levantó y contempló la mesa plegable. Entonces, el detective empezó a hacer una serie de movimientos sumamente confusos. Primero, cogió su cartera del bolsillo de atrás, sacó el permiso de conducir y lo dejó en la mesa. Luego, hizo lo mismo con su placa de policía. A continuación, de una caja del suelo extrajo varias tarjetas y placas y las alineó en la mesa ante de coger una carpeta y entregársela a Kyle.

—Feliz lectura —le dijo.

El encabezamiento de la carpeta decía: «Información». Kyle la abrió y sacó unas cuantas hojas grapadas. La primera parecía un documento oficial. En grandes letras se leía: «Comunidad de Pensilvania, condado de Allegheny, Sala de lo Civil». En letra más pequeña había escrito: «La Comunidad de Pensilvania contra Baxter F. Tate, Joseph N. Bernardo, Kyle L. McAvoy y Alan B. Strock». Había un número de referencia judicial, uno de archivo y varios sellos oficiales.

Entonces, Wright sacó unas tijeras y cortó limpiamente su carnet de conducir en dos mitades.

El primer párrafo decía: «La comunidad de Pensilvania contra los acusados citados anteriormente...».

Wright seguía cortando tarjetas de plástico que parecían ser carnets de conducir o tarjetas de crédito.

«... a los que, correspondiendo este tribunal por jurisdicción...»

Wright arrancó su placa de la cartera y la tiró encima de la mesa.

—Pero ¿se puede saber qué está haciendo? —preguntó Kyle al fin.

—Destruyendo pruebas.

—¿Qué pruebas?

—Lea la segunda página.

Kyle, que había llegado al final de la primera hoja, pasó a

la siguiente. Estaba en blanco. Ni una frase ni una palabra ni una coma: nada de nada. Miró la tercera, la cuarta, la quinta... Todas en blanco. Wright estaba muy atareado sacándose de encima diversas placas e identificaciones. Kyle se quedó mirándolo con la acusación en la mano, perplejo.

—Siéntese, Kyle —le dijo el detective con una sonrisa, señalándole la silla plegable.

El joven intentó decir algo, pero solo consiguió que le saliera una especie de gemido. Entonces tomó asiento.

—No hay ninguna acusación, Kyle —dijo Wright, como si de repente todo tuviera sentido—. No hay ningún Gran Jurado, no hay policías, no hay ninguna detención, ningún juicio, nada salvo un vídeo.

—¿No hay policías?

—Oh, no. Todo esto es falso —dijo indicando el montón de documentos y carnets destruidos—. Yo no soy policía, y los tipos que hay al otro lado del pasillo no son agentes del FBI.

Kyle echó la cabeza hacia atrás como si fuera un boxeador herido y entornó los ojos. La acusación se le cayó de las manos.

—¿Y quién demonios es usted? —logró articular.

—Esa es una buena pregunta, Kyle. Una pregunta que llevará su tiempo contestar.

Incrédulo, Kyle cogió una de las placas —Ginyard, FBI— y la sostuvo en alto.

—Pero no puede ser. Yo lo comprobé en internet. Ese hombre trabaja realmente para el FBI.

—Desde luego. Los nombres son verdaderos, solo que los hemos tomado prestados para esta noche.

—¿Me está diciendo que se está haciendo pasar por un agente?

—Desde luego, pero se trata de un delito menor. No hay que preocuparse.

—Pero ¿por qué?

—Para llamar su atención, Kyle. Para convencerlo de que viniera hasta aquí y tuviera esta pequeña reunión conmigo. De lo contrario, se habría largado. Además, queríamos impresionarlo con nuestros recursos.

—¿Habla en plural?

—Sí. El bufete al que pertenezco. Mire, Kyle, yo trabajo para una empresa, una empresa privada que ha sido contratada para hacer un trabajo. Lo necesitamos, y esta es la manera en que reclutamos a nuestra gente.

Kyle dejó escapar una risa nerviosa. Las mejillas se le estaban coloreando, la sangre volvía a circularle por las venas. Sintió una oleada de alivio al saber que no lo iban a procesar, por el hecho de que lo hubieran salvado del pelotón de ejecución. Sin embargo, el enfado también crecía en su interior.

—¿Ustedes seleccionan su personal haciéndole chantaje? —preguntó.

—Si es necesario... Tenemos el vídeo y sabemos dónde está la chica. La verdad es que tiene un nuevo abogado, una mujer.

—¿Y sabe de la existencia del vídeo?

—No, pero si lo viera, a usted se le complicaría mucho la vida.

—No sé si consigo entenderle.

—Vamos, Kyle. En Pensilvania, el delito de violación prescribe a los doce años. A usted le quedan siete todavía. Si Elaine y su abogada se enteraran de que existe esta grabación, lo amenazarían con acusarlo para obligarlo a llegar a un acuerdo en una demanda por daños. Como usted mismo ha dicho, no sería más que un chantaje, pero funcionaría. Créame cuando le digo que su vida será mucho más tranquila y placentera si hace lo que le pedimos y nosotros mantenemos el vídeo bajo llave.

—¿Me está diciendo que quiere contratarme?
—En efecto.
—¿Y para qué?
—Para que sea abogado.

5

Kyle echó un vistazo al reloj. Sentía que le habían quitado un enorme peso de los hombros, y volvía a respirar normalmente. Era más de medianoche. Contempló a Wright —aunque quizá no fuera ese su nombre— y le entraron ganas de sonreírle, incluso de abrazarlo por no ser un poli de Pittsburg y por no haber presentado ninguna acusación. No habría arresto alguno, no habría juicio ni la correspondiente humillación. Solo por eso, Kyle se sentía eufórico. Pero, al mismo tiempo, sentía ganas de saltar por encima de la mesa y partirle la cara con toda la fuerza de la que era capaz, arrojarlo al suelo y darle patadas hasta que dejara de moverse.

Sin embargo, se abstuvo de ambas ideas. Wright estaba en forma y seguramente había sido debidamente entrenado para cuidar de sí mismo. Además, no era la clase de persona que uno querría abrazar. Se apoyó en el respaldo de su asiento, cruzó las piernas y se relajó por primera vez desde hacía horas.

—Bueno, ¿y cuál es su verdadero nombre? —preguntó.

Wright estaba sacando un bloc de notas sin estrenar para una nueva sesión y escribió la fecha en una esquina.

—Será mejor que no perdamos el tiempo en preguntas frívolas, ¿no le parece, Kyle?

—Vaya, ¿por qué no? ¿Ni siquiera puede decirme cómo se llama?

—Quedémonos por el momento con «Bennie Wright», ¿vale? La verdad es que carece de importancia porque nunca sabrá mi verdadero nombre.

—Esto me gusta. Es como la mierda que sale en las películas de espías y todo eso. Tengo que decir que son ustedes muy buenos. Me han tenido convencido y con un nudo en el estómago durante un montón de horas. Es más, ya estaba buscando un puente lo más alto posible desde donde tirarme. Le aseguro que los odio a todos ustedes y que no me olvidaré de esto.

—Si se callase podríamos entrar en materia.

—¿Puedo largarme de aquí ahora mismo?

—Desde luego.

—¿Y nadie me lo impedirá, ninguno de esos falsos agentes del FBI?

—Nadie se lo impedirá. Es usted un hombre libre.

—Vaya, muchas gracias.

Pasó casi un minuto sin que nadie dijera nada. Los fieros ojillos de Wright no dejaron de observar a Kyle; y este, a pesar de intentarlo, fue incapaz de sostenerle la mirada. Agitó nerviosamente el pie y tamborileó sobre la mesa mientras paseaba la vista por la habitación. En su mente imaginó cientos de situaciones posibles, pero en ningún momento se le ocurrió la idea de marcharse.

—Hablemos de su futuro, Kyle —dijo Wright al fin.

—Pues claro. Ahora que sé que no me van a detener, mi futuro sin duda ha mejorado.

—Ese trabajo que ha escogido, lo de Piedmont Legal Aid, ¿por qué quiere pasar unos cuantos años salvando el mundo?

—No lo vea de esa manera. En Virginia hay un montón de trabajadores inmigrantes, la mayoría de los cuales son ilegales y sufren todo tipo de abusos. Viven en cajas de cartón, comen arroz dos veces al día, ganan dos dólares la hora y a menudo ni siquiera se les paga por deslomarse. Así pues, se me ocurrió que no les vendría mal un poco de ayuda.

—Sí, pero ¿por qué?

—Porque supone ejercer el Derecho en beneficio público. Está claro que usted no lo entiende. Estoy hablando de abogados que dedican su tiempo a ayudar a los demás. Eso es algo que nos enseñan en la facultad, y algunos de nosotros creemos en ello.

Wright estaba impresionado.

—Hablemos de Scully & Pershing.

—¿Qué pasa con ellos? Estoy seguro de que usted ya habrá hecho todas las averiguaciones pertinentes.

—¿Le ofrecieron un trabajo?

—Así es.

—¿Para empezar cuándo?

—El 2 de septiembre de este año. En julio pasaré el examen del Colegio de Abogados, de modo que empezaría a trabajar en septiembre.

—¿En condición de abogado junior?

—No, si le parece como socio de pleno derecho. ¡Vamos Bennie, ya conoce usted la rutina!

—No se enfade, Kyle, todavía nos queda mucho camino por recorrer.

—Ya veo. Y deberíamos cooperar y ser amiguetes porque nos une un proyecto común. Usted y yo, ¿no, Bennie? Como un par de viejos amigos. ¿Quiere decirme adónde demonios nos lleva todo esto?

—Nos lleva a Nueva York y a Scully & Pershing.

—¿Y qué pasa si no quiero trabajar allí?

—No tiene demasiadas opciones.

Kyle apoyó los codos encima de la mesa y se restregó los

ojos. La mesa era estrecha, de modo que sus rostros estaban apenas a medio metro de distancia el uno del otro.

—¿Ya ha dicho que no a Scully & Pershing? —quiso saber Wright.

—Doy por hecho que ya conoce la respuesta a esa pregunta porque doy por hecho que llevan ustedes bastante tiempo espiando mis conversaciones telefónicas.

—No todas.

—Usted es un vulgar matón.

—Los matones se dedican a romper piernas y todo eso. Nosotros somos mucho más listos.

—No. No he dicho que no a Scully & Pershing, pero sí les he explicado que estoy interesado en dedicarme durante un tiempo al ejercicio de la abogacía en interés público. Hemos hablado de un contrato aplazado y ellos me han dado un poco más de tiempo para que reflexione. De todas maneras, es cierto que debo tomar una decisión.

—O sea, que todavía están interesados en usted.

—Sí.

—¿Con un sueldo inicial de doscientos mil dólares?

—Más o menos. Seguro que ya conoce los números.

—Es uno de los mayores y más prestigiosos bufetes del mundo, ¿no?

—El más grande. Al menos eso es lo que no se cansan de repetir.

—Un bufete de primera fila, clientes importantes y socios ricos con contactos en todas partes... Vamos, Kyle, es el tipo de oferta por la que cualquier estudiante de Derecho sería capaz de matar. ¿Por qué no le interesa?

Kyle se puso en pie, caminó hasta la puerta, volvió y fulminó a Wright con la mirada.

—A ver si me aclaro. Usted quiere que yo acepte el ofrecimiento de Scully & Pershing por motivos que estoy seguro de que irán en contra de mis intereses, y si digo que no, entonces ustedes me chantajearán con el vídeo y una denuncia por violación, ¿no es así? Los tiros van por ahí, ¿verdad, Bennie?

—Más o menos, pero «chantaje» es una palabra muy fea.

—Estoy seguro de que es usted muy sensible, Bennie, y que no quiere ofender a nadie; pero se trata de chantaje o de extorsión. Llámelo como quiera. Un delito es un delito, y usted sigue siendo un vulgar matón.

—¡Cállese y deje de llamarme «matón»!

—Podría acudir mañana mismo a la policía y hacer que lo enchironaran por usurpar la identidad de un agente de la ley y por intento de chantaje.

—Eso no ocurrirá.

—Yo puedo hacer que ocurra.

Wright se levantó lentamente y, durante un escalofriante segundo, hizo un gesto como si fuera a golpear a Kyle. Pero entonces lo señaló con el dedo y le dijo:

—No es usted más que un crío que se llena la boca con grandes conceptos legales. ¿Quiere acudir a la policía? Adelante, hágalo. Siga con sus teorías de manual sobre lo que está bien y lo que está mal, ¿y sabe lo que pasará, Kyle? Pues que no me volverá a ver más. Los tipos que había al otro lado del pasillo, los falsos agentes del FBI, ya no están. Se han ido todos sin dejar rastro. Se han desvanecido para siempre, y yo no tardaré en ir a ver a la abogada de Elaine Keenan para mostrarle el vídeo, comprobar una vez más el valor de la fortuna de los Tate y darle la dirección y el teléfono de usted, de Alan Strock, y de Joey Bernardo. Ah, y también la animaré para que vaya a ver al fiscal de Pittsburg. Antes de que usted se haya dado cuenta, Kyle, la situación habrá escapado a su control. Puede que se presenten cargos contra usted o puede que no. Pero, créame, este asunto lo destruirá.

—¿Dónde está Elaine? ¿La tiene encerrada en un zulo o algo así?

—Eso carece de importancia. Lo que cuenta es que tenemos razones suficientes para creer que está convencida de que fue violada en ese apartamento de ustedes.

—No me diga.

—Esa chica es una bomba, Kyle, y esa grabación puede hacerla estallar. Le quedan a usted siete años, siete años preocupándose de si explotará o no.

Wright volvió a sentarse y a tomar notas mientras Kyle se sentaba en el borde de la cama, frente al espejo.

—La situación podría ponerse muy fea —continuó diciendo Wright—. Piénselo, Kyle. El mejor estudiante de la facultad de Derecho de Yale detenido y acusado de violación. Los grupos feministas pidiendo a gritos sus pelotas y las de los otros tres. El vídeo colgado en internet. Un juicio implacable que puede acabar con una sentencia de cárcel. Toda una vida echada a perder...

—¡Cállese!

—No. Si cree que sus amenazas de tres al cuarto me preocupan, se equivoca. Hablemos de lo importante. Hablemos de enterrar ese vídeo para que nadie lo vea nunca más. ¿Qué tal le suena eso, Kyle?

En esos momentos sonaba condenadamente bien. Kyle se rascó el mentón.

—¿Qué quiere realmente?

—Quiero que acepte el trabajo que le han ofrecido en Scully & Pershing.

—¿Por qué?

—Vaya, parece que por fin llegamos a alguna parte, Kyle. Ahora sí que podemos hablar de negocios. Creía que nunca iba a preguntar «por qué».

—¿Por qué? ¿Por qué? ¿Por qué?

—Porque necesito información.

—¡Fantástico! Eso lo explica todo. Muchas gracias.

—Atiéndame unos minutos, Kyle. Necesita usted que lo ponga en antecedentes. Hay dos gigantescas corporaciones que compiten entre ellas. Ambas valen miles de millones y se detestan mutuamente. Se han cruzado varias demandas, algunas muy feas, que han sido grandes espectáculos públicos en los que no ha habido un claro ganador. Al final, con el paso de los años, han aprendido a evitar los tribunales. Pero ahora se disponen a dirimir ante los juzgados la madre de todas las demandas. Se presentará dentro de unas semanas en un tribunal federal de la ciudad de Nueva York. Está en juego una cantidad que roza los ochocientos mil millones de dólares, y quien pierda es muy probable que no sobreviva. Se trata de una demanda muy sucia que para los abogados es como maná caído del cielo. Cada compañía utiliza los servicios de grandes bufetes de Wall Street, ¿y a que no lo adivina? Pues sí, sus respectivos bufetes se odian con la misma intensidad.

—No sabe lo impaciente que estoy por meter las narices en medio de todo eso.

—Pues eso es precisamente lo que va a hacer. Uno de los bufetes es Scully & Pershing; el otro, Agee, Poe & Epps.

—También conocido como APE.*

—En efecto.

—Me hicieron una entrevista.

—¿Y le ofrecieron trabajo?

—Yo creía que usted lo sabía todo.

—Solo lo que necesito saber.

—El bufete no me acabó de convencer.

—Así me gusta. Ahora tendrá ocasión de que le convenza aún menos.

* En inglés *ape* significa «simio» o «mono». *(N. del T.)*

Kyle fue al cuarto de baño, abrió el grifo y se refrescó la cara y el cuello con agua fría. Luego, se quedó mirando su cara en el espejo durante un momento. «No te canses —se dijo—, olvídate de la fatiga y el miedo. Intenta verlas venir y procura descentrar a ese tipo, hacerlo tropezar.»

Volvió a sentarse a la mesa, frente a Wright.

—¿Dónde encontró el vídeo? —le preguntó.

—Kyle, Kyle, no perdamos el tiempo.

—Si ese vídeo va a ser presentado ante un tribunal, el propietario del móvil que incorporaba la cámara tendrá que declarar, y usted no podrá proteger su identidad hasta ese punto. ¿Está él al tanto de todo esto? ¿Se lo ha explicado usted? Es uno de mis compañeros de hermandad, y me juego lo que sea a que se negará a testificar en un juicio.

—¿A juicio? ¿Está usted dispuesto a ir a juicio? Un juicio siempre plantea la posibilidad de que haya una condena, lo cual significa la cárcel. Y para los chicos blancos y guapos acusados de violación, la cárcel no es un buen sitio.

—Apuesto algo a que ella no presentará cargos.

—No tiene usted nada que apostar, Kyle. Elaine necesita dinero, y si cree que puede arrancar un buen pellizco a Tate y otro poco al resto no lo dudará. Fíese de lo que le digo.

—De usted no me fiaría ni para que me lavara la ropa sucia.

—Ya basta de insultos. Lo que haremos será ir a ver a la abogada de Elaine y explicarle lo que tiene que hacer con todo detalle. O quizá ni siquiera nos molestemos y esta misma noche colgaremos en internet una versión ligeramente modificada de la grabación en la que dejaremos solo la fiesta. Luego se la mandaremos a todo el mundo, a su familia, a sus amigos y conocidos, a sus futuros empleadores, para que vean. Y después de eso colgaremos y distribuiremos la versión con la violación. Cuando Elaine lo vea, ese rostro suyo, Kyle, se convertirá en portada de los periódicos.

Lo cierto es que Kyle se quedó con la boca abierta y los hombros caídos. No se le ocurrió una rápida respuesta, pero el pensamiento que acudió a su mente fue el de recibir un tiro. Aquel tal Wright que tenía delante era un asesino implacable que trabajaba para una empresa con recursos ilimitados y una férrea determinación. Estaban dispuestos a destruirlo y hasta era posible que incluso lo asesinaran.

Como si le leyera la mente, Wright se acercó y dijo:

—Escuche, Kyle, no somos hermanitas de la caridad. Estoy cansado de volver todo el rato a lo mismo. No estoy aquí para negociar. Estoy aquí para dar órdenes. O bien sigue mis instrucciones o llamo al despacho y digo a mis colegas que acaben con usted.

—Es usted despreciable.

—Vale. Solo hago mi trabajo.

—¡Pues menuda mierda de trabajo!

—¿Le parece si seguimos hablando del que va a ser el suyo próximamente?

—No he estudiado Derecho para convertirme en espía.

—No lo llamemos «espionaje», Kyle.

—Entonces, dígame cómo hay que llamarlo, Bennie.

—Llámelo «transferencia de información».

—¡Y una mierda! Se trata de espionaje puro y duro.

—La verdad es que me da igual cómo lo llame.

—¿Qué clase de información?

—Cuando la demanda se ponga en marcha, habrá un montón de documentos, millones, puede que decenas de millones. ¿Quién sabe? Muchos documentos y muchos secretos. Calculamos que cada bufete destinará al caso un equipo de unos cincuenta profesionales, de los cuales puede que unos diez sean socios y el resto abogados junior. Usted estará en el departamento de Litigios de Scully & Pershing, de manera que tendrá acceso a gran cantidad de material.

—La seguridad en un bufete como ese no es para tomársela a la ligera.

—Lo sabemos, y nuestros expertos en seguridad son mejores que los de ellos. Nosotros escribimos las normas, Kyle.

—No me cabe duda. ¿Puedo preguntar sobre qué pleitean esas dos grandes empresas?

—Secretos, tecnología...

—Estupendo, muchas gracias. ¿Y tienen nombre?

—Busque en *Fortune 500*. Se lo iré diciendo a medida que vayamos avanzando.

—¿Quiere decir eso que usted va a formar parte de mi vida durante un tiempo?

—Digamos que soy su entrenador particular. Usted y yo pasaremos mucho tiempo juntos.

—Entonces lo dejo. Sí, pégueme un tiro porque no pienso espiar ni robar. En el momento en que salga de Scully & Pershing con un documento o un disco que se supone que no debo tener y se lo entregue a usted o a quien sea, habré infringido la ley y violado la mitad de los principios éticos de la profesión. Me expulsarán del Colegio de Abogados y me condenarán.

—Solo si lo descubren.

—Me descubrirán.

—No. Nosotros somos demasiado listos, Kyle. Esto es algo que ya hemos hecho otras veces. Así nos ganamos la vida.

—¿Su empresa se especializa en robar documentos?

—Llámelo «espionaje corporativo». Lo hacemos constantemente y somos muy buenos.

—Entonces, váyanse a chantajear a otro.

—No puede ser. Todo gira alrededor de usted, Kyle. Piénselo: usted acepta el trabajo que siempre ha deseado, con un sueldo de fábula y se va a vivir a tope a la gran ciudad. Ellos lo matarán a trabajar durante unos cuantos años, pero se lo recompensarán. Cuando haya cumplido los treinta se habrá convertido en socio adjunto del bufete y ganará cuatrocientos mil al año. Tendrá un estupendo apartamento en el Soho y compartirá una casa de fin de semana en los Hamptons. Tendrá un Porsche y un montón de amigos tan listos, ricos y que ascenderán tan rápido como usted. Entonces, un día, esa demanda habrá quedado resuelta, y nosotros desapareceremos. El delito de violación habrá prescrito y nadie se acordará de ese vídeo. A la edad de treinta y dos o treinta y tres años le pedirán que se incorpore al bufete como socio de pleno derecho. Se embolsará uno o dos millones al año y estará en la cima de la fama con un gran futuro por delante. La vida es bella, y nadie sabrá nada de ninguna transferencia de información.

El dolor de cabeza que Kyle había estado incubando durante la hora anterior le brotó al fin en medio de la frente. Se tumbó en la cama y se masajeó las sienes. Cerró los ojos, pero se las arregló para seguir hablando en medio de la dolorosa oscuridad:

—Mire, Bennie, sé que le importan una mierda las cuestiones relativas a la ética y la moral, pero a mí no. ¿Cómo se supone que voy a vivir conmigo mismo si traiciono la confianza que mis jefes y mis clientes depositan en mí? Lo más importante que tiene un abogado es la confianza. Es algo que aprendí de mi padre siendo un adolescente.

—Lo único que nos interesa es conseguir la información. No dedicamos mucho tiempo a consideraciones morales.

—Eso es lo que imaginaba.

—Necesito un compromiso, Kyle. Necesito que me dé su palabra.

—¿Tiene una aspirina?

—No. ¿Tenemos un acuerdo, Kyle?

—¿Tiene algo para el dolor de cabeza?

—No.

—¿Tiene una pistola?

—En mi chaqueta.

—Déjemela.

Transcurrió un minuto en el más absoluto silencio. Wright no apartó los ojos de Kyle, que estaba inmóvil salvo por los dedos con los que se presionaba suavemente las sienes. Por fin se incorporó y preguntó con un hilo de voz:

—¿Cuánto tiempo más piensa quedarse aquí?

—No sé, todavía me quedan un montón de preguntas.

—Me lo temía, pero no estoy en condiciones de proseguir. La cabeza me va a estallar.

—Como quiera, Kyle. Es cosa suya, pero yo necesito una respuesta. Dígame si tenemos un trato, un acuerdo, si nos hemos entendido.

—¿Acaso tengo elección?

—Yo no la veo.

—Ni yo.

—¿Entonces?

—Si no tengo elección es que la elección ya está hecha.

—Muy bien, Kyle. Una sabia decisión.

—Sí, muchas gracias.

Wright se levantó y se estiró, como si hubiera puesto fin a un largo día de trabajo en la oficina. Ordenó los papeles, desconectó la cámara de vídeo y apagó el ordenador.

—¿Quiere descansar, Kyle?

—Sí.

—Tenemos varias habitaciones. Si le apetece puede descansar un rato; si no, podemos continuar mañana.

—Ya es mañana.

Wright se encontraba junto a la puerta. La abrió, y Kyle lo siguió. Cruzaron el pasillo y entraron en la habitación 222. Lo que antes había sido un centro de operaciones del FBI se había convertido en una vulgar habitación de motel de ochenta y nueve dólares la noche. Ginyard, Plant y los demás impostores hacía rato que se habían marchado, llevándoselo todo consigo: archivadores, ordenadores, fotos ampliadas, trípodes, maletines, cajas y mesas y sillas plegables. La cama volvía a ocupar el centro del cuarto, recién hecha.

—¿Quiere que lo despierte dentro de unas horas? —preguntó Wright, todo amabilidad.

—No. Déjeme en paz.

—Estaré al otro lado del pasillo.

Cuando se quedó solo, Kyle retiró la colcha, se tumbó, apagó la luz y se durmió enseguida.

6

Contrariamente a sus mejores intenciones, Kyle se despertó varias horas más tarde. Deseaba dormir para siempre, dejarse ir y que se olvidaran de él, pero se despertó en una habitación sofocante y en una cama dura. Durante unos segundos no supo dónde se encontraba ni cómo había llegado hasta allí. La cabeza aún le dolía, y tenía la boca seca. Sin embargo, la pesadilla no tardó en volver, y sintió el imperioso deseo de correr, de salir fuera, donde pudiera contemplar el motel y convencerse de que el encuentro con el detective Wright no había ocurrido. Necesitaba aire fresco y seguramente alguien con quien hablar.

Salió sigilosamente de la habitación, recorrió el pasillo y bajó por la escalera de puntillas. En el vestíbulo, un grupo de vendedores tomaba café y hablaba a toda prisa, impacientes por empezar su jornada. El sol brillaba en el cielo y había dejado de nevar. Fuera, el aire era fresco y penetrante, y lo inhaló como si se hubiera estado ahogando. Caminó hasta su jeep, puso el motor en marcha, encendió la calefacción y esperó a que la nieve acumulada en el parabrisas se derritiera.

El shock se le estaba pasando, pero la realidad era aún peor. Comprobó las llamadas en el móvil. Su novia había llamado seis veces; su compañero de piso, tres. Estaban preocupados. Le esperaba una clase a las nueve en punto y un montón de trabajo en la revista jurídica. Sin embargo, en esos momentos, nada —novia, compañero de piso, facultad o trabajo— despertaba su interés. Salió del Holiday Inn y condujo hacia el este por la Highway 1 hasta que dejó New Haven tras él. Se situó detrás de una máquina quitanieves y se contentó con mantener una velocidad de cincuenta por hora. Otros coches se situaron tras él y, por primera vez, se preguntó si alguien lo estaría siguiendo. Empezó a vigilar por el retrovisor.

En el pequeño pueblo de Guilford encontró una farmacia abierta y compró aspirinas. Se tomó un par con un refresco y se disponía a volver a New Haven cuando se fijó en el restaurante que había al otro lado de la calle. No había comido nada desde el almuerzo del día anterior y, de repente, se sintió hambriento. Casi pudo paladear el sabor del beicon tostado.

El restaurante estaba lleno de los parroquianos habituales a la hora del desayuno. Kyle encontró un asiento vacío en la barra y pidió huevos revueltos, beicon, patatas asadas, tostadas, café y zumo de naranja. Comió en silencio mientras oía a su alrededor el rumor de las conversaciones y las risas. El dolor de cabeza se le pasó rápidamente, y empezó a hacer planes para el día. Su novia planteaba un problema. Doce horas sin contacto, haber pasado la noche fuera de su apartamento: todos ellos comportamientos desacostumbrados en alguien tan disciplinado como él. En cualquier caso, no podía contarle la verdad. La verdad era cosa del pasado. El presente y el futuro serían una vida plagada de mentiras, ocultaciones, espionaje y más mentiras.

Olivia era una estudiante de primer año de Derecho en Yale, una joven de California graduada en la UCLA, muy brillante y ambiciosa, que no buscaba un compromiso serio. Hacía cuatro meses que salían juntos, y su relación era más informal que romántica. Aun así, a Kyle no le apetecía nada la idea de tener que contarle una confusa historia de una noche que se había desvanecido como si tal cosa.

Alguien se le acercó por detrás, y apareció una mano con una tarjeta de visita. Kyle miró a su derecha y se encontró cara a cara con el hombre a quien conocía como el Agente Especial Ginyard y que en ese momento iba vestido con vaqueros y un abrigo de pelo de camello.

—El señor Wright quiere verlo a las tres de la tarde, después de clase, en la misma habitación —dijo y desapareció antes de que Kyle pudiera replicar.

Este recogió la tarjeta, donde no había nada salvo un mensaje escrito a mano: «15 h. Habitación 222. Holiday Inn». La miró largo rato. Al final se dio cuenta de que la comida que tenía delante había dejado de interesarle.

«¿Es este el futuro que me espera? —se preguntó—, ¿tener a alguien siguiéndome siempre, acechando entre las sombras, escuchando?»

En la puerta del restaurante se estaba formando una cola de gente que esperaba para sentarse. La camarera le entregó la cuenta con una sonrisa que decía «gracias, pero es hora de marcharse». Kyle se levantó, pagó en la caja y salió. Una vez fuera hizo un esfuerzo por no examinar los coches aparcados en busca de quienes le seguían los pasos. Llamó a Olivia, que estaba durmiendo.

—¿Estás bien? —preguntó ella.

—Sí, perfectamente.

—No quiero saber nada más. Dime solo que no estás herido.

—No estoy herido, estoy bien y lo siento.

—No te disculpes.

—Sí, me estoy disculpando. Tendría que haberte llamado.

—No quiero saberlo.

—Sí, sí que quieres. ¿Aceptas mis disculpas?

—No lo sé.

—Eso está mejor. Esperaba que te enfadaras un poco.

—Pues no me hagas enfadar más.

—¿Qué tal si comemos?

—No.

—¿Por qué no?

—Porque estoy ocupada.

—No puedes saltarte el almuerzo.

—¿Dónde estás?

—En Guilford.

—¿Y dónde está eso?

—En la carretera de New Haven. Hay un sitio estupendo para desayunar. Un día te llevaré.

—No sabes lo impaciente que estoy.

—Reúnete conmigo en The Grill a mediodía, por favor.

—Lo pensaré.

Regresó a New Haven negándose a mirar por el retrovisor cada medio kilómetro. Entró en su apartamento sin hacer ruido y se dio una ducha. Mitch, su compañero de piso, era capaz de dormir en pleno terremoto, y cuando salió del dormitorio encontró a Kyle tomando un café en la cocina y leyendo un periódico en internet. Le hizo unas cuantas preguntas sobre la noche anterior, pero Kyle las sorteó hábilmente y le dio a entender que se había encontrado con otra chica y que las cosas le habían salido realmente bien. Mitch se volvió a la cama.

Unos meses antes, los dos se habían prometido fidelidad mutua, de modo que, cuando Olivia se convenció de que Kyle no mentía, su actitud se suavizó un tanto. La historia que él había estado ensayando varias horas seguidas fue la siguiente: había pasado todo el día dando vueltas a su intención inicial de dedicarse al ejercicio de la abogacía en pro del interés público en lugar de unirse a un bufete importante. En sus planes no figuraba dedicarse de por vida a ejercer a favor de los oprimidos, así que, ¿por qué empezar por ahí? Tarde o temprano acabaría en Nueva York; por lo tanto, no tenía sentido aplazar lo inevitable. Después del partido de baloncesto se había dado cuenta de que tenía que tomar una decisión, de modo que había desconectado el móvil y salido a dar una vuelta con el coche por la Highway 1, hasta Rhode Island. Había perdido la noción del tiempo y, pasada la medianoche, le había pillado una nevada y se había visto obligado a alojarse en un motel de carretera.

Al final, y después de mucho pensarlo, había cambiado de opinión: aceptaría la oferta de Scully & Pershing e iría a trabajar a Nueva York.

Explicó todo eso mientras se tomaban un sándwich en The Grill. Olivia lo escuchó incrédula, pero no lo interrumpió. Pareció aceptar sin problemas lo de la noche anterior, pero no se tragó el repentino cambio de planes.

—¿Bromeas o qué? —le preguntó cuando Kyle le resumió su decisión.

—No ha sido fácil —respondió él a la defensiva. Sabía que aquello no iba a ser agradable.

—Pero si tú eras don *pro bono*, el letrado de la caridad.

—Lo sé, lo sé. Me siento como un traidor.

—Y lo eres. ¡Te estás vendiendo como todos los demás estudiantes de tercer año!

—Baja la voz, por favor —rogó Kyle, mirando alrededor—. No montemos una escena.

Olivia bajó el tono pero no las cejas.

—Tú mismo me lo has dicho cientos de veces, Kyle. Todos salimos de la facultad cargados de buenas intenciones, deseando hacer el bien, ayudar al prójimo y combatir las injusticias;

pero, a lo largo del camino nos corrompemos y nos convertimos en prostitutas que se venden por dinero a las grandes corporaciones. Esas fueron tus palabras, Kyle.

—Sí, me resultan familiares.

—¡No puedo creerlo!

Comieron en silencio durante un rato, pero los sándwiches ya no eran importantes.

—Tenemos treinta años por delante para forrarnos —dijo al fin Olivia—. ¿Por qué no podemos dedicar un par de ellos a trabajar para los demás?

Kyle estaba contra las cuerdas y parecía angustiado.

—Lo sé, lo sé —farfulló lastimeramente—, pero el momento es importante. No estoy seguro de que los de Scully & Pershing vayan a mantener su oferta.

Era mentira, desde luego; pero, ¡qué demonios!, cuando se empezaba, ¿por qué parar? Los embustes se multiplicaban solos.

—¡Vamos, por favor! Podrás conseguir entrar en el bufete que te dé la gana tanto ahora como dentro de cinco años.

—No estoy tan seguro de eso. El mercado de trabajo se está contrayendo. Ya hay más de un bufete importante que ha anunciado despidos.

Olivia apartó el plato y se cruzó de brazos.

—¡Esto es increíble! —exclamó.

Y en ese momento a Kyle también se lo parecía; pero era importante que, a partir de ese instante y para siempre, diera la impresión de que había sopesado cuidadosamente los pros y los contras antes de tomar una decisión. En otras palabras: tenía que vender su historia, y Olivia era la primera prueba. Sus amigos serían la siguiente y a continuación llegaría la de sus profesores favoritos. Cuando hubiera ensayado unas cuantas veces y acabado de pulir la mentira, de algún modo reuniría el valor suficiente para ir a ver a su padre y comunicarle una noticia que sin duda desencadenaría una desagradable discusión. John McAvoy aborrecía la idea de que su hijo acabara trabajando para un gran bufete de Wall Street.

No obstante, la capacidad de vendedor de Kyle no bastó para convencer a Olivia. Intercambiaron unos cuantos comentarios mordaces más y acabaron marchándose cada uno por su lado. No hubo un beso de despedida, no hubo un abrazo ni tampoco la promesa de llamarse. Kyle pasó una hora en su despacho de la revista jurídica y después, a regañadientes, se dirigió al motel.

La habitación había cambiado poco. El ordenador y la cámara de vídeo se habían esfumado, y no había rastro de artefactos electrónicos. Sin embargo, Kyle estaba seguro de que alguien grabaría sus palabras de algún modo. La mesa plegable seguía siendo el terreno de juego, pero había sido colocada junto a la ventana. Las sillas plegables eran las mismas. El ambiente era igual de austero que el de una sala de interrogatorios hundida en el sótano de una comisaría.

El dolor de cabeza le había vuelto.

Kyle dejó encima de la mesa la tarjeta que Ginyard le había entregado y empezó con un amable: «Por favor, diga a ese hijo de puta que deje de seguirme».

—Teníamos cierta curiosidad. Eso es todo, Kyle.

—No quiero que me sigan, Bennie. ¿Está claro?

Bennie se limitó a contestar con una sonrisa taimada.

—El trato queda roto, Bennie —prosiguió Kyle—. No pienso pasarme la vida con una panda de esbirros a mi espalda, espiando mis movimientos. Olvídese de las vigilancias, de pinchar teléfonos, de poner micrófonos y de husmear en mi correo electrónico, Bennie. ¿Me está escuchando? No tengo intención de pasear por Nueva York preguntándome a quién llevo pegado a mis talones. No quiero hablar por teléfono y tener que pensar que puede que me esté escuchando uno de sus matones. Ya me ha jodido la vida, Bennie. Lo menos que puede hacer es respetar mi intimidad.

—No tenemos planes para...

—Eso es mentira, y usted lo sabe. Le voy a explicar cuál va a ser nuestro trato a partir de ahora, Bennie. En este mismo momento llegamos al acuerdo de que sus hombres se mantendrán alejados de mi vida. Nada de espiarme, de seguirme, de esconderse entre las sombras ni de jugar al gato y el ratón conmigo. Haré lo que quieran que haga, sea lo que sea eso, pero tienen que dejarme en paz.

—¿Y si no?

—¿Y si no? Si no me la jugaré con Elaine Keenan y su falsa acusación de violación. Mire, Bennie, si mi vida se va a ir al garete pase lo que pase, ¿qué más me da? Prefiero ser yo quien decida el cuándo y el cómo. Tengo a Elaine por un lado y a sus matones por el otro.

Bennie dejó escapar un suspiro y se aclaró la garganta.

—Lo entiendo, Kyle; pero, para nosotros es importante mantener el contacto con usted. Es la esencia de nuestro trabajo. A eso nos dedicamos.

—Es chantaje, puro y duro.

—Kyle, Kyle, basta de eso. No hace avanzar la pelota.

—Mire, déjese de la historia de la pelota. Ya estoy cansado.

—No podemos correr el riesgo de perder su rastro en Nueva York.

—Mire, Bennie, se lo resumiré: no me espiarán, no me seguirán y no me vigilarán. ¿Lo ha entendido, Bennie?

—Eso podría plantear un problema.

—Ya es un problema. ¿Qué quiere? Sabrá dónde vivo y dónde trabajo, que serán básicamente los mismos sitios durante los próximos cinco años. Pasaré dieciocho horas al día en la oficina, cuando no más. ¿Quiere decirme por qué es necesario que me tengan vigilado todo el tiempo?

—Es el procedimiento habitual.

—Entonces, cámbielo. Esto no es materia negociable. —Kyle se puso en pie y fue hacia la puerta.

—¿Adónde va? —preguntó Bennie, levantándose.

—No es asunto suyo, de modo que no me siga. ¡No me siga, Bennie! —Kyle tenía la mano en el picaporte.

—Vale, vale. Creo que por una vez podemos ser flexibles. Entiendo lo que quiere decir.

—¿Cuándo y dónde?

—Ahora.

—No, ahora no. Tengo cosas que hacer sin que me vigilen.

—Pero tenemos que hablar de muchas cosas todavía, Kyle.

—¿Cuándo?

—¿Qué le parece esta noche, a las seis?

—Estaré aquí a las ocho y solo durante una hora. Y mañana no pienso volver.

7

Kyle subió al tren de las 7.22 horas en la estación de New Haven con destino a Grand Central. Se había puesto el mejor de sus dos trajes, una camisa blanca con una corbata muy aburrida y unos zapatos negros de cordones. Llevaba en la mano un elegante maletín, que su padre le había regalado por Navidad, y también la última edición del *New York Times* y del *Wall Street Journal*. En resumen, resultaba imposible distinguirlo del resto de ojerosos ejecutivos que se dirigían a sus trabajos.

Mientras el nevado paisaje pasaba como un borrón junto a la ventanilla, Kyle dejó vagar su mente. Se preguntó si algún día viviría en las afueras y si tendría que hacer todos los días un trayecto en tren de tres horas para que sus hijos pudieran asistir a los mejores colegios y pasear tranquilamente en bicicleta por calles llenas de hojas caídas. A los veinticinco años de edad, la perspectiva no resultaba precisamente seductora; pero lo cierto era que, en esos momentos, todo lo relacionado con su futuro parecía complicado y siniestro. Afortunado sería si no acababa acusado de algún delito grave o expulsado del Colegio de Abogados. La vida en los grandes bufetes ya era bastante difícil durante los primeros años para encima tener que soportar la presión adicional de robar información confidencial y rezar para no ser descubierto.

Quizá el viajar a diario para acudir al trabajo no fuera tan desagradable después de todo.

Al cabo de tres días y muchas horas de conversación, negociaciones, regateos y amenazas, Bennie Wright por fin se había marchado de la ciudad. Había regresado a las sombras, pero sin duda volvería a materializarse. Kyle odiaba su voz, su rostro, sus maneras, sus manos tranquilas y velludas, su calva, sus modales apremiantes y confiados. Odiaba todo lo relacionado con Bennie Wright y su empresa —o lo que esta fuera— y en más de una ocasión a lo largo de la semana anterior había cambiado de opinión en plena noche y lo había enviado al infierno.

Luego, en la oscuridad, había notado el contacto de las esposas, visto su foto en los diarios y la expresión del rostro de sus padres; y lo peor de todo: se había visto a sí mismo, incapaz de mirar a los miembros del jurado mientras el vídeo se proyectaba ante un tribunal sumido en el silencio.

«¿Está despierta?», preguntaba Joey Bernardo mientras Baxter Tate tenía a Elaine Keenan en el sofá.

«¿Está despierta?»

Aquellas palabras avivaban ecos en la sala.

La campiña cedió paso a los suburbios y el tren no tardó en meterse en el túnel bajo el East River para entrar en Manhattan. Kyle salió de Grand Central y cogió un taxi en la esquina de Lexington y la Cuarenta y dos. No había mirado por encima del hombro ni una sola vez.

Scully & Pershing alquilaba la mitad superior de un edificio llamado «110 Broad», una elegante construcción de cristal y acero de cuarenta y cuatro pisos situada en el corazón del barrio financiero. Kyle había pasado diez semanas allí como becario el verano anterior, dedicado a la rutina habitual de hacer amigos, ir de bares, ver a los Yankees y trabajar sin matarse unas pocas horas al día. Como trabajo era una bicoca, y todo el mundo lo sabía. Luego, si la seducción daba resultado —y siempre lo daba— los becarios se convertían en abogados junior después de graduarse, y sus vidas daban un giro de ciento ochenta grados.

Eran casi las diez de la mañana, y los ascensores estaban prácticamente vacíos. Hacía horas que los abogados se hallaban en sus despachos. Se apeó en el piso treinta, donde se hallaba el vestíbulo principal del bufete, y se detuvo durante un segundo para admirar las enormes letras de bronce que informaban a todos los visitantes de que se encontraban en el sagrado territorio de Scully & Pershing, Abogados; en el de sus dos mil cien letrados, en el mayor bufete que el mundo hubiera conocido, el primero y el único en presumir de más dos mil abogados en nómina; el bufete que más empresas de *Fortune 5000* asesoraba, con oficinas en diez ciudades de Estados Unidos y en veinte capitales extranjeras; ciento treinta años de rígida tradición; un imán para los mejores talentos jurídicos que el dinero podía comprar. Sinónimo de poder, riqueza y prestigio.

No habían pasado ni cinco segundos y ya se sentía un intruso.

Las paredes estaban cubiertas de arte abstracto. Los muebles eran lujosos y modernos. Algún genio asiático se había encargado de la decoración, que era digna de salir en las revistas. Encima de la mesa había un folleto que abundaba en los detalles, ¡como si los que trabajaban allí tuvieran tiempo que perder disfrutando de los diseños de interior! Una guapa y menuda recepcionista subida a unos tacones de aguja anotó su nombre y le pidió que esperara un momento. Kyle se dio la vuelta y se quedó mirando un cuadro abstracto, tan abstracto que no supo qué estaba viendo. Al cabo de unos minutos de trance hipnótico, oyó que la recepcionista le decía:

—El señor Peckham lo está esperando. Es dos pisos más arriba.

Kyle subió por la escalera.

Como muchos bufetes de Manhattan, Scully & Pershing gastaba dinero en ascensores, zonas de recepción y salas de reuniones, en todas las zonas que los clientes y las visitas podían llegar a ver; pero en las entrañas de la máquina, allí donde se desarrollaba el verdadero trabajo, reinaba una eficiente austeridad. Las paredes estaban llenas de archivadores; las secretarias y las mecanógrafas, todas mujeres, trabajaban en diminutos cubículos, casi codo con codo; los chicos de las fotocopiadoras y de hacer recados lo hacían de pie. El metro cuadrado en Manhattan era demasiado caro para que pudieran disponer de su propio espacio, por reducido que fuera. Los socios de rango inferior y los junior más veteranos disfrutaban de pequeños despachos con vistas a los edificios vecinos.

Los recién contratados compartían unos estrechos cuartuchos sin ventanas, divididos en tres o cuatro diminutos cubículos apodados «jaulas», apartados de la vista de todos. Unas instalaciones incómodas, un horario infernal, unos jefes sádicos, una presión insoportable, todo ello formaba parte de la experiencia de trabajar en un bufete del más alto nivel. Antes de terminar su primer año en la facultad, Kyle ya había oído historias de todo tipo sobre lo que eso significaba. Scully & Pershing no era ni mejor ni peor que otros megabufetes cuando se trataba de comprar a los más brillantes cerebros recién salidos de la facultad y después quemarlos a fuerza de trabajar.

Los despachos más espaciosos se encontraban en las esquinas de cada planta, y en ellos los socios de pleno derecho tenían por ello derecho a poner sus cosas y decir la última palabra en decoración. Uno de ellos era Doug Peckham, un especialista en litigios, de cuarenta y un años, un hombre de Yale que había supervisado la becaría de Kyle y con quien este había trabado cierta amistad.

Pasaban unos minutos de las diez cuando acompañaron a Kyle hasta el despacho de Peckham. Un par de junior estaban saliendo y, fuera cual fuese el motivo de la reunión, estaba claro que no había ido bien. Los dos abogados parecían descompuestos, y Peckham hacía evidentes esfuerzos por recobrar la compostura.

Intercambiaron saludos y unas cuantas trivialidades, las clásicas bromas sobre Yale. Kyle sabía que Peckham facturaba ochocientos dólares la hora y que trabajaba un mínimo de diez diarias, y por lo tanto era consciente de lo valioso del tiempo que este le estaba dedicando.

—La verdad —dijo Kyle yendo al grano—, es que no estoy seguro de querer pasar dos años de mi vida en asesoramiento legal.

—No te lo reprocho, muchacho —contestó Peckham con voz rápida y entrecortada—. Tienes demasiado potencial para desperdiciarlo de esa manera. Tu futuro está aquí —dijo abriendo los brazos y abarcando su pequeño imperio.

Se trataba de un agradable despacho, sin duda espacioso si se comparaba con los demás, pero no era ningún reino.

—Si he de ser sincero, lo que más me gustaría sería trabajar en el departamento de Litigios.

—No veo que eso sea un problema. Lo hiciste muy bien como becario y nos dejaste muy impresionados. Yo mismo presentaré la solicitud. De todas maneras, ya sabes que el ambiente de los tribunales no es para todos los paladares.

Eso era lo que se decía en el mundillo. La trayectoria profesional de un especialista en juicios era de unos veinticinco años como promedio. Se trataba de un trabajo de mucha presión y gran estrés. Puede que Peckham tuviera cuarenta y un años, pero podía pasar fácilmente por cincuenta. Tenía el pelo completamente gris, grandes bolsas bajo los ojos, barriga y una buena papada. Seguramente hacía años que no iba al gimnasio.

—Debo decirte que mi fecha límite para aceptar la oferta del bufete ha pasado —confesó Kyle.

—¿Cuándo?

—Hace una semana.

—Bah, eso no será problema en el caso del editor de la revista jurídica de Yale. No te preocupes, hablaré con Woody, de Recursos Humanos, y lo arreglaremos. Nuestros fichajes han salido muy bien. Te unirás al mejor equipo de novatos que hemos tenido desde hace tiempo.

Eso mismo se decía todos los años en todos los bufetes.

—Gracias, me gustaría trabajar en el grupo de prácticas judiciales.

—Dalo por hecho.

Peckham miró el reloj: la entrevista había terminado. Sonó el teléfono. Fuera se oían voces apagadas. Mientras Kyle le estrechaba la mano y se despedía se dijo que no deseaba convertirse en otro Doug Peckham. Lo cierto era que no tenía ni idea de en qué quería convertirse o si, de hecho, lograría ser algo más que un abogado expulsado del Colegio; lo que sí sabía era que vender su alma para convertirse en socio de un gran bufete no entraba en sus planes.

En la puerta esperaban dos abogados jóvenes, pulcramente vestidos, no mucho mayores que Kyle. Presuntuosos, agobiados y nerviosos. Entraron en la guarida del león. La puerta apenas había empezado a cerrarse, pero Peckham ya alzaba la voz. ¡Menuda vida! Y ese era un día tranquilo en el departamento de Litigios. La verdadera presión estaba en los tribunales.

Mientras bajaba en el ascensor, Kyle se dio cuenta de lo absurdo del trabajo que le habían encargado. Cuando se marchara a casa, junto con otros cientos como él, se suponía que debía llevarse, oculta en su persona o entre sus efectos particulares, información secreta que no le pertenecía a él sino al bufete, y más concretamente a su cliente, para después entregar esa valiosa mercancía a Bennie, el de las manos velludas, o como demonios se llamara, que acto seguido la utilizaría en contra del bufete y su cliente.

En el ascensor viajaban otras cuatro personas. Unas gotas de sudor le perlaron la frente. «¿A quién estoy engañando? —se preguntó—. Mi vida se va a resumir en la posibilidad de acabar en la cárcel por violación en Pensilvania o en la de Nueva York por robo de material reservado. Pero también puedo verlo de otra manera: cuatro años de universidad y tres de posgrado en la facultad de Derecho, en total siete años bastante productivos con todo el futuro por delante, para convertirme en un ladrón muy bien pagado.»

Y encima no tenía nadie con quien hablar.

De repente, sintió deseos de largarse, de escapar de aquel ascensor, de la ciudad y de su comprometida situación. Cerró los ojos y habló un momento consigo mismo.

En Pensilvania tenían pruebas contra él; en Nueva York no, al menos de momento. Sin embargo, estaba convencido de que lo descubrirían. Aún faltaban meses para que cometiera el delito, pero ya sabía que lo atraparían.

A un par de manzanas encontró una cafetería. Se sentó junto a la ventana y estuvo un buen rato contemplando tristemente 110 Broad, la torre que no tardaría en convertirse en su hogar o en su prisión. Conocía de memoria los números, la estadística. Scully & Pershing contrataría a ciento cincuenta nuevos abogados junior en todo el mundo, de los cuales cien solo para la oficina de Nueva York. El bufete les pagaría a todos un buen sueldo que equivaldría casi a unos cien dólares la hora, y después cobraría a sus adinerados clientes por el trabajo de esos profesionales la misma cantidad multiplicada varias veces. De Kyle, lo mismo que de todos los novatos que se estrenarían en Wall Street, esperarían un mínimo de dos mil horas facturadas al año, aunque para causar buena impresión harían falta bastantes más. Las semanas de cien horas de trabajo no serían nada extraordinario. Transcurridos dos años, los junior empezarían a marcharse en busca de un ritmo de trabajo más razonable. La mitad lo habrían dejado a los cuatro. El diez por ciento sobreviviría y ascendería con uñas y dientes hasta que, tras siete u ocho años, serían premiados y pasarían a convertirse en socios. Los que no se hubieran quedado por el camino y el bufete no considerara aptos para ser socios serían despedidos.

El trabajo se había vuelto tan duro que la moda consistía en que los bufetes compitieran en el mercado como organizaciones donde lo importante era la calidad de vida y en las que los junior no tenían que facturar tantas horas, podrían disfrutar de más vacaciones y esas cosas. Sin embargo, la mayoría de las veces se trataba de un mero truco publicitario. En la cultura de adicción al trabajo de los grandes bufetes, se esperaba que los abogados más jóvenes facturaran tanto como los socios, al margen de lo que los jefes de personal les hubieran dicho durante un almuerzo meses antes.

Sin duda, el sueldo era magnífico: al menos, doscientos mil para empezar; cantidad que se podía doblar en cinco años cuando se alcanzaba la categoría de veterano. Siete años después, se volvía a multiplicar por dos si uno pasaba a ser socio de primer nivel. A los treinta y cinco años, los socios de pleno derecho podían ganar más de un millón de dólares al año y esperar que esa cantidad aumentara considerablemente con los años.

Números y más números. Kyle estaba harto de números. Echaba de menos las montañas Blue Ridge y un sueldo de treinta y dos mil dólares al año sin incentivos pero también sin la presión y el estrés de la vida en la ciudad. Anhelaba más libertad.

Sin embargo, lo que lo esperaba era otra reunión con Bennie Wright. Cogió un taxi que lo dejó en el Millenium Hilton de Church Street. Kyle pagó la carrera, saludó al portero y fue directamente a los ascensores para subir cuatro pisos y llegar a la habitación donde su contacto lo estaba esperando. Bennie le invitó a tomar una manzana de un cuenco que había en la mesa, pero Kyle rehusó sentarse e incluso quitarse la chaqueta.

—La oferta sigue en pie —explicó—. Empezaré en septiembre junto al resto de los nuevos junior.

—Bien. Lo contrario me habría sorprendido. ¿Estará en el departamento de Litigios?

—Eso opina Peckham.

Bennie tenía un expediente sobre Peckham y también de los socios que estaban en el departamento de Litigios y de muchos de los demás abogados del bufete.

—Sin embargo, no está garantizado —añadió Kyle.

—Usted se ocupará de que así sea.

—Ya veremos.

—¿Ha pensado en buscarse un apartamento en Manhattan?

—No. Todavía no.

—Bueno, pues nosotros hemos hecho los deberes y mirado algunos.

—Tiene gracia, no recordaba haberles pedido ayuda.

—Y hemos encontrado un par que podrían ser ideales.

—¿Ideales para quién?

—Para usted, naturalmente. Los dos están en Tribeca y bastante cerca de su oficina.

—¿Qué le hace pensar que tengo alguna intención de vivir donde ustedes quieren que viva?

—Nosotros correríamos con el alquiler. No son pisos precisamente baratos.

—Ya veo. Ustedes me encuentran un apartamento y lo pagan; de ese modo se aseguran de que no necesite un compañero de piso, lo cual significa una persona menos de la que preocuparse. ¿No es así, Bennie? Eso ayudará a mantenerme aislado. Además, si me pagan el alquiler querrá decir que estamos vinculados en lo económico. Usted me paga, y yo le entrego información confidencial, igual que dos astutos hombres de negocios, ¿verdad, Bennie?

—Encontrar un apartamento en esta ciudad puede ser un verdadero calvario. Solo pretendía ayudar.

—No sabe cuánto se lo agradezco. No me cabe duda de que esos pisos deben de ser fáciles a la hora de llenarlos de cámaras, micrófonos y artefactos que prefiero no imaginar. De todas maneras, ha sido un buen intento, Bennie.

—El alquiler es de cinco mil dólares al mes.

—Quédeselos. No me pueden comprar. Está claro que pueden chantajearme, pero comprarme no.

—¿Y dónde piensa vivir?

—Donde me dé la gana. Ya encontraré un sitio, y será sin su colaboración.

—Como usted quiera.

—De eso se trata, precisamente. ¿De qué más quiere que hablemos?

Bennie se acercó a la mesa, cogió una libreta de notas y la examinó como si no supiera lo que estaba escrito en ella.

—¿Ha ido alguna vez al psiquiatra? —preguntó.

—No.

—¿Y al psicólogo?

—Tampoco.

—¿A un consejero o a un terapeuta de algún tipo?

—Sí.

—Detalles, por favor.

—No fue nada.

—Entonces hablemos de ese «nada». ¿Qué ocurrió?

Kyle se apoyó en la pared y se cruzó de brazos. En su mente no le cabía duda de que Bennie ya sabía casi todo lo que él iba a contarle. Sabía demasiado.

—Después del incidente con Elaine y después de que la policía hubiera concluido su investigación, hablé con un asesor de los servicios universitarios de salud que me envió a un tal doctor Thorpe, un especialista en adicciones a las drogas y el alcohol que me obligó a mirar en lo más hondo de mí mismo y me convenció de que si seguía bebiendo la cosa acabaría mal.

—¿Era usted un alcohólico?

—No. Al menos el doctor Thorpe no lo creyó así. Ni yo tampoco, dicho sea de paso. De todas maneras empinaba demasiado el codo, sobre todo bebía alcohol de garrafón. En cambio, fumaba muy poca hierba.

—¿Y sigue usted seco?

—Dejé de beber, me hice mayor y encontré otros compañeros de piso. Desde entonces no he vuelto. Todavía tengo que echar de menos las resacas.

—¿Ni siquiera una cerveza de vez en cuando?

—No. Ni siquiera pienso en ello.

Bennie asintió, como si diera su aprobación.

—¿Y qué hay de esa chica?

—¿Qué pasa con ella?

—¿Esa relación va en serio?

—No estoy seguro de qué pinta usted en esto, Bennie. ¿Me lo quiere aclarar?

—Su vida ya va a ser bastante complicada sin romances de por medio. Una relación seria puede plantear problemas. Sería mejor si la aplazara unos años.

Kyle se echó a reír de incredulidad y frustración. Meneó la cabeza e intentó pensar en una réplica adecuada, pero no se le ocurrió nada. Lamentablemente, no tenía más remedio que estar de acuerdo con su torturador. Además, su relación con Olivia no parecía que fuera a llegar muy lejos.

—¿Y qué más, Bennie? ¿Será usted tan amable de darme permiso para tener amigos? ¿Podré ir a visitar a mis padres de vez en cuando?

—No tendrá tiempo.

Kyle se dirigió de repente a la puerta, la abrió violentamente y salió dando un sonoro portazo.

8

En la planta baja de la facultad de Derecho de Yale hay una sala para estudiantes, y la pared donde se halla la puerta está llena de carteles y avisos que anuncian puestos de becarios e incluso ofertas de trabajo en el ámbito del ejercicio del Derecho en pro de los desfavorecidos. La universidad estimula a los alumnos para que decidan dedicar algunos años a defender a mujeres maltratadas, niños víctimas de abusos, reos condenados a muerte, inmigrantes, menores que han escapado de casa, indigentes acusados de algún delito o sin techo solicitantes de asilo político, inmigrantes llegados en patera de Haití, estadounidenses encerrados en cárceles extranjeras y extranjeros encerrados en cárceles estadounidenses, personas que se acogen a la Primera Enmienda, aquellas que han sido injustamente condenadas a muerte o a cadena perpetua, activistas medioambientales, etc.

En Yale tienen gran fe en el ejercicio del Derecho entendido como beneficio público. A menudo las solicitudes de ingreso son aprobadas o rechazadas por la predisposición al voluntariado o por las opiniones del solicitante a favor de consagrar sus conocimientos jurídicos en beneficio del mundo. A los estudiantes de primer año se los satura con las virtudes de esa rama de la profesión y se espera de ellos que se involucren en su ejercicio lo antes posible.

Y la mayoría de ellos lo hace. Alrededor del ochenta por ciento de los recién ingresados dicen sentirse atraídos por el mundo del Derecho para ayudar al prójimo. Sin embargo, llega un momento, normalmente a mediados del segundo año, en que las cosas empiezan a cambiar. Los grandes bufetes hacen su aparición en el campus para entrevistar y empezar su proceso de selección de personal. Ofrecen becas de verano con sueldos interesantes y la perspectiva de pasar diez semanas de entretenimiento y diversión en Nueva York, Washington o San Francisco. Y lo más importante: llegan llevando en el bolsillo las llaves de las ocupaciones más lucrativas. Entonces, en Yale, como en el resto de las más prestigiosas facultades de Derecho, se definen dos bandos, y muchos de los que se declaraban enamorados del sueño de ayudar a los menos favorecidos de repente cambian de bando y empiezan a soñar con poder jugar en la liga de primera división del ejercicio de la abogacía. Sin embargo, muchos no se dejan seducir y siguen aferrados a sus idílicos principios de servicio público. Los dos bandos están perfectamente definidos, pero de forma civilizada.

Y cuando un editor del *Yale Law Journal* acepta un trabajo mal pagado en algún servicio de asistencia legal, sus compañeros de bando y la mayoría de la facultad lo consideran un héroe. Pero si, de repente, cambia de opinión y se refugia en Wall Street, esas mismas personas lo ven con ojos menos favorables.

En consecuencia, la vida de Kyle se volvió desdichada. Sus amigos en el bando del servicio público se quedaron atónitos, mientras que los partidarios de Wall Street estaban demasiado ocupados para que les importara. Su relación con Olivia quedó reducida a un poco de sexo una vez a la semana y solo porque lo necesitaban. Ella decía que Kyle había cambiado, y él estaba de peor humor, más sombrío, preocupado por algo que, fuera lo que fuese, no quería compartir con ella.

«Si lo supieras...», se decía Kyle.

Olivia había aceptado una beca de verano para trabajar con un grupo en contra de la pena de muerte en Texas, y en consecuencia estaba entusiasmada y tenía grandes planes para cambiar las cosas en aquel estado. Cada vez se veían menos, pero cada vez discutían más.

Uno de los profesores favoritos de Kyle era un viejo radical que había pasado la mayor parte de la década de los sesenta manifestándose contra una cosa u otra y que seguía siendo el primero en organizar peticiones en contra de cualquier asunto del campus que considerara una injusticia. Cuando se enteró de que Kyle había cambiado de bando, lo llamó y le pidió que quedaran para comer. Estuvieron una hora discutiendo entre tacos y enchiladas en un restaurante mexicano. Kyle hizo ver que le fastidiaba aquella intrusión, pero en su fuero interno sabía que se equivocaba. El profesor despotricó tanto como quiso, pero no consiguió nada. Al final, se marchó, despidiéndose de Kyle con un descorazonador «me has decepcionado».

«Muchas gracias», le replicó este; entonces se maldijo mientras caminaba hacia el campus. Luego, maldijo a Bennie Wright, a Elaine Keenan, a Scully & Pershing y a todos los que en esos momentos ocupaban un lugar en su desdichada vida. Llevaba una época que mascullaba y maldecía constantemente.

Al cabo de unos cuantos encuentros con sus amigos, a cuál más desagradable, Kyle reunió por fin el valor para presentarse en casa.

Los McAvoy se habían establecido en el este de Pensilvania a finales del siglo XVIII, junto con otros miles de colonos escoceses. Durante varias generaciones se dedicaron a cultivar la tierra, hasta que decidieron trasladarse a Virginia, a los dos estados de Carolina e incluso más al sur. Algunos se quedaron atrás, como el abuelo de Kyle, un sacerdote presbiteriano que falleció antes de que este naciera. El reverendo McAvoy dirigió varias iglesias en las afueras de Filadelfia antes de ser trasladado a York en 1960. Su único hijo, John, acabó el instituto y regresó a casa tras haber pasado por la facultad y servido en Vietnam.

En 1975, John McAvoy dejó su mal pagado trabajo como auxiliar en un pequeño bufete de York dedicado a la propiedad inmobiliaria, cruzó Market Street, alquiló dos habitaciones en un viejo edificio reformado, colgó su rótulo de oficina y se declaró listo para pleitear. El derecho inmobiliario era demasiado aburrido para él. John anhelaba saborear el dramatismo de los tribunales y paladear la miel de un veredicto favorable. La vida en York no tenía suficientes alicientes para él, un ex marine, aficionado a la lucha.

Trabajó muy duramente y trató a todo el mundo equitativamente. Sus clientes podían llamarlo por teléfono a casa, y si era necesario, aceptaba recibirlos los sábados por la tarde. Atendía llamadas domésticas, de los hospitales y de la cárcel. Se definía a sí mismo como un «abogado callejero», un abogado para todos aquellos que trabajaban en fábricas, eran perjudicados o resultaban heridos en ellas. Sus clientes no eran bancos ni compañías de seguros ni importantes agencias inmobiliarias ni grandes empresas. No cobraba a sus clientes por horas. A menudo, no les cobraba en absoluto. A veces, los honorarios los percibía en especies: leña, huevos, aves de corral, carne y prestaciones de servicio doméstico. Su despacho fue creciendo y se extendió por los pisos inferiores y superiores del edificio hasta que, finalmente, John acabó comprando la casa entera. Por allí pasaban abogados jóvenes que no solían quedarse más de tres años. John McAvoy era exigente con sus subordinados, pero más amable con sus secretarias. Una de ellas, Patty, se casó con él después de dos meses de dejarse cortejar y no tardó en quedarse embarazada.

El despacho de John McAvoy no tenía una especialidad concreta aparte de la de representar a clientes con dificultades a la hora de pagar. Todo el mundo podía entrar, con cita previa o sin ella, y hablar con John si este estaba disponible. Se ocupaba de testamentos y propiedades, de divorcios, de demandas por daños y perjuicios, de delitos menores y de cientos de asuntos diversos que, de un modo u otro, acababan llamando a la puerta de sus oficinas de Market Street. El tráfico de personas era constante. Las puertas se abrían temprano y se cerraban tarde. La recepción rara vez estaba vacía. Gracias a la cantidad de trabajo y a una frugalidad muy presbiteriana, el despacho cubría gastos y proporcionaba a la familia McAvoy unos ingresos que, en York, la situaban en una confortable clase media. De haber sido más ambicioso, más selectivo o más exigente a la hora de cobrar, John podría haber doblado sus ingresos y haberse hecho socio del club de golf, pero aborrecía ese deporte y no le gustaban los tipos ricos de la ciudad. Pero, de todos modos lo más importante era que el ejercicio de la abogacía constituía para él una manera de ayudar a los menos afortunados.

En 1980, Patty dio a luz a dos gemelas y, tres años más tarde, a Kyle que, antes de ingresar en la guardería, ya rondaba por la oficina de su padre. Tras el divorcio de sus padres, el chico prefirió la estabilidad del bufete a los vaivenes de la custodia compartida, de modo que todos los días, al finalizar el colegio, se instalaba en un pequeño cuarto del piso de arriba y hacía sus deberes. A los diez años ya se ocupaba de la fotocopiadora, de preparar café y de poner orden en la pequeña biblioteca. A cambio, cobraba un dólar la hora en metálico. A los quince dominaba el manejo de la jurisprudencia y era capaz de redactar informes sobre cuestiones elementales. En el instituto, cuando no estaba jugando al baloncesto, dedicaba su tiempo a acompañar a su padre al despacho o a los tribunales.

A Kyle le encantaba el pequeño bufete. Charlaba con los clientes mientras esperaban para ver a su padre, coqueteaba con las secretarias e importunaba a los abogados. Contaba chistes cuando el ambiente se volvía tenso, especialmente cuando John McAvoy echaba un rapapolvo a alguien, y bromeaba con los colegas que llegaban de visita. Todos los abogados y jueces de Nueva York conocían a Kyle, y no era infrecuente que entrara discretamente en el despacho de algún juez para presentarle una petición o argumentar sus fundamentos en caso necesario, y que saliera de allí con el documento aprobado. Los bedeles de los tribunales lo trataban como si fuera un letrado más.

Antes de que tuviera que ir a la universidad, siempre estaba en el despacho los martes por la tarde, a las cinco, cuando el señor Weeks se presentaba para entregar su habitual lote de alimentos: verduras frescas, huevos y pollo en verano y primavera, y cerdo y caza en invierno. El señor Weeks llevaba diez años haciéndolo puntualmente todos los martes, a las cinco, para pagar su parte de los honorarios pendientes. Nadie sabía exactamente cuánto debía y lo que le faltaba por pagar, pero estaba claro que el señor Weeks se consideraba en deuda todavía. Incluso había explicado a un joven Kyle que su padre, el mejor abogado donde los hubiese, había obrado el milagro y logrado que su hijo mayor no acabara entre rejas.

Y aunque no era más que un adolescente, Kyle se había convertido en el abogado extraoficial de la señorita Brily, una vieja loca a quien habían echado de todos los bufetes de York y que recorría las calles arrastrando una carretilla con una caja de madera llena de documentos que, según ella, demostraban que era la heredera de unas minas de carbón de Pensilvania. Kyle leyó todos y cada uno de los «documentos» y llegó a la conclusión de que su portadora estaba más chiflada incluso de lo que la gente creía. Aun así, se hizo cargo del caso y escuchó todos los desvaríos de la anciana. En esa época ganaba cuatro dólares la hora y se merecía hasta el último céntimo. Su padre no tardó en colocarlo en la recepción para que examinara los nuevos clientes que, a primera vista, dieran la impresión de que iban a hacerle perder el tiempo.

Salvo por los habituales sueños de adolescente de convertirse en una estrella del deporte, Kyle siempre supo que sería abogado. No estaba seguro de qué clase de abogado sería ni de dónde ejercería; pero, para cuando se marchó de York camino de Duquesne, dudaba seriamente que algún día volviera. También su padre lo dudaba, aunque, como cualquier progenitor, soñaba con el orgullo que sería para él cambiar el nombre de su bufete por el de McAvoy & McAvoy. Siempre había exigido a su hijo trabajo duro y buenas notas, pero incluso él se sorprendió por el éxito académico de Kyle en la facultad de Derecho. Cuando este empezó sus entrevistas de trabajo con los grandes bufetes, John tuvo mucho que decir sobre la cuestión.

Kyle había llamado y avisado a su padre de que llegaría a York el viernes por la tarde a última hora. Habían quedado para cenar. Como de costumbre, la oficina estaba en plena ebullición cuando llegó, a las cinco y media. La mayoría de los bufetes cerraban el viernes por la tarde temprano, y la mayoría de los abogados estaban en el Colegio o en el club de golf; pero John McAvoy trabajaba hasta tarde porque muchos de sus clientes recibían su paga a final de semana y algunos se presentaban entonces para entregar un cheque o comprobar la evolución de sus casos. Hacía seis semanas que Kyle no había estado en casa, desde Navidad, y la oficina parecía más destartalada que nunca. La moqueta pedía a gritos un cambio, y las estanterías estaban más combadas que nunca. Su padre no había encontrado el modo de dejar el tabaco, de modo que estaba permitido fumar, y una capa de humo flotaba en el ambiente.

Sybil, la secretaria principal, colgó de golpe el teléfono nada más ver entrar a Kyle, se puso en pie con un grito de satisfacción y lo abrazó, aplastándolo contra sus enormes pechos. Se dieron un par de besos en las mejillas y ambos disfrutaron de tan afectuosa demostración. John McAvoy se había ocupado de los dos divorcios de Sybil, y su último marido no tardaría en verse en la calle. Kyle se había enterado de los detalles durante las últimas vacaciones de Navidad. En el bufete trabajaban tres secretarias y dos abogados más, y Kyle fue subiendo de despacho en despacho para saludarlos a todos mientras recogían sus papeles y limpiaban sus mesas. Puede que al jefe le gustara alargar la jornada los viernes por la tarde, pero el resto del personal del bufete estaba cansado.

Kyle se tomó un refresco sin azúcar en la sala de la máquina de café y escuchó los ruidos del bufete que iba cerrando. Los contrastes con lo que había visto en Scully & Pershing resultaban realmente llamativos. Allí, en York, solo había colegas que además eran amigos y confiaban los unos en los otros. El ritmo de trabajo podía ser intenso, pero nunca despiadado. El jefe era una buena persona, la clase de individuo a quien uno querría tener como abogado. Los clientes tenían un nombre y una cara. Se trataba de un mundo totalmente opuesto al de las duras calles de Manhattan.

Se preguntó por enésima vez por qué no se lo había contado todo a su padre desde el principio; por qué no lo había vomitado, empezando con Elaine y sus acusaciones y siguiendo con la policía y sus interrogatorios. Cinco años antes había estado a punto de correr a casa y pedir ayuda a su padre; pero el momento pasó, y John McAvoy nunca se enteró de tan feo episodio. Ninguno de los cuatro implicados —Kyle, Joey

Bernardo, Alan Strock y Baxter Tate— se lo había contado a sus padres, entre otras razones porque la investigación finalizó antes de que se vieran obligados a hacerlo.

Si se lo contaba en ese momento, la primera pregunta sería «¿Por qué no me lo dijiste entonces?», y Kyle no estaba preparado para contestarla. Además, a esa pregunta seguirían muchas más, todo un interrogatorio a cargo de alguien que era un experto interrogador de los tribunales y que no había dejado de sonsacarle desde que era pequeño. Para Kyle resultaba mucho más fácil guardarse sus secretos y confiar en que pasaría lo mejor.

Lo que tenía que decirle a su padre ya resultaba bastante difícil de por sí.

Cuando el último cliente y Sybil se hubieron marchado, y la puerta quedó cerrada, padre e hijo pudieron por fin sentarse tranquilamente y relajarse hablando primero de baloncesto y de jockey, después de las gemelas y, por último y como de costumbre, de Patty.

—¿Sabe tu madre que estás en la ciudad?

—No. Pensaba llamarla mañana. ¿Está bien?

—Perfectamente, nada ha cambiado.

La madre de Kyle vivía y trabajaba en un loft situado en un viejo almacén de York. Era un gran espacio con muchas ventanas que le proporcionaban toda la luz que necesitaba para seguir adelante con su pintura. John pagaba el alquiler y todo lo demás que ella podía necesitar mediante una asignación mensual de tres mil dólares. No se trataba de una pensión de alimentos y mucho menos por el cuidado de los hijos, sino simplemente de un regalo que se sentía obligado a hacerle porque ella no podía mantenerse: la madre de Kyle no había vendido un cuadro en veinte años.

—Hablo por teléfono con ella todas las semanas.

—Lo sé.

Patty no era mujer de ordenadores ni de móviles. Padecía una grave bipolaridad, y sus cambios de humor resultaban, como mínimo, sorprendentes. John todavía la quería y no se había vuelto a casar, a pesar de que había tenido más de un ligue. Patty, en cambio, había pasado por dos relaciones desastrosas, ambas con artistas mucho más jóvenes que ella, y John siempre había estado allí para recoger los pedazos. Su relación era complicada, por decir algo.

—¿Y qué tal en la facultad?

—Acabándose. Me gradúo dentro de tres meses.

—¡Quién lo diría!

Kyle se armó de valor y decidió no andarse por las ramas.

—He cambiado de opinión con respecto al trabajo y he decidido aceptar la oferta de Scully & Pershing en Nueva York.

Su padre encendió lentamente otro cigarrillo. Tenía sesenta y dos años. Era corpulento, pero no gordo, y tenía una cabeza grande y de abundante cabello, ondulado y canoso. A sus veinticinco años, Kyle ya había perdido más pelo que su padre en toda su vida.

John dio una larga calada a su Winston y escrutó a su hijo desde detrás de sus gafas de lectura.

—¿Por alguna razón en concreto?

Kyle había memorizado toda una lista de razones, pero sabía que resultarían muy poco convincentes, las expusiera como las expusiese.

—Lo de prestar ayuda legal es una pérdida de tiempo. Tarde o temprano, acabaré en Wall Street, así que, ¿por qué no empezar allí de entrada?

—No puedo creerlo.

—Lo sé, sé que es un cambio muy radical.

—No. Una traición, eso es lo que es.

—Significa jugar en primera división, papá.

—¿En términos de qué? ¿De dinero?

—Para empezar, sí.

—De ninguna manera. Hay abogados especialistas en pleitos que ganan diez veces más cada año que los socios de los bufetes más importantes de Nueva York.

—Sí, y por cada uno de ellos que se ha hecho millonario hay cientos que se mueren de hambre. El promedio de ganancias es muy superior en los bufetes grandes.

—Acabarás odiando hasta el último minuto que pases en uno de esos bufetes.

—Puede que no.

—¡Claro que sí! Tú has crecido aquí, rodeado de gente, de clientes de carne y hueso. En Nueva York no los verás ni aunque estés diez años.

—Es un buen bufete, papá. Uno de los mejores.

John cogió un lápiz y fingió que se ponía a escribir.

—Deja que apunte lo que acabas de decir para que te lo pueda recordar dentro de un año.

—Adclantc. Lo quc hc dicho es «Es un buen bufete, papá. Uno de los mejores».

—Acabarás aborreciendo el bufete y sus casos, incluso a las secretarias y a los novatos que empiecen contigo. Odiarás la rutina, la presión, la estulticia del trabajo que te encomendarán. ¿Qué me contestas?

—Que no estoy de acuerdo.

—¡Fantástico! —Dio una calada al cigarrillo y exhaló una enorme nube de humo—. Pensaba que querías hacer algo diferente y, de paso, ayudar a la gente. ¿No fueron esas tus palabras hace unas cuantas semanas?

—He cambiado de opinión.

—Pues vuelve a cambiar, todavía estás a tiempo.

—No, papá.

—Pero ¿por qué? ¡Tiene que haber una razón!

—Sencillamente, no quiero pasarme los próximos tres años en un rincón de la Virginia rural, intentando aprender español para poder escuchar los problemas de gente que, para empezar, están aquí de forma ilegal.

—Lamento decirlo, pero a mí me parece una manera estupenda de pasar los próximos tres años. No me convences. Dame otra razón —dijo John, haciendo girar su sillón y poniéndose en pie.

Era algo que Kyle había visto miles de veces: cuando su padre estaba nervioso, prefería caminar de un lado a otro gesticulando a placer. Se trataba de una costumbre adquirida en los tribunales, y Kyle se la esperaba.

—Me gustaría ganar dinero de verdad.

—¿Para qué, para comprarte juguetes? Descuida, no tendrás tiempo de jugar con ellos.

—Tengo intención de ahorrar…

—¡Pues claro! ¡Vivir en Nueva York es tan barato que podrás ahorrar una fortuna! —exclamó mientras caminaba ante una pared llena de diplomas y fotografías. Las mejillas se le estaban coloreando, señal de que el genio escocés estaba a punto de entrar en erupción—. Mira, no lo creo y no me gusta.

«No pierdas la calma —se dijo Kyle—, una palabra de más o subida de tono puede empeorar las cosas.» Sobreviviría a aquel enfrentamiento como había sobrevivido a los anteriores. Las palabras no tardarían en caer en el olvido, y él no tardaría en partir hacia Nueva York.

—¿Es solo cuestión de dinero, Kyle? —preguntó su padre—. Creía que te habíamos educado mejor.

—Mira, papá, no he venido para que me insultes. He tomado una decisión y te pido que la respetes. La verdad, muchos padres se sentirían orgullosos de que un hijo tuviera un trabajo como ese.

John McAvoy dejó de caminar, de fumar y se quedó mirando el atractivo rostro de su único hijo varón, un joven de veinticinco años que no solo era bastante maduro, sino también brillante, y decidió dar marcha atrás. La decisión estaba tomada, y él ya había dicho suficiente. Cualquier cosa que añadiera podría estar de más.

—De acuerdo, de acuerdo —dijo—. Tú decides. Eres lo bastante inteligente para saber lo que quieres, pero soy tu padre y tengo derecho a opinar sobre esta decisión y las que vendrán. Para eso estoy aquí. Si la vuelves a pifiar me aseguraré de que lo sepas.

—No la voy a pifiar, papá.

—Ni yo a discutir más.

—¿Podemos ir a cenar? Me estoy muriendo de hambre.

—Y yo necesito una copa.

Fueron a Victor, el restaurante italiano favorito de John y el ritual de todos los viernes por la noche desde que Kyle tenía memoria. Su padre tomaba su acostumbrado martini del fin de semana y él su habitual soda con una rodaja de limón. Pidieron pasta con albóndigas, Y John empezó a ablandarse con el segundo martini. Que su hijo fuera a trabajar en uno de los bufetes más prestigiosos del mundo tampoco sonaba tan mal.

Sin embargo, seguía perplejo por su brusco cambio de opinión.

«Si supieras...», no dejaba de repetirse Kyle mientras se dolía por no poder contarle la verdad.

9

Kyle se sintió aliviado cuando su madre no contestó al teléfono. Había esperado hasta que fueran casi las once de la mañana del sábado para llamar, y dejó un amable mensaje diciendo que estaba de paso y que le habría gustado pasar a saludarla. O bien estaba durmiendo o bajo los efectos de los medicamentos. Si por el contrario tenía un buen día estaría en su estudio, entregada por completo a la creación de las obras de arte más horribles nunca vistas en una exposición. Las visitas a su madre le resultaban poco agradables. Ella nunca abandonaba su loft, de manera que las propuestas para salir a cenar o a comer siempre eran rechazadas. Cuando la medicación que tomaba le sentaba bien, se dedicaba a parlotear sin cesar sobre sus creaciones mientras obligaba a Kyle a admirarlas; cuando no, permanecía tumbada en el sofá con los ojos cerrados, desaliñada y sin haberse duchado, inconsolable en su depresión. Ella casi nunca le preguntaba por su vida —la universidad, las notas, las chicas o sus proyectos para el futuro— porque estaba demasiado ensimismada en su pequeño y triste universo. Las hermanas de Kyle también procuraban mantenerse alejadas de York.

Dejó el mensaje en el contestador mientras salía de la ciudad y confió en que ella no devolviera la llamada. Su madre no lo hizo ni entonces ni después, lo cual no tenía nada de raro. Cuatro horas más tarde, Kyle se encontraba en Pittsburg. Joey Bernardo tenía entradas para el partido de jockey del sábado por la noche entre los Penguins y los Senators. Tres entradas, no dos.

Se encontraron en The Boomerang, su bar favorito de sus días de instituto. Después de haber dejado la bebida, Kyle solía evitar ese tipo de antros, pero no Joey. Mientras conducía hacia Pittsburg, había confiado en poder pasar un rato tranquilo con su viejo amigo, pero no iba a ser así.

La tercera entrada era para Blair, la novia con la que Joey iba a casarse próximamente. Cuando los tres se acomodaron en uno de los estrechos reservados del bar, Joey empezó a hablar sin parar de su noviazgo y de los planes de boda. Los dos estaban visiblemente enamorados y parecían ajenos a cualquier otra cosa que no fuera su romance. Se sentaron muy juntos, cogidos de la mano y no dejaron de hacerse carantoñas. Kyle no tardó en sentirse fuera de lugar. ¿Qué había sido de su amigo? ¿Dónde estaba el viejo Joey, el chico duro de Pittsburg, hijo de un capitán de bomberos, buen boxeador y con un insaciable apetito de chicas, el sarcástico bromista que decía que las mujeres eran objetos de usar y tirar, el chaval que había jurado que no se casaría antes de los cuarenta?

Blair lo había convertido en un corderito. Kyle estaba estupefacto ante la transformación de su amigo.

Al final, se cansaron de hablar de la boda y de sus planes para la luna de miel y la conversación pasó a centrarse en sus respectivos trabajos. Blair, una máquina parlante que empezaba todas sus frases con «yo» o «mi», trabajaba en una agencia de publicidad y pasó demasiado tiempo explayándose sobre las estrategias de marketing de su empresa. Joey escuchó con arrobo cada una de sus palabras mientras Kyle hacía un esfuerzo por fingir interés y por no mirar el reloj que colgaba de la pared; sin embargo, no pudo evitar que su mente volviera al asunto del vídeo.

«¿Está despierta?», preguntaba Joey mientras Baxter se cepillaba a una Elaine peligrosamente borracha.

—Blair viaja a menudo a Montreal —comentó Joey, y ella se lanzó a parlotear sobre la ciudad y lo bonita que era. ¡Estaba aprendiendo francés!

«¿Está despierta?»

Joey, sentado allí, con la mano bajo la mesa, acariciando sin duda el muslo de Blair, no tenía la menor idea de que existiera semejante vídeo. ¿Cuándo había sido la última vez que Joey había pensado siquiera en aquel incidente? ¿Lo habría olvidado por completo? ¿De qué le serviría a Kyle sacarlo nuevamente a la luz?

Cuando la policía dio un discreto carpetazo al expediente de la violación de Elaine, los miembros de la hermandad Beta también lo enterraron. Durante sus dos últimos años de estancia allí, Kyle no recordaba que hubieran hablado ni una sola vez del incidente.

Si Bennie Wright y sus hombres habían estado husmeando por Pittsburg y Duquesne en las últimas semanas, Kyle quería saberlo. Quizá Joey hubiera visto u oído algo. O quizá no; no parecía que Joey se enterara de nada que no tuviera que ver con Blair.

—¿Has hablado con Baxter últimamente? —le preguntó Kyle cuando Blair hizo una pausa para tomar aire.

—Al menos no desde hace más de un mes —respondió Joey, sonriendo traviesamente—. Al final, consiguió un papel en una película.

—¿Lo dices en serio? Pues no me contó nada.

Blair soltó una risita de colegiala porque, obviamente, sabía el resto de la historia.

—Eso es porque no quería que te enteraras —dijo Joey.

—Debe de ser una gran película.

—¿Qué quieres que te diga? Una noche se emborrachó y me llamó para decirme que había hecho su primera aparición. Por cierto, parece que ha dejado la bebida. El caso es que se trataba de una película de serie Z para la televisión por cable que iba de una chica que encontraba una pierna humana en la playa y se pasaba el resto de la película teniendo pesadillas de que la perseguía un asesino de una sola pierna.

—¿Y qué papel hacía el gran Baxter?

—La verdad es que tienes que fijarte mucho para verlo. Hay una escena en la que la poli está mirando el mar, seguramente buscando el resto del cuerpo, aunque no queda claro. Es el tipo de película que tiene un montón de lagunas. El caso es que uno de los ayudantes del sheriff se le acerca y le dice: «Señor, estamos bajos de gasolina». Pues esa es nuestra estrella.

—¿Baxter hace de ayudante de policía?

—Sí, y lo hace bastante mal. Solo tiene que decir una frase, y la dice igual que un novato en su primera obra de teatro del colegio.

—¿Estaba sobrio?

—Quién sabe..., pero yo diría que sí. De haber estado borracho, habría hecho el papel a la perfección.

—Estoy impaciente por verlo.

—No lo hagas y no le digas que te lo he contado. Me llamó al día siguiente para suplicarme que no viera la película y amenazándome si lo hacía. Está hecho polvo.

Aquel comentario hizo que Blair se acordara de unas amigas que conocían a alguien «de por ahí» que había acabado trabajando de rebote en una serie de televisión. Kyle sonrió y asintió mientras desconectaba mentalmente. De los tres compañeros de piso, Joey era el único en situación de ayudarlo, suponiendo que tal cosa fuera posible. Baxter Tate necesitaba urgentemente una cura de desintoxicación, y Alan Strock estaba totalmente ocupado con la facultad de Medicina de Ohio y era, de los cuatro, el que tenía menos propabilidades de verse involucrado.

Era Joey quien más se jugaba porque aparecía en la grabación, primero preguntando en voz alta si Elaine estaba dormida mientras Baxter se la beneficiaba y después ocupando su lugar. Además, había empezado a trabajar en un despacho de corredores de bolsa y le esperaba un rápido ascenso. Estaba locamente enamorado de Blair, y el menor comentario acerca de una antigua acusación de violación podía hundir su perfecta vida.

Por otra parte, Kyle tenía la sensación de que estaba pagando por Joey. No le había puesto la mano encima a Elaine aquella noche, pero era su vida y su carrera las que se hallaban en manos de Bennie Wright, lo mismo que el maldito vídeo. ¿Acaso no le correspondía a Joey saber todo aquello?

Pero Kyle no estaba seguro de que ese fuera el momento para soltarle el bombazo. Si aceptaba el trabajo de Scully & Pershing y cumplía con lo que Wright esperaba de él, era muy posible que el vídeo quedara definitivamente olvidado.

Unas horas más tarde, durante uno de los intermedios del partido y mientras Blair había ido al lavabo, Kyle le sugirió que se vieran el domingo para desayunar. Le dijo que tenía que marcharse de la ciudad temprano y le preguntó si podían charlar un rato sin que estuviera Blair.

Se encontraron en un sitio especializado en *bagels* que no existía cuando Kyle iba a Duquesne. Blair seguía durmiendo en alguna parte, y Joey reconoció que necesitaba darse un respiro. Kyle la llamó «una chica encantadora» más de una vez y le dolió tener que mentir a su amigo porque no imaginaba que este pudiera querer pasar el resto de su vida junto a semejante tostón. Eso sí, debía reconocer que tenía unas piernas preciosas, justo como le gustaban a Joey.

Hablaron largo y tendido sobre Nueva York, cómo sería la vida en un gran bufete, el ritmo de la gran ciudad, los equipos, los amigos que tenían allí y demás. Al final, Kyle llevó la conversación a la hermandad Beta y estuvieron un rato recordando los viejos tiempos, riéndose de las tonterías que hacían y de las fiestas que montaban. Ahora ya habían cumplido los veinticinco y estaban muy lejos de las locuras de sus primeros años universitarios. Rieron de buena gana con la nostalgia y en varias ocasiones el «incidente Elaine» estuvo a punto de salir a la superficie, esperando la pregunta oportuna, pero Joey no la formuló y acabó olvidado.

Cuando se despidieron, Kyle estaba convencido de que su amigo había enterrado el episodio para siempre, y lo que era más importante: que nadie se lo había recordado recientemente.

Condujo hacia el norte por la Interestatal 80 y después giró hacia el este. Nueva York no estaba lejos, ni en tiempo ni en distancia. Le quedaban unas cuantas semanas más de agradable vida académica; luego, dos meses para preparar los exámenes del Colegio de Abogados y, a primeros de septiembre, se presentaría para trabajar en el bufete más importante del mundo. Allí se encontraría con cientos de abogados salidos de las mejores facultades del país, todos preparados y pulcros con sus trajes nuevos, todos impacientes por empezar cuanto antes sus brillantes carreras.

Kyle se sentía cada día más solo.

Pero no lo estaba, ni remotamente. Sus movimientos por York y Pittsburg fueron seguidos de cerca por Bennie Wright y su gente. Un transmisor del tamaño de un paquete de cigarrillos estaba escondido en el parachoques del jeep de Kyle, bajo capas de barro y suciedad, y mandaba una señal de GPS que permitía localizar el vehículo allí donde fuera. Desde sus oficinas en la parte baja de Manhattan, Bennie sabía exactamente dónde se hallaba su presa. La visita de Kyle a casa no le había sorprendido, pero su encuentro con Bernardo le había parecido mucho más interesante.

A Bennie no le faltaban artilugios de todo tipo, algunos de alta tecnología y otros más sencillos, y todos eran muy efectivos porque seguía a simples civiles y no a espías de verdad. El espionaje corporativo resultaba mucho más fácil que el militar o el de seguridad nacional.

Hacía tiempo que habían pinchado el móvil de Kyle y que escuchaban todas sus conversaciones. El joven todavía no había mencionado a nadie su apurada situación por teléfono. También escuchaban a Olivia y a Mitch, su compañero de piso; pero, hasta ese momento, sin resultados.

Otros intentos habían resultado un poco más complicados. Uno de sus hombres había cenado en Victor, en una mesa situada a escasos metros de la de Kyle y su padre, pero no había conseguido oír nada. Otro había logrado sentarse dos filas por detrás durante el partido de los Penguins, pero había sido un esfuerzo inútil. Sin embargo, en The Boomerang, una rubia de veintiséis años vestida con unos vaqueros ajustados, una de las estrellas de Bennie, se las había apañado para instalarse en el reservado vecino al que ocupaban Kyle, Blair y Joey. Estuvo un par de horas tomando cerveza y leyendo un libro para acabar informando de que la chica había hablado sin parar para no decir nada.

En términos generales, Bennie estaba contento con la actitud de Kyle. Este había renunciado de golpe a prestar servicios de asesoría legal en Virginia; a continuación, había ido a Nueva York para confirmar su puesto en Scully & Pershing y se veía cada vez menos con Olivia, lo cual demostraba que su relación no iba a ninguna parte.

Sin embargo, el viaje a Pittsburg lo inquietaba. ¿Se habría

confesado Kyle con su amigo? ¿Sería Alan Strock el siguiente? ¿Planeaba ponerse en contacto también con Baxter Tate?

Bennie escuchaba y esperaba. Había alquilado un amplio espacio de oficinas en Broad Street, a dos manzanas de Scully & Pershing. La propietaria del edificio era Fancher Group, una empresa de servicios financieros domiciliada en las Bermudas. Su agente en Nueva York se llamaba Aaron Kurtz, también conocido como Bennie Wright y por otros mil nombres más, todos ellos con la debida documentación para acreditar su identidad. Desde su observatorio, Bennie podía contemplar Broad Street simplemente mirando por la ventana. En unos meses estaría en situación de ver a su hombre, a Kyle, entrando y saliendo de su lugar de trabajo.

10

La demanda se presentó en un tribunal federal del Distrito Sur de Nueva York, en la sección de Manhattan, a las cinco menos diez de la tarde de un viernes, una hora escogida deliberadamente para que atrajera la menor atención posible de la prensa. Una «Entrega de última hora». El abogado que la firmó era un conocido especialista en asuntos judiciales llamado Wilson Rush, uno de los socios principales de Scully & Pershing, que había llamado repetidamente por teléfono al funcionario de turno para asegurarse de que la demanda sería debidamente registrada antes de que el tribunal cerrase para el fin de semana. Como se hacía con todos los casos, se presentó electrónicamente. No hizo falta que ningún miembro del bufete fuera personalmente hasta el palacio de justicia Daniel Patrick Moynihan de Pearl Street y depositara un grueso pliego de documentos para dar comienzo al procedimiento. De las aproximadamente cuarenta demandas civiles presentadas ese día en el Distrito Sur era con mucho la más grave, la más compleja y la más esperada de todas. Las partes involucradas llevaban años peleándose y, a pesar de que sus disputas habían sido cumplidamente difundidas, la mayor parte de los asuntos eran demasiado delicados para ventilarlos en público. El Pentágono, numerosos miembros del Congreso e incluso la Casa

Blanca habían intervenido intensamente para evitar el litigio, pero sus esfuerzos habían fracasado. Acababa de empezar la siguiente batalla de aquella guerra, y nadie esperaba que terminara rápidamente. Las partes y sus abogados lucharían de forma encarnizada durante años a medida que el caso fuera avanzando procesalmente y acabara, al fin, ante el Tribunal Supremo para su fallo definitivo.

Nada más llegar la demanda, el funcionario la depositó en un archivo de seguridad para evitar que su contenido quedara a la vista. Semejante proceder, singular y excepcional, había sido ordenado por el juez decano del distrito. Un escueto resumen de la demanda estaba listo y disponible para la prensa. Había sido preparado con la supervisión del señor Rush y también aprobado por el juez.

El demandante era Trylon Aeronautics, un conocido suministrador del departamento de Defensa, una empresa privada que llevaba cuarenta años diseñando y construyendo aviones de guerra. El demandado era Bartin Dynamics, una empresa pública, suministradora también del departamento de Defensa, situada en Bethesda, Maryland. Bartin facturaba un promedio anual de quince mil millones de dólares en concepto de contratos con el gobierno, una suma que representaba el noventa y cinco por ciento de su facturación total. Bartin recurría a los servicios de distintos abogados según los casos, pero en los más importantes se hacía representar por un conocido bufete de Wall Street llamado Agee, Poe & Epps.

Scully & Pershing empleaba a dos mil cien abogados en los cinco continentes y por ello presumía de ser el bufete más importante del mundo. Agee, Poe & Epps empleaba a doscientos menos, pero contaba con más oficinas repartidas por todo el globo y también presumía de ser el más importante. Ambos bufetes invertían un considerable tiempo presumiendo de tamaño, poder, prestigio, facturación o número y relevancia de sus respectivos clientes, en cualquier cosa que pudiera afirmar su importancia ante el otro.

El núcleo de la disputa era el último concurso abierto por el Pentágono para construir el Bombardero Hipersónico B-10, un avión de la era espacial con el que las autoridades militares llevaban soñando desde hacía décadas y que, en ese momento, podía hacerse realidad. Cinco años antes, las Fuerzas Aéreas habían llamado a sus principales proveedores para que cada uno presentara su mejor diseño del B-10, un estilizado bombardero llamado a sustituir la caduca flota de B-52 y B-22 y prestar servicio hasta el año 2060. Todo el mundo esperaba que Lockheed, el más importante de los fabricantes de material de defensa, encabezara el proyecto; pero enseguida se vio desplazado por la unión de Trylon y Bartin. Un consorcio formado por empresas extranjeras —inglesas, francesas e israelíes— desempeñaba un papel secundario en dicha unión.

El premio resultaba fabuloso. El Pentágono pagaría de entrada al ganador diez mil millones de dólares para que desarrollara las tecnologías más avanzadas y construyera un prototipo y, luego, le firmaría un contrato de suministro para la entrega de entre doscientos cincuenta y cuatrocientos cincuenta B-10 a lo largo de treinta años. Con un valor estimado de ochocientos mil millones de dólares, el contrato iba a ser el más jugoso de la historia del Pentágono. Los sobrecostes previstos desafiaban cualquier cálculo.

El diseño de Trylon-Bartin era impresionante. El B-10 podía despegar de cualquier base de Estados Unidos con la misma carga que un B-52, volar a velocidad de Mach-10 y depositar su carga al otro lado del mundo en una hora a una velocidad y altitud que desafiaban todos los sistemas de vigilancia habidos y por haber. Después de descargar lo que llevara, el B-10 era capaz regresar a su base sin repostar ni en tierra ni en el aire. La aeronave iba dando literalmente pequeños saltos por el límite de la atmósfera. Después de ascender a cuarenta mil metros de altitud, justo más allá de la atmósfera, el B-10 apagaba los motores y flotaba de regreso. Una vez allí, sus motores alimentados por aire se ponían en marcha y volvían a llevarlo a cuarenta mil metros. Semejante procedimiento, equivalente a hacer rebotar una piedra en una superficie de agua lisa, se repetía hasta que el avión alcanzaba su objetivo. Un bombardeo que empezaba en Arizona y finalizaba en algún lugar de Asia necesitaba unos treinta saltos, uno cada noventa segundos. Puesto que los motores solo se utilizaban de modo intermitente, la carga de combustible era mucho menor; además, al salir de la atmósfera y aventurarse en el frío espacio exterior, el rastro de calor desaparecía.

Después de tres años de intensa e incluso frenética labor de investigación y diseño, las Fuerzas Aéreas anunciaron que habían seleccionado el prototipo de Trylon-Bartin. El anuncio se hizo con la menor fanfarria posible, ya que las cifras en dólares resultaban pasmosas, el país estaba librando dos guerras, y el Pentágono había decidido que lo más prudente era dar la menor difusión posible a tan ambicioso contrato de suministro. Las Fuerzas Aéreas hicieron lo posible para restar importancia al programa del B-10, pero todo fue una pérdida de tiempo. Tan pronto como se anunció el ganador, las disputas surgieron en todos los frentes.

Lockheed volvió a la carga con sus senadores y grupos de presión. Trylon y Bartin, que habían sido siempre feroces competidores, empezaron a pelearse casi inmediatamente. La cantidad de dinero que había en juego hizo añicos cualquier idea de colaboración. Cada empresa reunió a sus políticos e influencias y se preparó para luchar por llevarse el pastel. Los ingleses, franceses e israelíes se mantuvieron al margen, pero no abandonaron el campo.

Tanto Trylon como Bartin reclamaban para sí el diseño

original y las tecnologías desarrolladas. Los esfuerzos de mediación parecieron dar fruto al principio, pero acabaron fracasando. Entretanto, Lockheed se mantuvo en un muy visible segundo plano y aguardó. El Pentágono amenazó con romper el contrato y abrir un nuevo concurso. Hubo sesiones de los comités del Congreso mientras los gobernadores reclamaban para sí los puestos de trabajo y las inversiones en desarrollo. Los periodistas se explayaron con grandes artículos en las revistas, y los grupos que propugnaban un mayor control del gasto público se lanzaron contra el B-10 como si fuera una especie de transbordador espacial a Marte.

Entretanto, los abogados se prepararon en silencio para acudir a los tribunales.

Dos horas después de que la demanda fuera presentada, Kyle la vio en la web del tribunal federal. Se encontraba sentado a su mesa del despacho del *Yale Law Journal*, escribiendo en su ordenador un largo artículo. Llevaba tres semanas comprobando las listas de entrada de todos los tribunales federales de Nueva York y también de los estatales. Durante su primer y funesto encuentro, Bennie Wright le había mencionado que en Nueva York se presentaría próximamente una importantísima demanda, justo la que él tenía el encargo de espiar. En las reuniones siguientes, Kyle había intentado sonsacarle alguna información adicional sobre la demanda, pero todos sus preguntas fueron despachadas con un terminante «ya hablaremos después de eso».

Extrañamente, los datos de la demanda que aparecían en la página web solo mencionaban el nombre, la dirección, el bufete y el número de colegiado de Wilson Rush. Junto al título, aparecía la palabra «Seguridad», de modo que Kyle no logró tener acceso al contenido de la demanda. Durante las últimas tres semanas, a ningún otro caso presentado en el Distrito Sur de Nueva York se le había dado entrada de ese modo.

Los timbres de alarma empezaron a sonar.

Buscó información sobre Agee, Poe & Epps y estudió la larga listas de sus clientes corporativos. El bufete llevaba representando a Bartin Dynamics desde 1980.

Kyle se olvidó del trabajo de la revista jurídica que se le amontonaba en la mesa y por todo el despacho y se sumergió de lleno en internet. Una búsqueda en Trylon no tardó el revelarle el proyecto del Bombardero Hipersónico B-10 y todos los problemas que había causado y seguía causando.

Cerró la puerta del pequeño despacho y comprobó que en la impresora hubiera suficiente papel. Eran casi las ocho de un viernes y, aunque las editoriales jurídicas eran conocidas por sus disparatados horarios, todo el mundo se había marchado ya. Imprimió toda la información que pudo sobre Trylon y Bartin y añadió más papel. Encontró varias docenas de artículos sobre el fracaso del B-10, los imprimió todos y se puso a leer los más importantes.

Localizó un centenar de páginas web relacionadas con armamento y artefactos militares y entre ellas dio con una dedicada a cuestiones de guerra futurista con abundante información sobre los antecedentes del proyecto B-10. A continuación buscó en los archivos judiciales para ver cuántas veces Scully & Pershing habían presentado demandas en nombre de Trylon; luego, hizo lo mismo con Agee, Poe & Epps y Bartin. Cuanto más profundizaba y más grueso se volvía el archivo, peor se sentía.

Existía la remota posibilidad de que estuviera persiguiendo la demanda equivocada. No podía estar seguro de ello hasta que Wright se lo confirmara, pero había pocas dudas. Coincidía el momento, coincidían los bufetes y había miles de millones en juego, tal como Bennie había dicho. Dos empresas que eran antiguos rivales. Dos bufetes que se odiaban mutuamente.

Secretos militares, sustracción de tecnología, espionaje industrial, amenazas de demanda e incluso de investigación penal. En conjunto, se trataba de un lío monumental y sórdido. Y lo peor de todo era que esperaban que él, Kyle McAvoy, se involucrara en la pelea.

En las últimas semanas, se había preguntado con frecuencia qué clase de caso justificaba el coste de tan elaborado montaje. Dos empresas disputándose un filón era una descripción que podía hacer referencia a un montón de casos. Podía tratarse de un litigio antitrust, de una guerra de patentes o de dos laboratorios compitiendo por alguna píldora milagrosa. Sin embargo, la peor de todas las posibilidades era precisamente la que le había tocado: una disputa sobre un multimillonario contrato de suministros al Pentágono, rebosante de secretos militares y tecnológicos, de políticos con intereses en uno u otro bando y de ejecutivos implacables. La lista de calificativos resultaba interminablemente descorazonadora.

¿Por qué no volvía a York y se dedicaba a ejercer la abogacía junto a su padre?

A la una de la madrugada guardó todas sus notas en su mochila y dedicó varios segundos al inútil ritual de intentar despejar su mesa de papeles. Echó un vistazo alrededor, apagó las luces, cerró la puerta con llave y comprendió que cualquier operario mínimamente competente podría entrar siempre que quisiera. Estaba seguro de que Bennie y sus esbirros habían estado allí, seguramente cargados de sensores, micrófonos y artilugios en los que prefería no pensar.

Y también estaba seguro de que lo estaban observando. A pesar de sus exigencias a Bennie para que lo dejara en paz, sabía que lo seguían. Los había localizado más de una vez. Eran buenos, pero habían cometido algún error. El resto, se decía, consistía en comportarse como si no supiera que lo estaban observando; en desempeñar el papel de un estudiante cualquiera cargando con su mochila por el campus, mirando a las chicas. Nunca variaba su rutina, sus trayectos ni de plaza de aparcamiento. Siempre el mismo sitio para comer. Siempre la misma cafetería pare reunirse a veces con Olivia, después de las clases. Siempre en la facultad o en su apartamento, con escasas diversiones entre una y otro. Y puesto que sus costumbres no habían variado, tampoco sus fisgones lo habían hecho. Un objetivo tan fácil los había vuelto perezosos. Kyle, el inocente Kyle, los había adormecido y se había aprovechado de ello para desenmascararlos mientras daban cabezadas: una cara que ya había visto al menos tres veces, un joven y rubicundo rostro con gafas diferentes y un bigote que aparecía y desaparecía.

En una librería de viejo que había cerca del campus había empezado a comprar antiguas novelas de espías a un dólar cada una. Las había comprado de una en una. Llevaba siempre la última en la mochila y cuando la acababa la tiraba a la papelera de la facultad y compraba otra.

Daba por hecho que ninguna de sus comunicaciones era confidencial, y estaba convencido de que tanto su ordenador como su móvil estaban pinchados. Así pues, aumentó la frecuencia de sus correos electrónicos a Joey Bernardo, Alan Strock y Baxter Tate, pero todos los mensajes eran simples saludos con poca sustancia. Hizo lo mismo con los demás miembros de la hermandad Beta, siempre con el pretexto de animarlos a mantener el contacto; los llamó todas las semanas, aunque solo fuera para hablar de deportes, de la universidad o de sus carreras.

Si Bennie lo estaba escuchando, no oyó una sola palabra que le hiciera pensar que su presa lo sospechara.

Kyle llegó a la convicción de que para sobrevivir los siete años que tenía por delante debía pensar y actuar igual que sus adversarios. En alguna parte había una salida. Tenía que haberla, forzosamente.

Bennie apareció de nuevo y quedaron para verse un sábado en un sitio de pitas situado al norte de la ciudad, lejos del campus. Wright le había advertido que iría pasando más o menos todas las semanas a lo largo de la primavera hasta que Kyle se graduara en mayo. Este le había preguntado si era necesario, y Bennie le había contestado diciendo alguna trivialidad acerca de lo necesario que resultaba comunicarse regularmente.

A lo largo de sus sucesivos encuentros, la personalidad de Bennie se había ido suavizando ligeramente. Siempre sería el tipo duro y prosaico con una misión que cumplir, pero se comportaba como si deseara que el tiempo que debían pasar juntos fuera incluso agradable. Al fin y al cabo, le dijo, iban a estar muchas horas juntos, y eso siempre hacía que Kyle pusiera mala cara porque no quería tomar parte en ninguna agradable conversación.

—¿Algún plan para las vacaciones de primavera? —preguntó Bennie mientras desenvolvían sus pitas.

—Trabajar —contestó Kyle.

Las vacaciones habían empezado el día anterior, y medio Yale se había escapado al sur de Florida.

—Vamos, ¿vas a decirme que no piensas irte a la playa siendo tus últimas vacaciones universitarias?

—Pues sí. La semana que viene la pasaré en Nueva York buscando apartamento.

Bennie pareció sorprenderse.

—Podemos ayudarte con eso.

—Ya hemos hablado de esto, Bennie. No quiero tu ayuda.

Los dos comieron en silencio durante un rato, hasta que Kyle preguntó:

—¿Alguna novedad con la demanda?

Bennie negó rápidamente con la cabeza.

—¿No la han presentado todavía? —preguntó Kyle—. ¿Por qué no me cuentas algo?

Bennie carraspeó y tomó un sorbo de agua.

—La semana que viene. Nos reuniremos cuando estés en Nueva York y te explicaré los detalles de la demanda.

—Estoy impaciente.

Siguieron comiendo.

—¿Cuándo te presentas al examen del Colegio de Abogados? —preguntó Wright.

—En julio.

—¿Dónde?

—En Nueva York, en algún sitio de Manhattan. La verdad es que no me apetece especialmente.

—Lo superarás sin problemas. ¿Cuándo esperas saber los resultados?

Bennie sabía perfectamente no solo la fecha y el lugar donde iba a tener lugar el examen, sino también cuándo se publicarían las notas en internet. Sabía lo que les pasaba a los jóvenes junior que no superaban la prueba. Lo sabía todo.

—A principios de noviembre. ¿Estudiaste en la facultad de Derecho?

Bennie estuvo a punto de soltar una risita.

—Oh, no. La verdad es que siempre he intentado mantenerme alejado de los abogados. Sin embargo, a veces el trabajo me obliga a lo contrario.

Kyle escuchó atentamente el acento. Aparecía y desaparecía. Pensó en los israelíes y en su talento para los idiomas, en especial entre los miembros del Mossad y los del ejército.

Y no por primera vez, se preguntó a favor y en contra de quién iba a espiar.

Se volvieron a encontrar cinco días más tarde en el Ritz-Carlton del Lower Manhattan. Kyle preguntó a Bennie si tenía una oficina en la ciudad o si siempre hacía su trabajo desde alguna suite de hotel, pero no obtuvo respuesta. Antes de la reunión, Kyle había estado viendo cuatro apartamentos, todos en Soho y Tribeca. El más barato costaba cuatro mil doscientos dólares al mes por setenta metros cuadrados sin ascensor; el más caro, seis mil quinientos dólares por noventa metros en un viejo almacén reformado. Fuera cual fuese el alquiler, Kyle tendría que pagarlo íntegramente de su bolsillo porque no quería compartir espacio con nadie. Su vida ya sería bastante complicada sin las tensiones derivadas de la convivencia. Además, a Bennie tampoco le gustaba la idea.

Este y sus hombres lo habían seguido en su recorrido con el agente inmobiliario y sabían exactamente dónde se hallaban situados los cuatro apartamentos. Cuando llegó al hotel, los hombres de Bennie ya habían llamado al agente para interesarse por los mismos apartamentos y concertar una visita. Kyle sin duda podía escoger dónde quería vivir, pero cuando se instalase, el lugar elegido estaría infestado de micrófonos.

Bennie tenía una caja llena de documentos en la mesa de su suite.

—La demanda se presentó el pasado viernes —explicó—, ante un tribunal federal de aquí, en Manhattan. La demandante es una empresa llamada Trylon Aeronautics. La demandada es una empresa que se llama Bartin Dynamics.

Kyle lo escuchó sin alterar su expresión. Las notas que había reunido sobre el caso y los litigantes ocupaban cuatro libretas enteras, más de doscientas páginas en total y no dejaba de aumentar de día en día. Estaba seguro de que no sabía tanto como su amigo Bennie allí presente, pero sí mucho.

Y Bennie sabía que él sabía. Desde su cómoda oficina de Broad Street, él y sus técnicos monitorizaban constantemente el portátil de Kyle y el ordenador de sobremesa de su despacho de la revista jurídica. Lo controlaban sin cesar, y cada vez que Kyle abría el portátil en su apartamento para mandar un mensaje a uno de sus profesores, Bennie lo sabía. Y cuando estaba trabajando en un artículo, Bennie lo sabía. Y cuando había estado investigando las demandas presentadas en Nueva York y hurgando entre la basura de Trylon y Bartin, Bennie también lo había sabido.

«Eso es, chaval, tú sigue haciéndote el tonto, que yo haré lo mismo. No hay duda de que eres muy listo, pero eres demasiado estúpido para darte cuenta de que la situación te supera.»

11

A medida que la primavera llegaba a regañadientes a Nueva Inglaterra, el campus volvió a la vida y se sacudió de encima la larga y fría tristeza del invierno. Las plantas florecieron, el césped empezó a tomar color, los días se fueron haciendo más largos y los estudiantes encontraron innumerables razones para salir al exterior. Los *frisbees* volaban a cientos y, cada vez que salía el sol, se organizaban largas comidas o picnics. Los profesores se volvieron más perezosos, y las clases se hicieron más cortas.

Sin embargo, durante su último semestre en el campus, Kyle decidió hacer caso omiso de un ambiente tan festivo y se encerró en su despacho de la revista jurídica para trabajar fervientemente en el número de junio del *Yale Law Journal.* Iba a ser el último que preparara, y deseaba que fuera el mejor. El trabajo se convirtió en la excusa ideal para desatender todo lo demás. Al final, Olivia se hartó, y se separaron amistosamente. Sus amigos, todos ellos estudiantes de último curso a punto de graduarse, se dividían en dos grupos: los del primero se dedicaban a beber e ir de fiesta en fiesta en un desesperado intento de disfrutar del último minuto de la vida en el campus antes de ser arrojados al mundo real; los del segundo ya estaban pensando en su futuro profesional, estudiando para los exámenes del Colegio de Abogados y buscando apartamento en las grandes ciudades. A Kyle no le costó demasiado evitar a unos y a otros.

El 1 de mayo envió una carta a Joey Bernardo que decía lo siguiente:

> Querido Joey:
>
> Me gradúo el 25 de este mes. ¿Podrías venir, por uno de esos raros azares del destino? Alan no puede, y me da miedo preguntárselo a Baxter. Sería divertido poder pasar algunos días juntos. Nada de novias, por favor. Te ruego que me contestes por correo ordinario a esta dirección. Nada de e-mails ni de llamadas telefónicas. Ya te lo explicaré cuando nos veamos.
>
> Un abrazo,
>
> KYLE

La carta fue enviada, manuscrita, desde las dependencias de la revista jurídica, y allí llegó la respuesta una semana después.

> Hola, Kyle:
>
> ¿Ahora prefieres el correo tortuga? La verdad, tienes una letra horrible, aunque seguramente es mejor que la mía. Allí estaré para tu graduación. Lo pasaremos estupendamente. ¿Qué demonios es tan secreto que no puedes explicarlo por teléfono o por correo electrónico? ¿Te estás viniendo abajo? Me parece que Baxter sí. Me temo que habrá muerto dentro de un año si no hacemos algo. Bueno, empieza a dolerme la mano y me siento como un vejestorio escribiendo con tinta y papel. Espero con impaciencia tu próxima carta.
>
> Abrazos,
>
> JOEY

La respuesta de Kyle resultó más larga y rica en detalles. La contestación de Joey estuvo más cargada de ironía y de preguntas. Kyle la tiró a la papelera nada más leerla. Se cruzaron un par de cartas más y acabaron de planear el fin de semana.

No hubo forma de hacer salir a Patty McAvoy de su loft para que asistiera a la graduación de su hijo, aunque tampoco nadie lo intentó con demasiadas ganas. Lo cierto es que tanto a John como a su hijo no les molestó nada que decidiera quedarse en casa. Tres años antes ya había evitado asistir a la entrega de diplomas de Duquesne, lo mismo que a las de sus hijas. En pocas palabras, Patty no iba a las ceremonias de graduación por importantes que estas fueran. Se las había arreglado para estar en la boda de las gemelas, pero no había participado en los preparativos. John McAvoy se había limitado a firmar los cheques oportunos, y la familia se las había arreglado para sobrevivir a ambos calvarios.

Joey Bernardo llegó a New Haven el sábado por la tarde, la víspera de las ceremonias de la facultad de Derecho, y, tal como decían las instrucciones recibidas a través del correo ordinario, fue directamente a una oscura y cavernosa pizzería llamada Santo, situada a kilómetro y medio del campus. Exactamente a las tres de la tarde del sábado 24 de mayo, se deslizó en un reservado del rincón derecho de Santo y aguardó. La situación lo intrigaba y le hacía gracia. No dejaba de preguntarse si su amigo habría perdido un tornillo. Un minuto más tarde, este apareció por detrás y se sentó ante él. Se dieron la mano, y Kyle escudriñó la puerta de entrada, situada a la derecha y al fondo del restaurante. El establecimiento estaba casi vacío, y Bruce Springsteen atronaba por el canal musical.

—Bueno —dijo Joey—, ya puedes empezar a soltarlo.

—Me están siguiendo.

—Creo que has perdido la chaveta. La presión te ha afectado.

—Calla y escucha.

Una joven camarera se detuvo ante su mesa justo el tiempo necesario para preguntar si querían algo. Pidieron dos Coca-Cola Light, y Kyle encargó una pizza de *pepperoni.*

—La verdad es que no tengo hambre —comentó Joey cuando la chica se hubo marchado.

—Estamos en una pizzería, de manera que tenemos que pedir pizza; de lo contrario, pareceríamos sospechosos. Escucha, dentro de unos minutos, un gorila vestido con unos vaqueros gastados, un suéter de rugby verde y una gorra de golf caqui entrará por la puerta, no se fijará en nosotros y seguramente se sentará en la barra. Se quedará allí unos diez minutos o menos y después se marchará. Aunque no nos mirará, lo verá todo. Cuando tú salgas, uno de sus colegas te seguirá y anotará la matrícula de tu coche. En cuestión de minutos se habrán enterado de que me he reunido casi en secreto con mi viejo amigo Joey Bernardo.

—¿Y esos tíos son amigos tuyos?

—No. Son profesionales, pero como yo soy un tipo corriente y no un matón como ellos, dan por hecho que no me entero de que me están siguiendo.

—Estupendo. Eso lo aclara todo. ¿Y ahora podrías explicarme, viejo amigo, por qué te siguen?

—Es una historia muy larga.

—No habrás vuelto a beber, ¿verdad? No te estarás chutando o algo así, ¿no?

—Nunca me he chutado, y lo sabes. No he vuelto a la bebida y tampoco he perdido la chaveta. Hablo completamente en serio y necesito tu ayuda.

—Lo que necesitas es un psiquiatra, Kyle. Estás muy nervioso, tío, y tienes los ojos rojos.

La puerta se abrió y entró un tipo corpulento. Iba vestido exactamente como Kyle había dicho, pero con el añadido de unas gafas de concha.

—No lo mires —dijo Kyle cuando vio que su amigo se quedaba boquiabierto.

En ese momento llegaron las bebidas, y los dos tomaron un trago.

El gorila se sentó en la barra y pidió una cerveza de barril. Desde donde estaba podía ver la mesa de Kyle reflejada en el espejo del botellero, pero no escuchar lo que estaban diciendo.

—Las gafas que lleva, se las acaba de poner —comentó Kyle con una gran sonrisa, como si estuviera contando un chiste—. Unas gafas de sol llamarían demasiado la atención en un lugar como este, en cambio se ha puesto unas bien grandes para poder observar sin que lo pillemos. Por favor, Joey, sonríe. Ríe incluso. Se supone que somos dos viejos colegas recordando viejos tiempos y que no tenemos nada de que preocuparnos.

Joey estaba tan asombrado que se sentía incapaz de reír o sonreír siquiera; así pues, Kyle soltó una sonora carcajada y cogió un gran trozo de pizza tan pronto como la sirvieron. Parecía animado y sonriente.

—Por favor, Joey, come algo, sonríe y di alguna cosa.

—¿Se puede saber qué has hecho? ¿Ese tipo es policía o algo así?

—O algo así. No he hecho nada malo, pero se trata de una historia un tanto complicada en la que tú también intervienes. ¿Por qué no hablamos de los Pirates?

—Los Pirates están los últimos y seguirán estándolo en septiembre. Escoge otro tema u otro equipo. —Por fin, Joey cogió un trozo de pizza y le dio un mordisco—. Necesito una cerveza. Soy incapaz de tragarme una pizza si no es con cerveza.

Kyle llamó a la joven y perezosa camarera y pidió una cerveza.

En un rincón del restaurante había un gran televisor plano donde se veía un programa de la ESPN que emitía los mejores momentos del béisbol. Kyle y Joey estuvieron un rato comiendo en silencio mientras miraban el programa. El tipo del suéter verde se tomó su jarra de cerveza y, pasados diez minutos, pagó en efectivo y se marchó.

—¿Se puede saber qué demonios pasa? —exclamó Joey, cuando el gorila se hubo ido.

—Esa es una conversación que tú y yo debemos tener, pero no aquí. Nos llevará una hora más o menos. Luego, esa primera conversación dará pie a otra y a otra. Si lo hacemos este fin de semana, nos descubrirán. Los malos nos vigilan, y si nos ven enfrascados en algún tema serio sabrán de qué va. Es importante que nos acabemos la pizza, salgamos del restaurante y no nos vuelvan a ver juntos hasta que mañana te vayas de la ciudad.

—Caramba, pues gracias por invitarme.

—No te he invitado por lo de la graduación, Joey. Lo lamento. La razón de que te haya hecho venir es esta. —Kyle le pasó una hoja de papel doblada en cuatro—. Métetela en el bolsillo, rápido.

Joey la cogió, miró nerviosamente a su alrededor y se la guardó a toda prisa en el bolsillo trasero de los vaqueros.

—¿Qué es, Kyle?

—Confía en mí, Joey, por favor. Estoy metido en un lío y necesito ayuda. Solo puedo contar contigo, con nadie más.

—¿Y yo también estoy involucrado?

—Puede ser. Acabemos la pizza y salgamos de aquí. El plan es el siguiente: el Cuatro de Julio está a la vuelta de la esquina, entonces tú te presentas con tu magnífica idea de irnos a hacer rafting en el New River, tres días por el río y dos noches de acampada. Tú, yo y unos colegas de la vieja hermandad de Duquesne. Un fin de semana solo de tíos que se lo montan mientras todavía pueden. La lista que te he dado contiene los nombres y las direcciones de correo electrónico, material del que tú ya dispones. También está el nombre y la dirección de una tienda de material de Beckley, en Virginia Oeste. He hecho todos los preparativos.

Joey asentía como si nada de aquello tuviera sentido. Kyle prosiguió:

—El propósito de la excursión es quitarnos de encima la vigilancia. Cuando estemos navegando por el río, en plena montaña, no habrá modo de que puedan seguirme. Podremos hablar todo lo que queramos sin miedo a que nos observen.

—Esto es una locura y tú te has vuelto loco.

—Cierra esa boca, hombre. No me he vuelto loco. Hablo totalmente en serio. Me vigilan las veinticuatro horas del día. Me han pinchado el móvil y el ordenador.

—¿Y dices que no se trata de la poli?

—No. Son gente mucho más temible que la policía. Si estamos mucho rato juntos sospecharán y a ti se te complicará la vida. Anda, come un poco más de pizza.

—No tengo hambre.

Se produjo una larga pausa en la conversación. Kyle siguió comiendo, Joey siguió mirando la televisión y Bruce Springsteen siguió cantando.

—Escucha, tenemos que irnos —dijo Kyle al cabo de un momento—. Tengo mucho que contarte, pero no puedo hacerlo ahora. Si te apuntas a la excursión de rafting, nos lo pasaremos bien y además podré contarte toda la historia.

—¿Has hecho rafting alguna vez?

—Pues claro. ¿Y tú?

—No. No me gusta el agua.

—Nos darán chalecos salvavidas, no te preocupes. Vamos,

Joey, te divertirás. Dentro de un año te habrás casado y se te habrá acabado la buena vida.

—Gracias, colega.

—Será solo una excursión de amigotes por el río, un puñado de viejos amigos de la universidad. Anda, envía esos correos y organízalo. ¿Qué me dices?

—Pues claro, Kyle, lo que tú digas.

—Estupendo, pero cuando me escribas utiliza la cobertura, ¿vale?

—¿Qué cobertura?

—Te la he apuntado. En los correos electrónicos que me mandes tienes que decir que vamos a ir al río Potomac, en Maryland. No podemos dar pistas a esos matones.

—Pero ¿qué crees que van a hacer, seguirnos río abajo en una lancha?

—No lo sé. Es solo por precaución. No los quiero rondando cerca.

—Todo esto es muy raro, Kyle.

—Sí, y más raro será.

De repente, Joey apartó el plato y se inclinó hacia delante, apoyando los codos en la mesa y mirando fijamente a su amigo.

—De acuerdo, Kyle, pero tienes que darme una pista.

—Elaine ha vuelto con su cuento de la violación.

Con la misma velocidad que se había acercado, Joey se dejó caer contra el respaldo y pareció encogerse. ¿Elaine qué? Se había olvidado de su apellido. Lo cierto era que casi ni se había enterado de cuál era. Todo aquello había ocurrido cinco o seis años atrás, y la policía había dado carpetazo al caso. ¿Y por qué? Pues porque no había ocurrido nada. No se había producido ninguna violación. Un contacto sexual, seguramente, pero con esa chica todo era consentido. Tenía previsto casarse en diciembre con la mujer de sus sueños, y nada, absolutamente nada iba a estropearle los planes. Tenía su carrera, un brillante futuro profesional por delante y un buen nombre. ¿Cómo era posible que esa pesadilla siguiera coleando?

A pesar de tener tanto que decir, no consiguió decir nada y se quedó mirando con aire desamparado a Kyle, que sintió lástima hacia él.

«¿Está despierta?», pregunta Joey.

Ninguna respuesta de Baxter Tate. Ninguna respuesta de la chica.

—Escucha, Joey: esto es algo a lo que podemos enfrentarnos. Ya sé que da miedo, pero podemos manejarlo. Tenemos que hablar, y hacerlo durante horas; pero no aquí, no ahora. Será mejor que nos marchemos.

—De acuerdo, lo que tú digas.

Esa noche, Kyle se encontró con su padre para cenar en un restaurante griego llamado The Athenian. Se les unió Joey Bernardo, que ya se había tomado unas copas para preparar la noche y estaba tan apagado que resultaba aburrido. También cabía que estuviera aterrado, estupefacto o cualquier otra cosa. En cualquier caso, parecía muy preocupado. John McAvoy se tomó dos martinis antes de haber leído siquiera el menú y no tardó en empezar a contar batallitas de juicios y antiguos casos. Joey lo acompañó, cóctel tras cóctel, y la ginebra le dejó la lengua de trapo y el humor por los suelos.

Kyle lo había invitado con la idea de que evitara que su padre se lanzara a un último y desesperado intento de convencerlo para que resistiera los cantos de sirena de los perversos megabufetes e hiciera algo productivo con su vida. Pero, tras el segundo martini, y con un Joey apenas coherente, John McAvoy lo intentó de todas maneras. Kyle decidió comerse su humus con tostadas untadas de ajo y no discutir. Cuando llegó el vino tinto, su padre contó otra anécdota sobre haber representado a cierto infeliz que tenía un gran caso pero ni un céntimo. Naturalmente, y según la tradición de los relatos de abogados, había ganado el juicio. John McAvoy era el héroe de todas las historias que contaba, y en ellas los pobres eran salvados; los débiles, protegidos.

Kyle estuvo a punto de echar de menos a su madre.

Esa noche, mucho después de la cena, salió a dar un paseo por el campus por última vez como estudiante. Estaba asombrado por la velocidad con la que habían pasado aquellos tres últimos años; pero, al mismo tiempo, se sentía cansado de las clases, las aulas, los exámenes y de la mísera vida con su estipendio de estudiante. A sus veinticinco años era ya un hombre hecho y derecho, bien educado, sin malas costumbres ni vicios.

En ese momento, el futuro tendría que abrirse ante él lleno de promesas y de brillantes expectativas.

En cambio, solo sentía miedo y aprensión. Tras siete años de preparación académica y de un gran éxito como estudiante, todo se reducía a eso: a la lamentable vida de un espía a la fuerza.

12

De los dos apartamentos que Kyle había escogido, Bennie prefirió el situado en el viejo barrio de los mataderos, cerca del hotel Gansevoort, en un viejo edificio de más de ciento veinte años que había sido construido con el único propósito de descuartizar cerdos y reses. Sin embargo, esas matanzas eran cosa del pasado, y el promotor urbanístico había hecho un estupendo trabajo a la hora de borrar todo rastro de aquello y convertir la planta baja en una zona de tiendas de lujo, el primer piso en un conjunto de oficinas, y todos los demás en modernos apartamentos. A Bennie le daba igual que el sitio fuera moderno o no, y su ubicación no podría haberle importado menos. Pero lo que sí le impresionó fue que el apartamento situado justo encima del 5D, el 6D, también estuviera disponible para alquilar. Bennie se apresuró a quedárselo por un período de seis meses y una cantidad de cinco mil doscientos dólares al mes. Luego, esperó a que Kyle alquilara el 5D.

Sin embargo, este se inclinaba por un piso de dos plantas en una casa sin ascensor en Beekman Street, cerca del ayuntamiento y el puente de Brooklyn. Era más pequeño y algo más barato —tres mil ochocientos al mes—, aunque el precio por metro cuadrado seguía estando por las nubes. En New Haven, habían gastado mil dólares al mes entre dos por un apartamento de mala muerte pero que era tres veces mayor que todo lo que había visto en Manhattan.

Scully & Pershing le había pagado una gratificación de veinticinco mil dólares por haber firmado con ellos, y Kyle había pensado asegurarse con ellos un apartamento a principios de verano, que era cuando abundaban más. Su intención era encerrarse en su nueva madriguera y estudiar sin descanso durante seis semanas, hasta presentarse en julio al examen del Colegio de Abogados.

Cuando Bennie comprendió que Kyle se disponía a alquilar el apartamento de Beekman Street, no tuvo más remedio que mandar a uno de sus hombres para que hiciera una oferta irresistible al propietario. La cosa funcionó, y Kyle no tuvo más remedio que poner rumbo al barrio de los mataderos. Cuando por fin acordó verbalmente quedarse el 5D por cinco mil cien al mes durante un año, empezando el 15 de junio, Bennie envió a toda prisa un grupo de técnicos para que «decoraran» el lugar dos semanas antes de la entrada de Kyle. Instalaron dispositivos de escucha en todas las paredes de todas las habitaciones. Pincharon las líneas de teléfono y de internet y las conectaron a los ordenadores que tenían instalados justo encima, en el 6D. Situaron cuatro cámaras —una en cada estancia, en el salón, la cocina y los dos dormitorios— que podían ser retiradas inmediatamente si se daba la circunstancia que alguien se ponía a curiosear; también estas estaban conectadas a los ordenadores del piso de arriba, de manera que Bennie y sus muchachos podían observar a Kyle en todo momento salvo cuando se duchaba, afeitaba, lavaba los dientes o utilizaba el retrete. Algunas actividades —pocas— debían permanecer en el ámbito privado.

El 2 de junio, Kyle cargó todas sus pertenencias en su jeep Cherokee y salió de Yale y de New Haven. Durante unos cuantos kilómetros se dedicó a la nostalgia de despedirse de sus días de estudiante; pero, cuando cruzó Bridgeport, solo pensaba en el examen del Colegio de Abogados y en lo que lo esperaba después. Se dirigió a Manhattan, donde esperaba pasar unos días con unos amigos antes de instalarse definitivamente en el número 15. Todavía no había firmado el contrato de alquiler, y la agencia inmobiliaria empezaba a impacientarse porque él no respondía a sus llamadas.

Tal como estaba previsto, el 3 de junio fue en taxi hasta el hotel Peninsula, en el centro, y se encontró con Bennie en su suite del décimo piso. Su contacto iba vestido tan anodinamente como de costumbre: traje oscuro, camisa blanca, corbata neutra y zapatos negros. Sin embargo, ese día había un par de diferencias: se había quitado la chaqueta y encima de la camisa llevaba un arnés de reluciente cuero negro del que asomaba una Beretta de 9 mm. Le bastaba con un rápido movimiento de la mano derecha para que la pistola entrara en acción. Kyle repasó todos los comentarios sarcásticos que se le ocurrieron al ver semejante arma, pero en el último momento decidió guardárselos. Estaba claro que Bennie quería que se fijara en la pistola, y que incluso la mencionara.

«No le hagas ni caso», se dijo mientras se sentaba en su posición de costumbre, la pierna derecha cruzada sobre la izquierda, los brazos sobre el pecho y una expresión de desprecio.

—Felicidades por tu graduación —le dijo Bennie de pie junto a la ventana que daba a la Quinta Avenida, mientras bebía café en una taza de plástico—. ¿Fue todo bien?

«Tú estuviste allí, cabrón. Tus hombres me estuvieron observando mientras Joey y yo nos tomábamos una pizza. Sabes lo que mi padre y yo tomamos para cenar y cuántos martinis se metió entre pecho y espalda. Viste a Joey salir del restaurante griego borracho como una cuba, y cuando tus espías me fotografiaron en pijama, seguramente también ellos empezaban a dar cabezadas.»

—De fábula.

—Me alegro. ¿Has encontrado ya apartamento?

—Eso creo.

—¿Dónde?

—¿Y a ti qué te importa? Creo que habíamos acordado que te mantendrías alejado.

—Solo intento ser amable, Kyle. Eso es todo.

—¿Por qué? La verdad es que me jode toda esta comedia de que cuando nos vemos empieces a hacer como si fuéramos amigos de toda la vida. No estoy aquí porque quiera, no estoy aquí charlando de chorradas contigo porque me apetezca. Estoy aquí porque me estás haciendo chantaje. Te desprecio, ¿te enteras? Será mejor que no lo olvides y que dejes de hacerte el simpático. No va con tu personalidad.

—La verdad es que puedo ser muy capullo.

—No es que puedas, es que lo eres.

Bennie tomó otro sorbo de café sin dejar de sonreír.

—Lo que tú digas. ¿Puedo preguntarte cuándo tienes el examen del Colegio de Abogados?

—No, porque ya sabes exactamente qué día me examino. ¿Para qué estoy aquí, Bennie? ¿Cuál es el propósito de esta reunión?

—Únicamente el de ser amable, decir hola y darte la bienvenida a Nueva York, felicitarte por la graduación, preguntar qué tal tu familia, esas cosas...

—Estoy conmovido.

Bennie dejó la taza de café y cogió una gruesa carpeta que entregó a Kyle.

—Aquí tienes las últimas aportaciones a la demanda de Trylon-Bartin: las alegaciones de desistimiento, las declaraciones juradas de apoyo, las pruebas aportadas, los informes de apoyo y los contrarios, todo el lote. Como sabes, el asunto se halla bajo secreto de sumario, de modo que esta carpeta que tienes entre manos no está autorizada.

—¿Cómo la has conseguido?

Bennie respondió con la misma taimada sonrisa que empleaba cada vez que Kyle planteaba una pregunta que no tenía respuesta.

—Cuando no estés preparando el examen del Colegio, puedes ir echándole un vistazo.

—Una pregunta: se me ocurre que es mucho suponer que Scully & Pershing me vayan a destinar a la sección de Litigios que precisamente se encarga de este caso, y aún es más suponer que permitan que un profesional recién llegado le ponga los ojos encima. Estoy seguro de que lo habréis pensado.

—¿Y la pregunta es...?

—¿Qué pasa si no llego ni a acercarme remotamente a este caso?

—Tu grupo de recién incorporados contará con un centenar de novatos, lo mismo que el año pasado y el anterior. Aproximadamente un diez por ciento de ellos serán destinados al departamento de Litigios. Los demás se dedicarán a otras tareas: fusiones, adquisiciones, temas fiscales, transacciones, finanzas, propiedades, herencias y todo el maravilloso abanico de servicios que cubre un bufete como ese.

»Dentro de ese panorama, tú serás la estrella del equipo de litigadores novatos no solo porque eres el más brillante, sino porque trabajarás dieciocho horas diarias, siete días a la semana, y además besarás todos los culos que tengas que besar, darás todas las puñaladas por la espalda que tengas que dar y harás todo lo que hay que hacer en esos casos para triunfar en un gran bufete. Desearás trabajar en ese caso y lo pedirás, y como se trata del caso más importante que lleva el bufete, al final acabarán incorporándote al equipo que lo lleva.

—Siento haberlo preguntado.

—Y mientras te abres paso lentamente hacia el caso, nos irás proporcionando otras valiosas informaciones.

—¿Como cuáles?

—Es demasiado pronto para hablar de eso. Por el momento, en lo único en lo que debes concentrarte es en aprobar el examen del Colegio de Abogados.

—No sabes cuánto te lo agradezco. No se me había ocurrido.

Estuvieron lanzándose puyas otros diez minutos hasta que Kyle se fue bruscamente, como de costumbre. Desde el taxi llamó a la agencia inmobiliaria y les dijo que había cambiado de opinión acerca de vivir en el barrio de los viejos mataderos. El agente se enfadó muchísimo, pero mantuvo la calma. Kyle no había firmado nada, y ellos carecían de base legal con que reclamarle. Kyle le prometió que volvería a llamarlo dentro de unos días para reemprender la búsqueda de un apartamento más pequeño y económico.

A continuación, trasladó sus cosas a la habitación vacía de un piso del Soho que ocupaban Charles y Charles, dos graduados de Derecho por Yale que habían acabado un año antes que él y que estaban trabajando para dos megabufetes. Los dos habían jugado a *lacrosse* en Hopkins y seguramente eran pareja, aunque siempre habían sido muy discretos, al menos en Yale. A Kyle le daba lo mismo el tipo de relación que tuvieran, lo que necesitaba era una cama durante un tiempo y un sitio donde guardar sus pertenencias. Y de paso también necesitaba que Bennie fuera honrado un tiempo. Los Charles le ofrecieron ocupar gratis la habitación que tenían libre, pero él insistió en pagarles doscientos dólares a la semana. Entre otras cosas, el apartamento era un lugar ideal para estudiar, puesto que los dos Charles raramente aparecían durante el día, aplastados como estaban en un engranaje de trabajo de cien horas semanales.

Cuando se hizo evidente que la operación de Bennie se había saldado con un fracaso que había costado seis meses de alquiler del apartamento 6D en el viejo edificio reformado del matadero más la costosa «decoración» del 5D que había justo debajo y más los cuatro mil cien mensuales por un año que había tenido que pagar por el de Beekman Street, Bennie se subió por las paredes pero no se dejó arrastrar por el pánico. El dinero despilfarrado no constituía un factor que había que tener en cuenta. Lo que le molestaba profundamente era lo impredecible que había resultado todo. Durante los últimos cuatro meses, Kyle no había hecho nada para sorprenderlos. Las tareas de vigilancia habían sido de lo más tranquilas. Habían analizado a fondo el viaje a Pittsburg de febrero y ya no les preocupaba. Un civil solía ser un objetivo fácil porque se atenía a unos modos predecibles. ¿Por qué iba a querer nadie sacudirse de encima una vigilancia si no sabía que estaba allí? La cuestión era cuánto sabía o sospechaba Kyle y hasta qué punto resultaba predecible.

Bennie se lamió las heridas durante una hora y después empezó a planear su siguiente paso: una rápida investigación de Charles y Charles y un examen aún más rápido de su apartamento.

El segundo tratamiento de desintoxicación de Baxter Tate empezó con una llamada a su puerta. Y después con otra. No había contestado a las llamadas a su móvil. Un taxi lo había dejado en su casa a las cuatro de la mañana desde una discoteca de moda de Beverly Hills, y el taxista lo había tenido que ayudar a entrar.

Después de la cuarta llamada, abrieron la puerta sin esfuerzo porque Baxter no se había molestado en cerrarla. Los dos individuos, especialistas en rescatar a miembros de la familia con problemas de adicción, encontraron a Baxter en la cama, vestido todavía con la ropa de la noche anterior: camisa de hilo blanca manchada de licor, chaqueta de hilo negra de Zegna, vaqueros de Armani desteñidos y mocasines Bragano que dejaban al descubierto sus bronceados tobillos. Se hallaba en estado comatoso y respiraba pesadamente, pero no roncaba. Aún estaba vivo, pero no por mucho tiempo, no al ritmo que llevaba.

Los hombres registraron rápidamente el dormitorio y el baño contiguo en busca de armas. Los dos iban armados, pero escondían sus pistolas bajo sus cazadoras. A continuación llamaron por radio al coche que los esperaba y un tercer individuo entró en el apartamento. Era el tío de Baxter, alguien llamado Walter Tate, el tío Wally, el hermano del padre de Baxter, el único de los cinco hermanos que había hecho algo en la vida. La fortuna bancaria de la familia tenía tres generaciones de antigüedad y disminuía a un ritmo constante aunque no preocupante. La última vez que Walter había visto a su sobrino había sido en el despacho de un abogado de Pittsburg para recoger los restos del desastre de otro episodio de borrachera al volante.

Dado que sus cuatro hermanos eran incapaces de tomar la menor decisión en lo tocante a sus vidas, hacía tiempo que Walter había asumido el papel de cabeza de familia. Vigilaba las inversiones, se reunía con los abogados, recibía a la prensa cuando resultaba necesario e intervenía a regañadientes cada vez que alguno de sus sobrinos se metía en problemas. Su propio hijo se había matado haciendo parapente.

Aquella era su segunda intervención con Baxter, y sería la última. La primera había tenido lugar en Los Ángeles, dos años antes, y Walter había acabado enviando a Baxter a un rancho de Montana donde este había recobrado la sobriedad, montado a caballo, hecho unos cuantos amigos y visto la luz. Cuando volvió a su carrera de actor en Hollywood, la sobriedad le duró dos semanas. Walter se había impuesto un límite: dos tratamientos de desintoxicación. Después de eso, y en lo que a él hacía referencia, sus sobrinos podían matarse si eso les placía.

Baxter llevaba nueve horas ajeno a las cosas del mundo cuando el tío Wally lo agarró por la pierna y lo sacudió con la fuerza suficiente para arrancarlo de su sueño de borracho. La visión de tres desconocidos mirándolo, desconcertó al joven, que retrocedió, aterrorizado, hasta la cabecera de la cama; entonces reconoció a su tío. Estaba un poco más calvo y un poco más gordo que la última vez. ¿Cuánto tiempo hacía de eso? La familia nunca se reunía; de hecho, sus miembros hacían esfuerzos titánicos para mantenerse alejados los unos de los otros.

Baxter se frotó los ojos y las sienes mientras notaba el repentino asalto de un brutal dolor de cabeza. Miró a su tío Wally y a los dos desconocidos.

—Bueno, bueno, ¿y cómo está la tía Rochelle? —preguntó con voz pastosa.

Rochelle había sido la primera esposa de Walter, pero era la única que Baxter recordaba. Ella lo había aterrorizado de niño, y él le guardaba un imborrable rencor.

—Murió el año pasado —contestó Walter.

—No sabes cuánto lo lamento. ¿Qué te trae por Los Ángeles? —Se quitó los mocasines y se abrazó a la almohada. Estaba claro cómo iba a acabar todo aquello.

—Vamos a hacer un viajecito, Baxter, los cuatro. Te vamos a meter en otra clínica para que te limpien a fondo y a ver si pueden recomponerte.

—O sea que esto es una intervención, ¿no?

—En efecto.

—Qué bien. Por aquí resulta de lo más normal. Es un milagro que alguien consiga rodar una maldita película al año con todas las rehabilitaciones que se hacen. Todo el rato te piden ayuda para que eches una mano con alguna intervención. Lo digo en serio. No lo vas a creer, pero hace un par de meses tomé parte en una. Un «enlace», así es como me llamaban, pero supongo que ya sabes de qué va eso. ¿Te lo imaginas? Yo sentado en una habitación de hotel con otros enlaces, a algunos los conozco y a otros no. Entonces entra el pobre Jimmy con una cerveza en la mano y se encuentra con esa emboscada. Su hermano lo hace sentar, y todos empezamos por turno a soltarle al pobre Jimmy el rollo de la mierda que es. Lo hacemos llorar, pero la verdad es que todos lloran, ¿no? Yo también lloré, ¿verdad? Ahora me acuerdo. Tendrías que haberme oído soltarle a Jimmy una conferencia sobre los males del vodka y la cocaína. De no haber estado llorando se habría lanzado contra mí. ¿Me puede dar alguien un vaso de agua? ¿Quiénes son esos tipos?

—Vienen conmigo —contestó el tío Wally.

—Me lo imaginaba.

Uno de los especialistas entregó a Baxter una botella de agua que este se bebió a grandes tragos, derramándose el líquido por la barbilla.

—¿Tiene alguien una aspirina? —preguntó con tono de desesperación.

Le entregaron unas cuantas pastillas y otra botella de agua. Cuando se lo hubo tragado todo, preguntó:

—¿Adónde esta vez?

—A Nevada. Hay una clínica cerca de Reno, en las montañas, con unos paisajes espectaculares.

—No será otro rancho para aficionados, ¿verdad? No podría soportar otros treinta días a caballo. Todavía me duele el culo después de aquella cura de desintoxicación.

El tío Wally seguía de pie ante la cama. No se había movido un paso.

—Esta vez no habrá nada de caballos. Es un sitio diferente.

—Ah, ¿sí? Eso es lo que dicen siempre. Los colegas de aquí siempre están hablando de sus últimas rehabilitaciones, siempre comparando sus notas. Es una estupenda forma de ligar en un bar. —Hablaba con los ojos cerrados, mientras el dolor le atenazaba el cerebro.

—No. Esta vez es diferente.

—¿Diferente en qué sentido?

—Es más dura y estarás allí más tiempo.

—¿Más? ¿Cuánto más?

—Tanto como haga falta.

—¿No podría prometerte ahora mismo que dejaré la bebida y saltarnos la maldita cura?

—No.

—Entonces, ¿debo suponer que el que estés aquí acompañado de tu penoso séquito significa que mi participación no es precisamente voluntaria?

—Precisamente.

—¿Y que si os digo que os vayáis al infierno y que voy a llamar a la policía porque habéis irrumpido en mi casa por la fuerza y que no pienso irme con vosotros, si digo todo eso, tú simplemente sacarás a colación el tema del fideicomiso familiar?

—Exacto.

La náusea lo golpeó igual que un puñetazo en el estómago. Baxter saltó de la cama y se quitó la chaqueta mientras corría a trompicones hacia el cuarto de baño. La vomitona fue larga y estuvo salpicada de imprecaciones. Luego, se lavó la cara, contempló en el espejo sus ojos enrojecidos e hinchados y no tuvo más remedio que reconocer que unos días en dique seco no serían mala idea. Aun así, era incapaz de imaginar toda una vida sin alcohol ni drogas.

El fideicomiso familiar había sido establecido por un bisabuelo que no tenía la menor idea de lo que estaba haciendo. En los días anteriores a los aviones particulares, los yates de lujo, la cocaína y los innumerables modos de dilapidar una fortuna familiar, lo prudente consistía en preservar el dinero para las generaciones venideras. Pero el abuelo de Baxter había intuido el peligro. Contrató a los mejores abogados y modificó el régimen del fideicomiso para que una junta de asesores pudiera ejercer cierta actividad discrecional. Parte del dinero llegaba a manos de Baxter todos los meses y le permitía vivir cómodamente sin trabajar; pero las cantidades importantes de verdad podían cerrarse igual que un grifo, y ese grifo lo controlaba el tío Wally con mano de hierro.

Y si el tío Wally decía que había que ir a una cura de desintoxicación, pues se iba.

Baxter salió del baño, se apoyó contra el marco de la puerta y miró a los tres. Ninguno se había movido. Se volvió hacia los especialistas.

—¿Y vosotros vais a romperme los pulgares si opongo resistencia?

—No —fue la respuesta.

—Vámonos, Baxter —dijo el tío Wally.

—¿Hago las maletas?

—No.

—¿Vamos en tu avión?

—Sí.

—La última vez me diste permiso para coger una gorda.

—Los de la clínica dicen que puedes beber lo que te dé la gana antes de llegar. El bar está lleno.

—¿Cuánto dura el vuelo?

—Noventa minutos.

—Entonces tendré que darme prisa.

—No me cabe duda de que te las apañarás.

Baxter hizo un gesto abarcando la habitación y el resto de la casa.

—¿Y qué me dices de esto, de las facturas, de la chica de servicio y del correo?

—Nosotros nos ocuparemos de todo. Vámonos.

Baxter se cepilló los dientes, se peinó, se puso una camisa limpia y siguió al tío Wally y a los otros dos hasta una furgoneta negra que estaba aparcada en la calle. Condujeron en silencio durante unos minutos, hasta que la tensión se rompió definitivamente cuando Baxter se echó a llorar en el asiento de atrás.

13

El curso para el examen del Colegio de Abogados se impartía en la Universidad de Fordham de la calle Sesenta y dos, en una espaciosa aula que estaba llena de ansiosos licenciados en Derecho. Desde las nueve y media de la mañana hasta la una y media de la tarde, de lunes a viernes, distintos profesores de las facultades de Derecho vecinas se ocupaban de desvelar las complejidades del Derecho Constitucional, Civil, Mercantil y Penal, así como de muchos otros asuntos. Dado que prácticamente todos los asistentes acababan de licenciarse, el material docente resultaba fácilmente asimilable. Sin embargo, la cantidad del mismo era ingente. Tres años de intenso estudio serían condensados en un examen de pesadilla de dieciséis horas de duración repartidas en dos jornadas. El treinta por ciento de los que se presentaran por primera vez no lo aprobarían, y por ello pocos dudaban en desembolsar los tres mil dólares que valía el cursillo preparatorio. Scully & Pershing se hizo cargo del gasto en nombre de Kyle y de sus nuevos reclutas.

La presión resultó palpable desde el primer día que Kyle entró en las aulas de Fordham y no llegó a desaparecer del todo. El tercer día se sentó con unos amigos de Yale y no tardaron en formar un grupo de estudio que se reunía todas las tardes y a menudo también de noche. Durante los tres años pasados en la facultad de Derecho, habían temido el día en que se verían obligados a repasar el pantanoso mundo de los impuestos federales o el aburrido Código de Comercio; pero ese día había llegado. El examen del Colegio de Abogados los consumió.

Como era habitual, los de Scully & Pershing permitían que sus seleccionados suspendieran una vez, pero no dos. Dos suspensos y uno quedaba automáticamente despedido. Algunos de los bufetes más estrictos mantenían una política de una sola oportunidad, mientras que otros estaban dispuestos a aceptar incluso más de dos fracasos si el titular demostraba especial aptitud en alguna área concreta. Fuera como fuese, el miedo al fracaso estaba siempre presente y hacía que resultara difícil conciliar el sueño.

Kyle se vio dando largos paseos por la ciudad a todas horas para despejar la cabeza y romper la monotonía. Aquellos paseos resultaban informativos y, en ocasiones, fascinantes. Aprendió las calles, las líneas de metro, de autobús y las normas de las aceras. Descubrió qué cafeterías estaban abiertas toda la noche y qué panaderías ofrecían baguettes calientes a las cinco de la mañana. Encontró una estupenda librería de viejo en el Village y recuperó su ferviente interés por las novelas de espías.

Al cabo de tres semanas en Nueva York encontró por fin un apartamento adecuado. Una mañana, al amanecer, se encontraba sentado junto a la ventana de una cafetería situada en la esquina de la Séptima Avenida con Chelsea, tomándose un *espresso* y leyendo el *Times*, cuando vio a dos hombres, al otro lado de la calle, sacando un sofá a hombros. A juzgar por cómo manejaron el sofá, los dos individuos no debían de ser transportistas profesionales. Lo arrojaron de cualquier manera al interior de una furgoneta y desaparecieron dentro del edificio. Unos minutos más tarde, repitieron el mismo ejercicio con un sillón. Parecían tener prisa, y no se podía decir que la mudanza fuera un placer. La puerta de la casa estaba situada junto a la de una tienda de comestibles ecológicos. Dos plantas más arriba, en una ventana, un cartel anunciaba un piso en alquiler. Kyle cruzó rápidamente la calle, detuvo a uno de los hombres y lo siguió escaleras arriba para echar un vistazo al apartamento. Era el tercero de los cuatro que ocupaban aquella planta y consistía en tres pequeñas habitaciones y una estrecha cocina. Mientras hablaba con el individuo, un tal Steve no-sé-qué, se enteró de que este lo tenía alquilado pero que debía marcharse precipitadamente de la ciudad. Convinieron un realquiler de dos mil quinientos dólares al mes y se dieron la mano. Aquella misma tarde se volvieron a ver para la firma de los papeles y la entrega de llaves.

Kyle dio las gracias a Charles y Charles, volvió a cargar sus escasas pertenencias en el jeep y recorrió los veinte minutos de trayecto que lo separaban de la esquina de la Séptima con la calle Veintiséis Oeste. Su primera compra fue una cama de segunda mano y una mesilla de noche en un mercadillo; la segunda, un televisor de pantalla plana de cincuenta pulgadas. Por lo demás, no tenía la más mínima prisa por amueblar o decorar. No creía que viviera allí más de ocho meses y ni siquiera se le ocurría pensar en invitar a nadie. Era un sitio adecuado para empezar. Más adelante ya encontraría otro más agradable.

Antes de marcharse a Virginia Oeste para la acampada y el rafting, dispuso cuidadosamente sus trampas. Cortó unos trozos de hilo de coser marrón y los pegó con vaselina en la base de las puertas interiores. Si se ponía de pie y miraba al suelo, casi no los podía ver; pero, si alguien entraba en el apartamento y abría aquellas puertas dejaría un rastro de hilos fuera de sitio. También apiló junto a la pared del salón todos sus libros, carpetas y archivadores, material de escaso valor pero del que no deseaba desprenderse. Era un montón informe, pero Kyle lo había ordenado cuidadosamente y fotografiado con su cámara digital. Cualquiera que entrase estaría tentado de revolver aquella colección, y si eso ocurría, él se enteraría. Informó a su vecina, una anciana tailandesa, de que pensaba ausentarse durante unos días y de que no esperaba que se presentaran visitas, y le rogó que si oía cualquier ruido sospechoso llamara a la policía. Ella dijo que sí a todo, pero Kyle no quedó convencido de que hubiera entendido una sola palabra de lo que él le había dicho.

Sus tácticas de contraespionaje eran rudimentarias, pero las cosas sencillas eran las que mejor funcionaban. Al menos eso decían sus novelas de espías.

El New River fluye a través de los montes Allegheny, en el sur de Virginia Oeste. En algunos lugares es muy rápido; en otros, más lento. Gracias a sus rápidos de Clase IV en algunos puntos, hace tiempo que es uno de los lugares favoritos de los que practican el kayak; y con kilómetros y kilómetros de aguas menos turbulentas, atrae todos los años a miles aficionados al rafting. Dada la popularidad de ese deporte, hay varias tiendas de reconocida fama en la zona. Kyle había encontrado una de ellas cerca de la ciudad de Beckley.

La primera noche se encontraron en un motel. Joey, Kyle y otros cuatro miembros de la hermandad Beta. Se bebieron dos cajas de cerveza para celebrar que era Cuatro de Julio y, al día siguiente, se despertaron con una buena resaca. Naturalmente, Kyle se mantuvo fiel a su Coca-Cola Light y se despertó dando vueltas a los insondables misterios de la Ley de Concursos y Quiebras. Le bastó con echar una sola ojeada a sus amigos para sentirse orgulloso de su condición de abstemio.

Su guía era un tipo de la localidad, bastante rústico, llamado Clem, y tenía unas cuantas normas de obligado cumplimiento a bordo del bote neumático de seis metros que constituía su modo de vida. El chaleco salvavidas y el casco eran imperativos. Prohibido fumar, sin excepciones, y también el alcohol a bordo mientras navegaran. Cuando bajaran a tierra, para comer o pasar la noche, podrían beber cuanto quisieran. Clem contó diez cajas de cerveza y se dio cuenta de la magnitud del problema al que se enfrentaba. La primera mañana transcurrió sin incidentes. El sol calentaba, y la tripulación parecía abatida, casi doliente. Por la tarde se encontraron con las primeras turbulencias y empezaron a saltar. A las cinco estaban todos hechos polvo, de modo que Clem encontró un banco de arena junto a la orilla y desembarcaron para pasar la noche. Después de tomarse todos unas cuantas cervezas —incluida una para Clem— levantaron cuatro tiendas y el campamento. El guía preparó unos cuantos chuletones a la plancha y, después de cenar, salieron todos a explorar.

Kyle y Joey siguieron el curso del río durante poco más de medio kilómetro y, cuando estuvieron seguros de que nadie podía verlos ni escucharlos, se sentaron en un tronco con los pies en el agua.

—Vamos, suéltalo —dijo Joey, yendo directamente al grano.

Kyle llevaba meses dando vueltas a aquella conversación. Aborrecía la idea de amargarle la vida a su amigo, pero había llegado a la conclusión de que no le quedaba otro remedio que contarle la verdad. Toda la verdad. Justificó su decisión convenciéndose de que él querría que así fuera si la situación hubiera sido la contraria. Si Joey hubiera sido el primero en ver el vídeo y en enterarse del peligro que entrañaba, él habría querido saberlo. Pero la razón principal, la que hacía que se sintiera profundamente egoísta, era que necesitaba ayuda. Había trazado el borrador de un plan, pero resultaba demasiado para él solo, especialmente con Bennie Wright acechando en la sombra. Su plan tanto podía no llevar a ninguna parte como resultar peligroso. En cualquier caso, podía ser rechazado de plano sin más por Joey. El primer paso involucraba a Elaine Keenan.

Joey escuchó, cautivado y en silencio, el detallado relato de Kyle de su primer encuentro con el hombre conocido como Bennie Wright. Ya estaba bastante sorprendido después de haberse enterado de la existencia de la grabación de vídeo, pero se horrorizó de veras al enterarse del chantaje. La idea de que una chica a la que apenas recordaba pudiera acusarlo de violación y aportar la prueba que lo demostraba lo llenó de pánico.

Kyle se lo explicó todo salvo los pormenores de la demanda. Todavía no había superado el examen para colegiarse y recibido su licencia para ejercer, pero había firmado con Scully & Pershing y sentía la obligación ética de proteger al bufete. Sin duda era una estupidez a la luz de lo que iba a tener que hacer; pero, por el momento, su carrera no tenía tacha alguna, y se sentía satisfecho de su actitud.

La primera reacción de Joey fue la de negar vehementemente haber mantenido cualquier contacto con Elaine, pero Kyle lo sacó del engaño.

—Sales en el vídeo —le dijo con la mayor simpatía posible—. Se te ve y se te oye. Te tiras a una chica que está medio inconsciente. Primero lo hace Baxter, y después tú. Yo lo vi en una pantalla de ordenador de doce pulgadas, pero si llega a juicio lo proyectarán en pantalla grande y será como estar en el cine, de modo que el jurado y todos los que lo vean no tendrán la menor duda de que se trata de ti. Lo siento, Joey, pero sales en ese condenado vídeo.

—¿Se me ve totalmente desnudo?

—Para nada. ¿No te acuerdas?

—Fue hace cinco años, Kyle, y he hecho todo lo posible por olvidarlo.

—Pero ¿lo recuerdas?

—Sí, claro —contestó Joey, muy a pesar suyo—, pero no hubo ninguna violación. ¡Qué demonios, la idea del sexo fue de ella!

—Eso no queda claro en el vídeo.

—Bueno, pues en ese vídeo no salen unos cuantos detalles importantes. Primero, cuando la pasma apareció, todos salimos corriendo. Baxter y yo nos escondimos en el apartamento de al lado, el de Theo, donde tenían montada una fiesta un poco más tranquila. Elaine estaba allí, ciega de todo, como de costumbre, y pasándolo en grande. Nos quedamos un rato, mientras esperábamos que la policía se largara. Entonces, Elaine me dijo que le apetecía que volviéramos a nuestro apartamento para montarnos una «sesión», como le gustaba llamarlo, una «sesión» con Baxter y conmigo. Así era ella, Kyle: siempre en busca de sexo. Era la tía más fácil de Duquesne. Todo el mundo lo sabía. Era muy mona y muy fácil.

—Lo recuerdo bien.

—Nunca he conocido a una chica tan promiscua y tan agresiva. Por eso nos quedamos de una pieza cuando dijo que se había tratado de una violación.

—Y también por eso la policía no investigó más.

—Exacto, y hay algo más, otro pequeño detalle que no sale en el vídeo. La noche antes de la fiesta, tú, Alan y otros más fuisteis al partido de los Pirates, ¿verdad?

—Sí.

—Pues Elaine estaba en el apartamento, lo cual no suponía ninguna novedad, y nos montamos un trío. Ella, Baxter y yo. En cambio, veinticuatro horas más tarde, en el mismo apartamento, con los mismos tíos, con lo mismo todo, se desmaya y cuando despierta decide que ha sido una violación.

—No me acordaba de eso.

—No fue nada especial, al menos hasta que empezó a gritar «¡violación!». Baxter y yo hablamos del asunto y decidimos mantener la boca cerrada, no fuera que Elaine dijera que la habían violado dos veces. Sin embargo, cuando la policía empezó a presionarnos se lo contamos. Fue entonces cuando recogieron sus cosas y se largaron. Caso cerrado. Ninguna violación.

Una pequeña tortuga apareció nadando y se detuvo junto a un tronco, como si los estuviera mirando. Ellos la miraron a su vez y durante un rato no dijeron nada.

—¿Alan y Baxter saben algo de este asunto? —preguntó Joey, al fin.

—No, todavía no. Bastante me ha costado contártelo a ti.

—Pues gracias por nada.

—Lo siento. Necesito un amigo.

—¿Para hacer qué?

—No lo sé. En estos momentos aunque solo sea para hablar.

—Y esos tipos, ¿qué quieren de ti?

—Es muy sencillo. El plan es utilizarme como espía en el bufete al que me voy a incorporar, para que les proporcione material secreto que la otra parte pueda utilizar para ganar una gran demanda.

—Bastante sencillo, desde luego. ¿Y qué pasa si te descubren?

—Pues que me expulsarán del Colegio, me juzgarán y me condenarán a cinco años de cárcel en una prisión del estado, no federal.

—¿Eso es todo?

—Puedes añadir la ruina económica y humillado. La lista es larga.

—Necesitas algo más que amigos.

La tortuga se arrastró por la arena y se metió entre las raíces de un tronco muerto.

—Será mejor que volvamos —dijo Kyle.

—Tenemos que hablar un poco más de esto —contestó Joey—. Deja que le dé unas vueltas.

—Vale. Volveremos a escabullirnos más tarde.

Remontaron el río hasta el campamento. El sol se había puesto tras las montañas, y la noche se acercaba rápidamente. Clem avivó las brasas del fuego y añadió algunos troncos. Los miembros del grupo se reunieron en torno a la fogata, abrieron unas cervezas y empezaron a charlar. Kyle preguntó si alguien tenía noticias de Baxter. Al parecer, corría el rumor de que su familia lo había encerrado en una clínica de rehabilitación de alta seguridad, pero no estaba confirmado. Hacía ya tres semanas que nadie sabía nada de él. Estuvieron contando anécdotas de Baxter durante un buen rato, demasiado.

Joey estaba extrañamente callado y visiblemente preocupado.

—¿Tienes problemas con alguna chica? —le preguntó Clem en un momento dado.

—No, solo estoy adormilado. Eso es todo.

A las nueve y media todos estaban bastante adormilados. La cerveza, el sol, el trajín del día y la cena habían acabado pasándoles factura. Cuando Clem concluyó su tercer mal chiste consecutivo, ya estaban todos listos para meterse en sus respectivos sacos de dormir. Kyle y Joey compartían tienda y, mientras inflaban su colchoneta, oyeron a Clem que avisaba:

—¡Aseguraos de que no haya serpientes en las tiendas!

Entonces lo oyeron reír y dieron por sentado que se trataba de otra broma. Diez minutos más tarde, les llegaron sus ronquidos. El murmullo del río no tardó en dormir a todo el mundo.

A las tres y veinte de la madrugada, Kyle miró el reloj. Después de tres agotadoras semanas preparando el examen del Colegio, sus noches eran erráticas, y el hecho de que estuviera durmiendo prácticamente en el suelo no ayudaba precisamente.

—¿Estás despierto? —preguntó Joey, entre susurros.

—Sí, y doy por hecho que tú también.

—Es que no puedo dormir. Vayamos a algún sitio a hablar.

Abrieron con cuidado la cremallera de la entrada de la tienda y se alejaron del campamento. Kyle encabezó la marcha, iluminándose con una linterna y teniendo cuidado por si se topaba con alguna serpiente. El sendero los condujo hacia un camino rocoso y al cabo de unos minutos de trepar con prudencia se detuvieron cerca de un peñasco. Kyle apagó la linterna, y dejó que sus ojos se acostumbraran a la oscuridad.

—Descríbeme lo que sale en ese vídeo una vez más —le pidió Joey.

Puesto que Kyle lo tenía grabado en la memoria hasta el último detalle, no le supuso ningún esfuerzo recordarlo: las horas exactas, la ubicación de la cámara, las personas involucradas, la llegada de la policía y la presencia de Elaine Keenan. Joey, igual que antes, lo escuchó todo sin abrir la boca.

—De acuerdo, Kyle —dijo finalmente—. Llevas viviendo con este asunto desde febrero y has tenido tiempo sobrado para pensar. En cambio, el que no piensa con claridad en estos momentos soy yo, así que vas a tener que decirme qué deberíamos hacer.

—La gran decisión ya está tomada. He sido oficialmente contratado por Scully & Pershing y, tarde o temprano, tendré que empezar a hacer el trabajo sucio. De todas maneras, hay dos cosas que quiero que sepas. La primera se refiere a Elaine. Sé dónde se encuentra, pero lo que me gustaría saber es qué clase de persona es ahora, si es capaz de volver a revivir toda esta mierda o si ha sabido seguir adelante, si tiene una nueva vida o si sigue viviendo en el pasado. Según Bennie, se ha buscado un abogado y reclama justicia. Puede que sea verdad o puede que no. Me gustaría averiguar la verdad.

—¿Por qué?

—Porque Bennie es mentiroso por naturaleza. Me parece importante que sepamos si Elaine sigue furiosa con nosotros por lo ocurrido o si espera conseguir dinero de todos, especialmente de Baxter. Es algo que podría tener consecuencias en el trabajo que voy a hacer en ese bufete.

—¿Y dónde está Elaine?

—Vive en Scranton, pero eso es todo lo que sé. Por dos mil dólares podríamos contratar un detective privado que la investigara. Estoy dispuesto a pagarlo de mi bolsillo, pero no puedo organizarlo porque me vigilan constantemente.

—Y quieres que me encargue yo, ¿no?

—Sí, pero tienes que ir con cuidado. Nada de llamadas telefónicas ni correos electrónicos. Sé de un investigador bastante bueno de Pittsburg que tiene su despacho cerca del tuyo. Te daré el dinero, y tú se lo entregarás para que empiece a husmear y nos entregue un informe sin que nadie se entere.

—¿Y luego qué?

—Quiero saber quién es Bennie Wright y para quién trabaja.

—Pues te deseo buena suerte.

—Ya sé que no va a ser fácil. Puede que trabaje para un bufete competidor o para uno de los clientes implicados en la demanda. También es posible que lo haga para una operación de los servicios de información, ya sean nacionales o extranjeros. Si voy a verme obligado a espiar, me gustaría saber para quién va a ser.

—Eso puede ser muy peligroso.

—Seguro, pero puede hacerse.

—¿De qué manera?

—Todavía no lo he pensado.

—Estupendo, y supongo que tendré un papel que desempeñar en ese plan que todavía no has ideado.

—Necesito ayuda, Joey. No tengo a nadie más con quien contar.

—Y yo tengo una idea mejor: ¿por qué no te presentas ante el FBI y se lo cuentas todo de cabo a rabo, especialmente lo del tipejo ese que te está haciendo chantaje para que robes los secretos de tu bufete?

—Ya he pensado en eso, créeme. He dedicado horas y más horas dando vueltas a esa posibilidad, pero no es buena idea. No me cabe duda de que Bennie utilizará el vídeo. Enviará una copia a la policía de Pittsburg, una copia a Elaine y otra a su abogado con instrucciones detalladas de cómo utilizarlo para causarme el mayor daño posible a mí, a ti, a Alan y especialmente a Baxter. Luego, lo colgará en internet, y ese vídeo entrará a formar parte de nuestra vida. ¿Quieres que Blair se entere de todo?

—No.

—Ese tipo es implacable, Joey. Se trata de un profesional, de un espía de empresas que cuenta con un presupuesto ilimitado y con todo el personal que necesita para hacer lo que le dé la gana. Estoy seguro de que nos vería arder en el infierno mientras se ríe desde algún lugar donde el FBI no puede tocarlo.

—Un tipo realmente encantador. Yo que tú lo dejaría en paz.

—No voy a cometer ninguna estupidez, Joey. Escucha, hay bastantes posibilidades de que pueda salir sin daño de todo esto. Cumpliré con mi parte del trabajo sucio durante unos años y, cuando deje de ser útil, Bennie desaparecerá. Para entonces, habré violado todos los principios éticos de la profesión e infringido demasiadas leyes para que pueda acordarme de todas; sin embargo, no me habrán cogido.

—Eso suena espantoso.

Y era bien cierto. Kyle escuchaba sus propias palabras y se asombraba ante la locura que suponían y por lo siniestro del futuro que lo aguardaba.

Conversaron un par de horas, hasta que el cielo empezó a clarear. Ninguno de los dos habló de volver a la tienda. Se estaba más fresco en lo alto del risco.

El Joey de antes se habría puesto en pie, listo para enfrentarse a lo que fuera; pero el nuevo era mucho más prudente. Tenía una boda en la que pensar, un futuro junto a su amada Blair. Incluso se habían comprado una casa entre los dos, y él, sin ningún tipo de rubor, aseguraba que estaba disfrutando decorándola. ¡Joey Bernardo, decorando!

El desayuno consistió en huevos fritos, acompañados de salsa picante, beicon y cebolla frita. Clem lo preparó en el fuego mientras el grupo desmontaba las tiendas y cargaba la lancha. A las ocho ya estaban navegando, dejándose llevar tranquilamente por el New River sin ningún destino en particular.

Después de llevar un mes en la ciudad, Kyle saboreó el aire fresco y los espacios abiertos. Envidiaba a Clem, el tipo rústico y despreocupado de las montañas que ganaba poco y necesitaba aún menos, que llevaba veinte años trabajando en aquellos ríos y disfrutando cada minuto de ese tiempo. ¡Qué vida tan sencilla! Kyle se la hubiera cambiado al instante.

La idea de regresar a Nueva York lo ponía enfermo. Estaban a 6 de julio. Le faltaban tres semanas para el examen, y solo dos meses para entrar a trabajar en Scully & Pershing.

14

El martes 2 de septiembre, a las ocho en punto de la mañana, ciento tres jóvenes profesionales, elegantemente vestidos y bastante inquietos, se reunieron en el vestíbulo de la sala de actos que el bufete tenía en el piso cuarenta y cuatro para un café o un zumo. Después de haber firmado en el registro y de que les dieran las tarjetas con su nombre, se presentaron, buscaron rostros amigos y charlaron nerviosamente entre ellos.

A las ocho y cuarto empezaron a entrar de uno en uno y les entregaron una gruesa carpeta con el emblema del bufete estampado con grandes letras góticas. El cartapacio contenía la información habitual en esos casos: la historia del bufete, páginas y más páginas con las normas de la casa, un directorio, impresos para el seguro médico, etc.

En el apartado «Diversos» había un desglose con los datos de los recién incorporados. Hombres: 71. Mujeres: 32. Caucasianos: 75. Afroamericanos: 13. Hispanos: 7. Asiáticos: 5. Otros: 3. Protestantes: 58. Católicos: 22. Judíos: 9. Musulmanes: 2. De religión no declarada: 12. Cada miembro figuraba con una pequeña fotografía y una biografía resumida en un párrafo. Dominaban los procedentes del grupo de las universidades más elitistas conocido con el nombre de Ivy

League,* pero también había alumnos de NYU, Georgetown, Stanford, Michigan, Texas, Chicago, Carolina del Norte, Virginia y Duke.

Kyle se sentó con el grupo de Yale y se entretuvo un rato con las cifras. Había catorce de Harvard —a los que en esos momentos resultaba imposible distinguir de los demás, pero que no tardarían en hacer que el resto de los incorporados supieran quiénes eran—, cinco de Yale, ninguno de Princeton porque no tenía facultad de Derecho, y nueve de Columbia.

Con su sueldo de doscientos mil dólares al año, aquellos ciento tres nuevos abogados sumaban una inversión total de veinte millones de dólares en talento fresco. Sin duda se trataba de un montón de dinero pero, en los primeros doce meses, cada uno facturaría como mínimo dos mil horas a unos trescientos o cuatrocientos dólares la hora. Aunque el número total de horas podía variar al final del año, se podía afirmar que los novatos generarían para el bufete unos setenta y cinco millones de dólares durante el ejercicio que tenían por delante. Semejantes cifras no figuraban en el cartapacio, pero el cálculo era sencillo.

También faltaban otros datos. De todos ellos, un quince por ciento se marcharía antes de dos años. Solo un diez por ciento conseguiría sobrevivir y convertirse en socio de la firma en un plazo de entre siete y ocho años. El número de bajas resultaba brutal, pero a Scully & Pershing no le importaba porque la oferta de mano de obra era ilimitada, aun siendo de la categoría de Harvard o Yale.

A las ocho y media, un grupo de hombres entró y se sentó tras la larga mesa que había en el estrado. El director del bufete, Howard Meezer, se acercó al atril y pronunció un flo-

* Grupo elitista de universidades compuesto por Harvard, Yale, Pensilvania, Princeton, Columbia, Brown, Dartmouth y Cornell. *(N. del T.)*

rido discurso de bienvenida que sin duda sabía de memoria después de haberlo repetido año tras año. Después de explicarles lo cuidadosamente que habían sido seleccionados, dedicó unos minutos a alabar la grandeza de la firma. A continuación les resumió cómo sería el resto de la semana: los siguientes dos días los pasarían en aquella sala, escuchando distintas conferencias sobre todos los aspectos de su nuevo trabajo y de la vida en Scully & Pershing. El miércoles lo dedicarían por entero a un cursillo sobre ordenadores y tecnología. El jueves se dividirían en pequeños grupos y recibirían sus primeras orientaciones en sus respectivas especialidades. El tedio parecía acercarse rápidamente.

El siguiente orador habló sobre compensaciones y beneficios. A continuación, intervino el bibliotecario del bufete, que dedicó una larguísima hora a cuestiones de documentación legal. Un psicólogo dio una charla sobre estrés y presión laboral y, de la forma más amable posible, les recomendó que permanecieran solteros el mayor tiempo posible y, a los que ya no lo estaban, les explicó que los diez principales bufetes de Nueva York tenían entre sus empleados menores de treinta años un porcentaje de divorcio del setenta y dos por ciento.

La monotonía de las sesiones la interrumpió el equipo técnico en el momento en que repartió a cada uno un ordenador portátil nuevo y reluciente. A esto siguió una larga tutoría. Cuando los ordenadores estuvieron calientes, el siguiente asesor técnico les entregó el temido FirmFone. Era parecido a la mayoría de Smartphones del mercado, pero había sido diseñado especialmente para los abogados muy trabajadores de Scully & Pershing, diseñado y construido por una empresa de software y dispositivos electrónicos que el bufete había adquirido con gran éxito diez años antes. Iba equipado con información biográfica y de contacto de todos los letrados que trabajaban en las treinta oficinas del bufete repartidas por todo el mundo y también de todos los auxiliares y secretarias. Solo en Nueva York, eso suponía casi cinco mil personas. La base de datos incluía detallados sumarios de todos los clientes con una calificación de Standard & Poor, una pequeña biblioteca con las búsquedas más frecuentes, las sentencias de apelación más recientes tanto estatales como federales y una lista de todos los jueces y secretarios de juzgado de Nueva York y New Jersey. El teléfono disponía asimismo de conexión de alta velocidad a internet y de una apabullante colección de los más diversos accesorios. Era tan valioso que no tenía precio y, si alguno se perdía, era robado o extraviado, a su propietario le aguardaban un montón de situaciones muy poco agradables. Hasta que alguien dijera lo contrario, tenían que tenerlo a mano las veinticuatro horas del día, siete días a la semana.

En otras palabras, aquella pequeña joya de la tecnología controlaría sus vidas a partir de ese momento. El mundo de los megabufetes estaba lleno de historias terroríficas sobre el uso indebido del teléfono y el correo electrónico.

Se oyeron algunos gruñidos y comentarios de protesta entre los ciento tres nuevos profesionales, pero nada serio. Nadie quería pasarse de listo.

El almuerzo consistió en un improvisado bufet en el entresuelo. La tarde prosiguió con la misma tónica; a pesar de todo, el nivel de interés permaneció alto. Aquello no eran las aburridas clases de la facultad, sino algo importante. Las sesiones concluyeron a las seis. Mientras salían a paso vivo, todos charlaban ruidosamente sobre tomarse una copa en alguno de los bares más próximos.

Kyle pasó su primera prueba el miércoles. Él y otros once letrados fueron asignados al grupo de prácticas judiciales y conducidos a una sala de reuniones del piso treinta y uno. Allí les dio la bienvenida Wilson Rush, el principal especialista del bufete en Litigios y el encargado de llevar la demanda contra Bartin Dynamics, aunque ese caso no fue mencionado en ningún momento. Kyle había leído tanto acerca de Rush que tenía la impresión de conocerlo ya. El gran hombre contó algunas batallitas y anécdotas de casos que había llevado y se marchó rápidamente. Sin duda para demandar a alguna gran multinacional. Se distribuyeron más cartapacios entre los recién llegados y dio comienzo una conferencia sobre los aspectos básicos de la preparación de una demanda: alegaciones, mociones y demás acciones encaminadas a promover o interrumpir definitivamente el curso de la acción legal.

Entonces apareció el primer francotirador. Siempre había al menos uno en cada nueva hornada de jóvenes talentos, ya fuera en el primer año de la facultad o entre los recién incorporados a los bufetes de Wall Street. Los francotiradores se sentaban en primera fila, formulaban complicadas preguntas, hacían la rosca a profesores y conferenciantes, trabajaban todos los aspectos con tal de lograr una buena nota, apuñalaban a traición para conseguir entrar en la revista jurídica, aceptaban ofertas de trabajo solo de los bufetes más importantes aunque su reputación fuera dudosa y llegaban a ellos con la clara intención de convertirse en socios antes que nadie. Los francotiradores solían triunfar plenamente.

Su nombre era Jeff Tabor y todo el mundo se enteró enseguida de su procedencia porque en su primera pregunta deslizó el siguiente comentario:

—Bueno, en Harvard nos enseñaron que en la demanda inicial no hay que incluir todos los datos conocidos.

A lo cual, el abogado que daba la conferencia y llevaba cinco años de junior en el bufete respondió:

—Ya no estás en la universidad, chaval. Aquí, las cosas se hacen a nuestra manera y, si no, ahí está la puerta.

Todo el mundo se echó a reír salvo el francotirador.

A las nueve de la noche de ese mismo día, los doce nuevos abogados del departamento judicial se reunieron en un restaurante de tres tenedores del centro para lo que se suponía tenía que ser una agradable cena con Doug Peckham, el socio del bufete que había supervisado la becaría de Kyle el verano anterior. Esperaron en el bar mientras se tomaban una copa. A las nueve y cuarto hicieron el primer comentario sobre la tardanza de Peckham. Todos ellos llevaban el FirmFone en el bolsillo. De hecho, todos tenían dos teléfonos encima. Kyle se había guardado el suyo viejo en el bolsillo derecho del pantalón, y el FirmFone en el izquierdo. A las nueve y media debatieron la posibilidad de llamar a Peckham, pero decidieron esperar un poco más. A las diez menos veinte, este llamó a Kyle y se disculpó rápidamente. Había asistido a un juicio que se había alargado, y en esos momentos estaba en el despacho atendiendo un asunto urgente. Los nuevos abogados debían seguir adelante con la cena y no preocuparse de la factura.

El hecho de que uno de los socios del bufete estuviera trabajando a las diez de la noche abrió el apetito de todos y también estableció el tema de conversación de la cena. Mientras corría el vino, empezaron a contarse las peores anécdotas de explotación laboral que habían oído del mundo de los grandes bufetes. El premio a la mejor historia se lo llevó Tabor el Francotirador, que, con un par de copas en el cuerpo había dejado de ser el gilipollas de la mañana. Durante una entrevista de trabajo a la que había asistido el año anterior había pasado a ver a un antiguo amigo de la universidad. Este llevaba dos años como junior en un megabufete y se sentía totalmente desdichado con su trabajo. No solo su despacho era diminuto sino que, durante la conversación, Tabor vio a su amigo intentando disimular bajo el escritorio un saco de dormir. Curioso, le preguntó para qué era y supo la respuesta al instante. Su amigo le explicó, avergonzado, que a menudo se quedaba a dormir allí las noches que se veía saturado de trabajo. Tabor insistió y al final le arrancó la verdad: aquel bufete era un lugar espantoso donde la mayoría de los recién incorporados ocupaban la misma planta, que se apodaba «El cámping».

El nonagésimo día de la rehabilitación de Baxter Tate, en Washoe Retreat, Walter Tate entró en la pequeña sala de reuniones y estrechó la mano de su sobrino. Luego, hizo lo mismo con el doctor Boone, el terapeuta-jefe de Baxter. Walter había hablado con él varias veces por teléfono, pero no lo conocía personalmente.

Baxter estaba bronceado, en forma y de relativo buen humor. Había pasado noventa días sin drogas ni alcohol, su período de dique seco más largo en los últimos diez años. Aunque por las presiones de su tío había aceptado firmar un documento que permitía a la clínica tenerlo encerrado un período máximo de seis meses, se sentía listo para marcharse. No obstante, Wally no estaba plenamente convencido.

La reunión la conducía el doctor Boone, que se lanzó a un prolijo relato de la mejora experimentada por Baxter. Una vez debidamente sobrio, Baxter había cubierto sin problemas los pasos iniciales de la terapia. Había tomado conciencia de su problema. El día vigésimo tercero había reconocido que era un drogadicto y un alcohólico, pero no había admitido su dependencia de la cocaína, su droga favorita. En todo momento se había mostrado bien dispuesto hacia sus terapeutas e incluso hacia los demás pacientes. Había hecho abundante ejercicio físico todos los días y se había vuelto un fanático de la dieta: nada de té, café o azúcar. En pocas palabras: Baxter se había convertido en un paciente modélico y, hasta ese momento, su rehabilitación constituía todo un éxito.

—Pero ¿está en condiciones de poder salir de aquí? —quiso saber el tío Wally.

El doctor Boone miró largamente a Baxter.

—¿Lo estás? —le preguntó.

—¡Claro que lo estoy! —contestó este—. ¡Me siento estupendamente y disfruto llevando una vida de total sobriedad!

—Eso ya lo he oído antes, Baxter —contestó Walter—. La última vez, cuánto tiempo te mantuviste seco después de salir, ¿dos semanas?

—La mayoría de los adictos necesitan más de un tratamiento de desintoxicación —intervino el doctor Boone.

—Esa vez fue diferente —objetó Baxter—. Solo estuve treinta días y cuando salí sabía perfectamente que volvería a beber.

—No podrás mantenerte sobrio si sigues en Los Ángeles.

—Puedo mantenerme sobrio en cualquier parte.

—Lo dudo.

—¿Dudas de mí?

—Sí, dudo de ti. Todavía te queda mucho por demostrar, hijo.

Tío y sobrino suspiraron y miraron a la vez al doctor Boone. Había llegado el momento del veredicto, de la última palabra en lo tocante a aquel carísimo centro de rehabilitación.

—Quiero que me dé su más sincera opinión —le pidió Walter.

El médico asintió y, sin dejar de mirar a Baxter, dijo:

—No estás listo, Baxter. No estás listo porque no estás furioso. Debes alcanzar un punto en el que te sientas furioso con tu antigua manera de ser, con tu viejo mundo y con todas tus adicciones. Tienes que llegar a odiar lo que eras, y cuando ese odio y esa furia te consuman, entonces deberás tener la determinación de no volver a nada de todo eso. Puedo verlo en tus ojos. No crees en ello. Volverás a Los Ángeles y tus viejos amigos. Un día asistirás a una fiesta y te tomarás una copa y te dirás que no pasa nada, que puedes controlarte y que no hay problema. Eso es lo que te ha ocurrido anteriormente. Empiezas con unas cervezas, tres o cuatro, y a partir de ahí vas cuesta abajo y sin frenos. La bebida es lo primero, pero la coca no tarda en aparecer. Si tienes suerte, volverás por aquí, y lo intentaremos de nuevo. Si no, te matarás de un modo u otro.

—No creo una palabra de lo que dice —protestó Baxter.

—He hablado con los demás terapeutas y estamos todos de acuerdo: si dejamos que te vayas ahora hay muchas probabilidades de que vuelvas a las andadas.

—¡De ninguna manera!

—Entonces, ¿cuánto tiempo más tendrá que quedarse? —preguntó Walter.

—Eso dependerá de él. De todas maneras, es evidente que todavía no hemos avanzado lo suficiente porque no está furioso consigo mismo. —Boone miró a Baxter a los ojos—. Sigues soñando con esa fantasía de triunfar a lo grande en Hollywood. Quieres ser famoso, una estrella, quieres tener un montón de chicas a tus pies, ir a fiestas, salir en las revistas, protagonizar grandes películas... Mientras no te quites todo eso de la cabeza, no podrás mantenerte sobrio.

—Yo puedo encontrarte un trabajo de verdad —le propuso el tío Wally.

—No quiero un trabajo de verdad.

—¿Ves a qué me refiero? —preguntó el doctor Boone, poniéndose bruscamente en pie—. Estás aquí sentado, intentando convencernos de que puedes volver a Los Ángeles y empezar donde lo dejaste. No eres la primera víctima de Hollywood que veo. Conozco bien esos ambientes. Si vuelves ahora, dentro de un par de semanas estarás acudiendo de nuevo a todas las fiestas.

—¿Y si en lugar de volver a Los Ángeles se va a otro sitio? —preguntó el tío Wally.

—Cuando le demos el alta definitiva recomendaremos un cambio de residencia, lejos de sus antiguos amigos. Evidentemente, la bebida la podrá conseguir en cualquier sitio, pero es el estilo de vida lo que debe cambiar.

—¿Qué te parece Pittsburg? —propuso Walter.

—¡Ni hablar! —saltó Baxter—. Mi familia está en Pittsburg y no hay más que verla. Antes prefiero morirme tirado en el arroyo.

—Deje que trabajemos con él otros treinta días —propuso el doctor Boone—. Luego volveremos a evaluar la situación.

Con una tarifa de mil quinientos dólares al día, hasta Walter Tate tenía un límite.

—¿Puede explicarme qué harán durante esos treinta días?

—Básicamente una terapia más intensiva. Cuanto más tiempo permanezca Baxter aquí, mayores son las posibilidades de que tenga éxito en su reentrada.

—¡«Reentrada»! —gruñó Baxter—. Me encanta esa palabra. No consigo creer que me estén haciendo esto entre todos.

—Confía en mí, Baxter. Hemos pasado muchas horas juntos y sé que todavía no estás preparado.

—¡Estoy preparado! ¡No sabe lo preparado que estoy!

—Confía en mí.

—Muy bien —interrumpió Walter Tate, zanjando la cuestión—. Nos volveremos a ver dentro de un mes.

15

El cursillo de orientación se prolongó durante todo el día siguiente y se volvió tan aburrido como los casos de demandas de los que los nuevos letrados no tardarían en tener que encargarse. El viernes, por fin, se abordó el asunto que había sido pasado por alto de forma tan evidente durante toda la semana: la asignación de despachos, la cuestión de los metros cuadrados. Nadie tenía la menor duda de que dispondría de un espacio reducido, espartanamente amueblado y alejado de cualquier vista. Así pues, la verdadera pregunta era hasta qué punto sería malo.

El departamento de Litigios ocupaba las plantas treinta y dos, treinta y tres y treinta y cuatro, y en algún lugar de ellas, lejos de las ventanas, los esperaban una serie de cubículos con sus nombres escritos en placas de identificación clavadas en los tabiques móviles. El de Kyle se hallaba en el piso treinta y tres y estaba dividido por separadores en cuatro zonas iguales, de manera que podía estar sentado a su mesa, hablar tranquilamente por teléfono y utilizar su ordenador en un ambiente de relativa intimidad y sin que nadie lo viera. No obstante, bastaba con que Tabor, a su derecha, o Dale Armstrong a su izquierda, empujaran medio metro hacia atrás sus sillas para que pudieran ver a Kyle y este a ellos.

En su escritorio cabía su ordenador portátil, una libreta de notas, el teléfono y poco más. Unos cuantos estantes remataban el conjunto. Kyle miró a su alrededor y comprobó que disponía del espacio justo para desplegar su saco de dormir. El viernes por la tarde ya se había cansado del bufete.

Dale era una genio de las matemáticas que había dado clase a nivel universitario antes de decidir por alguna razón que quería convertirse en abogada. Tenía unos treinta años, estaba soltera y era atractiva, poco sonriente y lo bastante fría para que sus colegas la dejaran en paz. Tabor era el francotirador de Harvard. El cuarto ocupante del cubículo se llamaba Tim Reynolds, un graduado de Penn que había echado el ojo a Dale desde el primer día, aunque ella no había mostrado el menor interés en corresponderlo. Entre el alud de normas internas con el que los habían bombardeado toda la semana, destacaba con especial importancia la que subrayaba que estaban estrictamente prohibidos los romances entre compañeros de trabajo. Si por alguna razón florecía el amor, uno de los dos tenía que marcharse; y si se descubría una aventura pasajera, los infractores serían sancionados, aunque la naturaleza de la sanción no se mencionaba explícitamente en los manuales internos. De hecho, ya corría el rumor de que el año anterior una abogada soltera había sido despedida y que al socio casado que le había echado los tejos lo habían trasladado a la oficina de Hong Kong.

Los cuatro compartían la misma secretaria. Se llamaba Sandra y llevaba con el bufete dieciocho largos y estresantes años. En su momento había llegado a ser secretaria ejecutiva de uno de los socios de mayor rango, pero la presión resultó excesiva y acabó bajando por el escalafón hasta terminar en el departamento de los recién llegados, donde pasaba la mayor parte del tiempo ayudando a unos chavales que apenas unos meses antes todavía eran simples estudiantes.

La primera semana había llegado a su fin, y Kyle no había facturado una sola hora. Sin embargo, eso cambiaría el lunes siguiente. Cogió un taxi y se dirigió al hotel Mercer, en el Soho. La circulación era lenta, de modo que abrió el maletín y sacó el sobre de FedEx que le había mandado una correduría de bolsa de Pittsburg. La nota manuscrita de Joey decía: «Aquí tienes el informe. No estoy seguro de qué significa. Ponme unas líneas».

A Kyle le parecía imposible que Bennie Wright pudiera controlar la avalancha de correo que entraba y salía del bufete todos los días, el papeleo de mil quinientos abogados que escupían como máquinas comunicados y notas porque se suponía que eso debían hacer. La sala era más grande que la central de correos de una pequeña ciudad. Kyle y Joey habían decidido jugar sobre seguro con el correo ordinario y las entregas en veinticuatro horas.

El informe había sido elaborado por un despacho de detectives de Pittsburg. Constaba de ocho páginas y había costado dos mil dólares. Trataba de Elaine Keenan de veintitrés años, que vivía en esos momentos en un apartamento de Scranton, en Pensilvania, que compartía con otra mujer. Las dos primeras páginas abarcaban su familia, sus estudios y su historial laboral. Había sido alumna de Duquesne durante un año solamente. Un rápido vistazo a su fecha de nacimiento revelaba que todavía no había cumplido dieciocho años en el momento del suceso. Después de Duquesne, había asistido a distintas clases en varias facultades de Erie y Scranton, pero todavía no se había graduado. El semestre anterior se había apuntado a unas clases en la Universidad de Scranton. Era militante del Partido Demócrata y lucía dos pegatinas de campaña en el parachoques del Nissan de 2004 que figuraba a su nombre. Según los registros consultados, no era propietaria de vivienda alguna, no tenía armas ni tampoco valores en bancos extranjeros. Constaba que había tenido dos pequeños tropiezos con la ley, ambos referidos al consumo de alcohol sin tener la edad permitida y ambos despachados sin más por los tribunales; el segundo, no obstante, la había obligado a someterse a terapia. La abogada que la había representado se llamaba Michelin Chiz, más conocida como «Mike», lo cual resultaba algo llamativo puesto que Elaine trabajaba a media jornada en el bufete de Michelin Chiz & Associates. La señorita Chiz era conocida por ser una feroz especialista en divorcios que siempre se ponía de parte de las mujeres y estaba dispuesta a castrar a los maridos.

Elaine tenía un trabajo a tiempo completo en el ayuntamiento de Scranton por su cargo de subdirectora de parques y recreativos que le proporcionaba un sueldo de veinticuatro mil dólares. Llevaba dos años en el puesto. Antes de eso había pasado de trabajo en trabajo.

Su situación doméstica no estaba clara. Su compañera de apartamento era una joven de veintiocho años que trabajaba en un hospital y asistía a clases en la facultad local, que no había estado casada y que carecía de antecedentes penales. Elaine había sido sometida a vigilancia intermitente durante un período de treinta y seis horas. El primer día, después del trabajo, se reunió con su compañera de piso en el aparcamiento de un bar frecuentado por una clientela alternativa. Al verse, las dos se cogieron de la mano para entrar en el local. Allí se sentaron a una mesa en compañía de otras tres mujeres. Elaine pidió un refresco bajo en calorías y no tomó nada más fuerte. Fumaba pequeños cigarrillos de color marrón. Las dos mujeres se mostraron muy cariñosas la una con la otra, y lo que ya era obvio lo fue aún más.

Scranton contaba con un refugio para mujeres llamado Haven y lo anunciaba como un centro para mujeres que hubieran sufrido los estragos de la violencia doméstica o de agresiones sexuales. Se trataba de una institución sin ánimo de lucro, financiada por particulares y atendida por personal voluntario, entre ellos muchas mujeres que se declaraban víctimas.

En el boletín que Haven publicaba mensualmente, Elaine Keenan aparecía en la lista de voluntarias. Una de las mujeres del despacho de detectives llamó desde un teléfono de prepago a Elaine a su casa haciéndose pasar por víctima de una violación y diciéndole que necesitaba hablar con alguien. Le contó que tenía miedo de reconocerlo públicamente, pero que alguien de Haven le había dado su teléfono y sugerido que la llamara. Estuvieron hablando más de media hora, y durante ese tiempo Elaine admitió que también ella había sido víctima de una violación y que los violadores nunca habían comparecido ante la justicia. Se mostró ansiosa por ayudar, y quedaron en verse al día siguiente en las dependencias de Haven. Toda la conversación fue grabada y, naturalmente, al día siguiente no tuvo lugar ninguna reunión.

—Sigue creyéndose una víctima —dijo en voz baja Kyle en el asiento trasero del taxi.

Un mes antes de que se produjera la supuesta violación, se había acostado con Elaine. Esa noche, estaba durmiendo cuando ella se metió desnuda en su cama y consiguió a toda prisa lo que andaba buscando.

El taxi se detuvo frente al Mercer. Kyle guardó rápidamente el informe en un bolsillo interior del maletín, pagó al conductor y entró en el hotel. Bennie Wright lo esperaba en una habitación del tercer piso con su acostumbrado aspecto de llevar horas allí. No perdieron el tiempo con trivialidades.

—¿Qué tal ha ido la primera semana? —preguntó Bennie.

—Muy bien. Muchas conferencias y sesiones de orientación. Me han asignado al equipo de demandas judiciales —contestó Kyle como si fuera algo de lo que sentirse orgulloso. Ya había tenido su primer éxito.

—Es una buena noticia. ¿Alguna mención al caso Trylon?

—No. Todavía no hemos tenido acceso a ningún caso concreto. El lunes empezaremos a trabajar de verdad. Esta semana ha sido un simple precalentamiento.

—Claro. ¿Te han dado un portátil?

—Sí.

—¿De qué tipo?

—Estoy seguro de que ya lo sabes.

—Pues no, no lo sé. La tecnología cambia cada seis meses. Me gustaría verlo.

—No lo he traído.

—Está bien, no te lo olvides la próxima vez.

—Lo pensaré.

—¿Y qué me dices del teléfono? ¿Es una Blackberry?

—Muy parecido.

—Me gustaría verlo.

—No lo he traído.

—El bufete os exige que lo llevéis encima y conectado siempre, ¿no es verdad?

—Así es.

—Entonces, ¿por qué no lo llevas?

—Por la misma razón por la que no he traído el portátil: porque quieres verlos y yo no quiero enseñártelos hasta que esté preparado. En estos momentos no tienen ningún valor para ti; así pues, el único motivo por el que los quieres es para tenerme atrapado, ¿verdad, Bennie? Tan pronto como te entregue algo habré infringido la ley, habré violado el código deontológico de mi profesión, y tú me tendrás en tus manos. No soy estúpido, Bennie. Prefiero ir despacio.

—Escucha, Kyle, hace varios meses que llegamos a un acuerdo, ¿lo has olvidado? Por lo tanto, al aceptar hacer lo que yo te diga ya has quebrantado la ley y violado los principios éticos que quieras. Tu tarea consiste en encontrar información y entregármela. Y si yo quiero algo del bufete, tienes que proporcionármelo. Por lo tanto, te lo repetiré: quiero el portátil y el teléfono que te han dado.

—No. Todavía no.

Bennie caminó hasta la ventana.

—¿Sabes que Baxter Tate está en un centro de rehabilitación? —dijo tras un largo silencio.

—Lo sé.

—Ya lleva tiempo allí.

—Eso es lo que tengo entendido. Quizá logren limpiarlo de verdad y proporcionarle una nueva vida.

Bennie se dio la vuelta y se acercó amenazadoramente.

—Creo que necesitas que te recuerden quién está al mando aquí, Kyle. Si no obedeces mis órdenes no tendré más remedio que recordártelo. Ahora mismo estoy pensando seriamente en difundir la primera mitad del vídeo, en colgarlo en internet y avisar a todos los posibles interesados para que lo vean y pasen un buen rato.

Kyle se encogió de hombros.

—Lo único que se ve es a unos cuantos estudiantes borrachos.

—Tienes razón. No es gran cosa, pero ¿de verdad quieres que circule por ahí y todo el mundo lo vea? ¿Qué pensarían tus nuevos colegas de Scully & Pershing?

—Pues que yo no era más que otro estudiante gilipollas y borracho, lo mismo que ellos cuando tenían mi edad.

—Ya veremos... —Bennie cogió una carpeta delgada del mueble, la abrió y sacó una hoja de papel con una foto impresa en ella. Se la entregó a Kyle y le preguntó—: ¿Lo conoces?

Kyle negó con la cabeza. No. Se trataba de un varón, blanco, de unos treinta años, con chaqueta y corbata, al menos de hombros para arriba.

—Se llama Gavin Meade. Lleva cuatro años en el departamento de Litigios de Scully & Pershing. Es uno de los treinta y tantos letrados que están sudando sangre con la demanda Trylon. En circunstancias normales lo conocerías en un par de semanas, pero lo van a despedir.

Kyle sostuvo la hoja de papel y contempló el rostro bien parecido de Gavin Meade, preguntándose qué pecado habría cometido aquel infeliz.

—Según parece —dijo Bennie, disfrutando de su papel de verdugo—, también él ocultaba algo de su pasado. Le gustaba mostrarse violento con las chicas, aunque no las violaba, claro.

—Yo no he violado a nadie, y lo sabes.

—Quizá no.

—¿Qué pasa, Bennie? ¿Tienes otro vídeo? ¿Has estado buscando nuevamente entre la basura a ver a quién puedes joder la vida?

—No, nada de vídeos esta vez, solo unas simples declaraciones juradas. El señor Meade no viola a mujeres, solo les pega. En la universidad, hace diez años, tuvo una novia a la que le salieron unos cuantos morados y a la que, una noche, mandó al hospital. Al final, la policía intervino, y las cosas se pusieron feas para Meade. Fue detenido, encarcelado y acusado formalmente; pero, antes de que llegara el día del juicio, hubo un acuerdo económico. La chica no quería tener que comparecer. Al final, Meade salió libre, pero con cargos. Sin embargo, no fue problema para él porque mintió. Mintió cuando presentó su solicitud de entrada en la facultad de Michigan, y volvió a mentir cuando lo entrevistaron los de Scully & Pershing. Para el bufete, eso significaba despido fulminante.

—No sabes cuánto me alegro por ti, Bennie. Sé lo mucho que te gustan estas historias, así que ve a por él, acaba con ese infeliz.

—Todo el mundo tienes secretos en esta vida, Kyle. Y yo puedo arruinar la de quien sea.

—No me cabe duda de que eres la persona más indicada —dijo Kyle antes de salir dando un portazo.

El sábado al mediodía, tres autobuses salieron de las oficinas de Scully & Pershing con destino a algún lugar fuera de la ciudad. Llevaban a los ciento tres nuevos fichajes. Cada autobús iba bien provisto de todo tipo de bebidas y aperitivos, de manera que la gente se puso a trasegar sin parar. Tres horas más tarde, llegaron a un club náutico de los Hamptons. La primera fiesta se organizó en una carpa cerca de Montauk Beach. La cena tuvo lugar en otra carpa situada en los jardines del hotel. La segunda y última fiesta se celebró en la mansión de uno de los descendientes del Scully fundador.

Aquella escapada tenía como fin romper el hielo y hacer que los nuevos reclutas se sintieran contentos de formar parte del equipo. Estuvieron presentes varios de los principales socios del bufete, que se emborracharon tanto como sus subordinados. La noche se prolongó hasta altas horas de la madrugada, y el despertar a la mañana siguiente no resultó especialmente agradable. Después de un *brunch* tempranero, acompañado de hectolitros de café, pasaron a un amplio salón para escuchar los consejos de los sabios de la casa sobre cómo alcanzar la cima del éxito. Unos cuantos socios retirados, viejas leyendas del bufete, contaron batallitas, chistes malos y ofrecieron su consejo. El ambiente era distendido y se aceptaban todo tipo de preguntas.

Cuando los viejos chivos se hubieron marchado, un plantel muy distinto siguió con las historias. Un afroamericano, una mujer blanca, un hispano y un coreano —todos ellos con categoría de socio— charlaron sobre el compromiso del bufete con los principios de igualdad y demás.

Más tarde, se sirvió una comida a base de gambas y ostras en una playa privada. Luego, volvieron a subir todos a los autobuses, que los devolvieron a Manhattan. Llegaron al anochecer, y los jóvenes y fatigados abogados se fueron a sus casas a dormir unas cuantas horas.

Para ellos, el concepto de «agotamiento» estaba a punto de cobrar un nuevo significado.

16

Cualquier esperanza de poder realizar un trabajo productivo se esfumó a las siete y media de la mañana del lunes, cuando los doce nuevos abogados asignados a Litigios fueron arrojados a los abismos del departamento de Revisión y Documentación. Ya en su primer año en la universidad, Kyle había oído terroríficas historias sobre dispuestos y brillantes profesionales que habían sido encerrados y encadenados en algún deprimente sótano y a los que, a continuación, habían entregado toneladas de densos documentos para que los leyeran. Y a pesar de que sabía que su primer año en el bufete incluiría abundantes dosis de semejante castigo, lo cierto era que no estaba preparado para ello. Él y Dale —que estaba más guapa cada día pero que seguía sin mostrar personalidad alguna— fueron asignados al caso de un cliente al que la prensa económica estaba crucificando.

Su nuevo jefe ese día, una junior de rango superior llamada Karleen, los llamó a su despacho y les explicó la situación. Durante los días siguientes se dedicarían a revisar importante documentación y facturarían al menos ocho horas diarias a trescientos dólares la hora. Esa sería su tarifa hasta que se publicaran los resultados de los exámenes del Colegio de Abogados, en noviembre. Suponiendo que aprobasen, su tarifa pasaría automáticamente a cuatrocientos dólares la hora.

Nadie dijo una palabra sobre lo que ocurriría en caso de que no superasen el examen. Los junior de Scully & Pershing tenían un porcentaje de aprobado del noventa y dos por ciento, de modo que se daba por hecho que lo lograrían.

Ocho horas de trabajo se consideraba lo mínimo, al menos por el momento; si a ellas se les sumaba el rato de la comida y el de los cafés, salía una jornada de diez horas diarias. Se empezaba como muy tarde a las ocho y nadie pensaba en marcharse antes de las siete.

Por si sentían curiosidad, Karleen había facturado veinticuatro mil horas el año anterior. Llevaba cinco años en el bufete y se comportaba como si llevara allí toda la vida. Una futura socia. Kyle echó un vistazo al elegante despacho y se fijó en el diploma de la facultad de Derecho de Columbia. También había una foto de una Karleen más joven a caballo, pero ninguna con novio, marido o hijos.

También les advirtió de que era posible que alguno de los socios los necesitara para algún proyecto urgente, de manera que debían estar preparados. Sin duda, Revisión y Documentación carecía de cualquier glamour, pero representaba una red de seguridad para los recién llegados.

—Siempre podéis bajar allí y encontrar trabajo que facturar —les explicó Karleen—. Ocho horas se considera lo mínimo, pero no hay un tope máximo.

«¡Qué bien!», pensó Kyle. Si por alguna razón no había suficiente con una jornada de diez horas diarias, la puerta de Revisión y Documentación siempre estaba abierta para quien quisiera más.

Su primer caso trataba de un cliente que respondía al ridículo nombre de Placid Mortgage.* Ridículo en opinión de

* Literalmente, «Hipotecas Placenteras». *(N. del T.)*

Kyle, que se guardó muy mucho de expresarla mientras Karleen les explicaba a grandes rasgos las características del caso. Se remontaba a 2001, cuando una nueva hornada de reguladores gubernamentales tomó las riendas y adoptó una actitud menos rigorista. En consecuencia, Placid y otras grandes empresas de crédito hipotecario se lanzaron a una agresiva campaña de captación de clientes. Hicieron mucha publicidad, especialmente en internet, y convencieron a millones de estadounidenses de clase baja y media de que estaban en situación de comprar una casa que de ningún modo podían permitirse en realidad. El truco estaba en la vieja hipoteca de tipo variable que, en manos de los sinvergüenzas de Placid, varió de mil maneras imaginables. Placid sedujo a miles de clientes, descuidó los trámites burocráticos, se embolsó suculentas comisiones y revendió los activos basura en el mercado secundario. La empresa se había deshecho de los títulos cuando el recalentado mercado hipotecario se derrumbó, el valor de las casas cayó en picado y el número de demandas por impago se multiplicó.

Karleen utilizó un lenguaje mucho más suave en su exposición, pero hacía tiempo que Kyle sabía que el bufete representaba a Placid. Había leído numerosas historias sobre la quiebra del mercado hipotecario y visto que el nombre de Scully & Pershing se mencionaba a menudo, siempre relacionado con la defensa de Placid.

En esos momentos, los abogados estaban intentando limpiar los restos del desastre. Placid había sido bombardeada con todo tipo de demandas, pero la peor era una demanda colectiva en la que participaban treinta y cinco mil de sus antiguos prestatarios. Y había sido presentada en Nueva York el año anterior.

Karleen los condujo a una larga sala con aspecto de mazmorra, desprovista de ventanas, con el suelo de cemento, mal iluminada y repleta de cajas apiladas y con las palabras «*Placid Mortgage*» escritas en un extremo. Era justamente la montaña de la que Kyle tanto había oído hablar. Las cajas, como les explicó Karleen, contenían los archivos de los treinta y cinco mil demandantes. Había que revisarlos todos.

—No estáis solos —les dijo Karleen con una falsa sonrisa, justo cuando Kyle y Dale estaban a punto de presentar su renuncia—. Tenemos otros abogados e incluso algunos auxiliares jurídicos haciendo lo mismo. —Abrió una caja, sacó una gruesa carpeta y les hizo un rápido resumen de lo que estaba buscando el equipo encargado del juicio—: Algún día, en pleno juicio, será de una importancia crucial que nuestros abogados puedan declarar ante el juez que han examinado todos y cada uno de los documentos de este caso.

Kyle dio por sentado que para el bufete también era crucial tener clientes dispuestos a pagar tranquilamente por un trabajo tan inútil, y, de repente, comprendió que en breves minutos pondría en marcha el contador y empezaría a cobrar trescientos dólares por cada hora de su tiempo. La cabeza le daba vueltas. Él no valía semejante cantidad ni de lejos. Ni siquiera era abogado.

Karleen los dejó allí y se marchó haciendo resonar sus tacones en el suelo de cemento. Kyle se quedó mirando las cajas y después a Dale, que parecía tan anonadada como él.

—Esto tiene que ser una broma —comentó.

Pero Dale estaba decidida a demostrar algo, de manera que cogió una de las cajas, la depositó en la mesa y sacó un fajo de carpetas. Kyle se fue a la otra punta de la sala, lo más lejos posible, y se procuró unos cuantos archivos.

Abrió uno y miró el reloj: eran las siete y cincuenta minutos. En el bufete se facturaba por décimas. Una décima parte de una hora eran seis minutos; dos décimas, doce; etc. Una hora coma seis equivalía a una hora y treinta y seis minutos.

¿Debía atrasar el reloj dos minutos, hasta las siete y cuarenta y ocho para poder facturar dos décimas antes de las ocho; o debía tomárselo con calma, situarse y esperar a las siete y cincuenta y cuatro para empezar su primer minuto facturable como abogado? La respuesta era más que obvia: aquello era Wall Street, donde todo se hacía con agresividad. En caso de duda, se facturaba con agresividad y punto. De lo contrario, lo haría el tipo que iba detrás y uno ya no podría recuperar la ventaja.

Tardó una hora en leer de cabo a rabo el expediente. Para ser exactos, una hora y dos minutos. Y, de repente, ya no sintió el menor escrúpulo por facturar a Placid los trescientos sesenta dólares que costaba su revisión. Hacía bien poco, escasamente noventa minutos, no creía que su persona valiera trescientos dólares la hora, entre otras razones porque ni siquiera había superado todavía el examen del Colegio de Abogados. Sin embargo, la situación había cambiado: Placid le debía ese dinero porque su insaciable codicia había hecho que les llovieran las demandas. Alguien tenía que buscar entre los restos y sería él quien les facturara agresivamente, aunque solo fuera por venganza. En la otra punta de la mesa, Dale trabajaba diligentemente y sin distraerse.

En algún punto del tercer expediente, Kyle hizo una pausa lo bastante larga para meditar algunas cuestiones. Mientras su contador seguía funcionando se preguntó dónde estaría la sala destinada al caso Trylon-Bartin. ¿Dónde se hallarían aquellos documentos altamente secretos y de qué modo estarían protegidos? ¿En qué clase de bóveda acorazada los habrían encerrado? La mazmorra en la que se encontraba parecía un lugar sin especiales medidas de seguridad pero, claro, ¿quién iba a querer gastarse una pasta en proteger un montón de hipotecas que no valían nada? Si Placid tenía trapos sucios que esconder, desde luego no estarían donde él pudiera encontrarlos.

Se preguntó sobre su vida. En ese momento, en la tercera hora de su carrera profesional, ya se estaba cuestionando su cordura. ¿Qué clase de persona podía pasar horas sentado allí, revisando aquellos interminables papeles carentes de sentido sin volverse loco? ¿Cómo iba a ser la vida de un novato? ¿Sería mejor de hallarse en algún otro bufete?

Dale desapareció unos minutos y regresó. Seguramente una breve visita al aseo. Kyle estaba dispuesto a apostar que no había detenido el contador.

El almuerzo era en la cafetería que el bufete tenía en la planta cuarenta y tres. Los de Scully & Pershing hablaban mucho de lo bien que se comía, de los magníficos chefs que la dirigían, de lo frescos que eran los alimentos que estos preparaban y de lo variado y digesto de los menús. Los junior eran libres de salir del edificio para ir a comer donde quisieran; no obstante, pocos se atrevían. Aunque las normas del bufete eran ampliamente publicadas, existían otras no escritas: entre ellas estaba la que decía que los recién incorporados no podían comer fuera salvo que fuera acompañando a un cliente a quien se pudiera presentar la factura. La mayoría de los socios utilizaban los servicios de la cafetería porque para ellos era importante dejarse ver con sus subalternos, presumir de buena cocina y, lo más importante, dar ejemplo comiendo en tan solo treinta minutos. La decoración era de estilo art decó, y estaba realizada con gusto. Aun así, el ambiente seguía recordando al de un comedor de prisiones.

Había un reloj en cada pared, y casi se podía oír el tictac de todos ellos.

Kyle y Dale se unieron a Tim Reynolds en una pequeña mesa situada junto a un gran ventanal desde donde se disfrutaba de fantásticas vistas a los rascacielos de al lado. Tim parecía hallarse en estado de shock: mirada vidriosa y extraviada, habla lenta y en voz baja. Intercambiaron sus respectivas historias sobre los horrores de Revisión y Documentación y empezaron a hacer bromas sobre sus renuncias a proseguir la profesión de abogado. La comida resultó buena, aunque el almuerzo no era para comer, sino solo una excusa para alejarse de los documentos.

Sin embargo, no duró mucho. Cuando se levantaron acordaron encontrarse para tomar algo después del trabajo, la primera señal de vida de Dale, y volvieron a sus respectivos encierros. Dos horas más tarde, Kyle tenía alucinaciones y soñaba con sus días de gloria en Yale, cuando editaba la prestigiosa revista jurídica de la universidad desde su propio despacho y dirigía a una docena de brillantes estudiantes. Sus largas horas de trabajo allí se convertían en un producto acabado, en una importante revista que se publicaba ocho veces al año y era leída y consultada tanto por jueces como por abogados y eruditos. Entonces, su nombre había figurado en el encabezamiento, como editor. Muy pocos eran los estudiantes que recibían semejante honor. Durante todo un año había sido «el Hombre».

Por lo tanto, ¿cómo era posible que hubiera caído tan rápido y tan bajo?

«Todo esto no es más que parte del campamento —se decía una y otra vez—, el entrenamiento básico.»

Aun así, ¡qué desperdicio! Placid, sus accionistas, sus acreedores y seguramente los impositores estadounidenses tendrían que tragarse los honorarios legales, los honorarios facturados con tan poco entusiasmo por un tal Kyle McAvoy que, tras revisar nueve de los treinta y cinco mil expedientes, había llegado al convencimiento de que el cliente del bufete debía dar con sus huesos en la cárcel: el consejero delegado, los directores y el consejo de administración en pleno. Todos ellos sin excepción. No se podía meter en la cárcel a una empresa, pero había que hacer una excepción con todos y cada uno de los empleados que habían trabajado en Placid Mortgage.

¿Qué diría John McAvoy si pudiera ver a su hijo en esos momentos? Kyle se echó a reír y se estremeció solo de pensarlo. Los comentarios serían graciosos y crueles, y él los aceptaría sin rechistar. En esos instantes, su padre estaría en su despacho, asesorando a algún cliente, o en los tribunales, tratando con otros abogados como él. En cualquier caso, estaría relacionándose con gente de carne y hueso, conversando de verdad, y su vida sería cualquier cosa menos aburrida.

Dale se encontraba sentada a quince metros de distancia, dándole la espalda. Y por lo que podía apreciar, se trataba de una bonita espalda, curvilínea y ceñida. En esos momentos no podía distinguir nada más, pero ya había examinado las demás partes: las piernas delgadas, la cintura estrecha, el pecho escaso. No se podía tener todo en esta vida. Se preguntó qué pasaría si en los siguientes días: 1) le echara los tejos; 2) tuviera éxito, y 3) se cerciorara de que los descubrían. ¿Lo despedirían? En ese momento se le antojó una gran idea. ¿Qué diría Bennie de eso, de un despido feo e injusto de Scully & Pershing? Cualquier joven tenía derecho a ir detrás de las mujeres. ¿Qué más daba si lo ponían de patitas en la calle? Al menos sería por algo que había valido la pena.

Y Bennie se quedaría sin espía. Y su espía sería despedido sin ser expulsado del Colegio de Abogados.

Interesante.

Naturalmente, con su mala suerte, habría otro vídeo, esta vez de él y Dale; y Bennie pondría sus sucias manos encima de esa grabación y... O quizá no.

Kyle dio vueltas a todas esas cuestiones mientras seguía facturando a trescientos dólares la hora. Y no pensó en detener el contador porque quería que Placid sufriera todo lo posible y más.

Se había enterado de que Dale se había graduado en Ciencias Exactas a los veinticinco, ni más ni menos que en el MIT, y que había dado clases durante unos años antes de concluir que eso la aburría. Entonces se puso a estudiar Derecho en Cornell. El porqué había llegado a la conclusión de que podría hacer la transición de las aulas a los tribunales era algo que no había quedado claro, al menos para Kyle. En esos momentos, una clase llena de esforzados alumnos de Geometría se le antojaba una fiesta. Dale tenía treinta años, no se había casado y justo había empezado la ardua tarea de desembrollar su reservada y compleja personalidad.

Se levantó para caminar unos pasos, para hacer cualquier cosa con tal de que la sangre volviera a fluir por su atrofiado cerebro.

—¿Te apetece un café? —le preguntó a Dale.

—No, gracias —dijo ella y lo cierto fue que sonrió.

Las dos tazas de café cargado que se tomó no hicieron gran cosa para estimular su mente y, hacia el final de la tarde, Kyle empezó a preocuparse por posibles daños cerebrales permanentes. Para no correr riesgos, tanto él como Dale decidieron esperar hasta las siete antes de fichar para marcharse. Salieron juntos, bajaron en el ascensor sin decir palabra pero pensando lo mismo: que estaban violando otra de las normas no escritas al irse tan pronto. De todas maneras, se lo quitaron de la cabeza y se dirigieron al bar irlandés, situado a cuatro manzanas, donde Tim Reynolds había ocupado un pequeño reservado y estaba terminando su primera pinta de cerveza. Lo acompañaba Everett, un recién salido de la NYU que había sido asignado al grupo de prácticas del departamento Inmobiliario. Cuando los cuatro se hubieron sentado y situado sacaron sus FirmFone y los dejaron encima de la mesa como si fueran pistolas.

Dale pidió un martini, y Kyle, una gaseosa. Cuando el camarero se alejó, Tim preguntó:

—¿No bebes alcohol?

—No. Lo dejé en la universidad.

Era su respuesta habitual, y Kyle sabía las reacciones que suscitaba.

—¿Tuviste que dejarlo?

—Sí. Había empezado a beber demasiado, de modo que lo dejé.

—¿Y pasaste por rehabilitación, Alcohólicos Anónimos y todo eso? —quiso saber Everett.

—No. Me limité a consultar a un especialista que me convenció de que mi relación con el alcohol no haría más que empeorar. La dejé de golpe y no he vuelto desde entonces.

—Es impresionante —comentó Tim, apurando su pinta de cerveza.

—Yo tampoco bebo —declaró Dale—; pero, después de lo de hoy creo que voy a empezar a darle a la botella.

Tratándose de alguien que carecía por completo de sentido del humor, el comentario tenía su gracia. Tras reírse a gusto, empezaron a repasar sus vivencias del primer día. Tim había facturado ocho coma seis horas leyendo los antecedentes legislativos de una antigua ley de Nueva York destinada a desincentivar la presentación de demandas colectivas. Everett había facturado nueve horas leyendo contratos de alquiler. Sin embargo, Dale y Kyle fueron los ganadores con la descripción de la mazmorra y los treinta y cinco mil archivos.

Cuando llegaron las bebidas brindaron por Placid Mortgage y los cuatrocientos mil impagos que había provocado; brindaron por Tabor, que había jurado que se quedaría trabajando hasta medianoche, y brindaron por Scully & Pershing y sus formidables sueldos iniciales. A medio martini, la ginebra empezó a hacer efecto en el esponjoso cerebro de Dale, y la chica se puso a reír por lo bajo. Cuando ella pidió el segundo cóctel, Kyle se disculpó y se marchó a casa caminando.

A las cinco y media de la tarde del martes, Kyle estaba poniendo fin a su segundo día en la mazmorra y preparando mentalmente el borrador de su carta de dimisión.

Había logrado sobrevivir a la jornada repitiendo sin cesar la frase mágica: «Me pagan doscientos mil dólares al año».

Pero, a las cinco y media, tanto le daba lo mucho que le pagaran. Fue entonces cuando sonó su FirmFone con un correo electrónico de Doug Peckham. Decía: «Kyle, necesito que me ayudes. En mi despacho. Ahora mismo, si puedes».

Kyle se olvidó de golpe de la carta de dimisión, se puso en pie de un salto y corrió hacia la puerta.

—Tengo que ir sin falta a ver a Doug Peckham —le dijo a Dale al pasar—. Es uno de los socios y está en el departamento de Litigios. Tiene algo para mí.

Si aquello sonó cruel, no le importó; si sonó presuntuoso, tampoco. Dale pareció sorprenderse y sentirse ofendida, pero él la dejó allí, sola en la mazmorra con Placid. Subió corriendo por la escalera, y cuando llegó al despacho de Peckham estaba sin aliento. El socio hablaba por teléfono, de pie, y le hizo un gesto para que se sentara en la butaca de piel que había frente al escritorio. Después de despedirse de su interlocutor con un: «Eres un gilipollas, Slade, un gilipollas integral», colgó, miró a Kyle, forzó una sonrisa y le preguntó:

—Bueno, ¿qué tal va todo?

—Destinado a Revisión y Documentación. —No hacía falta que dijera nada más.

—Lamento oírlo, pero todos hemos pasado por eso. Mira, te he llamado porque necesito que me eches una mano. ¿Estás dispuesto? —Peckham se dejó caer en su silla giratoria y empezó a balancearse sin apartar los ojos de Kyle.

—A lo que sea. En estos momentos hasta te sacaría brillo a los zapatos.

—Ya brillan bastante. Tengo aquí un caso del Distrito Sur de Nueva York, un caso gordo. Estamos defendiendo a Barx en una demanda colectiva presentada por unos tipos que se tomaron sus gusanos para el corazón y acabaron cascando. Es un caso importante, liado y complejo que está en marcha en varios estados. El jueves por la mañana comparecemos ante el juez Cafferty, ¿lo conoces?

«Solo llevo aquí dos días. No conozco a nadie», estuvo a punto de contestar Kyle.

—No —dijo simplemente.

—Lo llaman «Cafeína Cafferty». Sufre de no sé qué desequilibrio hormonal que lo mantiene despierto todo el día y toda la noche. Cuando no se está medicando se dedica a llamar a los abogados y ponerlos de vuelta y media porque sus casos avanzan muy despacio. Y cuando se medica, los llama igual pero no los pone tan verdes. La cuestión es que no deja que los casos se le eternicen. Es un buen juez y un verdadero dolor de cabeza. La cuestión es que nuestro asunto lleva tiempo aletargado y ahora Cafferty nos amenaza con enviarlo a otra jurisdicción.

Kyle tomaba notas como un poseso y aprovechó la primera pausa en el relato para preguntar:

—¿«Gusanos para el corazón»?

—La verdad es que se trata de un medicamento que se come el colesterol que se deposita en las arterias, incluidos los ventrículos derecho e izquierdo. Desde el punto de vista médico es un asunto complejo que no debe preocuparte. Tenemos dos socios que son médicos de carrera y que se ocupan de ese aspecto del caso. Hay cuatro socios en total, así como diez abogados junior. Yo soy el director de orquesta. —Eso último lo dijo con excesiva presunción.

A continuación, se puso en pie y se acercó a la ventana para echar un vistazo a la ciudad. Su blanca y almidonada camisa le iba holgada y conseguía disimular sus michelines.

Como de costumbre, el sumario de Bennie había sido certero. El primer matrimonio de Peckham se hundió cuando este, recién reclutado al salir de Yale, llevaba un año y un mes trabajando en el bufete. Su actual mujer también era abogada de un importante bufete situado en la misma calle. También ella trabajaba muchas horas. Tenían dos niños de corta edad. El apartamento del Upper West Side donde vivían estaba valorado en tres millones y medio de dólares, y también poseían la casa de rigor en los Hamptons. El año anterior, Doug había ganado un millón trescientos mil dólares, y su esposa, un millón doscientos mil. Él estaba considerado un gran especialista judicial con una gran habilidad para defender empresas farmacéuticas. Sin embargo, rara vez llegaba a comparecer en juicio. Seis años antes había sido la parte perdedora de un importante caso relacionado con un analgésico que inducía a la gente al suicidio, al menos en opinión del jurado. Scully & Pershing lo envió dos semanas a un spa en Italia, para que descansara.

—Cafferty quiere quitarse el caso de en medio —comentó Peckham, estirando la dolorida espalda—. Nosotros, como es normal, lucharemos contra eso; pero, para serte sincero, preferiría ver ese caso en otra jurisdicción. Hay cuatro posibilidades: el condado de Duval, en Florida; en Memphis ciudad; en un condado rural de Nebraska llamado Fillmore o en Des Plaines, Illinois. Tu misión, si la aceptas, consistirá en investigar esas cuatro jurisdicciones. —Volvió a sentarse y a balancearse en su silla—. Necesito saber cómo son los jurados de cada sitio, qué tipo de sentencias pronuncian, cómo funcionan las grandes corporaciones en esos sitios. Ya sabes que existen empresas que venden ese tipo de información, y te diré que nosotros las contratamos a todas, pero no siempre son acertadas en sus diagnósticos. Muchos números pero poca información útil de verdad. Vas a tener que cavar muy hondo, Kyle, llamar a un montón de abogados de cada uno de esos sitios y husmear como un topo. ¿Cuento contigo?

Como si Kyle hubiera tenido otra elección.

—Claro. Me parece estupendo.

—Yo no lo llamaría «estupendo». Necesito tener este informe el jueves a las siete y media de la mañana. ¿Todavía no te has quedado a trabajar toda la noche?

—No. Solo llevo aquí...

—Vale, vale. Ya puedes ponerte manos a la obra. Quiero un informe tipo memorando, pero no hace falta que hagas nada especial. Dispondrás de diez minutos para hacer tu exposición. ¿Algo más?

—Ahora mismo no.

—Estaré aquí hasta las diez de la noche, así que puedes enviarme una nota si necesitas algo.

—Gracias. Y gracias por sacarme de Revisión y Documentación.

—Es una pérdida de tiempo.

El teléfono de sobremesa de Peckham volvía a sonar cuando Kyle salió de su despacho. Fue directamente a su cubículo, cogió su ordenador y salió corriendo hacia la monumental biblioteca del bufete, situada en el piso treinta y nueve. Había al menos otras cuatro bibliotecas más pequeñas repartidas por las demás plantas, pero Kyle aún tenía que localizarlas.

No recordaba haber estado tan emocionado por un trabajo de investigación en su vida. Se trataba de un caso real, con su fecha límite, con un juez irascible y toda una serie de decisiones estratégicas pendientes. El memorando que iba a preparar sería leído por abogados de verdad que confiarían en su contenido en el fragor de la batalla.

Casi sentía lástima por los pobres novatos que había dejado atrás en Revisión y Documentación. Sin embargo, sabía que no tardaría en volver allí. Se olvidó de cenar hasta que dieron las diez de la noche y solo entonces se tomó un sándwich frío que compró en una máquina mientras leía informes sobre jurados. Sin un saco de dormir a mano, abandonó la biblioteca a medianoche —todavía quedaban allí una veintena de abogados— y se fue en taxi hasta su apartamento. Durmió cuatro horas e hizo el camino de regreso andando al bufete en veinte minutos cuando lo normal era hacerlo en treinta. No tenía intención de empezar a engordar. El gimnasio particular de Scully & Pershing en el piso cuarenta era una broma porque siempre estaba vacío. Unas pocas secretarias lo utilizaban a la hora de almorzar, pero no había abogado en la casa dispuesto a que lo pillaran allí.

Su contador empezó a funcionar puntualmente a las cinco de la mañana. A las nueve ya estaba llamando a distintos abogados del condado de Duval, en Florida, y de los alrededores de Jacksonville. Contaba con una larga lista de casos que habían ido a juicio y tenía intención de hablar con tantos abogados como pudiera localizar por teléfono.

Cuantas más llamadas hacía, más se alargaba su lista. Tenía letrados de Florida, Memphis, el oeste de Tennessee, Lincoln, Omaha y varias docenas en Chicago. Localizó más casos y más juicios y llamó a más abogados. Rastreó todos los casos de Barx de los últimos veinte años y comparó los veredictos.

Durante ese tiempo, no supo nada de Doug Peckham. No recibió ningún mensaje suyo, ninguna llamada a través del FirmFone, que descansaba en su mesa junto a la libreta de notas. A Kyle le encantaba que le dieran rienda suelta y lo dejaran actuar a discreción. Dale le envió un e-mail pidiéndole que comieran juntos. Se reunió con ella en la cafetería, a la una, para tomar una ensalada rápida. Ella seguía presa en la tumba de Placid pero, gracias al cielo, le habían enviado a otros tres novatos para ayudarla con el trabajo. Los tres estaban pensando en dimitir. Dale parecía realmente complacida de que alguien a quien conocía hubiera recibido un encargo de verdad.

—Guárdame algunas carpetas de Placid —le dijo Kyle al salir de la cafetería—. Mañana estaré de vuelta.

A medianoche del miércoles salió de la biblioteca después de haber facturado a Barx dieciocho horas. Seis el día anterior. Añadió otras dos la madrugada del jueves mientras daba los últimos toques a su memorando y ensayaba su presentación ante Peckham y su equipo de abogados veteranos. Puntualmente a las siete y media fue al despacho del socio y vio que la puerta estaba cerrada.

—Estoy citado a las siete y media —explicó educadamente a una de las secretarias.

—Le haré saber que está usted aquí —le contestó ella sin hacer el menor ademán de coger el teléfono.

Transcurrieron cinco minutos mientras Kyle intentaba calmar su nerviosismo y parecer tranquilo. Tenía un nudo en el estómago y el cuello empapado en sudor. «¿Por qué? —se preguntaba—, ¿acaso no estamos en el mismo bando?» Pasaron diez minutos, quince... Podía oír voces dentro del despacho de Peckham. Al fin, uno de los abogados abrió la puerta y Kyle entró. Peckham pareció sorprenderse al verlo.

—¡Ah, Kyle! ¡Me había olvidado! —exclamó chasqueando los dedos—. Tendría que haberte enviado un mensaje. La comparecencia se ha aplazado. Ya no tienes que hacer tu exposición, pero conserva el memorando. Puede que más adelante lo necesite.

Kyle se quedó boquiabierto y miró en derredor. Dos junior estaban encorvados sobre una mesa de trabajo, rodeados de papeles, y otros dos se hallaban sentados junto al escritorio. Todos parecían encontrar la situación muy graciosa.

La falsa fecha límite.

Naturalmente, Kyle había oído hablar de aquella pequeña maniobra, en la que a algún indefenso junior se hacía pasar por la trituradora para que redactase un informe en un tiempo récord, un informe que tenía que presentar en un plazo muy breve pero que al final no sería utilizado. Aun así, al cliente se le facturaría y este pagaría; de manera que el trabajo, aunque no fuera necesario, rendiría beneficios para el bufete.

Sí, Kyle había oído hablar de la falsa fecha límite, pero no había visto la trampa que le tendían.

—Sí, claro, no hay problema —dijo mientras retrocedía.

—Gracias —contestó Peckham, volviendo a la lectura de sus papeles—. Luego nos vemos.

—Vale.

Kyle estaba ya en la puerta cuando Peckham levantó la mirada y preguntó:

—Por cierto, Kyle, ¿cuál es el mejor sitio para que Barx presente el caso?

—Nebraska, el condado de Fillmore —respondió Kyle sin dudarlo.

Dos de los abogados soltaron una sonora carcajada mientras que los otros dos parecían pasárselo en grande.

—¿Nebraska? —preguntó uno de ellos—. Nadie presenta un caso en Nebraska.

—Gracias, Kyle —dijo Peckham en tono desdeñoso—. Buen trabajo. Y ahora sal de aquí.

A cambio de doscientos mil dólares al año más gratificaciones, el trabajo debía tener necesariamente sus momentos de humillación. «Te pagan para esto —se repetía Kyle mientras se alejaba—. Tómatelo lo mejor que puedas. Tienes que ser duro. Esto le pasa a todo el mundo.»

Cuando entró de nuevo en la mazmorra, se las arregló para

sonreír. Y, cuando Dale le preguntó qué tal había ido, contestó:

—No sabría decirte.

En la otra punta de la sala, dos jóvenes abogados repasaban los expedientes de las hipotecas. Kyle los saludó con un gesto de la cabeza y se sentó junto a Dale. Dejó el FirmFone en la mesa, sacó una libreta de notas y el bolígrafo. Abrió una caja, extrajo un expediente y volvió a sumergirse en el universo de Placid Mortgage. Pisaba territorio conocido y se sintió extrañamente a salvo en él. No le esperaban males ni humillaciones. Una larga trayectoria profesional como revisor de documentos sería sin duda aburrida, pero también resultaría mucho menos arriesgada que la de especialista en juicios.

17

Cuando Kyle salió de la oficina el viernes por la tarde, lo hizo pensando que la semana había sido un éxito. Un éxito deprimente. Había facturado treinta horas a Placid y veintiséis a Barx Biomed y, aunque ni un solo minuto de su valioso tiempo fuera a tener consecuencias para los clientes del bufete, no le pagaban para que se preocupara por esas cosas. Estaba allí solo para una cosa: para facturar. Si mantenía ese ritmo de cincuenta horas a la semana, llegaría a las dos mil quinientas al año, una cifra muy alta para cualquier abogado recién contratado y que sin duda llamaría la atención de los peces gordos.

En su primera semana, Tabor el Francotirador había facturado también cincuenta horas; Dale, cuarenta y cuatro, y Tim Reynolds, cuarenta y tres.

Al cabo de cinco días en el trabajo resultaba sorprendente lo sujetos que ya estaban al reloj.

Volvió caminando a su apartamento, se puso unos vaqueros y se marchó al estadio. Los Mets jugaban en casa contra los Pirates, que ya habían tirado por la borda otra temporada. Con diecisiete partidos por jugar, los Mets ocupaban el primer puesto por delante de los Phillies y estaban en racha.

Kyle había comprado al contado dos entradas a un vendedor recomendado por uno de los auxiliares jurídicos del bufete. A medida que se acercaba al estadio, localizó a los que lo vigilaban, lo mismo que estos a él.

Su asiento se hallaba quince filas por detrás del banquillo de los jugadores. La noche era cálida, y el estadio estaba abarrotado. Llegó justo a tiempo, cuando los Mets se disponían a realizar el primer lanzamiento. A su derecha tenía a un muchacho que llevaba un guante de béisbol en una mano y un helado en la otra; a su izquierda, a un verdadero hincha de los Mets, un tipo que llevaba un jersey, una gorra y hasta unas ridículas gafas con los colores del equipo. Bajo la gorra y las gafas se escondía la persona de Joey Bernardo, que había pasado toda su vida en Pittsburg y odiaba a los Mets casi tanto como odiaba a los Phillies.

—Haz ver que no me conoces —le dijo Kyle en voz baja sin apartar la vista del campo.

—No te preocupes, en estos momentos odio a los Mets casi tanto como a ti.

—Gracias. Me gustan las gafas.

—¿Me las puedo quitar? No veo una mierda con ellas.

—No.

Hablaban por la comisura de los labios y lo bastante alto para oírse el uno al otro. El estadio Shea era un constante griterío, y no era probable que pudieran escucharlos.

Joey tomó un trago de una lata de cerveza doble.

—¿De verdad te están siguiendo?

—Desde luego. Todos los días y a todas partes.

—¿Y saben que lo sabes?

—No lo creo.

—Pero ¿por qué?

—Cuestión de espionaje elemental.

—Claro.

—La información resulta crucial. Cuanto más escuchen y observen, más sabrán sobre mí. Si saben lo que como, lo que bebo, lo que me pongo, lo que escucho, con quién hablo, dónde voy a pasear y a comprar, entonces es posible que llegue un día en que utilicen dicha información en su beneficio. A ti y a mí puede parecernos una chorrada, pero a esos tipos no.

Joey tomó otro trago de cerveza mientras asimilaba aquello.

El bateador golpeó la bola, que salió volando por encima del muro izquierdo del campo, consiguió un *homerun*, y el estadio se puso en pie. Kyle y Joey reaccionaron igual que el resto de hinchas. Cuando la ovación se apagó, Kyle prosiguió:

—Por ejemplo, he encontrado una tienda estupenda en el centro donde venden todo tipo de artilugios de espionaje: cámaras diminutas, micrófonos ocultos, aparatos para pinchar el teléfono y otros cacharros de alta tecnología que el ejército ha descartado. La llevan unos tíos de lo más turbio que aseguran ser ex de la CIA; aunque la verdad es que los tipos que realmente son ex de la CIA no lo van pregonando por ahí.

»Localicé la tienda en internet, en la oficina en lugar de desde casa, y he ido un par de veces, siempre que he podido desembarazarme de los que me siguen. Puede que algún día necesite lo que tienen allí. Si los tipos que me vigilan se enteran de que he descubierto ese sitio seguro que les interesaba mucho.

—Todo esto es de lo más raro, tío.

Una mujer que estaba sentada delante de Joey se volvió y lo miró con curiosidad. Los dos amigos estuvieron callados hasta el final de la primera parte.

—¿Qué me dices del informe sobre Elaine? —preguntó Joey.

—Pues que me preocupa.

—¿Y ahora qué hacemos?

—Creo que deberías ir a verla.

—Ni hablar.

—Es fácil. No tienes más que hacerte el encontradizo y ver qué pasa.

—Muy fácil, desde luego. Lo único que tengo que hacer es ir a Scranton, una ciudad en la que hace más de diez años que no pongo los pies, encontrar a esa tía, reconocerla, dar por hecho que ella también me reconocerá a mí y luego, ¿qué? ¿Tener una agradable charla sobre la última vez que estuvimos juntos? ¿Recordar los viejos tiempos? ¡Por Dios, Kyle, me acusa de violación!

—Chis —le dijo este en voz baja, ordenándole que se callara.

La palabra «violación» quedó flotando en el aire.

—Lo siento —murmuró Joey, que se quedó un buen rato callado, mirando el partido.

Una feroz discusión se desató en la primera base, y los cincuenta mil hinchas se convirtieron en una sola voz.

—Sería un encuentro interesante y veríamos cómo reacciona —dijo Kyle en medio del estruendo—. Comprobaríamos si está dispuesta a hablar contigo, si está enfadada y busca venganza. Solo tienes que tomar el camino más fácil y decirle que ese encuentro siempre te ha preocupado y que querías hablar del tema; ver si está dispuesta a tener una conversación seria mientras os tomáis algo. ¿Qué puedes perder?

—¿Y si me reconoce, saca un pistolón y, ¡bang!, me pega cuatro tiros?

—En ese caso, yo me ocuparé de Blair —dijo Kyle con una sonrisa, a pesar de que la perspectiva de pasar un tiempo con la novia de su amigo no le resultaba nada agradable.

—Gracias. No sé si lo sabías, pero está embarazada. Gracias por preguntar.

—¿Cómo es que se ha quedado embarazada?

—Biología elemental, amigo. La verdad es que nos ha pillado por sorpresa a los dos.

—Felicidades, papi.

—Lo de casarse es una cosa, pero no estoy tan seguro del asunto de la paternidad.

—Yo pensaba que iba a dedicarse por entero a su carrera profesional.

—Sí, y yo también. Me dijo que tomaba la píldora, pero ya no estoy tan seguro.

Aquel no era un asunto que Kyle deseara abordar. Cuanto más hablaban, más fácil se hacía la conversación y eso no resultaba prudente.

—Voy al aseo —dijo.

—Tráeme una cerveza cuando vuelvas.

—No puedo. No nos conocemos, ¿recuerdas?

—Vamos, Kyle, ¿crees que hay alguien aquí observándonos?

—Sí, con prismáticos. Al menos son dos. Me siguieron hasta el estadio y seguro que compraron entradas a algún revendedor y ahora nos están controlando.

—Pero ¿por qué?

—Vigilancia básica, Joey. Soy un activo valioso, pero no confían en mí. Deberías leer más novelas de espías.

—Ese es tu problema: demasiadas novelas de espías.

Kyle se tomó su tiempo entre las entradas. Fue al baño y regresó con un refresco y cacahuetes. Una vez en su asiento, entabló conversación con el muchacho de su derecha, cuyo padre resultó que trabajaba en publicidad. Kyle se las arregló para mostrar genuino interés. Cascó unos cuantos cacahuetes, tiró las cáscaras al suelo e hizo caso omiso de Joey durante un buen rato.

Este, medio cegado por las enormes gafas, sufrió en silencio. Tras cuatro entradas, los Pirates iban cuatro carreras por debajo, y Joey estaba dispuesto a marcharse. Al fin, Kyle cambió de postura y empezó a estudiar el marcador en el centro del campo.

—¿Alguna noticia de Baxter? —preguntó sin apenas mover los labios.

—Ninguna. Es como si lo hubieran encerrado bajo tierra.

—Sé cómo se siente uno. He pasado toda la semana metido en una especie de mazmorra.

—No quiero oírlo. Por el dinero que te pagan no tiene que haber queja alguna.

—Vale, vale. Seguro que ellos saben que está en rehabilitación y dónde se encuentra —comentó Kyle, mientras una bola era atrapada en el aire en la pista de avisos.

—¿«Ellos»?

—Los tipos que me vigilan. Fue su jefe quien me dijo, la semana pasada, que Baxter estaba desintoxicándose.

—¿Y cada cuánto te ves con ese tipo?

—Demasiado a menudo.

—¿Le has entregado ya algún material confidencial?

—No. Todavía no me he pringado.

Joey tomó un sorbo de cerveza y, mientras se tapaba la boca con la lata, preguntó:

—Si saben lo de Baxter, entonces seguro que me estarán vigilando a mí también.

—Es posible. Tienes que ser prudente y variar tus movimientos. Ten cuidado con la correspondencia.

—Fantástico. No sabes cuánto me alegro de saberlo.

—Mi apartamento está lleno de cámaras y micrófonos. Esa gente entra y sale cuando quiere. No tengo sistema de alarma. La verdad es que no quiero uno, pero sé cuándo han estado allí. Ellos no saben que yo lo sé, de manera que no les doy nada importante.

—¿Me estás diciendo que estás burlando la vigilancia de unos profesionales?

—Eso creo.

Se produjo una nueva pausa en la conversación mientras los Pirates cambiaban una vez más de lanzador.

—¿Cuándo acabará esto, Kyle?

—No lo sé. Por el momento estoy dando pasos cortos y prudentes. Lo siguiente es establecer contacto con la chica y comprobar hasta qué punto están mal las cosas.

—No creo que estén nada bien.

—Ya veremos.

Kyle se metió la mano en el bolsillo, donde algo vibraba, y sacó el FirmFone. Abrió el mensaje, lo leyó y le entraron ganas de maldecir.

—¿Qué ocurre? —preguntó Joey, intentando no mirar el teléfono.

—Es uno de los socios del bufete. Tiene un asunto entre manos y me quiere en el despacho a las siete.

—Pero si mañana es sábado.

—Otro día cualquiera de oficina.

—Pero, esos tíos ¿están locos o qué?

—No. Solo son avariciosos.

Durante la séptima entrada, Kyle se levantó del asiento y se dirigió a las puertas de salida. Joey se quedó una entrada más, hasta que al final se marchó, dejando a sus queridos Pirates perdiendo una vez más.

Los vaqueros estaban permitidos el sábado y el domingo. El hecho de que el fin de semana también se aplicaran normas de vestir, por muy relajadas que fueran, decía mucho del funcionamiento de los bufetes de Wall Street.

Para empezar, qué hacían ellos allí.

Kyle vestía vaqueros, lo mismo que Dale, que estaba espectacular con unos muy ceñidos que se había puesto. Tim Reynolds llevaba un pantalón de loneta caqui. Los tres se hallaban perplejos por encontrarse en una pequeña sala de conferencias del piso treinta y cuatro, a las siete de la mañana del segundo sábado de sus incipientes carreras. Allí se unieron a cuatro socios algo mayores que ellos, cuatro jóvenes a los que Kyle no había tenido el placer de ver ni de conocer durante sus dos primeras semanas en Scully & Pershing. Se hicieron las presentaciones de rigor, pero solo porque eran de rigor.

El socio que había llamado para convocar la reunión no estaba por ninguna parte. Su nombre era Tobias Roland, Toby a sus espaldas, y de todos los rumores que Kyle había oído circular, los peores hacían referencia a Roland, sobre quien se contaban innumerables historias, a cuál más siniestra. Estudiante en Yale, graduado de Columbia, salía de un barrio pobre y era un resentido. También era brillante, implacable e intrigante. Había ascendido a la categoría de socio en solo cinco años, principalmente porque trabajaba más que cualquiera de los «esclavos» del trabajo que poblaban el bufete y nunca se relajaba. Su idea de tomarse un rato libre consistía en un revolcón de diez minutos con una de sus secretarias en el sofá de su despacho. La mayoría de las secretarias estaban demasiado amedrentadas por él para protestar o denunciarlo. Aun así, algunas lo encontraban sexy para un revolcón rápido. Para divertirse se dedicaba a abroncar a los abogados más jóvenes con el peor lenguaje imaginable por las infracciones más insignificantes. Solía intimidar a los demás socios porque era más listo y casi siempre estaba mejor preparado. A los cuarenta y cuatro años era el especialista en juicios del bufete que más rendía y no había perdido ni uno en ocho años. Toby era el preferido de la mayoría de los abogados de empresa de las principales corporaciones. El año anterior, Kyle había leído y recortado un artículo de *Fortune* que halagaba la figura del mayor litigante de Scully & Pershing.

Cuando Toby Roland llamaba, uno acudía siempre corriendo y casi siempre con el estómago encogido.

Esa mañana, su lugar lo ocupaba un veterano llamado Bronson, el cual explicó sin el menor entusiasmo que estaba allí en representación del señor Roland, que a su vez se hallaba al final del pasillo, trabajando en otros aspectos de la demanda que tenían entre manos. Por lo tanto, podía hacer acto de presencia en cualquier momento. Dicha posibilidad mantuvo a todos en alerta.

El cliente era una importante compañía petrolífera que estaba a punto de ser demandada por una empresa holandesa a causa de unas reservas de crudo situadas en el golfo de México cuya titularidad se disputaban. Se esperaba que la demanda fuera presentada en Nueva Orleans, pero Roland había decidido presentar una contrademanda preventiva en Nueva York. El plan consistía en hacerlo a primera hora del lunes. Se trataba de una emboscada, de una audaz táctica que podía volverse en contra de Roland, pero también era el tipo de arriesgada maniobra por la que este era famoso.

Al cabo de unos minutos de escuchar cómo planteaban la demanda en términos parecidos al del desembarco de Normandía, Kyle comprendió que tanto su sábado como su domingo acababan de esfumarse y que pasaría los dos días buscando antecedentes legales en la biblioteca del bufete. Echó un vistazo a su FirmFone. Repasó los correos electrónicos y algo llamó su atención: a las siete y media de un sábado, el bufete estaba enviando un correo a todos sus abogados anunciándoles la dimisión de Gavin Meade, socio del departamento de Litigios. Sin más detalles. Ni más comentarios. Solo una rápida y discreta salida.

Bennie había dicho que todo el mundo tenía secretos. ¿Cómo lo habría hecho? Quizá mediante un paquete anónimo dirigido al departamento de Recursos Humanos. Declaraciones juradas, expedientes policiales, el lote completo. Pobre Meade... Diez años después de haber cometido el delito y después de haber estado dejándose la piel por cuatrocientos mil dólares al año recibía de repente un aviso para una reunión a puerta cerrada.

Bronson estaba parloteando acerca de ser el eje de una rueda cuyos radios conectaban con siete socios que se hallaban por debajo de él y otros tantos que conectaban con el señor Roland y los otros socios del departamento de Litigios. En el centro, él, Bronson, dirigiría el tráfico entre los novatos y los peces gordos. Él organizaría el trabajo, supervisaría la investigación y manejaría la correspondencia entre los socios. En definitiva: todo pasaría por su mesa.

El tiempo era una cuestión crucial. Si corría el rumor, la compañía holandesa y sus abogados podrían hacer todo tipo de maldades. El aprovisionamiento de crudo de la nación, y puede que incluso el de la civilización occidental, se hallaba en juego.

Se levantaron y se dirigieron a la biblioteca.

18

Tras una serie de conversaciones telefónicas que se fueron haciendo progresivamente más y más tensas, al final llegaron a un acuerdo. El doctor Boone y el tío Wally accedieron, pero se las arreglaron para imponer una condición. Baxter saldría a primera hora, pero pasaría tres noches a medio camino, en una casa de Reno, antes de regresar al mundo real. Ciento cinco días después de haber llegado borracho perdido, con una tasa de alcohol en sangre de 0,28 y con considerables restos de cocaína en el cuerpo, Baxter cruzó las puertas y abandonó la seguridad de Washoe Retreat. Estaba limpio como una patena y pesaba cinco kilos menos. Y no solo había dejado las drogas y la bebida, sino también el tabaco. Se hallaba en forma, bronceado y con la mente despejada, y creía sinceramente que había derrotado a sus demonios y que, a partir de ese momento, llevaría una vida sin ninguno de esos vicios. Iba pertrechado para la batalla con las enseñanzas del doctor Boone y sus ayudantes. Había confesado sus pecados y se había rendido a un poder superior, fuera el que fuese. A sus veinticinco años se disponía a empezar una nueva vida y se sentía orgulloso y aprensivo a la vez, asustado incluso. A medida que fueron pasando los kilómetros, empezó a encontrarse más y más incómodo. Su confianza desaparecía rápidamente.

Había fracasado tantas veces y de tantas maneras... Casi era una tradición familiar. ¿Acaso lo llevaría escrito en su ADN?

Un ordenanza lo llevó desde la clínica de las montañas Nithingale hasta Reno, un trayecto de dos horas durante el que casi no hablaron. Cuando se aproximaron a la ciudad, un gran anuncio de carretera de una cerveza de importación en una botella verde les dio la bienvenida. La sexy joven que la sostenía habría sido capaz de persuadir a un hombre para que hiciera cualquier cosa. El miedo golpeó a Baxter con más fuerza aún. Lo consumía por dentro y le perlaba la frente de sudor. Deseó dar media vuelta, volver corriendo a la clínica, donde no había alcohol ni tentaciones; pero no dijo nada.

Hope Village se hallaba en una zona de mala muerte de las afueras de Reno, llena de edificios abandonados, casinos baratos y bares. Era el reino del Hermano Manny, el fundador, pastor y líder de Hope Village, que lo estaba esperando frente a la iglesia, cuando Baxter se apeó del coche y salió a la calurosa acera. Tomó la mano de Baxter y se la estrechó vigorosamente.

—El señor Tate, ¿verdad? ¿Puedo llamarte Baxter?

La pregunta sugería su propia respuesta: era Baxter, no el señor Tate.

—Desde luego —contestó, poniéndose rígido ante aquella arremetida física.

—Soy el Hermano Manny —dijo, rodeando los hombros de Baxter con el brazo y completando de ese modo la ruda pero calurosa bienvenida—. Bienvenido a Hope Village.

Tenía unos cincuenta años, de origen hispano, piel broncínea y cabello gris recogido en una cola de caballo que le llegaba a la cintura, gran sonrisa dentona, ojos cálidos, una pequeña cicatriz junto a la aleta izquierda de la nariz y otra mayor en la mejilla derecha. En su rostro destacaba una cuidada perilla blanca.

—Bueno, eres otro evadido de Washoe Retreat —dijo con

su voz grave y melodiosa—. ¿Cómo está el bueno del doctor Boone?

—Bien —contestó Baxter, que tenía el rostro del Hermano Manny casi pegado al suyo. Estaba claro que el contacto físico no lo molestaba, aunque hacía que Baxter se sintiera incómodo—. Le manda recuerdos.

—Es un buen hombre. Ven, te enseñaré esto. Tengo entendido que solo te quedarás tres noches, ¿no es eso?

—Así es. Tres noches.

Echaron a andar lentamente, sin que el Hermano Manny quitara el brazo del hombro de Baxter. Era un hombre corpulento, de amplio tórax, que vestía un pantalón de peto vaquero, camisa blanca y sandalias. Sin calcetines.

En su día, la iglesia había pertenecido a una floreciente congregación blanca que se había trasladado a otros barrios mejores. Mientras caminaba arrastrando los pies, Baxter se enteró de los antecedentes. Manny Lucera había encontrado al Señor durante su segunda estancia en la cárcel por el robo a mano armada con cuyo botín pensaba pagarse las drogas. Cuando fue puesto en libertad condicional, el Espíritu Santo guió sus pasos hasta Reno para que empezara allí su ministerio. La iglesia había crecido y, en esos momentos, albergaba un refugio para vagabundos en el sótano, un comedor de caridad que alimentaba a todos los que lo pedían, un centro comunal para los niños de la vecindad y otro de acogida para las mujeres y sus hijos que huían de los malos tratos conyugales. En esos momentos, el Hermano Manny estaba haciendo planes para un orfanato. Había comprado los viejos edificios contiguos y los estaba reformando. El sitio estaba lleno de gente entre empleados, voluntarios y gente de la calle, y todos ellos hacían casi reverencias cuando se cruzaban con él.

Se instalaron ante una mesa de picnic, a la sombra, y tomaron una limonada de lata.

—¿Cuál es tu droga? —preguntó Manny.

—Coca y alcohol, principalmente. Pero la verdad es que no digo que no a nada —reconoció Baxter.

Después de quince semanas desnudando su alma ante gente a la que no conocía de nada pero que lo sabía todo de él, ya no vacilaba a la hora de decir la verdad.

—¿Y durante cuánto tiempo?

—Empecé despacio, cuando tenía alrededor de catorce. Luego, a medida que me fui haciendo mayor la cosa fue en aumento. Ahora tengo veinticinco años, de modo que se puede decir que llevo once.

—¿De dónde eres?

—Nací en Pittsburg.

—¿Y tu historial familiar?

—Privilegiado.

El Hermano Manny formulaba las preguntas y asimilaba las respuestas con tanta naturalidad que, tras quince minutos juntos, Baxter tenía la sensación de que podía charlar durante horas con él y contarle cualquier cosa.

—¿Es tu primera rehabilitación?

—La segunda.

—Mira, durante veinte años yo he consumido todas las drogas que puedas imaginar y unas cuantas que ni te imaginas. He comprado, vendido, fabricado y robado drogas. Me han apuñalado cuatro veces; tiroteado, tres; y acabado en la cárcel dos por tenencia de drogas. Perdí a mi primera mujer y mis hijos por culpa de las drogas y el alcohol. Perdí mi oportunidad de estudiar y perdí ocho años de mi vida entre rejas. Un poco más y pierdo hasta la vida. Lo sé todo acerca de las adicciones porque he pasado por todas ellas. Soy asesor titulado en materia de adicciones a las drogas y el alcohol y trabajo con adictos todos los días. ¿Eres un adicto?

—Sí.

—Que Dios te bendiga, hermano. ¿Conoces a Cristo?

—Supongo. Mi madre me llevaba a misa por Navidad.

El Hermano Manny sonrió y levantó su orondo trasero de la silla.

—Deja que te enseñe tu habitación. No es el Ritz, pero servirá.

El refugio para vagabundos era una gran sala del sótano con un improvisado tabique divisorio: los hombres a un lado, las mujeres al otro. Los camastros de hierro del ejército se alineaban junto a la pared.

—La mayoría de esta gente trabaja durante el día. No son indigentes —explicó el Hermano Manny—. Empiezan a levantarse a las seis de la mañana. Aquí está tu cuarto.

Cerca de las duchas había un par de habitaciones pequeñas para una sola persona. Las camas eran un poco mejores y contaban con ventiladores portátiles. Manny abrió la puerta de una de ellas.

—Puedes quedarte con esta —dijo—. Es de un supervisor. Para tener derecho a un cuarto privado debes trabajar, así que ayudarás con las tareas de la cena y después, cuando todo el mundo se haya acostado, te encargarás de la seguridad.

Lo dijo con tal firmeza y rotundidad que cualquier intención de protestar quedó descartada de inmediato.

El mundo de Baxter daba vueltas como un tiovivo. Había comenzado el día en los cómodos confines de un rancho de rehabilitación de cinco estrellas y en ningún momento había dejado de pensar con impaciencia en el momento de partir. En ese instante se hallaba en el sofocante sótano de una vieja iglesia que era el hogar de cincuenta de las almas más pobres del país, e iba a tener que vivir con ellas durante los siguientes tres días. Y además, preparar sus desayunos y atajar sus disputas.

Baxter Tate, de los Tate de Pittsburg, banqueros de sangre azul que vivían en mansiones que pasaban de generación en generación, gente orgullosa y arrogante que se casaba con otra igual de otros clanes, produciendo acervos genéticos cada vez más cerrados.

¿Cómo había llegado a ese punto siendo tan joven?

Desde un punto de vista legal, podía marcharse cuando quisiera, coger la puerta, llamar un taxi y no volver a mirar atrás. No había tribunal que pudiera impedírselo. Puede que el tío Wally se llevara un chasco, pero si lo hacía esa sería seguramente su única preocupación.

—¿Te encuentras bien? —le preguntó el Hermano Manny.

—La verdad es que no. —Ser sincero resultaba una agradable novedad.

—Acuéstate un rato. Estás muy pálido.

No pudo dormir por culpa del calor. Al cabo de una hora se levantó, se escabulló fuera y se fue caminando lentamente hacia el centro de la ciudad. Comió tarde en un restaurante barato. Su primera hamburguesa con patatas en meses. Tenía dinero suficiente para pasar un par de noches en un hotel, y estuvo dando vueltas a ese plan mientras caminaba sin rumbo por las calles. Pasó una y otra vez ante los casinos. Nunca había sido aficionado al juego, pero en cada casino había un bar, ¿o no? Naturalmente, los bares eran territorio prohibido, pero no podía soportar la idea de volver a Hope Village. Todavía no.

Se acercó a una mesa de blackjack, sacó cinco billetes de veinte, los cambió por fichas verdes y estuvo jugando unos minutos con apuestas de cinco dólares. Una camarera entrada en años pasó junto a él y le preguntó qué quería beber.

—Una botella de agua —respondió sin vacilar y se dio una simbólica palmada en la espalda.

El único jugador que lo acompañaba en la mesa era un

vaquero, de sombrero negro incluido, que tenía una botella de cerveza delante. Baxter se bebió el agua, jugó sus manos y, de vez en cuando, echó un vistazo a la botella. Parecía tan inofensiva, tan bonita...

Cuando perdió todas sus fichas, se alejó de la mesa y se dio una vuelta por el casino. Era un lugar deprimente, medio lleno de gente que no tenía nada que hacer allí y que apostaba un dinero que no podía perder. Se acercó a la barra del bar de deportes, donde las pantallas mostraban antiguos partidos de fútbol y las clasificaciones de los equipos para el fin de semana. El bar estaba vacío. Se sentó en un taburete y pidió un vaso de agua.

¿Qué diría el doctor Boone de aquello? Apenas llevaba seis horas de «reingreso» y ya estaba sentado a la barra de un bar. «Tranquilo, doctor Boone: solo es agua. Si puedo resistir la tentación aquí, entonces lo que venga será fácil.» Se quedó sentado, tomando pequeños sorbos de agua y mirando de reojo las hileras de botellas de licor. ¿Por qué había tantas formas y medidas? ¿Por qué había tanta variedad de alcoholes? Un estante entero estaba dedicado a todo tipo de vodka, incluso al aromatizado que solía beber a litros en su época de borracho.

Gracias a Dios, esos días eran cosa del pasado.

Una sirena aulló en la distancia y sonaron campanas. Un jugador con suerte acababa de acertar un Jackpot, y el estruendo servía para recordar a todo el mundo lo fácil que resultaba ganar. El camarero llenó un vaso con cerveza a presión y lo puso ante Baxter con un golpe seco.

—¡Por cuenta de la casa! —anunció—. ¡Super Slot Jackpot!

Una ronda gratis para todos los clientes del bar, pero no había nadie salvo Baxter, que estuvo a punto de decir: «Llévesela, amigo. He dejado la bebida». Pero el camarero había desaparecido y, además, habría sonado tonto. ¿Cuántos abstemios se metían en el bar de un casino a las tres de la tarde?

El vaso estaba helado; la cerveza, también. Era de un color un poco más oscuro que de costumbre, y Baxter miró la marca en el escanciador: Nevada Pale Ale. Nunca la había probado. Sintió la boca seca, de modo que bebió agua. Durante ciento cinco días, el doctor Boone y su equipo le habían metido en la cabeza la idea de que un solo trago bastaría para devolverlo a sus antiguas adicciones. Había observado y escuchado a otros pacientes que se estaban desintoxicando contar sus relatos de repetidos fracasos, y todos decían lo mismo: no había que engañarse, resultaba imposible controlar un solo trago. Hacía falta observar una total abstinencia.

Quizá sí.

El vaso se cubrió de pequeñas gotas de condensación que resbalaron y humedecieron la servilleta que había debajo.

Tenía veinticinco años y nunca había creído de verdad, ni siquiera en su momento de mayor entrega en Washoe, que sería capaz de pasar el resto de sus días sin volver a probar una gota de alcohol. En lo más profundo de su ser sabía que tenía la fuerza de voluntad suficiente para tomarse una copa, puede que dos, y dejarlo ahí antes de que la situación escapara a su control. Si realmente pensaba volver a beber, ¿por qué no empezar ya? La última vez estuvo catorce días torturándose hasta que finalmente cedió, dos semanas en las que se mintió a sí mismo y especialmente a sus amigos acerca de las delicias de la vida de abstemio mientras no pasaba un segundo sin que anhelara un trago. ¿Por qué volver a pasar por lo mismo?

La cerveza se estaba calentando.

Oyó las voces de sus consejeros. Recordó las lágrimas de las confesiones de los demás internos. Se oyó proclamando la letanía del abstemio: «Soy un alcohólico, débil e indefenso, necesitado de la fuerza de un ser superior».

Y sí, los otros perdedores encerrados en Washoe Retreat eran débiles; pero él no. Él podía tomarse unas copas porque era fuerte. Consideró un montón de razones para convencerse de que nunca, por ningún concepto, volvería a sucumbir a los encantos y horrores de la cocaína y tampoco a los de los licores más fuertes. Solo una cerveza de vez en cuando y quizá un poco de vino.

Pan comido.

A pesar de todo, no se sentía capaz de alargar la mano y tocar el vaso. Se hallaba a menos de medio metro, perfectamente a su alcance, quieto, igual que una serpiente de cascabel lista para morder. Entonces se convirtió en una deliciosa tentación que le produjo un agradable cosquilleo. Un vaivén. El mal contra el bien.

«Tendrás que hacer nuevas amistades —le había repetido incontables veces el doctor Boone—, no puedes volver a tus antiguas costumbres. Busca nuevos lugares, nuevos amigos, nuevos desafíos, un nuevo sitio donde vivir.»

«Bueno, ¿y qué me dice de esto, doctor Boone? Estoy sentado por primera vez en un mugriento casino de Reno del que no recuerdo ni el nombre. Nunca había estado aquí antes, ¡ja, ja!»

Tenía las manos desocupadas y encima de la mesa; y, en un momento dado, se dio cuenta de que la derecha le temblaba ligeramente. Además, su respiración se había hecho pesada y jadeante.

—¿Se encuentra bien, amigo? —le preguntó el camarero al pasar.

Sí. No. Baxter asintió confusamente, incapaz de hablar. Tenía los ojos clavados en el vaso de cerveza. ¿Dónde se encontraba?, ¿qué estaba haciendo? Apenas seis horas después de haber salido de ciento cinco días de desintoxicación y ya estaba sentado en un bar, luchando consigo mismo sobre si tomarse o no una cerveza. Sin duda era un perdedor. Solo había que ver dónde se hallaba.

Alargó la mano izquierda y tocó el vaso y lo deslizó lentamente hacia él. Se detuvo cuando lo tuvo a quince centímetros de distancia. Le llegó el aroma de la cebada. El vaso seguía frío o al menos lo bastante frío.

La lucha entre el bien y el mal se convirtió en una lucha entre quedarse y marcharse. Estuvo a punto de conseguir levantarse, arrancarse de la barra y correr por entre las máquinas tragaperras hacia la salida. A punto. Curiosamente, fue Keefe quien lo ayudó a tomar una decisión. Keefe había sido su mejor amigo en Washoe. Keefe provenía de una buena familia que le estaba pagando su tercer tratamiento de desintoxicación. Los dos primeros habían fracasado cuando se convenció a sí mismo de que un simple canuto no podía hacerle daño.

Baxter murmuró para sus adentros: «Si me tomo esta cerveza ahora y las cosas no me salen como espero siempre podré volver a Washoe y mis dos fracasos me habrán convencido de que es necesaria una completa abstinencia. Como Keefe. Pero en este momento necesito esa cerveza.»

Cogió el vaso con ambas manos y lo levantó lentamente, oliendo su contenido a medida que se lo acercaba. Sonrió cuando el frío vidrio tocó sus labios. El primer sorbo de Nevada Pale Ale le pareció el néctar más maravilloso que había probado en su vida. Lo saboreó con los ojos cerrados y expresión extática.

Alguien gritó a pleno pulmón a su espalda.

—¡Ahí estás, Baxter!

Estuvo a punto de atragantarse y de dejar caer el vaso. Se dio la vuelta de un salto. Allí estaba el Hermano Manny, acercándose a grandes zancadas y, evidentemente, muy poco contento.

—¿Qué estás haciendo? —le preguntó, poniéndole una

manaza en el hombro con actitud de estar listo para iniciar una pelea.

Baxter no estaba seguro de qué estaba haciendo. Se disponía a beberse una cerveza, algo totalmente prohibido; pero, en ese momento, se sentía tan profundamente horrorizado que a duras penas podía hablar. El Hermano Manny contempló fijamente el vaso de cerveza, lo cogió de manos de Baxter y lo dejó en la barra.

—Llévese esto —gruñó al camarero antes de sentarse en el taburete de al lado y acercarse hasta que su cara estuvo a escasos centímetros de la de Baxter—. Escucha, hijo —dijo en tono tranquilo y mesurado—, yo no puedo obligarte a que salgas de aquí ahora mismo. Es tu decisión, pero si quieres que te ayude, dilo. Yo te sacaré y te llevaré a mi iglesia, te prepararé un poco de café y te contaré algunas historias.

Baxter dejó caer los hombros y hundió la barbilla. Aún tenía el sabor de la cerveza en los labios.

—Esta podría ser la decisión más trascendental de tu vida —prosiguió el Hermano Manny—. Y tienes que tomarla ahora mismo, en este instante. Si te vas o te quedas. Si te quedas habrás muerto antes de cinco años. Si te quieres ir, dímelo y saldremos de aquí juntos.

Baxter cerró los ojos.

—Soy tan débil... —murmuró.

—Sí, pero yo no. Deja que te saque de aquí.

—Por favor.

El Hermano Manny prácticamente lo levantó del taburete y le rodeó los hombros con su enorme brazo. Pasaron lentamente ante las máquinas tragaperras y las mesas de ruleta desiertas. Se hallaban muy cerca de la puerta cuando el Hermano Manny se dio cuenta de que Baxter estaba llorando. Aquellas lágrimas lo hicieron sonreír. Un adicto debía primero tocar fondo antes de empezar a salir del pozo.

La oficina del Hermano Manny era un cuarto amplio y abarrotado junto a la sacristía. Su secretaria, su esposa en realidad, les llevó una jarra llena de café cargado y dos tazas desparejas. Baxter tomó asiento en un viejo sofá de piel y bebió furiosamente, como si quisiera quitarse el sabor de la cerveza de la boca. Por el momento, había dejado de llorar.

El Hermano Manny se sentó junto a él, en una mecedora de madera, y se balanceó sin cesar mientras hablaba:

—Estaba en la cárcel, en California. Era la segunda vez y formaba parte de una pandilla. Hacía cosas peores allí que cuando pateaba las calles. Un día me descuidé, me salí de mi territorio y los de una pandilla rival se me echaron encima. Me desperté en el hospital de la prisión con un montón de huesos rotos, cortes y magulladuras. Tenía el cráneo fracturado y me dolía horriblemente. Recuerdo haber pensado que la muerte no estaba tan mal. Estaba cansado de vivir, cansado de mi vida, cansado de ser el desgraciado que era. Sabía que, si sobrevivía, algún día me darían la condicional y volvería a la calle y a mis viejas costumbres. En el barrio donde crecí, la gente como yo acababa en la cárcel o moría joven. Parece bastante diferente del sitio donde tú creciste, ¿no, Baxter?

Baxter se encogió de hombros, y el Hermano Manny prosiguió:

—En muchos sentidos lo es; y en otros no. Mi vida solo trataba de mí, igual que la tuya. Me gustaban las cosas peores, igual que a ti. Placeres, egoísmo, orgullo... Esa era mi vida, como ha sido la tuya, imagino.

—Oh, sí.

—Son todo pecados. Y todo conduce al mismo final: a la desdicha, al dolor, a la destrucción y por fin a la muerte. Tú vas por ese camino, hijo y, por lo que puedo ver, con muchas prisas.

Baxter asintió levemente.

—¿Y qué le ocurrió?

—Tuve suerte y sobreviví. Poco después conocí a un interno, un delincuente profesional al que nunca concederían la condicional, y resultó ser la persona más amable y feliz que había conocido. Era un tipo sin preocupaciones. Para él, todos los días eran hermosos y la vida un regalo. Y eso lo decía alguien que había pasado quince años en prisiones de máxima seguridad. Gracias a un clérigo de la cárcel, había conocido a Cristo y se había convertido en creyente. Me contó que rezaba por mí, de igual modo que lo hacía por otra gente que estaba allí. Una noche me invitó a estudiar la Biblia y tuve ocasión de escuchar a otros internos contar sus historias y alabar a Dios por su perdón, su amor, su fuerza y su promesa de eterna salvación. Imagínate a una panda de encallecidos criminales, que se han pasado la vida encerrados en los peores talegos, cantando canciones de alabanza al Señor. Es un asunto muy fuerte, y yo necesitaba un poco de eso; necesitaba perdón porque cargaba con un montón de pecados de mi pasado; necesitaba paz porque llevaba en guerra toda mi vida; necesitaba amor porque no había hecho más que odiar; necesitaba fuerza porque sabía que, en el fondo, era débil; necesitaba felicidad porque llevaba mucho tiempo siendo desdichado. Así pues, rezamos juntos, yo y aquellos tiarrones que eran como corderitos, y le confesé a Dios que yo era un pecador y que deseaba hallar la salvación a través de Jesucristo. Mi vida cambió al instante, Baxter. Fue un cambio tan asombroso que todavía hoy me cuesta creerlo. El Espíritu Santo entró en mi alma y el viejo Manny Lucera murió para siempre porque había nacido uno nuevo, uno a quien le habían perdonado sus pecados y prometido la eternidad.

—¿Y qué pasó con las drogas?

—Olvidadas. El poder del Espíritu Santo es mucho mayor

que cualquier deseo humano. Lo he visto cientos de veces con adictos que han intentado de todo para desengancharse: clínicas de rehabilitación, psiquiatras, matasanos, medicamentos que venden como sustitutos... Cuando uno es adicto se encuentra indefenso ante el alcohol y las drogas. La fuerza tiene que provenir de alguna parte. Para mí, proviene del poder del Espíritu Santo.

—En estos momentos no me siento muy fuerte, precisamente.

—Y no lo eres. Mírate. Has pasado de la clínica de Washoe al bar de un casino mugriento en cuestión de horas. Hasta puede que sea un récord.

—No era mi intención ir a ese bar.

—Claro que no, pero fuiste.

—¿Y por qué? —preguntó con voz apagada.

—Porque nunca has dicho que no.

Una lágrima rodó por la mejilla de Baxter, que se la secó con el dorso de la mano.

—No quiero volver a Los Ángeles.

—Y no debes, hijo.

—¿Puede ayudarme? En estos momentos no me encuentro muy bien. Quiero decir que estoy realmente asustado.

—Recemos juntos, Baxter.

—Lo intentaré.

19

Seis meses después de que la disputa entre Trylon y Bartin se hiciera pública con la presentación de la demanda, el campo de batalla había quedado establecido, y las tropas estaban en su sitio. Ambos contendientes habían presentado respectivas mociones para hacerse con una posición ventajosa; pero, hasta el momento, nadie había conseguido nada significativo. Naturalmente, seguían discutiendo acerca de plazos, previsiones, presentación de pruebas, quién debía ver qué documentos y cuándo.

Gracias a la ingente cantidad de abogados que trabajaban a la vez, el caso avanzaba con paso lento pero firme. No había juicio a la vista, aunque era demasiado pronto para eso. Scully & Pershing presentaba una factura mensual a Trylon de cinco millones y medio de dólares, así pues, ¿qué prisa había por concluir el caso?

En el otro bando, Bartin Dynamics pagaba prácticamente lo mismo a los encallecidos letrados de Agee, Poe & Epps por una defensa igualmente vigorosa y multimillonaria. APE había destinado cuarenta de sus abogados al caso y, lo mismo que su oponente, tenía tantos que podía doblar ese número cuando lo considerara necesario.

La cuestión más delicada no resultó ninguna sorpresa para

ninguno de los dos equipos de letrados. Cuando el matrimonio forzoso de Trylon y Bartin se deshizo, cuando su proyecto conjunto saltó por los aires, se produjo una verdadera disputa por los documentos. Durante el desarrollo del Bombardero Hipersónico B-10 se habían generado cientos de miles, puede que hasta millones de documentos. Los investigadores de Trylon se llevaron todos los que pudieron, y los de Bartin hicieron lo mismo. El software fue de un lado a otro y parte acabó destruido. El hardware controlado por una de las compañías acababa fácilmente en manos de la otra. Miles de archivos de seguridad desaparecieron. Cajas y cajas de papeles fueron sustraídas y escondidas. Y en medio de aquel forcejeo, las dos empresas se acusaron mutuamente de mentir. Cuando al fin la histeria se calmó, nadie sabía exactamente qué tenía el otro.

Dada la naturaleza ultrasensible del proyecto y de los trabajos de investigación, el Pentágono contempló con espanto el poco edificante comportamiento de ambas compañías; y no solo eso, sino que al igual que varias agencias de seguridad, contaba con que Trylon y Bartin lavaran sus trapos sucios en privado. Al final no lo consiguió, y la lucha quedó en manos de los abogados y los tribunales.

Una de las principales tareas del señor Wilson Rush y su equipo de Scully & Pershing consistía en acumular, indexar, copiar y guardar todos los documentos en poder de Trylon. Para esa tarea, el bufete había alquilado una nave en Wilmington, en Carolina del Norte, a un par de kilómetros de las instalaciones de pruebas de Trylon, donde se había llevado a cabo la mayor parte de los ensayos del B-10. Antes de ocuparla, la habían convertido a prueba de fuego, viento y agua. Todas las ventanas fueron retiradas y sustituidas por bloques de hormigón. Una empresa de seguridad de Washington rodeó la instalación de alambradas y una red de veinte cámaras de vigilancia. Las cuatro grandes puertas fueron dotadas de alarmas de infrarrojos y detectores de metales. Guardias armados patrullaban los alrededores de la nave desde mucho antes de que llegaran los primeros papeles.

Cuando llegaron, lo hicieron en un camión-remolque que no llevaba el menor rótulo y que llegó escoltado por más personal armado. A mediados de septiembre y durante un período de dos semanas, las entregas se multiplicaron por docenas. La nave, apodada Fort Rush, empezó a cobrar vida a medida que las cajas de cartón se iban apilando, tonelada de papel tras tonelada de papel.

El recinto había sido alquilado por Scully & Pershing; y todos los contratos —los de renovación, los de servicios de seguridad, los de transporte—, supervisados personalmente y firmados por Wilson Rush. Una vez que los papeles de Trylon entraban en el almacén, recibían el sello MTC —«Material de Trabajo Confidencial»— y, a partir de ese momento, se ajustaban a un protocolo de seguridad distinto en lo referente a ser compartidos por la parte contraria.

Rush seleccionó a diez abogados de su equipo de letrados, a los diez más brillantes y fiables. Los pobres fueron enviados a Wilmington y llevados a Fort Rush, un largo hangar desprovisto de ventanas, con el suelo de cemento pintado y donde reinaba un acre olor industrial. En el centro se hallaba la montaña de cajas. A lo largo de las paredes había largas hileras de mesas y, más allá, diez enormes fotocopiadoras de aspecto feroz. Los cables y los conductos eléctricos corrían por todas partes. Naturalmente, las máquinas eran el último grito en tecnología y capaces de escanear al instante, cotejar y hasta grapar.

Lejos de sus despachos de Manhattan, los junior tenían permiso para trabajar en vaqueros y zapatillas de deporte; además, les prometieron jugosas gratificaciones y otros premios, pero nada pudo compensarles la plomiza tarea de copiar y escanear un millón de documentos, ¡y en Wilmington, por si fuera poco! La mayoría de ellos estaban casados y habían dejado en casa a sus mujeres e hijos. De los diez, cuatro ya se habían divorciado, y era más que probable que Fort Rush se convirtiera en la fuente de más rupturas conyugales.

Comenzaron su imponente tarea bajo la dirección de Wilson Rush en persona. Uno a uno, todos los documentos fueron copiados dos veces y, en una fracción de segundo, escaneados y enviados a la biblioteca virtual del bufete. Al cabo de varias semanas, cuando el trabajo quedara terminado, se podría acceder a dicha biblioteca mediante un código de seguridad y, una vez dentro, el abogado autorizado podría localizar cualquier documento en cuestión de segundos. Los expertos informáticos del bufete la habían diseñado y estaban orgullosamente convencidos de que las medidas de seguridad resultaban impenetrables.

Para demostrar a su equipo la importancia de su aparentemente anodina labor, el propio señor Rush se quedó durante tres días en Wilmington, dedicándose a desembalar, clasificar, copiar, escanear y volver a guardar papeles. Cuando se marchó, dejó a otros dos socios del bufete para que supervisaran el trabajo. Normalmente, un trabajo tan anodino habría sido contratado a un proveedor externo y supervisado por personal del bufete, pero tal cosa resultaba demasiado arriesgada con aquellos papeles. Era necesario que los manipularan abogados profesionales, conscientes de su importancia y valor. Los abogados profesionales que manejaban las fotocopiadoras cobraban un sueldo promedio de cuatrocientos mil dólares al año, y la mayoría de ellos tenía al menos un título de alguna de las universidades más prestigiosas del país. En ningún momento de sus estudios de grado o posgrado habían imaginado que acabarían haciendo fotocopias; pero, tras cuatro o cinco años en Scully & Pershing, no había nada que pudiera sorprenderlos.

Al cabo de la primera semana empezó la rotación: ocho días en la nave de Wilmington, cuatro en Manhattan y vuelta a Wilmington. Las tareas se repartieron y, al final, el bufete acabó destinando un total de quince abogados a aquel trabajo. Todos tenían estrictamente prohibido hablar con el personal de Nueva York de nada relacionado con Fort Rush. La seguridad y la confidencialidad eran de capital importancia.

El primer proyecto duró seis semanas. Dos millones y medio de documentos fueron copiados, clasificados e incorporados a la biblioteca. Los jóvenes profesionales concluyeron su estancia en Fort Rush y regresaron a Nueva York en un reactor privado.

Para entonces, Bennie ya sabía dónde estaba situada exactamente la nave y se había hecho una idea de sus medidas de seguridad; sin embargo, su interés por esos asuntos era pasajero. Naturalmente, lo que Bennie quería era tener acceso a la biblioteca virtual, acceso que solo su espía estaba en situación de proporcionarle.

20

A cambio de otros mil dólares, la empresa de detectives de Pittsburg vigiló a Elaine Keegan el tiempo suficiente para determinar exactamente su rutina cotidiana. Normalmente almorzaba con algunas compañeras de trabajo en un sitio de bocadillos situado cerca del complejo de Parques y Recreativos donde trabajaba.

Un encuentro fortuito tenía que ser creíble, y Joey no se le ocurría el modo de hacerse el encontradizo en el bar de lesbianas que solían frecuentar Elaine y su amiga. En realidad, no se le ocurría el modo de tropezarse con ella de forma convincente. Aparte del sexo ocasional que habían compartido hacía cinco años y medio, no podía decirse que la hubiera conocido de verdad. Elaine no era más que una de las *groupies* que frecuentaban la hermandad Beta, y él había procurado olvidarlas a todas.

La agencia de detectives le proporcionó tres fotos en color. Joey las estudió durante horas y no pudo convencerse de haber conocido a la joven que aparecía en las imágenes. Kyle, en cambio, las había visto y afirmaba recordarla perfectamente.

Elaine, que en esos momentos contaba veintitrés años, se había teñido el cabello de un rojo intenso y lo llevaba muy corto. No utilizaba ni maquillaje ni lápiz de labios, nada salvo dos tatuajes idénticos en los antebrazos. Si tenía algún interés en resultar atractiva, no lo parecía. En algún lugar, oculto bajo aquella apariencia, había una joven a la que se podía calificar de «mona», pero para quien el atractivo sexual carecía de toda importancia.

Joey se armó de valor, maldijo una vez más a Kyle y entró en la sandwichería. Se situó tras Elaine en la cola y, al cabo de unos segundos, se las arregló para tropezar levemente con ella.

—Lo siento —se apresuró a decir con su mejor falsa sonrisa.

Ella se la devolvió, pero no dijo nada. Joey se acercó con aire vacilante y le preguntó:

—Perdona, ¿tú no estabas en Duquesne hace unos años?

Las dos compañeras de trabajo que iban con Elaine lo miraron, pero no demostraron mayor interés.

—Sí, estuve, pero poco —contestó ella, mirándolo fijamente mientras intentaba situar su rostro.

Entonces, Joey chasqueó los dedos.

—Sí, tú eres Elaine, ¿verdad? Perdona, pero no recuerdo tu apellido.

—Así es. ¿Y tú quién eres?

—Soy Joey Bernardo. Estaba en Beta.

Una mirada de espanto apareció en el rostro de Elaine, que inmediatamente bajó la vista. Durante unos segundos se quedó petrificada, incapaz de hablar, aparentemente dispuesta a estallar. Luego, volvió a su lugar en la fila, arrastrando los pies y dando la espalda al joven que un día la había violado, un individuo que no solo había escapado del delito sin ser castigado, sino completamente exonerado.

Joey la observó por el rabillo del ojo y se sintió incómodo por varias razones: primera, porque estaba claro que ella le tenía miedo; pero, teniendo en cuenta que ella se consideraba la víctima de su violación, no era de extrañar. Segunda, porque no le gustaba estar cerca de alguien con quien se había acostado en el pasado, por muy ocasional e intrascendente que en esos momentos le pareciera.

Elaine se volvió y bufó:

—¿Se puede saber que haces aquí?

—He venido a tomar un sándwich, igual que tú.

—¿Quieres hacer el favor de marcharte? —Su voz resultaba apenas audible, pero una de las compañeras de trabajo se dio la vuelta y fulminó a Joey con la mirada.

—Ni hablar. Quiero un sándwich.

No se dijeron nada más mientras pedían y pasaban por caja. Elaine se dirigió rápidamente a la mesa más alejada y se puso a comer con sus dos amigas. Joey se sentó solo a una mesa cerca de la puerta. Tenía la nota preparada. En ella se leía: «Elaine, me gustaría hablar contigo acerca de lo ocurrido. Por favor, llámame al 412-866-0940. Estaré en Scranton hasta mañana a las nueve de la mañana. Joey Bernardo». Cuando terminó el sándwich, devolvió la bandeja al mostrador, se acercó a la mesa de Elaine, le entregó la nota sin decir palabra y se marchó.

Ella llamó dos horas más tarde.

A las cinco en punto, como habían convenido, Joey volvió a la sandwichería. Encontró a Elaine en la misma mesa que había utilizado para el almuerzo; pero, en lugar de estar acompañada por amigas, lo estaba por su abogada. Tras una gélida presentación, se sentó frente a ellas con un nudo en el estómago y unas ganas irrefrenables de hacer trizas a Kyle McAvoy. ¿Dónde estaba Kyle? Al fin y al cabo, el abogado era él, ¿no?

La abogada de Elaine era una atractiva mujer de mediana edad que iba de negro de pies a cabeza, empezando por la chaqueta, la blusa, el collar, las botas y terminando por lo peor de todo: el humor. Aquella mujer era de las que se lanzaban directamente a la yugular. La tarjeta que Joey tenía entre los dedos decía: «Michelin "Mike" Chiz, abogada y asesora legal». Empezó sin rodeos.

—Mi primera pregunta para usted, señor Bernardo, es ¿qué está haciendo aquí?

—¿Y cuántas preguntas más tiene? —contestó Joey en su mejor estilo de listillo.

Una y otra vez, su seudoabogado y casi coacusado, un tal Kyle McAvoy le había repetido que no había el menor peligro en su encuentro accidental con Elaine Keenan. Cualquier acción legal que deseara iniciar tendría que haberla puesto en marcha tiempo atrás. Al fin y al cabo, habían transcurrido cinco años y medio.

—Bien, señor Bernardo, ¿puedo llamarlo Joey?

Dado que no había la menor probabilidad de que ella le permitiera llamarla «Mike», respondió que no sin más miramientos.

—Muy bien, señor Bernardo, tengo algunas preguntas que hacerle. Llevo ya cierto tiempo representando a la señorita Keenan. En realidad trabaja a tiempo parcial para mi despacho como auxiliar jurídica, y debo decir que lo hace muy bien. Todo ello significa que estoy al tanto de su historia. Dígame ahora qué está haciendo aquí.

—Ante todo, sepa que no tengo que darle ninguna explicación de nada; pero intentaré ser amable, al menos durante los próximos sesenta segundos. Trabajo para una firma de corredores de bolsa de Pittsburg, y tenemos algunos clientes aquí, en Scranton. He venido para verlos. A mediodía me entró hambre y escogí este restaurante de cinco tenedores por casualidad. Entré, me tropecé con la señorita Keenan, aquí presente. La saludé, intenté charlar con ella, se puso histérica y ahora estoy hablando con su abogada. ¿Puedes decirme, Elaine, para qué necesitas exactamente que te acompañe tu abogada?

—¡Tú me violaste, Joey! —le espetó ella—. Tú, Baxter Tate y puede que también Kyle McAvoy. —Cuando calló, tenía los ojos húmedos y respiraba pesadamente, jadeando, como si estuviera a punto de lanzarse contra él en cualquier momento.

—Puede que esto, puede que lo otro... No parece que lo tengas muy claro, ¿no?

—¿Se puede saber para qué quería usted hablar con mi cliente? —preguntó la señorita Chiz.

—Porque fue un malentendido y quería disculparme. Eso es todo. Después de que ella se pusiera a gritar que había sido una violación, no volvimos a verla. La policía investigó y no encontró nada porque no había ocurrido nada. Para entonces, Elaine ya se había esfumado.

—Tú me violaste, Joey, y lo sabes.

—No hubo ninguna violación, Elaine. Sexo sí, desde luego. Te lo montaste conmigo, con Baxter y con todos los tíos de Beta; pero siempre fue consentido.

Elaine cerró los ojos y empezó a temblar como si la recorriera un escalofrío.

—¿Por qué necesita a su abogada? —preguntó Joey a la señorita Chiz.

—Ha sufrido mucho.

—No sé cuánto ha sufrido Elaine, señorita Chiz, pero sí sé que durante el tiempo que pasó en Duquesne sufrió muy poco. Estaba demasiado ocupada pasándolo en grande para poder sufrir. Mucho sexo, alcohol y drogas, se lo aseguro. Y también le aseguro que el mundo está lleno de chicos y chicas capaces de refrescar su memoria. Sería mejor que conociera a fondo a su cliente antes de lanzarse a una acción legal que no lleva a ninguna parte. Hay mucha basura tras esa puerta.

—Cállate —espetó Elaine.

—¿Y dice que quiere disculparse? —preguntó la abogada.

—Sí. Elaine, te pido disculpas por el malentendido o lo que fuera. Y creo que tú deberías disculparte con nosotros por acusarnos de algo que nunca ocurrió. Y en este momento quiero disculparme también por estar aquí. —Joey se puso en pie—. Esto ha sido una pésima idea. Adiós.

Caminó rápidamente hasta su coche y se marchó de Scranton. Mientras conducía de regreso a Pittsburg no dejó de maldecir a Kyle McAvoy y de escuchar en su cerebro la voz de Elaine.

«Tú me violaste, Joey.»

Sus palabras no solo resultaban dolorosas, sino que estaban desprovistas de toda duda. Puede que no hubiera sabido en su momento lo que había pasado en el apartamento, cinco años y medio antes; pero, en ese instante, lo sabía perfectamente.

Él no había violado a nadie. Lo que había empezado como sexo consentido, según lo había propuesto ella, se había convertido en algo muy distinto; al menos, en la mente de Elaine.

Si una chica consentía una relación sexual, ¿podía desdecirse a medio camino? Pero si consentía el sexo y perdía el conocimiento durante el acto, ¿cómo podía después pretender haber cambiado de opinión? Eran preguntas difíciles, y Joey estuvo luchando con ellas durante todo el camino mientras conducía.

«Tú me violaste, Joey.»

La mera acusación llevaba consigo una pesada carga de sospecha; por primera vez, Joey se cuestionó a sí mismo. ¿Realmente él y Baxter se habían aprovechado de Elaine?

Cuatro días más tarde, Kyle pasó por la sala de correo de Scully & Pershing y recogió una carta de Joey. Se trataba de un detallado resumen del encuentro, con la lista de sándwiches consumidos y una descripción del color del pelo de Elaine y los tatuajes idénticos. Tras describir los hechos, Joey daba su opinión:

> EK se ha convencido completamente de que fue violada por varios de nosotros; desde luego, por BT y por JB, y puede que también por KM. Es una joven frágil, obsesionada y emocionalmente inestable; pero al mismo tiempo lleva su condición de víctima con cierto orgullo. Ha escogido la abogada adecuada, una tía dura como el granito que la cree a pies juntillas y que no dudaría en iniciar una demanda si contara con alguna prueba. Tiene el dedo en el gatillo. Si ese vídeo es la mitad de lo peligroso que dices, entonces será mejor que lo mantengas lejos de esas dos mujeres. Elaine y su abogada son dos víboras cabreadas y listas para morder.

Acababa con:

> No estoy seguro de cuál va a ser tu siguiente encargo para mí, pero preferiría no tener que toparme más con Elaine. No me gusta que me llamen «violador». Todo el episodio fue de lo más crispante, eso sin contar con que tuve que mentir a Blair para salir de la ciudad. Tengo dos entradas para el partido de los Steelers y los Giants, el 26 de octubre. ¿Debo telefonearte para decírtelo y que los tíos que te siguen se enteren? Creo que deberíamos ir al partido y preparar nuestros siguientes movimientos. Tu fiel servidor,
>
> JOEY

Kyle leyó la carta y el resumen en la biblioteca principal, escondido entre las estanterías de los libros de leyes antiguos. El mensaje de Joey confirmaba sus peores temores, pero no tenía tiempo de entretenerse con él. Rompió la carta y la tiró a la papelera antes de salir. Tal como le había dicho a Joey, era necesario destruir inmediatamente cualquier correspondencia.

El hotel más cercano a su apartamento era el Chelsea Garden, que se hallaba a quince minutos de distancia caminando. A las once de la noche se arrastró por la Séptima Avenida, buscándolo. De no haber estado tan cansado habría disfrutado de la fresca noche de otoño, de la brisa que barría las hojas caídas en las aceras y del bullicio de media ciudad que seguía despierta y parecía dirigirse a alguna parte. Pero se sentía aturdido por la fatiga y solo era capaz de un pensamiento a la vez, e incluso eso le parecía demasiado a veces.

Bennie ocupaba una suite del hotel, y llevaba dos horas esperándolo porque su «activo» no había podido salir antes del despacho. Pero a Bennie no le importaba. Su «activo» pertenecía a esa oficina y cuanto más tiempo pasara allí, antes podría Bennie ponerse manos a la obra de verdad.

Aun así, Bennie le abrió con un áspero:

—Llegas dos horas tarde.

—Pues demándame.

Kyle se tumbó en la cama. Aquella era su cuarta reunión en Nueva York desde que se había trasladado a la ciudad y todavía tenía que entregar a Bennie algo de lo que se suponía que este no debía tener. Su comportamiento ético seguía intacto, y seguía sin haber infringido la ley.

Entonces, ¿por qué se sentía como un traidor?

Bennie estaba dando unos golpecitos en un tablero blanco con un diagrama, montado en un caballete.

—Si puedes prestarme atención un momento —dijo—. Esto no nos llevará mucho tiempo. Tengo café, si quieres.

Kyle no estaba dispuesto a ceder lo más mínimo. Se puso en pie de un salto, se sirvió una taza y dijo:

—Adelante.

—Este es el equipo de Trylon tal como está organizado en este momento —explicó Bennie—. En lo alto, aquí, está Wilson Rush. Por debajo hay ocho socios especialistas en litigios:

Mason, Bradley, Weems, Cochran, Green, Abbott, Etheridge y Wittenberg. ¿A cuántos has conocido?

Kyle estudió los ocho rectángulos con los nombres de cada uno y reflexionó unos segundos.

—Wilson Rush nos soltó un discurso durante la primera semana, pero no he vuelto a verlo desde entonces. Preparé un memorando para Abbott sobre un tema de garantías y traté con él brevemente. Un día comí en la cafetería con Wittenberg. También he visto a Bradley, a Weems y puede que a Etheridge; pero no puedo decir que los conozca. Es un bufete muy grande.

Kyle seguía sorprendiéndose por la cantidad de rostros nuevos con los que se topaba diariamente en los ascensores y los pasillos, en la cafetería, la biblioteca y ante las máquinas de café. Intentaba saludar y establecer un mínimo contacto, pero el reloj nunca dejaba de marcar y facturar acababa siendo lo más importante.

Su supervisor era Doug Peckham, y Kyle se alegró de no ver su nombre en la pizarra.

Había varios rectángulos más abajo de los de los socios. Bennie los señaló con el dedo.

—Hay dieciséis veteranos y, bajo ellos, otros dieciséis más jóvenes. Sus nombres están en ese archivador de allí. Tendrás que memorizarlos.

—Claro, Bennie. —Kyle echó un vistazo al cartapacio azul de cinco centímetros. Los tres últimos eran de color negro y más gruesos. Acto seguido estudió los nombres de la pizarra.

—¿Con cuántos de estos colaboradores has trabajado?

—Con cinco, seis, tal vez siete —dijo él sin hacer ningún esfuerzo por recordar la cifra exacta. ¿Cómo iba a saber Bennie con quién había trabajado? Que Bennie recordara los nombres de los cuarenta y un abogados asignados al caso Trylon era algo que a Kyle tampoco le interesaba demasiado.

Algunos de aquellos nombres aparecerían en la demanda presentada ante los tribunales, pero solo los más importantes. ¿De cuántos informadores disponía Bennie?

—Esta es una colaboradora veterana qu se llama Sherry Abney —dijo mientras señalaba hacia una caja más pequeña—. ¿La conoces?

—No.

—Es una de las promesas del bufete y va camino de convertirse en socia. Tiene dos títulos de Harvard y ha hecho prácticas en los tribunales federales. Informa directamente a Mason, que es el responsable del procedimiento de entrega de documentos a la parte contraria. Bajo ella está un junior de segundo año llamado Jack McDougle. McDougle tiene un problema con la cocaína. En el bufete no lo sabe nadie, pero están a punto de echarlo, de manera que no tardarán en saberlo. Su marcha será fulminante.

Kyle contempló el recuadro con el nombre de McDougle y se le ocurrieron tantas preguntas que no supo por dónde empezar. ¿Cómo sabía Bennie todo aquello?

—Y tú quieres que ocupe su lugar.

—Quiero que te hagas el encontradizo con Sherry Abney. Establece contacto, trátala. Tiene treinta años, está soltera pero está saliendo en serio con un banquero de inversiones del Chase que trabaja tanto como ella, lo cual no les deja mucho tiempo para diversiones. Por el momento no tienen fecha de boda o no la han anunciado. A ella le gusta el squash, cuando tiene tiempo, claro. Como sabes, el bufete tiene dos canchas de squash en el piso cuarenta, al lado del gimnasio. ¿Juegas al squash?

—Algo. —Kyle había aprendido en Yale—. No estoy seguro de dónde voy a sacar el tiempo.

—Ya se te ocurrirá algo. Esa chica puede convertirse en tu puerta de acceso al equipo del caso Trylon.

Kyle tenía intención de mantenerse lo más alejado posible del caso Trylon y de su equipo de litigadores.

—Hay un pequeño problema, Bennie —objetó—. Has hecho tus deberes, pero te has olvidado de algo: en este caso no se admiten novatos de primer año y por buenas razones. La primera es que no tenemos ni idea de nada porque acabamos de salir de la universidad; la segunda es que los tíos listos de Trylon seguro que han dicho a sus abogados que mantengan a los novatos alejados del caso. Eso es algo que ocurre, ya lo sabes. No todos nuestros clientes son tan estúpidos para pagar trescientos dólares la hora a unos chavales que no tienen ni idea. Así pues, Bennie, ya me dirás cuál es el Plan B.

—Hace falta paciencia, Kyle, y mano izquierda. Tendrás que empezar a trabajarte el caso Trylon con disimulo, estableciendo contacto con los veteranos, haciendo la rosca a quien haga falta. Puede que así tengamos suerte y consigas entrar.

Kyle estaba decidido a proseguir con la discusión sobre McDougle, no quería rendirse; pero, de repente, un individuo entró en la suite, procedente de la habitación contigua. El joven se sorprendió tanto que la taza de café estuvo a punto de escapársele de los dedos.

—Te presento a Nigel —dijo Bennie—. Dedicaremos con él unos minutos a la cuestión de los sistemas.

Nigel se acercó a Kyle y le tendió la mano.

—Es un placer —canturreó de una manera típicamente británica. A continuación se acercó al caballete y preparó su propia demostración.

El salón de la suite tenía cuatro metros cuadrados. Kyle lanzó una ojeada hacia la puerta doble por donde había entrado Nigel. Sin duda este había estado escondido al otro lado, escuchándolo todo.

—Scully & Pershing utiliza para los juicios un sistema de soporte que se llama Jury Box —empezó a explicar Nigel.

Sus gestos eran rápidos y precisos. Sin duda era británico, pero tenía un curioso acento. De unos cuarenta años, un metro setenta y cinco, setenta kilos, cabello corto y oscuro, salpicado de gris, ojos castaños. Ningún rasgo destacable salvo los pómulos marcados. Labios finos, sin gafas.

—¿Cuánto te han explicado del Jury Box, Kyle? —quiso saber.

—Lo básico. Lo he utilizado en varias ocasiones. —Kyle seguía sorprendido por la repentina aparición de Nigel.

—Es el sistema de soporte para juicios más habitual. Todos los documentos, los propios y los que entrega la parte contraria, son escaneados y almacenados en una biblioteca digital a la que tienen acceso los letrados que trabajan en el caso. El sistema permite sacar rápidamente cualquier papel, hacer búsquedas rápidas de palabras y frases clave, de lo que sea en realidad. ¿Me sigues?

—Sí.

—Resulta bastante seguro, y en la actualidad se ha convertido en una herramienta estándar. Sin embargo, al igual que el resto de los grandes bufetes, Scully & Pershing también utiliza otro sistema para los casos más delicados. Se llama el Barrister. ¿Lo conoces?

—No.

—Normal. Lo mantienen en un discreto segundo plano. Funciona más o menos como el Jury Box, pero resulta mucho más complicado acceder a él o piratearlo. Mantente alerta por si oyes algo de él.

Kyle asintió como si fuera a hacer precisamente lo que le decían. Desde el mes de febrero, desde aquella funesta noche en que le habían tendido una emboscada a la salida del partido de baloncesto, en las frías calles de New Haven, solo había tratado con Bennie Wright o como se llamara en realidad. Sin pararse a pensarlo, había dado por sentado que este, como contacto suyo, sería el único rostro visible de la operación. Sin duda había más caras, en concreto las del par de tipos que lo seguían día y noche y habían cometido los suficientes errores para que Kyle los descubriera. Sin embargo, no se le había ocurrido que llegarían a presentarle a alguien más con un nombre falso y que también trabajara en la operación.

¿Y por qué? Bennie era perfectamente capaz de llevar a cabo la pequeña presentación de Nigel.

—Y luego está el caso Trylon —siguió diciendo alegremente este—, que, me temo, es un caso por completo diferente. Mucho más complicado y seguro. En realidad se trata de un software que no tiene nada que ver. Lo más seguro es que haya sido diseñado específicamente para este caso. Tienen los documentos guardados en un almacén con una ametralladora en cada puerta. A pesar de todo, hemos hecho ciertos progresos. —Hizo una breve pausa para intercambiar una sonrisa de complicidad con Bennie.

¿Verdad que somos listos?

—Sabemos que el programa recibe el nombre clave de Sonic, igual que el Bombardero Hipersónico B-10. No es muy creativo, pero, claro, tampoco ellos lo son, ¿no? No se puede acceder a Sonic desde ese precioso portátil que os dieron el primer día. No señor, no hay portátil que pueda meter las narices en Sonic.

Nigel pasó al otro lado del caballete.

—En el piso dieciocho del edificio de Scully & Pershing hay una sala secreta, rodeada de fuertes medidas de seguridad. En ella hay toda una serie de ordenadores de sobremesa, un material de lo más sofisticado, y en ellos se encuentra Sonic. Los códigos de acceso cambian todas las semanas; las contraseñas, todos los días, a menudo dos veces al día. Hay que tener el identificador adecuado antes de entrar. Y si alguien lo intenta sin tenerlo, le anotan el nombre y hasta es posible que lo pongan de patitas en la calle.

«Pónganme de patitas en la calle», estuvo a punto de decir Kyle.

—Seguramente, Sonic no es más que una versión modificada del Barrister, de manera que tendrás que aprender cómo funciona este tan pronto tengas ocasión.

«No sabes lo impaciente que estoy», se dijo Kyle.

Lentamente, a través de la sorpresa y el cansancio, empezó a comprender que estaba cruzando la línea, y que lo estaba haciendo de un modo que no había previsto. Su pesadilla era salir de Scully & Pershing, llevándose secretos que no debía llevarse para entregárselos a Bennie, igual que Judas a cambio de treinta monedas de plata. Sin embargo, en esos momentos una fuente exterior le estaba proporcionando secretos del bufete. Todavía no había robado nada, pero en ningún caso y de ninguna manera debía tener conocimiento de la existencia de Sonic o de la sala secreta del piso dieciocho. Puede que saberlo no constituyera delito y que no violara ningún principio ético de la profesión, pero sin duda hacía que sintiera que no estaba bien.

—Bueno, ya basta por ahora —intervino Bennie—. Pareces agotado. Será mejor que te vayas a descansar.

—Oh, muchas gracias.

Cuando volvió a salir a la Séptima Avenida, Kyle miró el reloj. Casi era medianoche.

21

A las cinco de la madrugada, la hora que ya se había convertido en habitual, el despertador sonó a todo volumen, y Kyle le dio un par de manotazos antes de lograr apagarlo. Se afeitó y duchó rápidamente y, quince minutos más tarde, se hallaba en la calle, elegantemente vestido, desde luego, porque si algo podía permitirse era comprarse ropa cara. Su vida se había convertido rápidamente en un desastre dominado por el cansancio y el agobio; pero estaba decidido a tener el mejor aspecto posible mientras sobrevivía a otra jornada más. Compró un café, un bollo y el *Times* en su establecimiento favorito, que estaba abierto toda la noche, y tomó un taxi en la esquina de la Veinticuatro con la Séptima. Diez minutos más tarde, había acabado el desayuno, repasado el periódico y bebido la mitad del café. Cruzó la entrada del edificio de Broad Street a las seis en punto, como debía ser. Fuera cual fuese la hora, nunca subía solo en el ascensor. Siempre había varios ojerosos y demacrados junior que evitaban mirarse mientras el ascensor los llevaba hacia las alturas y ellos se hacían las preguntas de rigor:

«¿En qué estaría pensando el día que empecé Derecho?»

«¿Cuánto tiempo resistiré en esta trituradora?»

«¿Qué sádico inventó esta forma de ejercer la abogacía?»

Nunca nadie decía nada porque no había nada que decir. Igual que remeros condenados a galeras, preferían meditar y mantener la perspectiva.

A Kyle no le sorprendió encontrar a uno de sus jóvenes colegas en el cubículo. Tim Reynolds había sido el primero en llevar discretamente un saco de dormir, un modelo nuevo de Eddie Bauer, aislado térmicamente que aseguraba tener desde hacía años y haber paseado por todo el país pero que olía a nuevo. Tim —sin zapatos, chaqueta, camisa ni corbata y vestido solo con una vieja camisa—, estaba dentro del saco, hecho un ovillo bajo su mesa, completamente dormido. Kyle lo despertó dándole unos leves golpecitos en los pies y con un comentario amable:

—Tienes un aspecto horrible.

—Buenos días —contestó Tim, poniéndose rápidamente en pie y buscando sus zapatos—. ¿Qué hora es?

—La seis y diez. ¿A qué hora te fuiste a dormir?

—No me acuerdo. Creo que eran más de las dos. —Se cambió rápidamente de camisa, como si alguno de los temidos socios pudiera pasar por allí en aquel momento y amonestarlo por su aspecto—. Tengo que terminar un memorando para Toby Roland a las siete y no tengo la menor idea de lo que estoy haciendo.

—Tú sigue facturando —dijo Kyle sin la menor simpatía mientras abría el maletín y sacaba el ordenador portátil.

Tim acabó de vestirse y cogió una carpeta.

—Estaré en la biblioteca —repuso, con un aspecto lamentable.

—No te olvides de lavarte los dientes —comentó Kyle.

Cuando Reynolds hubo desaparecido, Kyle se conectó a internet y entró en una web llamada QuickFace.com. Había varias páginas dedicadas a los detectives aficionados que permitían componer rostros a partir de fragmentos de bocetos, y

Kyle las había visitado todas. QuickFace era, con diferencia, la que ofrecía un resultado más completo y detallado. Empezó con los ojos de Nigel, que siempre eran el rasgo más importante. Si se acertaba con los ojos, la mitad de la identificación estaba hecha. La página ofrecía más de doscientos tipos de ojos de todas las razas, formas y colores. Kyle los repasó rápidamente, escogió los que más se parecían y siguió con el resto de la cara. Nariz: delgada y puntiaguda. Cejas: no muy gruesas y caídas hacia los lados. Labios: muy finos. Pómulos: altos y anchos. Barbilla: no muy larga y plana, sin hoyuelo. Orejas: ovaladas y pegadas al cráneo. Después de añadir el pelo, volvió a los ojos y probó con varios más. Las orejas estaban demasiado altas, de modo que las bajó. Estuvo probando y variando detalles hasta las seis y media —media hora desperdiciada que no había facturado— y cuando Nigel resultó por fin fácilmente identificable desde diez metros de distancia, Kyle imprimió la imagen y salió corriendo hacia la biblioteca llevando una gruesa carpeta porque todo el mundo llevaba una cuando iba allí. Su lugar favorito era un rincón oscuro y encajado entre estanterías, un sitio solitario donde guardaban gruesos volúmenes de anotaciones que nadie consultaba desde hacía décadas. En el segundo estante contando desde abajo, levantó tres libros y sacó un sobre de papel manila. Lo abrió y extrajo otros tres espléndidos retratos robot: uno de Bennie, su archienemigo, y dos de los tipos que lo seguían por toda la ciudad. Por lo que sabía, nunca había estado a menos de quince metros de ellos y jamás habían cruzado una mirada; aun así, los había visto varias veces y estaba seguro de que su trabajo no estaba mal como punto de partida. El añadido del siniestro rostro de Nigel no hizo gran cosa para aumentar el atractivo de la colección.

Escondió el sobre en su sitio y regresó al cubículo, donde Tabor el Francotirador estaba ocupado con sus ruidosos preparatívos del día. La cuestión de qué trayectoria profesional resultaba más prometedora había quedado zanjada semanas atrás. Tabor era el hombre, la estrella, el futuro socio, y todos los demás ya podían hacerse a un lado del camino. Había demostrado su talento facturando veintiuna horas en un solo día. Había demostrado su pericia facturando el primer mes más que todos los novatos del departamento de Litigios juntos; aun así, Kyle le pisaba los talones. Por si fuera poco, Tabor se presentaba voluntario para los más variados proyectos y trabajaba en la cafetería como un tabernero irlandés.

—Anoche dormí en la biblioteca —comentó nada más ver a Kyle.

—Buenos días, Tabor.

—La moqueta de la biblioteca principal es más delgada que la del piso veintitrés, ¿lo sabías? La prefiero con mucho para dormir, pero hay más ruido. ¿Cuál prefieres tú?

—Nos estamos desmoronando, Tabor.

—Sí, es verdad.

—Tim ha pasado la noche bajo la mesa, en un saco de dormir.

—¿Para qué? ¿Dale y él por fin están saliendo?

—No sé nada de eso. Lo desperté hace una hora.

—¿Te fuiste a casa? ¿Has dormido en tu propia cama?

—Desde luego.

—Bueno, yo tengo dos proyectos para este mediodía, los dos muy importantes y urgentes. No puedo permitirme el lujo de dormir.

—Eres el más grande, Tabor. ¡Adelante, Superman!

Dicho lo cual, Tabor se marchó.

Dale Armstrong llegó puntualmente a las siete, su hora habitual, y aunque parecía un poco dormida iba tan arreglada como siempre. Evidentemente, se gastaba la mayor parte de su sueldo en ropa de marca, y tanto Kyle como Tim y Tabor esperaban con ganas todos los días el pase de última moda.

—Estás guapísima hoy —le dijo Kyle con una sonrisa.

—Gracias.

—¿Prada?

—Dolce & Gabbana.

—Los zapatos son una pasada. ¿Blahniks?

—No, Jimmy Choo.

—¿Quinientos pavos?

—Mejor no preguntes.

Admirando todos los días a Dale, Kyle estaba aprendiendo rápidamente los nombres de los sumos sacerdotes de la moda femenina. Era uno de los pocos asuntos sobre los que Dale aceptaba conversar. Tras seis semanas compartiendo el reducido espacio del cubículo, Kyle seguía sin saber gran cosa de ella. Cuando hablaba, algo que no sucedía muy a menudo, siempre era sobre el trabajo en los bufetes y lo desdichada que era la vida de un abogado recién incorporado. Si tenía novio, todavía no lo había mencionado. Había bajado la guardia en un par de ocasiones y aceptado tomar una copa después del trabajo, pero por lo general rehusaba. Todos los novatos se quejaban abiertamente de los horarios y el estrés, pero Dale Armstrong parecía notar la presión más que la mayoría.

—¿Qué haces a la hora de comer? —le preguntó Kyle.

—Todavía no he desayunado —contestó ella fríamente antes de desaparecer en su sección del cubículo.

22

Las luces del hogar de acogida se encendían todas las mañanas a las seis, y la mayoría de los sin techo se despertaban y se preparaban para un nuevo día. Las normas no les permitían quedarse después de las ocho. Muchos contaban con un empleo; los que no, debían salir a la calle a buscar uno. El Hermano Manny y los suyos solían tener éxito a la hora de colocar a sus «amigos», aunque se tratara de trabajos a tiempo parcial y mal pagados.

El desayuno se servía arriba, en la sala comunal, donde un grupo de voluntarios se ocupaba de la cocina y preparaba huevos, tostadas y cereales. Todo ello se servía con una sonrisa, un cálido «buenos días» y era acompañado por una breve plegaria cuando estaban todos sentados y antes de que empezaran. El Hermano Manny, que era famoso por resistirse a madrugar, dejaba la rutina en manos de sus ayudantes. Durante el último mes, Baxter Tate, un joven que no había cocido un huevo en su vida, se había ocupado de la cocina y su organización. Baxter preparaba huevos revueltos por docenas, tostaba hogazas enteras de pan, servía cereales, reponía las existencias, fregaba los platos y, a menudo, él, Baxter Tate, dirigía la oración. Animaba a los demás voluntarios, tenía una palabra amable para cualquiera y sabía los nombres de casi todos aquellos a los que atendía. Cuando terminaban el desayuno, los metía en tres viejas furgonetas de la iglesia, se ponía al volante de una de ellas y los dejaba en sus distintos puestos de trabajo repartidos por Reno. Luego, los recogía por la tarde.

Alcohólicos Anónimos se reunía tres veces por semana en Hope Village: la noche de los lunes y los jueves, y los miércoles al mediodía. Baxter no faltaba a ninguna reunión. Fue amablemente recibido por sus colegas de adicción y se maravilló en silencio ante la variedad de los grupos de asistentes. Los había de todas las razas, edades, hombres y mujeres, ricos y pobres, con hogar o sin él. El alcoholismo afectaba a un amplio segmento de todas las clases sociales. Había viejos bebedores que presumían de llevar décadas en el dique seco; y otros, recién llegados como él, que reconocían abiertamente que seguían teniendo miedo. Los veteranos los confortaban. Baxter había convertido su vida en un desastre, pero su historia parecía un cuento de hadas comparada con algunas de sus compañeros. Sus relatos resultaban fascinantes y a menudo estremecedores, especialmente los de los ex convictos.

Durante su tercera reunión de Alcohólicos Anónimos, con el Hermano Manny observándolo desde el fondo, se levantó, caminó hasta el estrado, se aclaró la garganta y dijo:

—Me llamo Baxter Tate y soy un alcohólico de Pittsburg.

Después de pronunciar aquellas palabras se secó las lágrimas mientras escuchaba los aplausos.

Siguiendo los Doce Pasos hacia la recuperación, hizo una lista de todas las personas a las que había perjudicado y, acto seguido, trazó planes para enmendar lo hecho. La lista no era larga y se centraba básicamente en su familia. Aun así, no deseaba regresar a Pittsburg. Había hablado con el tío Wally, y la familia sabía que seguía sobrio. Eso era lo único que importaba.

Al cabo de un mes, empezó a sentirse agitado. No le gustaba la idea de abandonar la seguridad de Hope Village, pero comprendía que se estaba acercando la hora de hacerlo. El Hermano Manny lo animó a que hiciera sus propios planes. Era demasiado joven y dotado para que pasara toda su vida en un hogar de acogida.

—Dios tiene grandes planes para ti, Baxter —le dijo el Hermano Manny—. Confía en él y te serán revelados.

Cuando se hizo evidente que el viernes por la tarde podrían escapar a una hora decente, Tim Reynolds y los demás se apresuraron a salir del edificio y montar una fiesta de copas. El sábado lo iban a tener libre. Ningún miembro del equipo de Litigios de Scully & Pershing trabajaría el sábado porque era el día del picnic anual que el bufete organizaba en Central Park. Por lo tanto, el viernes por la noche quedaba libre para emborracharse a placer.

Kyle declinó la invitación, lo mismo que Dale.

Alrededor de las siete de la tarde, cuando ambos estaban rematando los detalles de una semana interminable y sin nadie más alrededor, Dale se asomó por encima del panel divisorio que los separaba y preguntó:

—¿Qué te parece cenar algo?

—Estupendo —contestó Kyle, sin vacilar—. ¿Te apetece algún sitio en particular?

—En mi casa. Podríamos relajarnos, charlar y hacer lo que nos apetezca. ¿Te gusta la comida china?

—Me encanta.

La frase «hacer lo que nos apetezca» centelleó en el saturado cerebro de Kyle igual que un anuncio luminoso. Dale tenía treinta años, era soltera, atractiva y parecía formal, una chica guapa sola en la gran ciudad. En algún momento tenía necesariamente que pensar en el sexo, aunque él mismo debía reconocer que se sentía deprimido por lo poco que pensaba en ese asunto.

¿Acaso pretendía ligárselo? La idea lo desconcertó. Dale era tan tímida y reservada que resultaba difícil creer que fuera capaz de tirar los tejos a alguien.

—¿Por qué no compras un poco de comida china y te vienes a casa?

—Gran idea.

Dale vivía sola en Greenwich Village, en el tercer piso de una antigua casa sin ascensor. Repasaron los restaurantes más próximos de comida china para llevar y se marcharon juntos del despacho. Una hora más tarde, Kyle subió la escalera cargado con dos generosas raciones de arroz frito con gambas y pollo y llamó a la puerta. Dale abrió con su mejor sonrisa y le dio la bienvenida a su apartamento. Dos habitaciones, un salón-comedor y un dormitorio. Era pequeño, pero estaba decorado con gusto, en plan minimalista, con cuero, cromados y fotos en blanco y negro en las paredes. También Dale estaba bien decorada siguiendo el principio de que menos es más. Su falda de algodón blanco era muy corta y mostraba más de sus largas piernas de lo que Kyle y los buitres de sus amigos llevaban tiempo admirando. Sus zapatos eran de tacón bajo, con la puntera abierta y de color rojo, material de categoría para chicas bien.

—¿Son Jimmy Choo?

—Prada.

El suéter negro de algodón era ceñido y no llevaba sujetador. Por primera vez desde hacía semanas, Kyle se sintió excitado.

—Es bonito —dijo mientras iba mirando las fotografías.

—Cuatro mil al mes, ¿te lo quieres creer? —comentó Dale

abriendo una nevera del tamaño de un ordenador de sobremesa grande y sacando una botella de vino.

—Sí que me lo creo —contestó Kyle—. Esto es Nueva York, pero la verdad es que nadie nos obligó a venir.

Dale le mostró la botella de Chardonnay.

—Lo siento, pero no tengo gaseosa. Tendrá que ser o vino o agua.

—Tomaré un poco de vino —repuso tras una breve vacilación.

Entonces decidió que no se atormentaría dando vueltas a si debía tomar o no una copa después de cinco años y medio sin probar el alcohol. Nunca había pasado por rehabilitación, nunca se había visto obligado someterse a desintoxicación, nunca se había considerado un alcohólico. Sencillamente, había dejado de beber porque bebía demasiado. Y en ese momento le apetecía tomarse una copa de vino.

Cenaron en una pequeña mesa cuadrada, con las rodillas casi tocándose. Incluso estando en casa y relajada, la conversación no resultó fácil para Dale, la matemática. A Kyle le costaba imaginarla en un aula, ante un montón de estudiantes. Y desde luego no la veía en la sala de un tribunal, frente a un jurado.

—Esta noche hemos de ponernos de acuerdo para no hablar del trabajo, ¿vale? —propuso Kyle, tomando la iniciativa y su cuarto sorbo de vino.

—Está bien, pero primero tengo un cotilleo importante que contarte.

—Lo que tú digas.

—Lo he oído dos veces a lo largo del día. Corre el rumor de que Toby Roland y otros cuatro socios, todos del departamento de Litigios, están a punto de marcharse para montar su propio bufete. Se comenta que se pueden llevar con ellos una veintena de abogados.

—¿Y cuál es la razón?

—Al parecer, una disputa sobre honorarios. Lo de siempre.

Los bufetes grandes eran famosos por fragmentarse, fusionarse y explotar en todas direcciones. El hecho de que unos cuantos socios descontentos desearan montar su propio tinglado no constituía ninguna novedad, ni en Scully & Pershing ni en ningún otro bufete.

—¿Quiere decir eso que los que nos quedemos tendremos aún más trabajo? —preguntó Kyle.

—Eso creo.

—¿Conoces a Toby?

—Sí, y confío en que ese rumor sea cierto.

—¿Quién es el mayor capullo que has conocido por el momento?

Ella tomó un sorbo de vino y reflexionó unos segundos.

—No es fácil contestar. Hay muchos candidatos.

—Demasiados. Hablemos de otra cosa.

Kyle se las arregló para desviar la conversación hacia la persona de Dale. Familia, infancia, colegios, universidad. No se había casado, y todavía le escocía el recuerdo de un romance que había acabado mal. Terminó su vino, se sirvió otra copa, y el alcohol la hizo más comunicativa. Kyle se fijó en que casi no comía. Por el contrario, él devoró todo lo que se le puso por delante. Al cabo de un rato, Dale le preguntó por su vida, y Kyle le habló de Duquesne y de Yale. De vez en cuando volvía a salir el tema del bufete y se veían inmersos en él.

Cuando la cena y el vino se acabaron, Dale propuso:

—¿Por qué no vemos una película?

—Estupenda idea —dijo Kyle, que miró el reloj mientras ella se dirigía a una estantería llena de DVD.

Eran las diez y veinte. En los últimos seis días, había pasado dos noches en el despacho —en esos momentos ya era propietario de un saco de dormir— y llevaba un promedio de cuatro horas de sueño diarias. Se encontraba mental y físicamente agotado, y los dos vasos y medio del delicioso vino que se había tomado estaban adormeciendo las pocas neuronas vivas que le quedaban en el cerebro.

—¿Qué prefieres, romántica, de acción, comedia? —preguntó Dale mientras rebuscaba en su extensa colección de películas.

Estaba de rodillas, y la falda apenas le cubría el trasero. Kyle se instaló en el sofá porque no le gustó el aspecto de ninguno de los dos sillones.

—Cualquier cosa menos una rosa y lacrimógena.

—¿Qué tal *Beetlejuice*?

—Perfecta.

Dale puso la película, se quitó los zapatos, cogió una manta y fue a sentarse con Kyle en el sofá. Se ovilló, se acurrucó junto a él y cubrió a los dos con la manta. Cuando estuvo definitivamente instalada, el contacto físico era intenso. Luego empezaron los toqueteos. Kyle aspiró el aroma del cabello de Dale y pensó que todo estaba resultando muy sencillo.

—¿El bufete no tiene una norma que prohíbe esto precisamente? —preguntó.

—Solo estamos viendo una película.

Y la vieron. Calentados por la manta, el vino y el calor corporal vieron la película diez minutos enteros. Más tarde nadie supo decir quién se había dormido primero. Dale se despertó mucho después de que acabara la película, cubrió a Kyle con la manta y se metió en la cama. Kyle se despertó a las nueve y media del sábado en un apartamento vacío. Había una nota de Dale diciendo que estaba en un café de la esquina, leyendo el periódico, y que se reuniera con ella si tenía hambre.

Fueron juntos en metro hasta Central Park y llegaron alrededor de las doce. El departamento de Litigios del bufete organizaba todos los años una comida campestre el tercer sábado de octubre, cerca del cobertizo para botes. La atracción principal era un torneo de *softball*, pero también había tiro de herraduras, croqué y juegos para los niños. Un servicio de cátering preparaba costillas y pollo en una barbacoa, y una banda de rap hacía ruido. Los cubos llenos de latas de Heineken metidas en hielo eran incontables.

La comida pretendía fomentar la camaradería y demostrar que el bufete creía en la importancia de pasarlo bien. La asistencia era obligatoria. No se permitían teléfonos móviles. Aunque la mayoría de los junior habría preferido pasar ese día libre durmiendo, al menos tenían el consuelo de que nadie los llamaría para obligarlos a pasar otra noche en la oficina. Solo los días de Navidad, de Año Nuevo, de Acción de Gracias, de Rosh Hashanah y del Yom Kippur se disfrutaba de una impunidad igual.

El día era soleado; y el tiempo, perfecto. Los fatigados letrados se sacudieron la pereza de encima y no tardaron en ponerse a jugar en serio y a beber aún más en serio. Kyle y Dale, deseosos de no dar pie a comentario alguno, se separaron enseguida y se perdieron entre el gentío.

A los pocos minutos, Kyle se enteró de la noticia de que Jack McDougle, un junior de segundo año titulado por Duke, había sido detenido la noche anterior en su apartamento del Soho, donde le habían intervenido una considerable cantidad de cocaína. Seguía entre rejas, y lo más probable era que se quedara allí hasta el lunes, cuando se señalara la fianza. El bufete estaba haciendo lo posible para que lo soltaran, pero su implicación en el asunto no iría más allá de eso. McDougle sería suspendido de empleo y sueldo hasta que se conocieran los cargos. Si el rumor se confirmaba, se vería en la calle en cuestión de semanas.

Kyle se detuvo unos minutos y pensó en Bennie. Su siniestra predicción acababa de cumplirse.

En el departamento de Litigios trabajaban veintiocho socios y ciento treinta abogados junior. Dos terceras partes de estos estaban casados y, por lo tanto, no había escasez de niños pequeños, todos bien vestidos, correteando por el parque. El torneo de *softball* empezó cuando el señor Wilson, veterano entre veteranos, anunció los equipos, las normas y se declaró árbitro principal. Varios abogados tuvieron las agallas de abuchearlo, pero ese día todo estaba permitido. Kyle había decidido jugar, cosa que era optativa, y se encontró en un equipo donde solamente conocía a dos participantes. A los siete restantes no los conocía de nada. El entrenador era un socio llamado Cecil Abbot, del grupo que llevaba el caso Trylon, que lucía una gorra de los Yankees, un jersey Dereck Peter y enseguida dejó bien claro que nunca había hecho una carrera hasta la primera base. Con una Heineken fría en la mano dispuso una alineación que no habría sido capaz de derrotar a un equipo de juveniles, pero qué más daba. Kyle, que era con diferencia el mejor atleta de todos, fue enviado al campo derecho. En el centro estaba Sherry Abney, la junior de quinto año que Bennie tenía en su punto de mira como introductora de Kyle en el grupo de trabajo de Trylon. Cuando se dispusieron a batear en la primera entrada, Kyle se presentó y charló un rato con ella. Estaba muy alterada por la detención de McDougle. Llevaban dos años trabajando juntos, pero no tenía la menor idea de que él tuviera un problema con las drogas.

El bufete estimulaba la confraternización, de modo que,

después de que el equipo del entrenador Abbott quedara eliminado en la cuarta entrada, Kyle se sumergió en la multitud y saludó a todos los que no conocía. Muchos de los nombres le resultaban familiares, lo cual no era de extrañar porque llevaba seis semanas repasando sus biografías. Birch Mason, un destacado socio vestido también con el atuendo de los Yankees y ya medio bebido a las dos de la tarde, lo agarró del brazo como si se conocieran de toda la vida y le presentó a su mujer y a sus dos hijos adolescentes. Las conversaciones fueron todas iguales: «¿A qué universidad has ido?». «¿Qué tal te va por el momento?» «Seguro que estás preocupado por el resultado del examen del Colegio.» «Las cosas mejoran después del primer año.»

Y: «¿Te has enterado de lo de McDougle?».

El torneo era de doble eliminatoria, y el equipo de Kyle se distinguió por ser el primero en perder sus dos partidos. Encontró a Dale jugando a las bochas y se fueron a la carpa donde estaba la comida. Cogieron unos platos de barbacoa, unas botellas de agua y se instalaron con Tabor y su novia, que era tirando a vulgar, en un banco, a la sombra de un árbol. Como no podía ser de otro modo, Tabor estaba en un equipo que seguía invicto y había protagonizado la mayoría de los tantos. Le esperaba trabajo urgente en el despacho y planeaba estar allí a las seis de la mañana del día siguiente.

«Tú ganas, tú ganas —sintió deseos de decir Kyle—. ¿Por qué no te hacen socio ya?»

Por la tarde, cuando el sol empezaba a ocultarse tras los altos edificios de apartamentos de Central Park Oeste, Kyle se escabulló de la fiesta y encontró un banco en lo alto de una loma, bajo un enorme roble. Las doradas hojas caían a su alrededor. Contempló el partido desde la distancia, oyó las alegres voces y le llegó el aroma de las últimas parrillas. A poco que lo intentara, podía convencerse de que pertenecía a esa reunión, que era uno más de aquellos abogados de éxito que se tomaban un respiro de sus caóticas vidas.

Pero, la realidad siempre estaba al acecho. Si tenía suerte, cometería un grave delito contra el bufete y no lo descubrirían. Pero, si no, algún día, durante una fiesta como aquella, sus colegas hablarían de él del mismo modo como lo estaban haciendo en esos momentos de McDougle.

23

El domingo, mientras la mayoría de los miembros del departamento de Litigios arrastraban sus resacas, Kyle se despertó temprano y con la cabeza despejada. Se tomó un café, se puso unas zapatillas de deporte y se dispuso a disfrutar de las cinco horas que tenía por delante paseando por la ciudad. Tenía el FirmFone en el bolsillo, pero no sonaría porque el domingo, tras la fiesta, también era día libre. Sin duda, en la oficina habría unos cuantos francotiradores y tipos duros de pelar; pero la mayoría de los que trabajaban en Litigios disfrutarían de un precioso día de otoño sin facturar una sola hora.

Se dirigió hacia el sur, a través del Village, hasta Tribeca; luego, se desvió hacia el este y se metió en el bullicio de Chinatown. En el Soho se las arregló para conseguir asiento en la barra del Balthazar, un restaurante muy conocido que estaba inspirado en un *bistrot* parisino y al que las guías gastronómicas ponían por las nubes. Se tomó unos *Oeufs Benedictine** y un zumo de tomate y se lo pasó en grande observando a la pintoresca clientela. A continuación se dirigió

* Huevos escalfados sobre una tostada con jamón y queso y recubiertos de salsa holandesa. *(N. del T.)*

al puente de Brooklyn, subió a la pasarela peatonal y cruzó el río. Tardó cuarenta minutos y otros cuarenta en regresar a Manhattan. Subió por Broadway y pasó por la zona de los teatros y por Times Square hasta llegar a Columbus Circle.

El *brunch* era a las once y media, en el apartamento que Doug y Shelly Peckham tenían en el Upper West Side. Se trataba de un antiguo edificio de la calle Sesenta y tres, a un par de manzanas de Central Park. Cuando Kyle se vio subiendo en el lujoso ascensor hasta el segundo piso, hizo lo mismo que solía hacer la mayoría de los neoyorquinos en su tiempo libre o incluso cuando trabajaban: asombrarse por el precio del metro cuadrado. A sus cuarenta y un años, y como socio de pleno derecho del bufete, Peckham había ganado el año anterior un millón trescientos mil dólares. Sus ingresos no constituían ningún secreto porque Scully & Pershing, al igual que los demás grandes bufetes, hacían públicos sus números. Peckham podía esperar ganar una cantidad parecida durante el resto de su vida laboral y, en consecuencia, se podía permitir una buena casa. Sin embargo, un millón trescientos mil dólares en Nueva York no significaba jugar en primera división. Ni siquiera en segunda. Las verdaderas estrellas eran los banqueros de inversiones, los magos del mercado bursátil, los empresarios de alta tecnología y los altos ejecutivos de las grandes corporaciones, para quienes soltar veinte millones por un apartamento en el centro representaba una minucia. Además, todos ellos disfrutaban también de una casa en los Hamptons, para los fines de semana de verano; y de otra en Palm Beach, para los de invierno.

Los Peckham tenían una en los Hamptons, y Kyle deseaba que Shelly y sus hijos disfrutaran de ella porque le constaba que Doug no lo hacía: pasaba casi todos los sábados en el despacho y también muchos domingos.

Shelly lo saludó con un abrazo, como si fuera un amigo de toda la vida, y le dio la bienvenida a su amplio y poco ostentoso apartamento. Doug iba en vaqueros, descalzo y sin afeitar, mientras repartía Bloody Marys entre sus invitados. Había otros cuatro abogados, todos supervisados por Peckham. El *brunch* era otro intento por su parte y por parte del bufete para limar aristas y lograr que Scully & Pershing pareciera un lugar humanizado. El propósito del encuentro era conversar. Doug deseaba conocer los problemas y preocupaciones de sus subordinados, sus ideas y sus planes, sus impresiones y sus objetivos. También deseaba darse prisa por acabar el *brunch* y poder ver el partido de los Giants contra los 49ers, que empezaba a la una.

Shelly había cocinado, y Doug la ayudó a servir y a escanciar el vino. Al cabo de una hora de inútil charla acerca de la misma aburrida demanda que los había tenido esclavizados durante toda la semana, llegó el momento de los Giants.

Kyle, que era el único junior de primer año que se sentaba a la mesa, contribuyó menos que nadie a la conversación, y a medio *brunch* ya estaba planeando su regreso a casa. Después del postre, se reunieron todos en el salón, donde un pequeño fuego daba calidez al ambiente y donde Doug jugaba con los controles de su pantalla de alta definición. En un esfuerzo por animar la languideciente reunión, Kyle se declaró fanático seguidor de los 49ers y enemigo irreductible de los Giants, con lo que solo consiguió recibir una lluvia de imprecaciones. Dos de los abogados mayores se durmieron antes del final del primer cuarto. Doug no tardó tampoco en dar cabezadas, y, antes de que el partido llegara a la media parte, Kyle se marchó tan discretamente como pudo y salió a la calle.

A las cinco de la mañana del lunes, volvía a estar en la oficina, dispuesto a afrontar una nueva e interminable semana.

El siguiente partido de los Giants fue fuera de casa, en Pittsburg; dos horas antes de que diera comienzo, Kyle y Joey Bernardo ocuparon sus asientos frente a la línea de cuarenta yardas y procuraron mantenerse calientes. Un frente frío había barrido el otoño, y una gélida bruma flotaba sobre el nuevo estadio. Pero no importaba. Como entusiastas seguidores que eran de los Steelers, se habían pelado de frío muchas veces en el viejo Three Rivers, que ya no existía. El frío les daba igual: aquel era el tiempo de verdad para jugar al fútbol.

Afortunadamente, Blair no sentía el menor interés hacia ese deporte. En esos momentos estaba embarazada de cinco meses, había engordado considerablemente y no llevaba muy bien su inminente maternidad. Joey empezaba a tener dudas acerca de casarse y, por alguna razón, se sentía atrapado. Kyle no sabía qué aconsejarle. Si Blair no hubiera estado embarazada, le habría dicho a su amigo que saliera huyendo; pero uno no podía abandonar a la novia embarazada, ¿no? Sencillamente no parecía que estuviera bien, pero ¿qué sabía él de esos asuntos?

Cuando el público se hubo instalado, y los equipos empezaron el calentamiento, Kyle decidió que había llegado el momento de hablar con su amigo.

—Habla bajo y cuéntame tu encuentro con Elaine Keenan —le dijo.

Joey tenía una petaca llena de vodka, su anticongelante particular para esos casos. Tomó un trago, torció el gesto como si tuviera mal sabor y contestó:

—Problemas, solo problemas.

La única correspondencia que habían cruzado sobre Elaine había sido el resumen escrito de Joey. Kyle necesitaba los detalles, y ambos necesitaban un plan.

—No es más que una joven amargada —comentó Joey—, pero no es ni la mitad de peligrosa que su abogada.

Otro trago, un chasquido de los labios y una mirada en derredor para asegurarse de que nadie se fijaba en ellos, y Joey se lanzó a un lento y prolijo relato de su viaje a Scranton. Kyle lo interrumpió con algunas preguntas, pero la narración siguió adelante. Joey acabó justo cuando el árbitro se disponía a lanzar la moneda al aire —el estadio se hallaba abarrotado; y el público, impaciente— y con la siguiente advertencia:

—Si encuentran la más mínima grieta nos atacarán con toda su furia. No se la proporciones, Kyle. Es mejor que enterremos este asunto para siempre.

Estuvieron un rato mirando el partido, sin hablar de nada que no fuera fútbol. Durante un tiempo muerto, Joey preguntó:

—¿Cuál es el plan?

—¿Puedes venir a Nueva York el próximo fin de semana? Juegan los Steelers contra los Jets. A las cuatro de la tarde del domingo en Meadowlands. Yo me ocuparé de las entradas.

—Caramba, tío, no lo sé.

El problema era Blair, y también el dinero. Joey se ganaba un buen sueldo con sus comisiones, pero no se estaba haciendo rico. En esos momentos había una criatura en camino y después de eso una esposa, o al revés, porque ni él ni Blair se decidían. Un día, ella quería aplazar la boda hasta después del nacimiento para haber recuperado el tipo, y al día siguiente quería casarse lo antes posible para que el niño no naciera fuera del matrimonio. Joey se mantenía indeciso y le llovían críticas de todos lados. Por otra parte, estaban pagando una casa pareada nueva y él no podía permitirse muchos viajes con la excusa del fútbol.

—¿Por qué quieres que vaya a Nueva York? —preguntó.

—Porque quiero intentar conseguir una foto de Bennie.

—¿Y para qué quieres una foto de ese tío? Esa es gente peligrosa, ¿no?

—Oh, sí, letal.

—Entonces, ¿por qué te complicas la vida con ellos?

—Porque quiero saber quiénes son.

Joey meneó la cabeza y apartó la mirada hacia el marcador. Tomó otro trago y se inclinó hacia Kyle.

—Yo digo que es mejor que los dejes en paz. Digo que es mejor que hagas lo que quieren que hagas, que les sigas el juego, que no te líes, que mantengas ese vídeo bien enterrado y la vida nos sonreirá.

—Quizá. ¿Podrás venir a Nueva York?

—No lo sé. Tendré que inventarme el modo.

—Es muy importante. Por favor.

—Dime, colega, ¿cómo piensas sacar una foto de ese tal Bennie? Ese tío es un profesional, ¿no?

—Desde luego.

—Tú eres abogado, y yo, corredor de bolsa. No tenemos ni idea de cómo funcionan estas cosas. Podríamos buscarnos problemas muy serios.

Kyle sacó un pequeño paquete de su parka negra y dorada de los Steelers.

—Toma esto —le dijo pasándoselo por abajo para que nadie los viera. Joey lo cogió y se lo guardó en un bolsillo de su parka idéntica.

—¿Qué es?

—Una cámara de vídeo.

—No lo parece.

—Es una cámara de vídeo, pero no de las que se suelen ver en los escaparates de las tiendas.

Los Steelers lograron colocar un pase muy largo y el primer *touchdown*. El público lo estuvo celebrando durante un buen rato. Kyle aprovechó el siguiente tiempo muerto para continuar:

—No es más grande que una estilográfica. Te la pones en el bolsillo de una camisa o de la chaqueta, con un cable muy fino que termina en un interruptor que llevas en la mano izquierda. Puedes hablar cara a cara con alguien y grabar toda la conversación sin que se dé cuenta.

—O sea, que solo tengo que acercarme a Bennie, que seguramente irá armado hasta los dientes y acompañado por sus sicarios, presentarme y pedirle que sonría. ¿Es eso?

—No, hay una manera mejor, pero esta semana vas a tener que practicar un poco con la cámara.

—¿Tiene un nombre?

—Está todo en el paquete. Instrucciones, datos técnicos, todo lo que necesites. Solo tienes que practicar esta semana hasta que le pilles el truco. Si todo va sobre ruedas, tendrás unos tres segundos para grabar en vídeo a Bennie.

—¿Y si todo no va sobre ruedas?

—Entonces acudiré en tu rescate.

—¡Estupendo! —Dio un largo y nervioso trago a su petaca—. Bueno, Kyle, y suponiendo que consiga grabar a Bennie, ¿se puede saber cómo tú, no yo, vas a identificarlo?

—Todavía no lo he resuelto.

—Me parece que hay muchas cosas que no has resuelto todavía.

—Te enviaré un correo electrónico el martes para decirte que tengo las entradas. El procedimiento habitual. ¿Qué me dices, Joey, viejo amigo, cuento contigo?

—No lo sé. Creo que estás loco y me estás volviendo loco a mí.

—Vamos, hombre, tienes que divertirte un poco mientras aún puedas.

El jueves por la tarde, Kyle estaba trabajando sin descanso en la biblioteca cuando el FirmFone zumbó suavemente en su bolsillo. El e-mail decía que era urgente y ordenaba a todos los junior de primer año que se reunieran en la sala de actos del piso cuarenta y cuatro, la más grande de Scully & Pershing. El mensaje solo podía significar una cosa: que acababan de llegar los resultados del examen del Colegio de Abogados. Y el hecho de que Kyle hubiera sido convocado quería decir que lo había superado.

Durante semanas habían trabajado contrarreloj y sufrido la a menudo insoportable presión de adaptarse al ritmo de vida de un gran bufete. Y todo eso teniendo el resultado del examen pendiente sobre sus cabezas como una espada de Damocles. Aunque nadie lo mencionaba porque ya había pasado, siempre estaba allí, haciéndoles la vida más dura. Los despertaba en plena noche y los privaba del sueño necesario, los seguía a la hora de comer hasta la mesa y podía estropearles la digestión en un instante. El examen del Colegio de Abogados. ¿Y si habían suspendido?

El ritual variaba según los bufetes, pero Scully & Pershing tenía una manera bastante agradable de dar la noticia: reunían a los afortunados y les montaban una fiesta. Aunque se suponía que debía tratarse de una sorpresa, a las dos semanas de estar trabajando, todos lo sabían. El capítulo cruel del jolgorio era que los desafortunados simplemente no recibían la invitación y los dejaban salir del edificio y deambular por las calles durante el resto del día.

Mientras corría escaleras arriba y por los pasillos, Kyle buscó a sus amigos. Había abrazos, «choca esos cinco», gritos de alegría, gente corriendo con zapatos que no eran para correr. Vio a Dale, le dio un fuerte abrazo y siguieron caminando juntos a paso vivo. En la sala de actos, la gente ya estaba de un humor exultante antes incluso de que Howard Meezer, el socio y director gerente del bufete, subiera al estrado y dijera:

—Felicidades. Se merecen esta fiesta. ¡Hoy no tendrán que facturar ni una hora más!

El champán empezó a correr. Los camareros pasaron con bandejas llenas de copas y deliciosos entremeses. El ambiente era de euforia general, incluso de vértigo, porque la pesadilla se había acabado y, a partir de ese instante, eran abogados para siempre.

Kyle estaba disfrutando de una copa de champán con Dale y otros colegas cuando la conversación se refirió a los menos afortunados.

—¿Alguien ha visto a Garwood? —preguntó uno de ellos.

Y todos se pusieron a buscar a Garwood, al que nadie había visto y cuyo nombre todos suponían que figuraría en la otra lista.

Tim Reynolds se acercó con una copa en una mano, un listado en la otra y una malévola sonrisa.

—Tabor ha suspendido —anunció orgullosamente—. ¿Os lo podéis creer? ¡Una baja de Harvard!

Para Kyle no fue motivo de alegría. Sin duda, Tabor era marrullero y oportunista, pero también era su compañero de cubículo, y aquel fracaso lo mataría. No era un mal tipo.

Empezó a correr el rumor, y el recuento de bajas fue en aumento. En total había ocho suspensos entre ciento tres presentados, lo cual arrojaba un porcentaje de éxito del noventa y dos por ciento. Un resultado excelente para los recién incorporados a cualquier bufete. Una vez más se demostraba que eran los más brillantes y que estaban destinados a grandes cosas.

Bebieron hasta que no pudieron más y, después, se marcharon a casa en coches con chófer alquilados por el bufete. Kyle se contentó con tomarse un par de copas más y regresó caminando a Chelsea. Por el camino, llamó a su padre para darle la buena noticia.

24

Su cita a mediodía del viernes con Doug Peckham consistía en un almuerzo de trabajo para revisar ciertos documentos de un caso; pero, cuando Kyle llegó diez minutos antes, su supervisor se levantó y dijo:

—Vayamos a celebrarlo.

Salieron del edificio y se instalaron en el asiento trasero de un Lincoln sedán, uno de los incontables coches negros que iban de un lado a otro de la ciudad evitando que los profesionales tuvieran que subir a un taxi amarillo. El bufete tenía toda una flota a su disposición.

—¿Has ido alguna vez a Eleven, de Madison Park?

—No, Doug. La verdad es que no salgo mucho últimamente. Como buen recién incorporado que soy o bien estoy demasiado cansado para comer o bien no tengo tiempo o bien simplemente me olvido.

—Vaya, ¿lloriqueamos?

—Para nada.

—Felicidades por haber superado el examen.

—Gracias.

—Te gustará ese sitio. La comida es estupenda, y es muy bonito. Podríamos tomar un poco de vino con la comida. Sé de un cliente a quien podemos endosarle la factura.

Kyle asintió. Después de dos meses en Scully & Pershing todavía se sentía incómodo ante la idea de endosar facturas a los clientes. Engordar las carpetas. Aumentar los gastos. Hinchar la facturación. Deseó preguntar exactamente qué iba a tener que pagar aquel cliente, si solo el almuerzo o también dos horas de su tiempo y del de Peckham; pero no se atrevió.

El restaurante se encontraba en el vestíbulo del viejo edificio de Metropolitan Life y tenía vistas a Madison Square. La decoración era contemporánea, con altos techos y grandes ventanales. Naturalmente, Doug presumió de conocer al chef, al maître y al sumiller. Kyle no se sorprendió lo más mínimo cuando los sentaron a una de las mejores mesas con vistas al parque.

—Será mejor que liquidemos primero el asunto de tu evaluación —dijo Peckham, partiendo un bastoncito de pan y llenando de migas el impecable mantel.

—¿Mi evaluación?

—Sí. Como socio supervisor me corresponde la tarea de evaluarte después del resultado del examen del Colegio de Abogados. Naturalmente, si te hubieran suspendido no estaríamos aquí, y yo no tendría cosas agradables que decirte. Seguramente nos habríamos parado en uno de esos apestosos carritos de comida ambulante, habríamos comprado algo grasiento y estaríamos paseando y teniendo una conversación desagradable. Pero has aprobado, así que voy a ser agradable.

—Muchas gracias.

Un camarero les entregó las cartas mientras otro les servía agua helada. Doug dio un mordisco al palito y añadió unas cuantas migas más al mantel.

—Tu facturación está siendo impresionante. Se halla bastante por encima de la media.

—Gracias.

No era ninguna sorpresa que cualquier evaluación en Scully & Pershing empezara con un repaso a la cantidad de dinero que estaba amasando.

—Solo he oído comentarios elogiosos de los demás socios y junior veteranos acerca de ti.

—¿Les apetece beber algo antes de empezar? —preguntó el camarero.

—Pediremos un poco de vino con la comida —contestó Peckham con cierta rudeza, y el camarero se alejó—. Sin embargo —prosiguió—, a veces demuestras cierta falta de interés, como si no estuvieras plenamente integrado. ¿No es así?

Kyle meneó la cabeza y pensó en una respuesta. Peckham era un tipo que no se andaba con tonterías, así que por qué no hacer lo mismo.

—Igual que cualquier junior en su primer año, trabajo, como y duermo en el bufete porque esa es la forma de funcionar que se le ocurrió a alguien hace tiempo. Es el mismo sistema por el que los médicos en prácticas dedican las veinticuatro horas a demostrar su valía. Gracias a Dios, nosotros no tenemos que tratar a gente enferma. La verdad es que no se me ocurre qué más puedo hacer para demostrar mi compromiso.

—Bien dicho —contestó Peckham, que de repente parecía mucho más interesado en el menú.

El camarero se mantenía cerca y a la espera.

—¿Ya lo sabes? —preguntó Peckham a Kyle—. Me estoy muriendo de hambre.

Kyle todavía no había examinado la carta y seguía escocido por la crítica a su falta de entusiasmo.

—Desde luego —contestó.

Todo parecía delicioso. Pidieron, el camarero dio su aprobación, y apareció el sumiller. En algún momento de la charla sobre vinos que siguió, Peckham habló de «una primera botella» y de «una segunda botella».

La primera fue un borgoña blanco.

—Te encantará —dijo—. Es uno de mis favoritos.

—Seguro que sí.

—¿Tienes alguna queja, algún problema? —le preguntó Peckham, como si estuviera chequeando las casillas de un cuestionario de evaluación.

El FirmFone de Kyle empezó a zumbar con impecable oportunidad.

—Tiene gracia que lo menciones —dijo este, sacándolo del bolsillo de la chaqueta y mirando el e-mail—. Se trata de Karleen Sanborn, que me pide que dedique unas cuantas horas al desastre de Placid Mortgage. ¿Qué debo decirle?

—Dile que estás almorzando conmigo.

Kyle escribió la respuesta y la envió.

—¿Puedo apagar esto? —preguntó.

—Pues claro.

Llegó el vino. Peckham cató la botella y puso cara de sumo placer. El sumiller les llenó las copas.

—Mi queja es este maldito teléfono —prosiguió Kyle—. Se ha convertido en mi vida. Cuando tú empezaste como junior, hace quince años, no había móviles ni Smartphones ni FirmFones.

—No, pero trabajábamos tanto o más —lo interrumpió Peckham con un gesto de rechazo. Deja de quejarte. Sé fuerte. Con la otra mano alzó la copa al trasluz para examinar su contenido. Luego, tomó un sorbo y dio su aprobación.

—Está bien —dijo Kyle—. Mi queja es el teléfono.

—De acuerdo. ¿Algo más?

—No, solo la protesta de siempre de que se nos explota. Ya la has oído antes y no creo que quieras que te la repita.

—Tienes razón, Kyle: no quiero oírlo. Mira, como socios

del bufete que somos, estamos al tanto de lo que ocurre. Nos enteramos. Sobrevivimos y ahora recogemos los beneficios. Es un mal modelo de negocio porque nadie está contento. ¿Crees que me gusta obligarme a salir de la cama para pasarme doce horas demenciales en la oficina para que, a final de año, podamos repartirnos los restos y estar en lo más alto de la lista? El año pasado, los socios de APE ganaron un promedio de un millón cuatrocientos mil dólares. Nosotros estábamos en un millón trescientos mil y nos entró el pánico. «¡Tenemos que recortar gastos!» «¡Tenemos que facturar más!» «¡Tenemos que contratar más profesionales y hacerlos trabajar como esclavos porque somos el mayor bufete del mundo!» Es demencial. Nadie se para nunca y dice: «¿Sabes qué? Prefiero vivir con un millón al año y pasar más tiempo con mis hijos y en la playa». ¡No señor! Tenemos que ser el número uno.

—Yo sí me conformo con un millón al año.

—Ya llegarás. La evaluación ha terminado.

—Una pregunta más.

—Dispara.

—Hay una chica, una junior de primer año que ha entrado conmigo. Es un bombón, y me gusta. ¿Es grave?

—Está estrictamente prohibido. ¿Es un bombón auténtico?

—Cada día más.

—¿Nombre?

—¿Cómo dices?

—¿Os lo montáis en la oficina?

—Todavía no hemos llegado a eso. Hay un montón de sacos de dormir.

Peckham suspiró y se inclinó apoyando los codos en la mesa.

—El sexo abunda en el bufete. Es una oficina, ya te lo puedes imaginar. Es natural cuando juntas a cinco mil hombres y mujeres en un mismo espacio. La norma no escrita dice que no te tires a tus empleados; es decir, a secretarias, auxiliares jurídicos, personal de apoyo, ayudantes a los que generalmente consideramos que están por debajo de nosotros. Los llamamos los «iletrados». En cuanto a los abogados junior, o incluso a los socios, a nadie le importa lo que hagan siempre y cuando no los pillen in fraganti.

—He oído algunas anécdotas increíbles.

—Y seguramente son ciertas. Ha habido muchas trayectorias profesionales que han acabado mal. El año pasado, dos socios, que estaban casados cada uno por su lado, tuvieron una aventura, los descubrieron y fueron despedidos. Que yo sepa, todavía andan buscando trabajo.

—Pero no sería el caso si ocurriera entre dos junior solteros, ¿no?

—Solo puedo decirte que no te pillen.

Cuando llegaron los primeros platos, el tema del sexo quedó olvidado. Kyle había pedido una tartaleta de puerros y queso, y Peckham había optado por una más contundente ensalada de langosta con hinojo y trompetas de la muerte. Kyle bebía más agua que vino, mientras que Peckham parecía tener prisa por acabar con la primera botella y probar la segunda.

—Se acerca una temporada movida —comentó este, entre bocado y bocado—. Estoy seguro de que ya habrás oído el rumor.

Kyle asintió porque tenía la boca llena.

—Seguramente acabará ocurriendo. Cinco socios del departamento de Litigios están a punto de largarse, llevándose de paso un puñado de abogados y unos cuantos clientes. La rebelión la dirige Toby Roland, y es un asunto bastante feo.

—¿Cuántos abogados? —quiso saber Kyle.

—Veintiséis hasta esta mañana. Los rebeldes están agitando las chequeras y retorciendo algunos brazos, de modo que nadie sabe exactamente cuántos se irán al final; de todas maneras el asunto va a dejar un bonito agujero en el departamento de Litigios. En cualquier caso, sobreviviremos.

—¿Y cómo llenaremos el vacío?

—Seguramente pirateando a algún otro bufete. ¿No te enseñaron estas cosas en la facultad?

Los dos se echaron a reír y comieron en silencio durante un rato.

—¿Y esto significará más trabajo para los que se queden? — preguntó Kyle, entre bocado y bocado.

Peckham se encogió de hombros por toda respuesta.

—Puede ser. Es demasiado pronto para decirlo. Se están llevando varios clientes importantes con demandas de las gordas. De hecho, esa es la razón de que se marchen.

—¿Y Trylon, se queda o se va?

—Trylon es un viejo cliente que se halla en las protectoras manos de Wilson Rush. ¿Qué sabes de Trylon? —le preguntó Peckham, mirándolo fijamente, como si estuvieran pisando terreno prohibido.

—Solo lo que he leído en revistas y periódicos. ¿Has trabajado alguna vez para ellos?

—Desde luego. Varias veces.

Kyle decidió presionar un poco más, solo un poco. El camarero se llevó los primeros platos y sirvió más vino.

—¿De qué va esa disputa con Bartin? El *Journal* ha publicado que el caso está bajo secreto de sumario por lo delicado del material que se ventila.

—Se trata de secretos militares. Hay grandes cantidades de dinero en juego, y el Pentágono está metido hasta el cuello. Intentó por todos los medios que las dos empresas no se pelearan, pero no lo consiguió. Hay un montón de alta tecnología en juego, por no mencionar miles de millones de dólares.

—¿Y tú estás trabajando en el caso?

—No. No quise. De todas maneras, el caso tiene asignado un gran equipo.

Les sirvieron pan recién hecho para que se limpiaran el paladar. La primera botella estaba vacía, y Peckham pidió otra. Kyle decidió andarse con cuidado.

—Y de los socios y junior que se van a marchar, ¿cuántos trabajan en el caso Trylon?

—No lo sé. ¿Por qué estás tan interesado?

—Porque no quiero acabar metido en él.

—¿Por qué no?

—Porque creo que Trylon es un fabricante de armas de lo peorcito, con un pésimo historial por colocar material defectuoso, fastidiar al gobierno y a los contribuyentes, llenar el mundo de sucio armamento que solo mata a gente inocente, colocar dictadorzuelos allí donde le conviene y todo para aumentar los beneficios y tener algo que enseñar a sus accionistas.

—¿Algo más?

—Mucho.

—¿No te gusta Trylon?

—No.

—La compañía es uno de los mejores clientes del bufete.

—Estupendo, que trabajen otros para ellos.

—Los junior no están autorizados a elegir para quién trabajan y para quién no.

—Lo sé. Solo estoy compartiendo una opinión.

—Pues será mejor que te la guardes, ¿vale? Esa clase de lenguaje te va a dar mala fama.

—No te preocupes, haré el trabajo que me encarguen y lo

haré lo mejor que sepa. Pero ya que eres mi supervisor, me gustaría pedirte un favor especial y es que me mantengas ocupado con cualquier otro caso.

—Veré lo que puedo hacer, pero en este asunto las decisiones las toma Wilson Rush.

La segunda botella era un Pinot Noir de Sudáfrica que también logró poner una expresión de éxtasis en el rostro de Peckham. Los segundos platos —pierna de cerdo asada y costilla de buey— llegaron inmediatamente después, y los dos les hincaron el diente.

—¿Sabías que a partir de ahora tu tarifa va a subir a cuatrocientos la hora? —comentó Peckham, sin dejar de masticar.

—Sí.

Kyle no estaba seguro de tener el descaro de facturar cuatrocientos dólares a un cliente, al margen de lo importante que la empresa fuera, a cambio de su inexperto trabajo como abogado. Sin embargo, no tenía elección.

—Hablando de facturar —dijo Peckham—, este mes de octubre quiero que hagas una estimación de las horas que he hecho para el Ontario Bank. He estado muy ocupado y he perdido la cuenta.

Kyle se las arregló para seguir masticando y no atragantarse con el bocado de pierna de cerdo. ¿De verdad había dicho Peckham «hagas una estimación de las horas»? Sin duda que sí, y eso era algo completamente nuevo. Ni en los seminarios ni en los manuales, en ninguna parte se decía nada sobre «hacer estimaciones» de las horas facturadas. Más bien al contrario. Les habían enseñado a tratar la facturación como el aspecto más importante del ejercicio de su profesión: coge una carpeta y mira el reloj; haz una llamada y calcula su duración; acude a una reunión y cuenta los minutos. Había que contar todas y cada una de las horas trabajadas y había que hacerlo en el momento. El cálculo nunca debía aplazarse y debía ser muy preciso.

—¿Y cómo se hace una estimación de horas? —preguntó Kyle, cautelosamente.

—Echa un vistazo al archivo del caso. Comprueba las horas que tú anotaste y a partir de ahí calculas las mías del mes de octubre. No tiene más importancia que eso.

A ochocientos dólares la hora tenía muchísima importancia.

—Ah, y no te quedes corto —precisó Peckham, haciendo girar el vino en la copa.

Faltaría más. En caso de duda en un asunto como ese había que tirar hacia arriba como fuera.

—¿Me estás diciendo que esto es una práctica habitual?

Peckham soltó un bufido de incredulidad y se metió un trozo de carne en la boca.

—No seas ingenuo, chaval. Es algo que ocurre constantemente. Y ya que estamos hablando del Ontario Bank, apúntales esta comida —dijo masticando con la boca abierta.

—Yo pensaba en sacar el talonario —contestó Kyle, en un tímido intento humorístico.

—Ni lo sueñes. Lo pagaré con la tarjeta y lo apuntaré en la cuenta del banco. Estoy hablando de nuestro tiempo, Kyle. Dos horas tuyas, que en este momento cobras a cuatrocientos, y otras dos mías. El año pasado, el banco tuvo unos beneficios récord.

Resultaba bueno saberlo porque sin duda los iba a necesitar para seguir siendo cliente de Scully & Pershing: dos mil cuatrocientos dólares por una comida, y eso sin contar la comida, el vino ni la propina.

—Y ahora que has aprobado el examen del Colegio —prosiguió Peckham, pinchando otro bocado—, tienes derecho a utilizar nuestra flota de vehículos y de cargar tus comidas a nuestros clientes. La norma dice que, si te quedas trabajando hasta las ocho de la noche, tienes que pedir un coche. Te daré el número y el código, pero asegúrate de que sea el cliente quien pague. Y si lo prefieres, puedes ir a cualquier restaurante, gastarte no más de cien dólares tú solo y facturárselo al cliente.

—Tienes que estar bromeando.

—¿Por qué?

—Porque casi todos los días me quedo en la oficina hasta pasadas las ocho, y si en ese caso alguien va a pagarme la cena, no hay duda de que me quedaré hasta esa hora y más tarde aún.

—¡Así se habla!

—Parece de lo más opulento, ¿no?

—¿El qué?

—Hacer que el cliente pague las comidas caras y el alquiler de vehículos.

Peckham dio unas cuantas vueltas al vino en la copa, lo contempló con mirada pensativa y tomó un largo trago antes de decir:

—Kyle, muchacho, míralo de este modo: nuestro mayor cliente es BXL, la séptima empresa más grande del mundo, que el año pasado tuvo unas ventas de doscientos mil millones de dólares. La dirigen hombres de negocios muy listos que tienen un presupuesto para cualquier cosa. Viven pendientes de sus presupuestos. Son fanáticos de los presupuestos. El año pasado, su presupuesto para honorarios de asistencia jurídica fue de un uno por ciento de sus ventas totales; es decir, dos mil millones. Nosotros no nos llevamos íntegra esa cantidad, porque utilizan los servicios de una veintena de bufetes repartidos por todo el mundo, pero sí una bonita porción. ¿Sabes qué ocurre cuando no se gastan lo que tienen presupuestado, si los honorarios se quedan cortos? Sus abogados internos controlan lo que les facturamos y, si nuestros números están por debajo de lo previsto nos llaman y nos arman una bronca del demonio. ¿En qué nos estamos equivocando? ¿Los estamos defendiendo debidamente? La cuestión es que esperan gastarse ese dinero, y si nosotros no hacemos que se lo gasten, eso les estropea el presupuesto, los inquieta y puede llevarlos a buscarse otro bufete. ¿Entiendes lo que te digo?

Sí, Kyle lo entendía. Todo empezaba a tener sentido. Las comidas en restaurantes caros eran necesarias no solo para alimentar a unos cuantos abogados hambrientos, sino para equilibrar debidamente los balances de sus clientes. Visto así, parecía incluso conveniente y sensato.

—Sí —respondió Kyle que, por primera vez, se relajó y dejó que el vino le hiciera efecto.

Peckham hizo un gesto abarcando lo que los rodeaba.

—Mira dónde estamos, Kyle. Esto es Wall Street, la cima del éxito en Estados Unidos. Y nosotros ocupamos lo más alto porque somos brillantes, duros, tenemos talento y lo demostramos ganando un pastón. Tenemos derecho, Kyle. No lo olvides. Nuestros clientes nos pagan porque nos necesitan, y nosotros les ofrecemos el mejor respaldo legal que se puede comprar. Nunca lo pierdas de vista.

John McAvoy comía todos los días en la misma mesa de un viejo bar de Queen Street, en York. Y, desde que tenía diez años y empezaba a acompañarlo al despacho, a Kyle le encantaba ir a comer con él. La especialidad del sitio era un plato de verduras que variaba todos los días, con panecillos caseros y té frío sin azúcar. Ese bar atraía a abogados, banqueros y jueces, pero también acudían mecánicos y albañiles. El parloteo y los chistes eran constantes. Los abogados siempre preguntaban en broma: «¿Quién paga la comida?» y presumían de sus ricos clientes a los que endosarles la factura de tres dólares con noventa y nueve.

Kyle dudaba de que a su padre se le hubiera ocurrido jamás cargar el importe de la comida a uno de sus clientes.

Peckham insistió en tomar postre. Dos horas después de haber entrado en el restaurante, salieron y subieron al asiento trasero del Lincoln. Los dos se durmieron durante el viaje de regreso al despacho.

25

Por primera vez en los nueve meses de la operación, fue Kyle quien llamó a Bennie para proponerle una reunión. Todos los encuentros anteriores habían sido por orden de este. Kyle no le dio ninguna razón para querer verlo, pero tampoco hacía falta: se daba por sentado que por fin tenía algo valioso que transmitir. Eran casi las seis de la tarde del viernes, y Kyle se encontraba trabajando en la biblioteca principal del piso treinta y nueve. Bennie le había sugerido por e-mail que se vieran en el hotel 60 Thompson, del Soho, y Kyle había aceptado. Este siempre aceptaba porque no podía decir que no ni proponer otro sitio distinto. Tampoco importaba: no tenía intención de aparecer por allí; al menos, no el viernes por la noche. Joey todavía no había llegado a la ciudad.

Cuatro horas más tarde, Kyle estaba escondido en la mazmorra de Placid Mortgage, repasando una tras otra las carpetas de los impagos a cuatrocientos dólares la hora, cuando envió un e-mail a Bennie con la mala noticia de que no iba a poder salir de la oficina en mucho rato y que seguramente le esperaba toda una noche de trabajo. Aunque aborrecía esa tarea, odiaba la mazmorra y le parecía increíble seguir en el bufete un viernes por la tarde a esas horas, también sonrió al imaginarse a Bennie, esperando con impaciencia en una habitación de hotel para una reunión que no se iba a producir porque su hombre se hallaba encerrado en el despacho y no podía salir. El agente no se podía quejar si su infiltrado estaba trabajando como un esclavo.

Kyle propuso que se vieran el sábado por la tarde, a última hora, y Bennie mordió el anzuelo. A los pocos minutos mandó un e-mail con las instrucciones: «Siete de la tarde, hotel Wooster, Soho, habitación cuarenta y dos». Hasta ese momento, siempre había utilizado un hotel distinto para cada ocasión.

Kyle llamó por el teléfono del despacho al nuevo móvil de Joey y le dio los detalles. Su vuelo de Pittsburg llegaría a La Guardia a las dos y media de la tarde del sábado. Cogería un taxi hasta el hotel Mercer, subiría a su habitación y mataría el tiempo mientras Kyle seguía ejerciendo la abogacía en un sábado por la tarde. Luego, saldría a pasear por la calle, entraría en algunos bares y saldría de ellos por la puerta de atrás, se perdería curioseando en las librerías, subiría y bajaría a toda prisa de unos cuantos taxis y, cuando estuviera seguro de que nadie lo seguía, se presentaría en el hotel Wooster y esperaría en el vestíbulo. En el bolsillo llevaría una copia del retrato robot de Bennie que Kyle había ido perfeccionando a lo largo de las semanas. Joey lo había memorizado a conciencia y estaba seguro de poder localizar a su hombre donde fuera. Lo que Kyle buscaba en esos momentos era una foto digital a todo color de Bennie.

A las siete y media, Kyle cruzó el vestíbulo del Wooster y subió a la habitación cuarenta y dos. Ese día, Bennie había reservado una habitación sencilla en lugar de la acostumbrada suite. Kyle entró y, mientras tiraba sus cosas encima de la cama, echó una ojeada al cuarto de baño.

—Solo estoy mirando que no haya otro Nigel por aquí —explicó, encendiendo el interruptor de la luz.

—Hoy solo estoy yo —contestó tranquilamente Bennie, sin moverse de su sillón de terciopelo rojo—. Has aprobado el examen del Colegio de Abogados. Felicidades.

—Gracias.

Una vez finalizada la inspección, Kyle se sentó en el borde de la cama. El registro no había revelado a nadie salvo a Bennie, pero también le había permitido saber que no había equipaje, neceser ni nada que diera a entender que Bennie se quedaría después de marcharse él.

—Estás echando un montón de horas, ¿no? —preguntó Bennie, intentando conversar.

—En estos momentos soy abogado de verdad, así que esperan de mí que trabaje aún más —contestó Kyle, fijándose en el atuendo de su interlocutor.

Bennie llevaba una camisa azul, lisa, con cuello de botones, sin corbata; pantalón de lana marrón oscuro, con pinzas; calcetines oscuros y zapatos negros, feos y gastados. Evidentemente, la chaqueta estaba en el armario ropero, y Kyle se maldijo por no haber caído en la cuenta.

—La novedad es la siguiente —explicó—: cinco socios del departamento de Litigios se van a largar. Son Abraham, DeVere, Hanrahan, Roland y Bradley. Están poniendo en marcha su propio bufete y llevándose de paso tres clientes de Scully & Pershing. Según el último recuento, veintiséis junior piensan irse con ellos. De los socios, solo Bradley trabaja en el equipo del caso Trylon-Bartin. Sin embargo, este cuenta con siete socios.

—Estoy seguro de que lo habrás puesto por escrito.

Kyle sacó una sola hoja de papel doblada en tres y se la entregó. Se trataba de un resumen realizado a toda prisa con los nombres de todos los socios de Scully & Pershing que se iban a marchar. Sabía que Bennie quería tener algo tangible que incorporar al expediente como prueba de su indudable traición como infiltrado. Ya estaba hecho. Le había entregado información secreta del bufete y ya no había vuelta atrás.

Salvo que dicha información no era del todo exacta. El rumor variaba de hora en hora, y nadie parecía saber exactamente quién se iba a marchar de verdad. Kyle se había tomado unas cuantas libertades con los nombres, especialmente con los de los abogados. Además, la información que estaba entregando tampoco se podía considerar estrictamente confidencial. El *New York Lawyer*, el periódico oficial de la profesión, había dedicado al menos dos artículos a la secesión del departamento de Litigios de Scully & Pershing. Teniendo en cuenta la siempre cambiante realidad de un gran bufete, no se podía considerar materia de titulares. Además, Bennie sabía casi tanto como Kyle, y este era consciente de ello.

El escrito no daba detalles de las actividades de ningún cliente. De hecho, no mencionaba a ningún cliente concreto. Aunque parecía haber sido redactado a prisa y corriendo, lo cierto era que Kyle lo había estudiado a fondo hasta convencerse de que no contenía nada que pudiera considerarse una violación de la ética profesional.

Bennie desplegó la hoja y la leyó atentamente. Kyle lo observó unos segundos y dijo:

—Tengo que ir al baño.

—Es esa puerta de ahí —contestó Bennie, sin mirarlo.

Antes de entrar, Kyle echó un vistazo de pasada al armario medio abierto donde colgaba la chaqueta de Bennie. En una percha vio una chaqueta deportiva azul y una gabardina gris oscura.

—No estoy seguro de que esto sea importante —dijo Kyle cuando volvió—. Los abogados de Trylon no quitan el ojo al caso y prefieren a los junior de más experiencia. Los que se van a marchar serán seguramente sustituidos por gente que ya lleva tres o cuatro años en el bufete. Me temo que estoy lejos de ser candidato.

—¿Quién ocupará el lugar de Bradley?

—Ni idea. Corren un montón de rumores y todos son distintos.

—¿Has conocido a Sherry Abney?

—Sí. Jugamos al *softball* en la comida campestre de Central Park. Nos llevamos bien, pero ella no tiene ninguna responsabilidad a la hora de elegir qué abogados van a ser asignados al caso. Esa decisión corresponde exclusivamente a Wilson Rush.

—Paciencia, Kyle, paciencia. Un buen trabajo de información se basa en dedicarle tiempo y buenos contactos. Ya te llegará el momento.

—No me cabe duda, especialmente si sigues eliminando a los junior que me preceden. ¿Cómo te deshiciste de McDougle, le llenaste el apartamento de drogas?

—Vamos, Kyle. Ese joven tenía un serio problema con la cocaína.

—Puede, pero no necesitaba precisamente tu ayuda.

—Va camino de recuperarse.

—¡Serás idiota! De donde va camino es de la cárcel.

—Traficaba con cocaína. Era un peligro para la sociedad.

—¿Desde cuándo te preocupa la sociedad?

Kyle se levantó y empezó a recoger sus cosas.

—Tengo que irme. Mi viejo amigo Joey Bernardo llega de Pittsburg. Mañana iremos a ver el partido de los Jets.

—¡Qué bien! —dijo Bennie, levantándose.

Sabía el número de los vuelos de Joey, sus idas y venidas, y sabía también qué asientos ocuparían en el estadio.

—No sé si te acuerdas de Joey. Era el segundo que aparecía en tu pequeño vídeo.

—No se trata de mi vídeo, Kyle. Yo no filmé nada. Solo lo encontré.

—Pero no podías dejarlo tranquilo, ¿verdad?

Kyle salió dando un portazo y corrió por el pasillo. Bajó por la escalera tan rápidamente como pudo y salió al vestíbulo, cerca de los ascensores. Cruzó la mirada con Joey y entró directamente en el aseo de caballeros que había al fondo. Ocupó el urinario central y, al cabo de diez segundos, Joey se situó en el de al lado. No había nadie más en el aseo.

—Lleva una camisa azul clara —le dijo Kyle en voz baja—, sin corbata, chaqueta azul marino y gabardina gris oscuro. Puede que lleve gafas de lectura de montura de acero o puede que no. Seguramente se las habrá quitado cuando baje. No he visto maletín, paraguas ni nada por el estilo. Debe de ir solo, y, como no creo que se quede esta noche, diría que no tardará en salir. Buena suerte.

Tiró de la cadena, salió del aseo y del hotel. Joey esperó un par de minutos y regresó al vestíbulo, donde cogió un periódico y se sentó. El día antes se había hecho cortar el pelo muy corto y, en esos momentos, lo llevaba teñido de gris. También se había puesto unas gafas falsas de gruesa montura de pasta. La cámara, apenas más grande que un bolígrafo de usar y tirar, la llevaba prendida en el bolsillo de la americana de pana.

Un miembro del personal de seguridad del hotel, vestido con un elegante traje negro, lo miró con curiosidad, pero más por la inactividad que reinaba en el vestíbulo que porque lo considerara sospechoso. Media hora antes, Kyle le había explicado que estaba esperando a que bajara un amigo. En el mostrador de recepción, los dos recepcionistas se ocupaban de sus cosas, cabizbajos, pero sin perderse nada.

Pasaron diez minutos, quince... Cada vez que se abrían las puertas del ascensor, Joey se ponía en guardia. Mantenía el diario sobre las rodillas, de manera que pareciera que estaba leyendo y al mismo tiempo la cámara tuviera el campo despejado para su objetivo.

Sonó una campanilla. Las puertas del ascensor de la izquierda se abrieron y Bennie en persona apareció con su larga gabardina gris. El retrato robot de su rostro guardaba un gran parecido. Cabeza calva y brillante, un poco de cabello grasiento encima de las orejas, nariz larga y estrecha, mandíbula cuadrada, gruesas cejas sobre unos ojos oscuros. Joey se armó de valor, agachó la cabeza y apretó el botón de «On» que tenía en su mano izquierda. Durante ocho pasos, Bennie caminó recto hacia él; luego, siguió el dibujo del suelo de mármol, se dirigió hacia la puerta y salió. Joey giró ligeramente el torso para que la cámara pudiera seguirlo. Después, la desconectó, respiró hondo y se sumergió en la lectura de su diario. Cada vez que los ascensores se abrían, levantaba la cabeza. Al cabo de diez interminables minutos, se levantó y fue al aseo de caballeros. Tras esperar media hora más, fingió hartarse de esperar y se marchó del hotel. Nadie lo siguió.

Joey se metió de cabeza en el barullo callejero de un sábado por la tarde en Manhattan y caminó sin rumbo entre los peatones, curioseó escaparates y entró en tiendas de música y librerías. Estaba convencido de que había despistado a sus perseguidores dos horas antes, pero no quería correr riesgos. Se encerró en el diminuto aseo de una librería de viejo que había visto al mediodía y se quitó el tinte del pelo con un producto especial. El poco gris que le quedó desapareció bajo una gorra de los Steelers. Luego, tiró las gafas falsas a una papelera. La cámara de vídeo seguía en el fondo del bolsillo de su chaqueta.

Kyle lo esperó hecho un manojo de nervios en la barra del Gotham Bar & Grill, de la calle Doce mientras se tomaba una copa de vino y charlaba con el camarero. Había reservado mesa para los dos a las nueve.

La peor de las alternativas posibles, la única que podía dar al traste con la operación, era que Bennie reconociera a Joey y se encarara con él en pleno vestíbulo del hotel. Sin embargo, no resultaba probable. Bennie sabía que Joey estaba en la ciudad, pero no lo reconocería disfrazado ni esperaría toparse con él en el hotel. Kyle daba por hecho que, siendo sábado por la noche, y puesto que él no había hecho nada en dos meses que pudiera levantar sospechas, Bennie viajaría con unos pocos ayudantes.

Joey llegó puntualmente a las nueve. Tenía el cabello casi de su color natural, y Kyle, cuando lo vio cruzar la puerta, no apreció el menor rastro de gris. Por el camino había encontrado la manera de cambiar su chaqueta de pana por otra negra, más elegante. Su sonrisa lo decía todo.

—Lo tengo —explicó, sentándose en un taburete y estudiando qué bebida pedir.

—¿Y? —preguntó Kyle, que seguía mirando la puerta por si veía algo sospechoso.

—Un Absolut doble con hielo —le dijo Joey al camarero. Luego, se volvió hacia su amigo—. Creo que lo tengo —le contó en voz baja—. El tal Bennie esperó dieciséis minutos y bajó en el ascensor. Lo grabé al menos durante cinco segundos antes de que pasara ante mí.

—¿Te miró?

—No estoy seguro. Yo fingía leer el periódico. Me dijiste que procurara evitar todo contacto visual, ¿recuerdas? De todas maneras, no se detuvo ni aminoró la marcha.

—¿No tuviste problemas para reconocerlo?

—Ninguno, tu retrato robot es una virguería.

Bebieron un rato, mientras Kyle seguía vigilando la puerta y el tramo de acera que podía sin llamar la atención. Al cabo de un momento, el maître los fue a buscar y los acompañó a una mesa situada al fondo del restaurante. Cuando tuvieron las cartas en la mano, Joey entregó la cámara a Kyle y preguntó:

—¿Cuándo podremos verlo?

—Dentro de unos días. Utilizaré el ordenador del despacho.

—No me envíes el vídeo por correo electrónico —avisó Joey.

—No te preocupes. Haré una copia y te lo mandaré por correo ordinario.

—¿Y ahora qué?

—Buen trabajo, colega. Ahora disfrutaremos de una estupenda cena con vino y todo. Como habrás visto...

—Estoy orgulloso de ti.

—Y mañana iremos a ver cómo los Steelers machacan a los Jets.

Entrechocaron las copas y saborearon su triunfo.

Bennie echó una bronca fenomenal a los tres ayudantes que habían perdido a Joey tras su llegada a la ciudad. La primera vez, los había despistado a última hora de la tarde, poco después de haberse registrado en el hotel y haber salido a la calle. Lo habían localizado en el Village, poco antes de oscurecer, solo para perderlo de nuevo. En esos momentos, estaba cenando con Kyle en el Gotham Bar & Grill, pero eso era exactamente lo que se suponía que debía estar haciendo. Los tres ayudantes juraron que Joey se había movido como si supiera que lo seguían. Había pretendido despistarlos a propósito.

—¡Y parece que lo consiguió!, ¿no? —aulló Bennie.

Dos partidos de fútbol seguidos —uno en Pittsburg y otro en Nueva York— y más cruce de correos electrónicos entre los dos. Joey era el único amigo de la universidad con quien Kyle mantenía contacto regular. Las señales de alarma estaban allí. Estaban planeando algo.

Bennie decidió reforzar la vigilancia del señor Bernardo.

También estaban vigilando a Baxter Tate y su notable transformación.

26

A las cuatro y media de la mañana del lunes, Kyle salió a toda prisa del ascensor en el que había subido sin más compañía hasta la planta treinta y tres del bufete y se dirigió a su cubículo. Como de costumbre, las luces estaban encendidas; las puertas, abiertas, y el café, recién hecho. Fuera cual fuese la hora, siempre había alguien trabajando. Las recepcionistas, las secretarias, y el personal administrativo no entraban hasta las nueve, pero ninguno de ellos trabajaba más de cuarenta horas semanales. Los socios lo hacían un promedio de setenta, y no resultaba infrecuente que los abogados junior llegaran ocasionalmente a las cien.

—Buenos días, señor McAvoy.

Era Alfredo, uno de los agentes de seguridad vestidos de civil que merodeaban por los pasillos fuera de horas.

—Buenos días, Alfredo —contestó Kyle, haciendo una bola con su gabardina y lanzándola a un rincón, junto a su saco de dormir.

—¿Qué tal los Jets? —preguntó Alfredo.

—Preferiría no tener que hablar de ello —replicó Kyle.

Doce horas antes, los Jets habían derrotado a los Steelers por tres *touchdowns* bajo una intensa lluvia.

—Que tenga un buen día —se despidió Alfredo alegremente, mientras se alejaba feliz porque su equipo había machacado a los Steelers, y lo que era aún mejor: porque había encontrado a alguien a quien restregárselo por las narices.

—¡Malditos hinchas de Nueva York! —masculló por lo bajo Kyle, abriendo con llave el cajón de su mesa y sacando el portátil. Mientras esperaba que se cargase, echó un vistazo alrededor para asegurarse de que estaba solo. Dale se negaba a fichar antes de las seis. Tim Reynolds odiaba las mañanas y prefería llegar alrededor de las ocho y compensarlo quedándose hasta medianoche. ¡Y pobre Tabor! El francotirador había suspendido el examen del Colegio y desde entonces casi no se lo había vuelto a ver. El viernes anterior, un día después de que se hicieran públicos los resultados, había llamado para decir que estaba enfermo. Estaba claro que la enfermedad se había prolongado a lo largo del fin de semana. Sin embargo, no tenía tiempo de preocuparse por Tabor, que sabía cuidar de sí mismo.

Conectó rápidamente el T-Klip de la cámara de vídeo a un adaptador, y este al ordenador. Esperó unos segundos, hizo doble clic y se quedó muy quieto cuando apareció la imagen: Bennie, a todo color, de pie en el ascensor, esperando que las puertas se abrieran por completo y después saliendo y caminando con el paso confiado de quien no tiene prisa ni nada que temer. Luego, avanzaba cuatro pasos por el vestíbulo de mármol, miraba a Joey sin reconocerlo, daba cinco pasos más y salía del encuadre. La pantalla quedó en negro. Kyle detuvo la grabación, la rebobinó y la volvió a contemplar, reproduciéndola cada vez más lentamente. Al cuarto paso de Bennie, cuando miraba a Joey sin reconocerlo, Kyle apretó «Pausa» y estudió la imagen. Era el mejor primer plano de Bennie, nítido y completo. Hizo clic en «Imprimir» y pidió cinco copias. Tenía a su hombre, al menos en una grabación.

«¿Qué te parece este pequeño vídeo, Bennie? —se dijo

Kyle—. No eres el único que sabes jugar con cámaras ocultas, ¿sabes?» Recogió rápidamente las cinco hojas de la fotocopiadora que había junto a la mesa de Sandra. Se suponía que había que anotar todas las fotocopias que se hicieran para poder pasar la cuenta correspondiente a los clientes; pero nadie decía nada si se destinaban unas pocas hojas a usos personales. Kyle las cogió y se felicitó mientras contemplaba el rostro de su atormentador, de su extorsionador, del pequeño hijo de puta que tenía en sus manos los resortes de su vida.

Luego, dio gracias mentalmente a Joey por tan espléndido trabajo. Un maestro del disfraz, demasiado rápido para los sabuesos que lo seguían, y un estupendo camarógrafo.

Cuando Kyle oyó una voz cerca, escondió el portátil, el T-Klip y subió las seis plantas que había hasta la biblioteca principal del piso treinta y nueve. Una vez allí, ocultó cuatro de las cinco fotos de Bennie en la carpeta secreta que escondía, perdida entre los cientos de estanterías.

Se asomó desde una de las galerías superiores de la biblioteca y contempló el piso principal. Vio hileras de mesas con particiones para estudiar y montones de libros repartidos en las distintas zonas de trabajo. Contó ocho abogados enfrascados en el trabajo, perdidos en su búsqueda de memorandos, mociones y resúmenes. Y eso un lunes de noviembre a las cuatro y media de la mañana. Menuda forma de empezar la semana.

Todavía no tenía claro el siguiente paso de su plan; pero, por el momento, Kyle se sentía satisfecho de poder tomarse un respiro y saborear su pequeña victoria mientras se decía que tenía que haber una forma de escapar de aquel lío.

Joey estaba conversando con un cliente que quería vender unas cuantas acciones de empresas petrolíferas, pocos minutos después de que los mercados financieros abrieran a primera hora del lunes, cuando sonó el segundo teléfono de su escritorio. Normalmente, era muy capaz de sostener dos conversaciones telefónicas a la vez; pero cuando oyó que alguien decía: «Hola, Joey. Soy Baxter. ¿Qué tal estás?», se deshizo en el acto de su cliente.

—¿Dónde paras? —le preguntó.

Hacía tres años que Baxter se había marchado de Pittsburg, después de graduarse en Duquesne, y desde entonces solo había vuelto por allí en contadas ocasiones. Pero, cuando lo había hecho, siempre había reunido a la vieja pandilla y organizado una juerga de copas que los dejaba sin fin de semana. Cuanto más tiempo pasaba en Los Ángeles, abriéndose camino como actor, más insoportable se volvía cuando volvía a casa.

—Estoy aquí, en Pittsburg —contestó—. Limpio y sobrio desde hace ciento sesenta días ya.

—Eso es estupendo, Baxter. No sabes cómo me alegro de oírlo. Sabía que estabas en tratamiento.

—Sí. Gracias al tío Wally, una vez más. Que Dios lo bendiga. ¿Tienes tiempo para comer algo rápido? Me gustaría hablar contigo de un asunto.

Nunca había ido a comer, al menos desde la época de la universidad. El almuerzo resultaba demasiado civilizado para Baxter. Cuando se reunía con los amigos siempre era en un bar y con toda la noche por delante.

—Pues claro. ¿De qué se trata?

—No es nada importante. Solo quiero saludarte. Cógete un sándwich y reúnete conmigo en Point State Park. Me gusta sentarme al aire libre y ver pasar los barcos.

—Desde luego, Baxter. —Aquello parecía tan preparado que Joey sospechó algo.

—¿Te va bien a mediodía?

—Perfecto, nos vemos entonces.

A las doce, Baxter llegó sin nada para comer, solo con una botella de agua. Estaba mucho más delgado. Iba vestido con unos vaqueros gastados, un suéter azul marino y unas botas militares negras, todo seleccionado del almacén de ropa usada del Hermano Manny. Hacía tiempo que habían desaparecido los vaqueros italianos, las chaquetas de Armani y los mocasines de piel de cocodrilo. El Baxter de antes era historia.

Se dieron un fuerte abrazo, intercambiaron bromas y encontraron un banco vacío cerca de donde se unían los ríos Allegheny y Monongahela. Tras ellos, una gran fuente alzaba su surtidor.

—¿No comes nada? —preguntó Joey.

—No tengo hambre. Come tú.

Joey dejó a un lado su sándwich de pavo y contempló las botas militares de su amigo.

—¿Has visto a Kyle últimamente? —quiso saber Baxter, y pasaron un buen rato poniéndose al día de la vida de Kyle, Alan Strock y otros miembros de la hermandad Beta.

Cuando lo hacía Baxter, era en voz baja, lentamente y con la mirada en los ríos que tenía delante, como si su lengua funcionara pero tuviera la mente en otra parte. Cuando hablaba Joey, Baxter lo oía pero no lo escuchaba realmente.

—Pareces ausente —comentó Joey al final, con su habitual franqueza.

—Es que se me hace raro volver, ¿sabes? Además, ahora que estoy sobrio, todo me parece muy distinto. Soy un alcohólico, Joey, un alcohólico como la copa de un pino; ahora que he dejado de beber y que me he quitado todo ese veneno del cuerpo, veo las cosas de otra manera. No pienso volver a beber nunca más, Joey.

—Si tú lo dices...

—Ya no soy el Baxter que conocías.

—Me alegro, pero el Baxter de antes tampoco era tan mal tío.

—El Baxter de antes era un cerdo egoísta, pomposo y borracho, y tú lo sabes.

—Es verdad.

—Y dentro de cinco años habría muerto.

Una vieja barcaza cruzó lentamente el río, y ellos la observaron en silencio unos minutos. Joey desenvolvió su sándwich y empezó a comer.

—Estoy siguiendo los pasos para desintoxicarme del todo —comentó Baxter en voz baja—. ¿Conoces cómo funciona lo de Alcohólicos Anónimos?

—Un poco. Tengo un tío que se desalcoholizó hace unos años y que sigue trabajando en esa asociación. Tienen un buen programa.

—Mi consejero y mi pastor es un ex convicto conocido cariñosamente como el «Hermano Manny». Me encontró en un bar de un casino de Reno a las seis horas de que yo hubiera salido de la clínica de desintoxicación.

—Ese es el Baxter de antes que recuerdo.

—Y que lo digas. El Hermano Manny me llevó a través de los Doce Pasos del proceso de rehabilitación. Bajo su dirección he preparado una lista de toda la gente a la que he hecho daño durante todo este tiempo. He tenido que sentarme, coger lápiz y papel y hacer un repaso de todas las personas a las que he hecho daño estando borracho. No creas que no asusta.

—¿Y yo figuro en esa lista?

—No, no lo conseguiste. Lo siento.

—Vaya…

—Básicamente son parientes y familiares. Están en mi lista, y yo estaré en la de ellos si alguna vez se toman la vida en serio. Ahora que ya la he terminado, el siguiente paso es pedir perdón, y eso todavía asusta más. El Hermano Manny le dio una paliza a su primera esposa antes de que lo encarcelaran. Ella se divorció. Años más tarde, cuando dejó la bebida, la buscó para decirle que lo sentía. La mujer tenía una cicatriz en el labio gracias a él. Cuando al fin accedió a verlo, el Hermano Manny le suplicó que le perdonara, pero ella se limitó a señalar la cicatriz de la boca mientras él lloraba y ella también. Es horrible, ¿verdad?

—Desde luego.

—Bueno, pues un día yo también agredí a una chica. Y ahora la tengo en mi lista.

A Joey, el bocado de pavo se le quedó atascado en la garganta. Aunque siguió masticando, tuvo la impresión de que no podía tragar.

—¿Lo dices en serio?

—Se llama Elaine Keenan. ¿Te acuerdas de ella? Nos acusó de que la habíamos violado en una fiesta en nuestro apartamento.

—¡Cómo iba a olvidarla!

—¿Piensas alguna vez en ella, Joey? Fue a ver a la policía y nos dio un susto de muerte. Un poco más y llamamos a un abogado. Yo hice lo posible por olvidarme del incidente, y casi lo conseguí. Pero, ahora que estoy en dique seco y mi mente piensa con claridad, me acuerdo mejor de las cosas. Nosotros nos aprovechamos de esa chica, Joey.

Joey dejó el sándwich a un lado.

—Puede que tu memoria no sea tan buena como crees —contestó—. Lo que yo recuerdo es una tía que estaba como una cabra y que le iba la marcha, empinar el codo y esnifar coca; pero que, sobre todo, se pirraba con el sexo indiscriminado. Nosotros no nos aprovechamos de nadie. Al menos, yo no. Si quieres revisar la historia, adelante; pero no me incluyas.

—Elaine se desmayó. Yo fui el primero, y mientras lo estábamos haciendo se desmayó. Me acuerdo de que entonces te acercaste al sofá y dijiste algo como «¿está despierta?». ¿No recuerdas nada de eso, Joey?

—No.

Algunas partes del relato le resultaban familiares, pero ya no estaba seguro de nada. Se había esforzado tanto por olvidar el episodio que, cuando Kyle le había hablado del vídeo, se había llevado un susto de muerte.

—Ella aseguró que la habíamos violado. Quizá tuviera razón.

—De ninguna manera, Baxter. Deja que te refresque la memoria. Tú y yo nos lo montamos con ella la noche antes. Y está claro que debió gustarle porque la noche en cuestión nos la volvimos a encontrar y ella nos propuso repetirlo. Ya había aceptado hacerlo antes de que se presentara en nuestro apartamento.

Se produjo otro largo silencio mientras cada uno intentaba adivinar qué llegaría a continuación.

—¿Estás pensando en tener una pequeña charla con Elaine? —preguntó Joey.

—Puede que sí. Tengo que hacer algo respecto a ese asunto. No me siento bien con lo que sucedió.

—¡Vamos, Baxter! Estábamos todos borrachos perdidos. Toda esa noche no es más que un confuso borrón.

—Ese es el milagro del alcohol: hacemos cosas de las que no nos acordamos, hacemos daño a los demás con nuestro egoísmo. Si tenemos la suerte de dejar la bebida, lo menos que podemos hacer es pedir perdón.

—¿Pedir perdón? Deja que te cuente una pequeña historia, hermano Baxter. Hace un par de semanas me tropecé con

Elaine. Vive en Scranton. Yo estaba allí por negocios y me la encontré en una cafetería. Me acerqué a saludarla, intenté ser educado; pero ella se puso como una histérica y me llamó «violador». Le propuse que nos viéramos más tarde para tomar un café con más tranquilidad y ella se presentó con su abogada, una de esas tías que creen que los hombres son todos una mierda. Así pues, supongamos que vas a Scranton, la encuentras y le dices que lo lamentas porque resulta que, después de todo, es posible que tuviera razón; le dices que quieres sentirte mejor porque has dejado la bebida y ahora eres un buen alcohólico. ¿Sabes qué pasará? Pues que presentará una acusación formal y habrá detenciones, un juicio o varios, una sentencia y al final la cárcel. Y no solo para ti, hermano Baxter, sino también para tres colegas más que conocemos, ¿vale?

Joey calló mientras recobraba el aliento. Tenía a su amigo contra las cuerdas y había llegado el momento de acabar con él.

—Su abogada me explicó que, en Pensilvania, los delitos de violación prescriben a los doce años. O sea, que el tiempo sigue corriendo para nosotros y todavía nos queda mucho. Adelante, ve a verla con tus disculpas idealistas y te enterarás del significado de la palabra «violación» cuando te encierren en la cárcel.

Joey se puso en pie, caminó hasta el borde del agua y soltó un escupitajo en los ríos. Luego, volvió, pero no se sentó. Baxter no se había movido, pero meneaba la cabeza.

—Lo que esa chica quería era sexo, Baxter, y nosotros solo nos limitamos a complacerla. Estás sacando este asunto de madre.

—Tengo que hablar con ella.

—¡No, joder! No te vas a acercar a ella hasta que nosotros cuatro, tú, Alan, Kyle y yo, hayamos hablado largo y tendido. Y no creo que te guste.

—Necesito hablar con Kyle. Es el que tiene más sensatez de los cuatro.

—Sí, la tiene; pero está enterrado en trabajo y hasta el cuello de estrés.

Joey intentó imaginar una reunión entre los dos. A Kyle pensando constantemente en el vídeo y a Baxter, con su nueva memoria, confirmando los detalles. Sería un desastre.

—Iré a Nueva York —declaró Baxter.

—No lo hagas, tío.

—¿Por qué no? Me gustaría ver a Kyle.

—De acuerdo. Si quieres hablar con Kyle, entonces hazlo también con Alan. ¡Todo el mundo tendrá mucho que decirte antes de que decidas plantarte en Scranton y jodernos la vida a todos! ¡Te lo aviso, Baxter, esa chica quiere sangre, y su abogada tiene olfato para eso!

Se produjo otro largo silencio en la conversación. Finalmente, Joey se sentó y dio una palmada en la pierna a su amigo. En el fondo no eran más que dos viejos amigos que se preocupaban el uno por el otro.

—No puedes hacerlo, tío. No puedes —declaró Joey con toda la convicción que pudo reunir. En esos momentos estaba pensando en su propio pellejo. ¿Qué le iba a decir a Blair, que ya estaba de cinco meses? «Mira, cariño, me acaban de llamar y resulta que me reclaman por un asunto de violación. Puede que sea grave y no esté en casa para cenar. Alguien me ha dicho que la prensa ronda por ahí. Podrás verlo en el Canal 4. Besos.»

—No sé, Joey. No estoy seguro de qué ocurrió —contestó Baxter en voz tan baja y pausada como antes—. Pero lo que sí sé es que lo que hice estuvo mal.

—Mi tío, el alcohólico, cuando se desintoxicó con Alcohólicos Anónimos, también hizo una lista. Había robado una escopeta a mi padre, y estuvo ahorrando hasta que pudo comprar otra. Una noche la llevó a casa. Gran sorpresa, gran escena. Pero, si lo recuerdo bien, tú, como el alcohólico que está haciendo los Doce Pasos, no puedes pedir perdón si al hacerlo perjudicas a alguien, ¿me equivoco?

—No. Tienes razón.

—Pues ahí tienes tu respuesta. Si vas a ver a Elaine en busca de perdón, ella y su abogada aprovecharán la ocasión y nos denunciarán a todos: a ti, a mí, a Alan y a Kyle. ¿Lo entiendes, Baxter? No puedes hacerlo porque nos perjudicarás a todos.

—Si no hiciste nada malo, no tienes por qué inquietarte. Yo me estoy enfrentando a mis actos porque mis actos estuvieron mal.

—Todo esto es una locura, Baxter. Mira, has dejado la bebida y tienes la cabeza llena de rollos idealistas. Muy bien. Estoy orgulloso de ti. El futuro te sonríe y, no obstante, estás dispuesto a tirarlo por la borda y jugarte la posibilidad de pasar veinte años entre rejas. ¡Por Dios, es una locura!

—Entonces, ¿qué se supone que debo hacer?

—Vete a Reno o a cualquier otro sitio y olvídate de esta historia. Disfruta de la vida que te espera y déjanos a los demás en paz.

Dos policías pasaron ante ellos, riendo y conversando, y Joey se quedó mirando las esposas que les colgaban del cinto.

—No puedes hacerlo, Baxter —dijo una vez más—. Tómate un tiempo, habla con algún sacerdote que conozcas...

—Ya lo he hecho.

—¿Y qué te dijo?

—Me dijo que fuera prudente.

—Un hombre inteligente. Escucha, en estos momentos estás atravesando un momento de transición. Todo está en el aire. Te encuentras lejos de Los Ángeles, limpio y sobrio. Todo empieza a estar bien otra vez, pero si te precipitas y haces una locura...

—Paseemos un poco —dijo Baxter, poniéndose en pie.

Caminaron a lo largo del río, hablando poco y contemplando los barcos.

—Quiero hablar con Kyle —declaró al fin Baxter.

27

En los cuatro meses y medio que Kyle llevaba viviendo en su deprimente apartamento, se las había arreglado para no recibir invitados. Dale le había pedido ir en un par de ocasiones, hasta que al fin había desistido. Kyle le describía su casa como una covacha prácticamente sin amueblar, casi sin agua caliente, llena de bichos y con paredes que parecían de papel. Le aseguró que estaba buscando un sitio un poco mejor, pero ¿qué júnior de primer año tenía tiempo para buscar un piso decente? Lo cierto era que prefería su covacha precisamente por aquella misma razón: para no tener invitados y, de ese modo, evitar el riesgo de que sus conversaciones fueran espiadas y grabadas. Aunque no había intentado limpiar el sitio de micrófonos y demás dispositivos de escucha, sabía que estaban allí. Sospechaba que había cámaras ocultas observándolo día y noche; pero, puesto que les había hecho creer que no sabía que lo vigilaran, seguía ajustándose a la rutina cotidiana de vivir como un ermitaño. Los intrusos entraban y salían —al menos una vez a la semana—, pero él no recibía invitados.

Dale se contentaba con recibirlo en su apartamento porque le daban miedo los bichos.

«¡Si supieras! —pensaba Kyle—. ¡Mi casa tiene todos los bichos conocidos del mundo subterráneo!»

Al final habían conseguido acostarse juntos sin dormirse antes, pero caían en el más profundo sueño inmediatamente después. Habían infringido las normas del bufete al menos en cuatro ocasiones y no tenían intención de corregirse.

Cuando Baxter llamó y preguntó a Kyle si podía pasar unos días en su casa, este tenía lista una sarta de mentiras debidamente convincentes. Joey le había enviado una llamada de alerta desde el teléfono de su despacho que llegó justo después de que Kyle se hubiera despedido de Baxter.

—Tenemos que hacer algo —le había repetido incansablemente Joey, hasta que Kyle le dijo que se callara.

La idea de tener a Baxter alojado en su casa, hablando día y noche sobre lo ocurrido con Elaine era demasiado para imaginarlo. Kyle casi podía ver a Bennie acompañado de sus técnicos, sujetándose los auriculares y escuchando a Baxter sermonear sobre la necesidad de enfrentarse al pasado, admitir lo hecho y esas cosas. Si el episodio de Elaine estallaba en Pittsburg, Kyle se vería implicado en él de un modo u otro, y Bennie perdería su poder de chantaje sobre él.

—Lo siento, Bax —le dijo por el móvil, haciéndose el simpático—. Solo tengo un dormitorio, si es que se puede llamar así, y hace más de un mes que tengo a mi hermana durmiendo en el sofá. Está en Nueva York, buscando trabajo. En fin, digamos que mi casa está a rebosar.

Baxter se instaló en una habitación del Soho Grand. Se reunieron para tomar una pizza a última hora en un restaurante que abría las veinticuatro horas situado en Bleecker Street, en el Village. Kyle lo escogió porque había estado allí antes y había tomado notas de su idoneidad para futuros usos: una puerta de entrada y otra de salida, un gran ventanal que daba a la calle, mucho ruido y, sobre todo, era demasiado pequeño para que los sabuesos de Bennie entraran sin llamar la atención. Kyle llegó a las diez menos cuarto, quince minutos antes para poder tener un reservado donde sentarse de cara a la entrada, y fingió sumirse en la lectura de un grueso expediente, igual que cualquier junior de primer año entregado a su trabajo.

Baxter llevaba el mismo vaquero, el mismo suéter y las mismas botas militares que cuando Joey había hablado con él. Se dieron un abrazo y se instalaron en el reservado sin dejar de hablar. Pidieron unos refrescos, y Kyle le dijo:

—He hablado con Joey. Felicidades por tu rehabilitación. Tienes muy buen aspecto.

—Gracias. En los últimos meses he pensado mucho en ti. Tú dejaste la bebida durante tu primer año en la universidad, ¿verdad?

—Así es.

—Pero no recuerdo por qué lo hiciste.

—Porque un asesor me dijo que la cosa iría a peor, que en esos momentos no tenía un problema grave con la bebida, pero que sin duda iría a peor si seguía por ese camino. Así pues, lo dejé. No había vuelto a probar una gota de alcohol hasta hace un par de semanas, que me tomé un par de copas de vino. Hasta el momento no ha pasado nada. Si veo que la cosa pinta mal, lo volveré a dejar.

—Yo tenía tres úlceras de estómago abiertas cuando me internaron. Pensé en suicidarme, pero no lo hice porque echaba demasiado de menos el vodka y la coca. Estaba hecho polvo.

Encargaron una pizza y charlaron largo rato del pasado, especialmente del de Baxter, que soltó historia tras historia sobre los tres últimos años pasados en Los Ángeles: su intento de abrirse paso en el cine, las juergas, las drogas, las chicas más guapas de los rincones más lejanos de Estados Unidos, que llegaban dispuestas a hacer lo que fuera físicamente necesario para casarse o divorciarse de alguien rico. Kyle escuchó atentamente sin dejar de vigilar la puerta de entrada y los ventanales. Nada.

Conversaron sobre los viejos amigos, del nuevo trabajo de Kyle, de la nueva vida de Baxter. Al cabo de una hora, cuando la pizza ya se había acabado, entraron en los asuntos urgentes.

—Supongo que Joey te habrá hablado de lo que le dije sobre Elaine —comentó Baxter.

—Desde luego, y me parece mala idea. Escucha, Baxter, yo entiendo de leyes, y tú no. Te vas a meter en arenas movedizas y nos vas a arrastrar a todos contigo.

—Pero tú no hiciste nada. ¿Por qué te preocupa tanto?

—Mira, te voy a plantear la situación —dijo Kyle, acercándose más, impaciente por explicarle lo que llevaba horas meditando—. Supón que vas a ver a Elaine en busca de algún tipo de perdón, de redención, lo que sea que crees que vas a encontrar. Tú te disculpas ante alguien a quien perjudicaste y puede que ella ponga la otra mejilla, acepte tus disculpas, que os deis un abrazo y os despidáis tan amigos. Pero no es probable que ocurra. Lo probable es que ella no opte por la alternativa cristiana y que decida, con la ayuda de la fiera de su abogada, que lo que desea realmente es justicia. Lo que busca es una revancha. Hace años gritó que la habían violado y nadie le hizo caso. Y ahora, tú, con tus torpes disculpas, lo que vas a conseguir es darle la razón. Se sentirá violada, y su abogada no hará más que ponérselo fácil. El asunto se pondrá en marcha y empezará a rodar rápidamente. En Pittsburg hay un fiscal al que, como de costumbre, le gusta salir en los periódicos. Como todos los fiscales está cansado de la rutina, de las luchas entre bandas, del crimen callejero; de repente, se le presenta la ocasión de ir tras cuatro chavales blancos de Duquesne, uno de los cuales lleva el apellido Tate. No solo un gran acusado blanco, ¡sino cuatro! Imagina los titulares, las ruedas de prensa y las entrevistas. Él será el héroe, y nosotros los malos de la película. Naturalmente, tendremos derecho a un juicio justo y todo eso, pero será dentro de un año, de un año que se convertirá en un aterrador infierno. No, Baxter, no puedes hacerlo. Harás demasiado daño a demasiada gente.

—¿Y si le ofrezco dinero? Un trato a dos bandas, entre ella y yo.

—Quizá funcione. En todo caso, estoy seguro de que a su abogada le encantaría conocer vuestras negociaciones. De todas maneras, ofrecer dinero implica aceptar un principio de culpa. No conozco a Elaine, y tú tampoco; pero a juzgar por el encuentro que Joey tuvo con ella, creo que podemos asegurar que no es una persona muy estable. No sabemos cómo reaccionará; por lo tanto, me parece demasiado arriesgado.

—Escucha, Kyle, yo no puedo seguir viviendo como si nada hasta que haya hablado con ella. Tengo la sensación de que, de un modo u otro, le he hecho daño.

—Lo entiendo, y comprendo que suena estupendamente en el manual de Alcohólicos Anónimos; pero, cuando hay otra gente implicada, la cosa cambia. Tienes que olvidarlo, Baxter, echártelo a la espalda y seguir adelante.

—No estoy seguro de poder hacerlo.

—Mira, creo que hay un punto de egoísmo en tu posición. Quieres hacer algo que crees que te hará sentir mejor. Bien, me alegro por ti; pero ¿qué pasa con los demás? Puede que tu vida sea más plena, pero seguro que arruinas de paso la nuestra. Me temo que en este asunto te equivocas de pleno. Deja a esa chica en paz.

—Puedo disculparme con Elaine sin reconocer haber cometido delito alguno. Le diré que estaba equivocado y que lo lamento.

—Su abogada no es estúpida, Baxter, y seguro que estará sentada con ella, grabadora en mano. —Kyle dio un sorbo a su refresco y tuvo un *flashback* del primer vídeo. Si Baxter lo veía, si se veía turnándose con Joey mientras Elaine estaba inconsciente, el sentimiento de culpa acabaría con él.

—Tengo que hacer algo.

—No es verdad. No tienes por qué hacer nada —contestó Kyle, levantando la voz por primera vez a causa de la tozudez de su amigo—. No tienes derecho a arruinar nuestra vida.

—Yo no voy a arruinarte la vida, Kyle. Tú no hiciste nada malo.

«¿Está despierta?», pregunta Joey. Y esas palabras resuenan en la sala del tribunal. Los miembros del jurado miran ceñudamente a los cuatro acusados. Quizá sienten compasión por Alan y Kyle porque no hay evidencia alguna de que hayan violado a la chica, y al final los declaran inocentes. Pero quizá están hartos de todos ellos y deciden enviarlos a la cárcel.

—Estoy dispuesto a cargar con la culpa —aseguró Baxter.

—¿Por qué tienes tantas ganas de meterte en unos problemas que ni te imaginas? En este asunto te estás jugando una pena de cárcel, Baxter. ¡Despierta, tío!

—Cargaré con la culpa —repitió como si fuera un mártir—. Vosotros os podréis librar.

—No me estás escuchando, Baxter. Esto es más complicado de lo que crees.

Se encogió de hombros.

—Puede.

—¡Escúchame, maldita sea!

—Te escucho, Kyle; pero también escucho al Señor.

—Bueno, ahí no puedo competir.

—Y él me está conduciendo hasta Elaine, hasta el perdón. Y creo que ella me escuchará, que me perdonará y que olvidará. —En su voz había una firme y piadosa convicción.

Kyle comprendió que casi no tenía nada más que echarle en cara.

—Está bien, tómate un mes para pensarlo y decidir —propuso—. No te precipites. Tanto Joey como Alan y yo también tenemos algo que decir en todo esto.

—Vámonos. Estoy cansado de estar aquí sentado.

Pasearon por el Village durante media hora, hasta que Kyle, agotado, se despidió.

Cuando su móvil sonó, tres horas más tarde, estaba profundamente dormido. Era Baxter.

—He hablado con Elaine —declaró con orgullo—. La he localizado, la he despertado y hemos hablado un rato.

—¡Serás idiota! —espetó Kyle sin pensarlo.

—La verdad es que ha ido bastante bien.

—¿Qué le has dicho?

Kyle estaba en el cuarto de baño, arrojándose agua fría a la cara con una mano y sosteniendo el teléfono con la otra.

—Le he dicho que nunca me he sentido tranquilo con lo que ocurrió. Lo único que he reconocido ante ella han sido remordimientos.

«Gracias a Dios», se dijo Kyle.

—¿Y ella qué te dijo? —preguntó.

—Me dio las gracias por llamarla. Luego, se echó a llorar y dijo que nadie la había creído nunca; que sigue sintiendo que fue violada; que siempre supo que habíamos sido Joey y yo, y que tú y Alan os quedasteis cerca, mirando.

—Eso no es verdad.

—Nos vamos a reunir dentro de unos días. Vamos a comer juntos en Scranton. Los dos solos.

—¡No lo hagas, Baxter! ¡Por favor, no lo hagas! ¡Lo lamentarás toda tu vida!

—Sé lo que estoy haciendo, Kyle. He rezado mucho para esto y confío en que Dios me guiará. Elaine me prometió que no le diría nada a su abogada. Debes tener fe.

—Elaine trabaja a tiempo parcial para esa abogada. Eso no te lo dijo, ¿verdad? ¡Si caes en su trampa, despídete!

—Mi vida está empezando de nuevo, viejo amigo. Fe, Kyle, fe. Buenas noches.

Colgó, y la comunicación se interrumpió.

Baxter voló a Pittsburg a la mañana siguiente, fue a buscar su coche —un Porsche que tenía intención de vender— al aparcamiento que tenía alquilado y se registró en un motel del aeropuerto. Los extractos de la tarjeta de crédito revelaron que pasó dos noches en el motel y no firmó su salida. Su móvil mostró numerosas llamadas entrantes y mensajes de texto, tanto de Joey Bernardo como de Kyle McAvoy, que no fueron respondidos. Mantuvo dos largas conversaciones con el Hermano Manny en Reno y un par más, muy breves, con sus padres y su hermano, en Pittsburg. No realizó ninguna llamada a Elaine Keenan.

El último día de su vida salió de Pittsburg antes del amanecer y se dirigió a Scranton, un trayecto de unos cuatrocientos cincuenta kilómetros que duraba unas cinco horas. Según el rastro de cargos dejado por su tarjeta, se detuvo a repostar en una gasolinera de Shell cerca del cruce de la Interestatal 79 con la 80, a unos noventa kilómetros al norte de Pittsburg. A continuación siguió camino hacia el este por la I-80 y condujo durante un par de horas, hasta que su viaje concluyó brusca y violentamente. Cerca del pueblo de Snow Shoe se detuvo en un área de descanso y fue al aseo de caballeros. Eran aproximadamente las once menos cuarto de un viernes de mediados de noviembre. El tráfico era escaso, y en la zona de descanso había pocos vehículos.

El señor Dwight Nowoski, un jubilado de Dayton que se dirigía a Vermont con su esposa —que había entrado en el aseo de señoras— descubrió a Baxter poco después de que este hubiera sido tiroteado. Todavía estaba con vida, pero agonizaba rápidamente por culpa de una herida en la cabeza. El señor Nowoski lo halló en el suelo del urinario, con el vaquero desabrochado, cubierto de sangre y orines. El joven se estremecía y gemía igual que un ciervo arrollado por un camión. No había nadie más en el aseo cuando el señor Nowoski entró y se topó con la macabra escena.

Evidentemente, el asesino había seguido a Baxter al interior del lavabo, echó un vistazo para asegurarse de que no había nadie cerca y colocó rápidamente el cañón de una pistola de 9 mm —una Beretta, según el laboratorio— en la base del cráneo de Baxter y disparó una sola vez. Un silenciador amortiguó el ruido. La zona de descanso no estaba equipada con cámaras de vigilancia.

La policía estatal de Pensilvania acordonó la zona y sus alrededores. Seis viajeros, incluyendo al señor y la señora Nowoski, fueron interrogados largamente en la escena del crimen. Uno de ellos recordaba haber visto llegar y alejarse una camioneta Penske amarilla, de alquiler, pero no supo decir cuánto tiempo se había quedado. Los testigos calculaban que cuatro o cinco vehículos se habían marchado de la zona de descanso después del hallazgo del cuerpo y antes de que llegara la policía. Nadie recordaba haber visto a Baxter entrar en los aseos ni a su asesino siguiéndolo. Una señora de Rhode Island recordaba haber visto a un individuo apoyado en la entrada del aseo de caballeros cuando ella fue al de señoras, y al pensarlo mejor añadió que era probable que estuviera vigilando porque ni entraba ni salía. En cualquier caso, hacía rato que se había ido, y su descripción se limitaba a: un hombre blanco de entre treinta y cuarenta y cinco años, de un metro setenta y cinco, con una chaqueta oscura que lo mismo podía ser de cuero que de lana o algodón. Junto con los informes del laboratorio y la autopsia, el relato de la mujer completaba la información del suceso.

Nadie había tocado la cartera de Baxter, tampoco su billetero ni su reloj. La policía le registró los bolsillos y no encontró nada salvo unas cuantas monedas, las llaves del coche y una barra de protector labial. El informe de la autopsia revelaría que no había rastro de drogas ni alcohol en su cuerpo, en sus ropas o en su coche.

Eso sí, el patólogo descubrió un hígado sumamente dañado para tratarse de un joven de solo veinticinco años.

El robo quedó inmediatamente descartado por razones obvias: nadie se había llevado nada a menos que la víctima portara algo valioso que nadie hubiera visto. Sin embargo, ¿por qué iba el ladrón a dejar más de quinientos dólares en efectivo y ocho tarjetas de crédito? ¿Y por qué no robar el Porsche, ya que tenía la posibilidad? Tampoco había indicios de que el crimen tuviera una motivación sexual. Podía tratarse de un asunto de drogas, pero estos solían ser mucho más llamativos.

Una vez descartados los móviles del robo, las drogas y el sexo, los investigadores quedaron perplejos. Vieron cómo el cuerpo desaparecía en el interior de una ambulancia, camino de Pittsburg y se dieron cuenta de que tenían un problema entre manos. La aparente falta de móvil, el uso de silenciador y la rapidez de la huida les hicieron llegar a la conclusión de que se hallaban ante el trabajo de un profesional.

La confirmación de que un miembro de una familia tan prominente había hallado un final tan extraño y brutal puso una nota de color en los habitualmente aburridos noticiarios de Pittsburg. Los equipos de televisión corrieron a la mansión de los Tate de Shadyside para toparse con el personal de seguridad de la casa. Durante generaciones, la familia había respondido siempre con un «no hay comentarios» a cualquier pregunta, y en esa ocasión no fue diferente. Uno de los abogados de la familia leyó una breve nota y pidió respeto y oraciones por la víctima. El tío Wally tomó una vez más las riendas de la situación y dio las órdenes oportunas.

Kyle se hallaba en su cubículo, charlando con Dale sobre sus planes para aquella noche, cuando le llegó la llamada de Joey. Eran casi las cinco de la tarde del viernes. Kyle había cenado con Baxter el martes por la noche y, aunque lo había intentado varias veces, no había vuelto a hablar con él desde entonces. Por lo que él y Joey sabían, Baxter había desaparecido o, al menos, no contestaba al teléfono.

—¿Qué ocurre? —preguntó Dale al ver la expresión de horror de Kyle.

Pero este no contestó. Se levantó y, sin quitarse el teléfono de la oreja, se alejó por el vestíbulo mientras escuchaba a Joey darle los detalles que en esos momentos salían por televisión. Perdió la conexión en el ascensor pero, una vez fuera del edificio, volvió a llamarlo y siguió escuchando. Las aceras de Broad Street estaban abarrotadas de gente que salía del trabajo. Kyle se sumergió en la multitud sin un abrigo para protegerse del frío, sin saber adónde ir.

—Lo han matado —le dijo finalmente a Joey.

—Sí, pero ¿quién?

—Creo que ya lo sabes.

28

—Un funeral dura dos horas —dijo Doug Peckham, mirando fijamente a Kyle—. No veo por qué necesitas tomarte dos días libres.

—El funeral será en Pittsburg. Así que tengo que tomar un avión hasta allí. Era uno de mis mejores amigos de la hermandad universitaria, y voy a ser uno de los portadores del féretro. Además, tengo que visitar a su familia. Por favor, Doug.

—He ido a un montón de funerales y sé cómo son.

—¿Has ido alguna vez al de un compañero de habitación al que le han pegado un tiro en la cabeza?

—Te entiendo, pero ¿dos días?

—Sí. Llámalo «vacaciones», si quieres. Llámalo «tiempo para asuntos personales». ¿Verdad que tenemos unos días al año para asuntos personales?

—Desde luego. Lo pone en el manual del bufete, pero nadie los utiliza.

—Pues yo los voy a utilizar. Despídeme, si quieres. Me da igual.

Peckham soltó un suspiro y dijo tranquilamente:

—De acuerdo. ¿Cuándo es la ceremonia?

—El miércoles por la tarde, a las dos.

—Entonces vete mañana a última hora de la tarde y preséntate aquí el jueves a las cinco y media de la mañana. Te aviso, Kyle, este sitio se está convirtiendo en un polvorín. El motín de Toby Roland se está poniendo muy feo y va a peor, y los que nos quedemos atrás nos vamos a ver en la calle.

—Era mi compañero de apartamento, Doug.

—Sí. Lo siento.

—Muchas gracias.

Peckham descartó el último comentario con un gesto de la mano, cogió un grueso cartapacio y lo empujó al otro lado de la mesa.

—¿Puedes leerlo en el avión? —Aunque lo había formulado como una pregunta, se trataba de una orden directa.

Kyle cogió el expediente y apretó la mandíbula para evitar decir: «Claro, Doug. Le echaré un vistazo en el avión, lo estudiaré durante el velatorio, lo analizaré durante la misa, y volveré a repasarlo durante el entierro, cuando bajen los restos de Baxter a la fosa; y después, cuando vuele de regreso a La Guardia lo volveré a examinar, y todos los minutos de mi tiempo que le haya dedicado se los facturaré por duplicado o triplicado al infeliz cliente que haya tenido la mala idea de escoger esta fábrica de "esclavos" para que le preste asesoramiento legal».

—¿Estás bien? —preguntó Peckham.

—No.

—Escucha, lo siento. No sé qué más decirte.

—No hay nada que decir.

—¿Alguna pista de quién pudo apretar el gatillo? —preguntó Peckham, cambiando de postura mientras intentaba conversar y fingía interesarse por lo sucedido, sin conseguirlo.

—No, ninguna.

«Si supieras...», pensó Kyle.

—Lo lamento —repitió Peckham, poniendo punto final a su intento de fingir.

Kyle se levantó y fue hacia la puerta, pero se detuvo al oír:

—Durante la comida te pedí que hicieras una estimación de las horas que he dedicado al Ontario Bank, ¿verdad? La necesito.

«¿Por qué no te las calculas tú mismo? —sintió ganas de contestar Kyle—, o mejor aún, mantén tu facturación al día, como hacemos los demás.»

—La tengo casi terminada —respondió mientras se apresuraba a salir para que no abusaran más de él.

El entierro de Baxter Farnsworth Tate tuvo lugar un húmedo y nuboso día en el panteón que la familia tenía en el cementerio de Homewood, en el centro de Pittsburg. Le siguió un austero servicio religioso cerrado al público y especialmente a la prensa. Baxter dejaba a un hermano, que asistió a la ceremonia, y una hermana que no. Durante el fin de semana anterior, el hermano había hecho un valiente esfuerzo por convertir el funeral en una celebración de la vida de Baxter, una idea que acabó cayendo por su propio peso cuando se hizo evidente lo poco que había que celebrar. El hermano cedió la palabra al párroco, que cumplió con el ritual de recordar a alguien a quien no había llegado a conocer. Ollie Guice, un ex Beta de Cleveland que había vivido con Baxter dos años en Duquesne, pronunció unas palabras que consiguieron arrancar alguna sonrisa. De los ocho miembros supervivientes de la hermandad, siete estaban presentes. También había una nutrida representación de lo más florido de Pittsburg y algunos amigos de la infancia que no tenían más remedio que asistir. También había cuatro antiguos y desconocidos compañeros del internado adonde habían enviado a Baxter a los catorce años.

Sin que Kyle y los demás lo supieran, Elaine Keenan había

intentado asistir a la misa; pero no la habían dejado entrar porque su nombre no figuraba en la lista.

No acudió nadie de Hollywood . Ni uno de los agentes de tercera fila que tenían a Baxter en cartera envió ni una sola flor. Una desconocida amiga envió por e-mail unas palabras de condolencia que pidió que fueran leídas por alguno de los asistentes porque ella tenía que salir a escena y no podría estar presente. El texto estaba lleno de referencias a Buda y al Tíbet, y el párroco lo arrojó a la papelera sin decir nada a nadie.

El Hermano Manny se las arregló para convencer a los de la puerta para que lo dejaran pasar, pero solo después de que Joey Bernardo hubiera persuadido a los familiares de que Baxter tenía en muy alta estima a su pastor de Reno. La familia miró con suspicacia al Hermano Manny, seguramente porque vestía su uniforme blanco de rigor: pantalón de peto y camisa por fuera, todo cubierto por lo que debía ser una túnica pero parecía más una sábana; su única concesión a la solemnidad era una boina de cuero negro bajo la cual asomaban sus blancos mechones y que le daba el aspecto de un Che Guevara encanecido. Lloró durante toda la misa y derramó más lágrimas que el resto de los asistentes juntos.

Kyle no tenía lágrimas que derramar, aunque se sentía profundamente entristecido por la pérdida de una vida tan desperdiciada. Se quedó de pie junto a la fosa, contemplando el ataúd de roble, incapaz de rememorar los buenos ratos que habían pasado juntos. Se sentía interiormente desgarrado por la duda de si tendría que haber obrado de modo distinto con Baxter; más concretamente, por si tendría que haberle hablado del vídeo, de Bennie y de su gente. De haberlo hecho, quizá Baxter se hubiera dado cuenta del peligro que corría y comportado de otro modo. Quizá o quizá no. En su celo por limpiar las faltas de su pasado, bien podía haber enloquecido al enterarse de que había sido grabado haciendo lo que fuera que le había hecho a Elaine. O podía haberlo confesado directamente a la policía y haber enviado todo al infierno. Resultaba imposible saberlo porque en aquellos instantes Baxter no pensaba racionalmente. Y resultaba inútil hacer conjeturas porque Kyle no había sabido ver el alcance del peligro.

Pero en ese momento lo veía muy claramente.

Debía de haber un centenar de personas apelotonándose alrededor del féretro para oír las últimas palabras del párroco. Unas cuantas gotas de gélida lluvia ayudaron a acelerar las cosas. Una carpa carmesí protegía el ataúd y a los miembros de la familia sentados alrededor. Kyle miró más allá y contempló las lápidas donde yacían las familias ilustres y el resto del cementerio que se extendía al otro lado de la verja. Detrás había un montón de representantes de los medios de comunicación que aguardaban como buitres para poder atisbar alguna imagen noticiable. Preparados con sus cámaras y micrófonos, habían sido mantenidos alejados de la iglesia por la policía y el servicio de seguridad privado; pero estaban ansiosos por captar alguna imagen de féretro o de la madre de Baxter desmoronándose mientras lo bajaban. En algún lugar, entre ellos, estaría uno de los hombres de Bennie, o puede que más. Kyle se preguntó si llevarían alguna cámara, no para grabar el ataúd, sino cuál de los amigos del difunto se había dignado asistir. Sin duda se trataba de una información inútil, pero también lo era gran parte de lo que hacían.

Eso sí, sabían cómo asesinar. No había duda. La policía del estado seguía sin tener nada que decir; pero, a medida que pasaban los días, se hacía evidente que su silencio no era necesariamente lo que habría elegido. Sencillamente no había pruebas. Un tiro limpio y silencioso, una rápida huida y ningún móvil.

El Hermano Manny soltó un sonoro sollozo desde el fondo de la carpa y puso a todo el mundo de los nervios. El párroco se interrumpió un segundo antes de reanudar sus últimas palabras.

Kyle observó a la multitud en la distancia, demasiado lejos para que alguno de sus rostros resultara reconocible. Sabía que ellos estaban allí, observando, vigilando, curiosos por lo que hacía él, curiosos por lo que hacían Joey y Alan Strock, que había llegado de la facultad de Medicina de Ohio State. Los cuatro compañeros de apartamento habían quedado reducidos a tres.

Se oyeron unos pocos sollozos cuando se apagó la voz del párroco. Luego, la gente empezó a alejarse de la carpa carmesí. El entierro había acabado, y los familiares de Baxter no perdieron tiempo en marcharse. Kyle y Joey se quedaron un momento más junto a la lápida de un Tate más.

Kyle contempló el montón de tierra fresca que estaba a punto de cubrir a su amigo para siempre. Joey se mantuvo junto a él, hablando por lo bajo y con los labios apretados, como si pudiera haber micrófonos cerca.

—No cuentes más conmigo, ¿quieres? Ya estoy bastante liado con mi vida. Me esperan una boda y un hijo. No quiero saber nada más de tus estúpidos juegos de espías. Sigue con ellos si quieres, pero no cuentes conmigo.

—Claro, Joey.

—Y no más correos electrónicos, no más paquetes, no más llamadas de teléfono. No puedo evitar que vengas a Pittsburg, pero no me llames si lo haces. Uno de nosotros será el siguiente, y no serás tú. Tú eres demasiado valioso. Tú eres el que ellos necesitan. Ya te puedes imaginar a quién le meterán una bala en la cabeza la próxima vez que nos equivoquemos.

—Nosotros no hemos sido los causantes de la muerte de Baxter.

—¿Estás seguro?

—No.

—Esos tipos nos rondan por una razón, y esa razón eres tú.

—Gracias, Joey.

—No me las des. Ahora me voy. Por favor, déjame fuera de todo esto. Y asegúrate de que nadie ve el maldito vídeo. Adiós.

Kyle dejó que Joey se marchara por delante de él y, al cabo de un momento, lo siguió.

29

A las seis y media de la mañana del jueves, Kyle se presentó en el despacho de Doug Peckham. Este se hallaba sentado a su escritorio que, como de costumbre, parecía un vertedero.

—¿Qué tal el funeral? —preguntó sin levantar la vista de lo que tenía entre manos.

—Como todos —contestó Kyle, entregándole una solitaria hoja de papel—. Aquí tienes tu estimación de horas en el caso del Ontario Bank.

Peckham se la arrebató, la examinó y protestó.

—¿Solo treinta horas?

—Como mucho.

—Te equivocas. Multiplícalas por dos y déjalas en sesenta.

Kyle se encogió de hombros. Que las dejara en lo que le diera la gana. Si un cliente podía pagar veinticuatro mil dólares por un trabajo que no se había realizado, entonces también podía pagar el doble.

—Tenemos una vista en los tribunales federales a las nueve. Saldremos de aquí a las ocho y media. Acaba el memorando que te encargué y preséntate aquí a las ocho.

La idea de que un abogado del departamento de Litigios pudiera acercarse siquiera a un tribunal en su primer año era algo nunca visto y, para Kyle, lo que había empezado siendo un día deprimente mejoró en el acto. De los doce recién contratados que eran en el departamento, nadie que él supiera había visto acción en vivo y en directo. Corrió a su cubículo. Estaba examinando sus e-mails cuando apareció Tabor con una gran taza de café y aspecto descompuesto. Se había recuperado lentamente del golpe que le había supuesto el suspenso. Y aunque este le había bajado los humos, volvía poco a poco a su actitud habitual.

—Lamento lo de tu amigo —le dijo, tirando en la silla su maletín y el abrigo.

—Gracias —contestó Kyle.

Tabor permanecía de pie, tomando café y visiblemente deseoso de hablar.

—¿Conoces a H. W. Prewitt, uno de los socios de Litigios, que está dos pisos más arriba?

—No —dijo Kyle.

—Tiene unos cincuenta años. Un texano grandote. A sus espaldas lo llaman «Harvey Wayne». ¿Lo pillas? Harvey Wayne, un primer nombre compuesto, texano...

—Lo pillo.

—También lo llaman Texas Slim* porque pesa casi doscientos kilos. Es un cabrón de cuidado. Fue a la universidad pública, después a A&M y de ahí a la facultad de Derecho de Texas. Odia a los de Harvard. Me ha estado persiguiendo. Hace dos días me cogió y me encargó un proyecto que podría llevar cualquier secretaria de segunda. Pasé seis horas la noche del jueves desenterrando carpetas llenas de documentación probatoria para una exposición que el tío tenía que dar ayer. De modo que cogí las carpetas y las reorganicé como él quería. Había una docena de cartapacios, cada uno de más de cien

* En inglés, *slim* significa «delgado» y también es un apellido frecuente. *(N. del T.)*

páginas. Una tonelada de papel. A las nueve de la mañana de ayer viernes, los puse todos en un carrito y corrí con él hasta la sala de conferencias donde había al menos un centenar de letrados reunidos para escuchar su exposición. ¿Y sabes tú qué hizo Harvey Wayne?

—Ni idea. ¿Qué?

—Esa sala tiene una puerta que da a otra sala de reuniones, una de esas puertas de vaivén que no se cierran. Pues Harvey Wayne, el muy cabrón, me dijo que apilara los cartapacios en el suelo para que sirvieran de tope para la puerta. Hice lo que me decía, y cuando salía de la sala lo oí decir algo así como: «Esos chicos de Harvard son los mejores auxiliares jurídicos que conozco».

—¿Cuántos cafés te has tomado?

—Dos.

—Yo solo me he tomado uno y tengo que terminar este memorando como sea.

—Lo siento. ¿No has visto a Dale?

—No. El martes por la tarde me fui al funeral y acabo de llegar. ¿Pasa algo?

—El martes por la noche se quedó atascada con un proyecto muy malo que le encargaron. No creo que haya dormido mucho. Será mejor que no le quites ojo.

—Eso haré.

A las ocho y media, Kyle salió de la oficina con Doug Peckham y otro socio veterano llamado Noel Bard. Caminaron a toda prisa hasta un aparcamiento situado a un par de manzanas y, cuando el empleado les entregó el Jaguar último modelo de Bard, Peckham dijo:

—Tú conduces, Kyle. Vamos a Foley Square.

Kyle sintió deseos de protestar, pero no dijo nada. Bard y Peckham subieron al asiento de atrás y lo dejaron solo al volante, como si fuera el chófer.

—Lo siento. No estoy seguro de cuál es el mejor camino —se disculpó Kyle, temiendo perderse y que dos peces gordos del bufete llegaran tarde a su cita con los tribunales.

—Sigue por Broad Street hasta que se convierta en Nassau y a partir de ahí sigue hasta Foley Square —le dijo Bard, como si hiciera el trayecto todos los días—. Y conduce con cuidado. Esta maravilla es flamante y me ha costado cien de los grandes. Es el coche de mi mujer.

Kyle no recordaba haberse sentido tan nervioso al volante. Al final consiguió situarse ante los mandos y los retrovisores y se unió al tráfico, mirando en todas direcciones. Para empeorar las cosas, a Peckham le dio por hablar.

—Kyle, quería preguntarte por algunos nombres de recién incorporados. Darren Bartkowski.

Sin atreverse a mirar por el retrovisor, Kyle esperó unos segundos y preguntó:

—¿Qué pasa con él?

—¿Lo conoces?

—Claro. Conozco a todos los recién incorporados que están en el departamento de Litigios.

—¿Qué me dices de él? ¿Habéis trabajado juntos? ¿Es bueno, malo? Dime algo, Kyle, ¿qué nota le pondrías?

—No sé, es un buen tipo. Lo conozco de Yale.

—Su trabajo, Kyle, háblame de su trabajo.

—Todavía no he trabajado con él.

—Se dice que es un «flojeras», que huye de los socios, que se retrasa con sus proyectos y que es perezoso a la hora de facturar.

Kyle se preguntó si también haría estimaciones de sus horas, pero no dijo nada y mantuvo la atención puesta en los taxis que zigzagueaban de carril en carril y que giraban inesperadamente, saltándose todas las normas de tráfico.

—¿Y no has oído decir que es un «flojeras», Kyle?

—Sí —respondió este al fin, porque era cierto—. Eso he oído.

Bard decidió echar una mano para machacar al pobre Bartkowski.

—Es el que menos horas ha facturado de todos los recién incorporados.

Hablar mal de los colegas era uno de los deportes favoritos del bufete, y los socios lo practicaban con idéntica asiduidad que los junior. Cualquiera de ellos que se escaqueara o que tomara atajos recibía tarde o temprano la etiqueta de «gandul» y ya no se la quitaba de encima. A la mayoría de los «gandules» les daba igual. Trabajaban menos, cobraban lo mismo y casi no corrían el riesgo de que los despidieran a menos que les descubrieran algún escándalo sexual o robando dinero de algún cliente. Sus gratificaciones eran menores, pero ¿quién necesitaba gratificaciones cuando el sueldo base resultaba tan generoso? Normalmente duraban cinco o seis años en los bufetes, hasta que alguien les informaba de que nunca llegarían a ser socios de pleno derecho y les indicaba el camino de salida.

—¿Y qué me dices de Jeff Tabor? —quiso saber Peckham.

—Lo conozco bien y desde luego no es ningún «gandul».

—Tiene fama de ser un francotirador —comentó Doug.

—Sí. Eso es cierto. Es competitivo, pero no de los que te saltan al cuello.

—¿Te cae bien?

—Sí. Tabor es un buen tipo y más listo que el hambre.

—Pues se diría que no es tan listo como dices —terció Bard—. Tuvo un tropiezo con su examen del Colegio de Abogados.

Kyle prefirió no hacer comentarios, y tampoco fue necesario porque un taxi se le cruzó por delante, obligándolo a clavar los frenos y a dar un bocinazo. Por la ventanilla del taxi asomó un puño que se convirtió en un dedo medio furiosamente alzado, y Kyle se llevó su primer rapapolvo.

«Tú tranquilo», se dijo.

—Tienes que tener cuidado con esos idiotas —le advirtió Peckham.

Kyle oyó ruido de papeles en la parte de atrás y comprendió que estaban revisando algo importante.

—¿Nos va a tocar el juez Hennessy o su magistrado? —preguntó Peckham a Bard.

Kyle quedó excluido de la conversación, pero no le molestó porque prefería concentrarse en el tráfico que tenía delante y no le interesaba estar pendiente de la actuación de sus colegas.

Al cabo de diez minutos de conducir en medio del denso tráfico, Kyle tenía la camisa empapada de sudor y respiraba pesadamente.

—Hay un solar en la esquina de Nassau y Chambers, a dos manzanas de los juzgados —le advirtió Bard.

Kyle asintió nerviosamente. Encontró el solar, pero estaba lleno de coches aparcados, lo cual provocó toda clase de improperios en el asiento de atrás. Peckham tomó el mando.

—Mira, Kyle, tenemos prisa así que déjanos en la puerta de los juzgados, en Foley Square. Luego, da unas cuantas vueltas a la manzana hasta que encuentres un sitio en la calle donde aparcar.

—¿En qué calle?

Peckham estaba guardando papeles en su maletín y Bard se había puesto a hablar por el móvil.

—Da lo mismo. En cualquier calle. Y si no encuentras ningún sitio, te quedas dando vueltas. Ahora déjanos bajar aquí.

Kyle se arrimó a la acera y se detuvo haciendo que una bocina lo abroncara desde detrás. Los dos socios se apearon del coche a toda prisa.

—Tú sigue dando vueltas. Ya encontrarás algo —fueron las últimas palabras de Peckham.

Bard se las arregló para interrumpir momentáneamente su conversación para añadir:

—Y ve con cuidado. Recuerda que es el coche de mi mujer.

Una vez solo, Kyle se alejó e intentó relajarse. Se dirigió al norte por Centre Street, condujo a lo largo de cuatro manzanas, giró a la izquierda por Leonard y enfiló hacia el oeste. Todos los espacios disponibles estaban ocupados por coches o motos. Una increíble cantidad de señales prohibían aparcar en todos los espacios libres. Kyle nunca había visto tantas. No vio ningún aparcamiento, pero sí a muchos policías poniendo multas. Siguió adelante un poco más, cada vez más lentamente, hasta que se metió en Broadway y el tráfico se hizo aún más denso. Avanzó a paso de tortuga durante seis manzanas y dobló a la izquierda por Chambers. Dos manzanas más adelante volvía a encontrarse ante el edificio de los tribunales donde se suponía que debía estar estrenándose como abogado especialista en juicios, aunque solo fuera como reserva.

Giró a la izquierda por Centre, a la izquierda por Leonard, a la izquierda por Broadway, a la izquierda por Chambers y de vuelta a los tribunales. Siempre preocupado por tener que facturar, miró la hora. La segunda vuelta le había llevado diecisiete minutos de reloj, y seguía sin encontrar un sitio donde dejar el coche. Lo que sí veía eran las mismas señales de prohibido aparcar, los mismos policías, las mismas prostitutas callejeras y los mismos camellos hablando por el móvil con sus contactos.

Dieron las nueve sin que recibiera una sola llamada de Peckham, ni siquiera una rápida para preguntar dónde se había metido. La vista se estaba celebrando pero sin la asistencia de Kyle, el litigador. Sin embargo, Kyle, el chófer, estaba trabajando de firme. Tres vueltas más tarde se aburrió del recorrido, de modo que añadió una manzana más hacia el oeste y otra hacia el sur. Pensó en parar un momento y comprar un café, pero no se atrevió por miedo a que se le derramara y manchara la tapicería de cuero del Jaguar nuevo de la mujer de Bard. Al final ya se sentía cómodo al volante. Era un automóvil estupendo que merecía hasta el último centavo de los miles de dólares que valía. El depósito de gasolina estaba medio lleno, y eso lo preocupó. El constante arrancar y parar suponía un esfuerzo para un motor tan grande. La vista del juicio que se estaba perdiendo era sin duda importante y exigía la presencia de experimentados letrados que estarían impacientes por exponer sus argumentos con la mayor convicción, de modo que la cosa podía ir para largo. Estaba claro que todas las plazas de aparcamiento del Lower Manhattan estaban ocupadas, y con sus tajantes instrucciones de seguir dando vueltas, Kyle aceptó el hecho de que no le quedaba más remedio que seguir quemando gasolina. Empezó a buscar una estación de servicio. Llenaría el depósito, cargaría el importe al cliente y se marcaría un tanto ante Bard.

Cuando tuvo el depósito lleno, se puso a pensar otras maneras de apuntarse tantos. ¿Un rápido lavado del coche? ¿Un cambio de aceite? Al pasar por delante del edificio de los juzgados, un vendedor ambulante de comida se quedó mirándolo y levantó los brazos como diciendo «Pero ¿todavía sigues dando vueltas, estás loco o qué?». De todas maneras, Kyle no se dejó impresionar. Al final descartó el lavado y el engrase.

Puesto que ya se sentía cómodo con el tráfico, decidió llamar a Dale por el móvil. Ella contestó al tercer o cuarto timbrazo, en voz baja.

—Estoy en la biblioteca —susurró.

—¿Estás bien? —le preguntó Kyle.

—Sí.

—No es eso lo que me han dicho.

Una pausa.

—Es que llevo dos noches sin dormir. Me da la impresión de que empiezo a delirar.

—Te encuentras fatal.

—¿Y tú, dónde estás?

—En estos momentos me encuentro en Leonard Street, conduciendo el Jaguar nuevo de la mujer de Leonard Bard. ¿Qué pensabas que estaba haciendo?

—Lo siento, ha sido una pregunta tonta. ¿Qué tal fue el funeral?

—Espantoso. ¿Por qué no cenamos juntos esta noche? Necesito poder hablar con alguien.

—Esta noche pensaba quedarme en casa y acostarme temprano. Dormir. Solo quiero dormir.

—Pero también tienes que comer. Llevaré un poco de comida china. Nos tomaremos una copa de vino y nos iremos a la cama. Nada de sexo. Ya lo hemos hecho otras veces.

—No sé, ya veremos. Primero tengo que salir de aquí.

—¿Lo conseguirás?

—Lo dudo.

A las once de la mañana, Kyle se congratuló porque ya podía facturar a su cliente ochocientos dólares por dar vueltas al volante de un Jaguar. Se rió de sí mismo: ex editor jefe del *Yale Law Journal* convertido en chófer, frenando, acelerando, girando, circulando impecablemente alrededor del edificio de los juzgados. Sí señor, así podía ser la vida de un abogado de un importante bufete de Wall Street.

¡Si su padre pudiera verlo en esos momentos!

A las doce menos cuarto recibió la primera llamada.

—Estamos saliendo del tribunal —anunció Bard—. ¿Dónde te has metido?

—No he podido encontrar aparcamiento.

—¿Y dónde estás ahora?

—A dos manzanas de los juzgados.

—Bien, recógenos donde nos dejaste.

—Será un placer.

Minutos más tarde, Kyle se detenía junto a la acera con una maniobra digna de un profesional para que subieran sus dos pasajeros.

—¿Adónde? —preguntó, incorporándose de nuevo al tráfico.

—Al despacho —fue la seca respuesta de Peckham.

Durante un rato, nadie abrió la boca. Kyle esperaba que le echaran un rapapolvo por lo ocurrido en las horas previas: «¿Qué demonios has estado haciendo? ¿Por qué no te has presentado en la vista?». Pero no, nadie le dijo nada; y no tardó en comprender con tristeza que no lo habían echado en absoluto en falta. Aunque solo fuera para hacer un poco de ruido, al final preguntó:

—¿Qué tal ha ido la vista?

—No ha ido —contestó Peckham.

—¿Qué vista? —preguntó Bard.

—Perdonad, pero ¿qué habéis estado haciendo desde las nueve de la mañana?

—Esperando que al honorable Theodore Hennessy se le pasara la resaca y se dignara honrarnos con su presencia —dijo Bard.

—La vista se ha aplazado dos semanas —añadió Peckham.

El teléfono de Kyle vibró cuando salieron del ascensor en la planta treinta y dos. El mensaje de texto de Tabor decía: «Corre al cubículo. Problemas».

Tabor salió a su encuentro en la escalera.

—¿Qué tal te ha ido en los tribunales?

—¡Fantástico! ¡Me encantan los tribunales! ¿Qué problema hay? —preguntó mientras caminaban por el pasillo y pasaban ante Sandra, la secretaria.

—Se trata de Dale —dijo Tabor en voz baja—. Se ha desmayado, le ha dado un patatús o algo así.

—¿Dónde está?

—He ocultado el cuerpo.

Dale se encontraba en el cubículo, descansando tranquilamente en un saco de dormir medio escondido bajo la mesa de Tabor. Tenía los ojos abiertos y parecía alerta, pero estaba muy pálida.

—El jueves por la mañana se levantó a las cinco —explicó Tabor—. No ha dormido desde entonces, lo cual supone unas cincuenta y tantas horas sin sueño. Me parece que es un récord.

Kyle se arrodilló junto a Dale y le cogió la muñeca para tomarle el pulso.

—¿Estás bien? —le preguntó.

Ella asintió, pero no resultó convincente.

Tabor, que hacía de centinela, miró alrededor y siguió hablando.

—Dale no quiere que nadie se entere. Le he dicho que llamemos a la enfermera, pero no me ha dejado. ¿Tú qué dices, Kyle?

—No se lo digas a nadie —pidió Dale con voz quebrada—. Solo ha sido un desmayo. Estoy bien.

—Tu pulso es firme —dijo Kyle—. ¿Crees que puedes caminar?

—Creo que sí.

—Entonces los tres saldremos ahora mismo a comer algo —propuso Kyle—. Te llevaré a casa y allí descansarás. Tabor, por favor, pide un coche.

Entre los dos la cogieron cada uno por un brazo y la ayudaron a ponerse en pie. Dale respiró hondo.

—Puedo caminar —aseguró.

—Estamos contigo, no te preocupes —le dijo Kyle.

Al salir del edificio despertaron alguna mirada de curiosidad —una joven junior, menuda y bien vestida pero muy pálida, del brazo de dos colegas con los que sin duda iba a comer—, pero a nadie le importó. Tabor ayudó a sus amigos a entrar en el coche y después regresó al cubículo para borrar sus huellas por si fuera necesario.

Kyle subió en brazos a Dale los tres pisos de su apartamento, la ayudó a desvestirse y a meterse en la cama. Luego, le dio un beso en la frente, apagó la luz y cerró la puerta.

Fue al salón y se quitó la chaqueta y los zapatos y ocupó toda la mesa de la cocina con su portátil, el FirmFone y una carpeta llena de documentos para un memorando que tenía pendiente. Cuando por fin se hubo situado, los párpados se le empezaron a cerrar hasta que no tuvo más remedio que tumbarse en el sofá y dar una rápida cabezada. Tabor llamó una hora más tarde y lo despertó. Kyle le aseguró que Dale estaba durmiendo profundamente y que volvería a estar como una rosa cuando hubiera descansado lo suficiente.

—Van a hacer un anuncio formal a las cuatro de la tarde —explicó Tabor—. Se trata de algo gordo relacionado con la ruptura. Habrá que estar pendiente del correo electrónico.

Puntualmente, a las cuatro, Scully & Pershing mandó un e-mail a todos sus abogados anunciándole la marcha de seis socios y treinta y un abogados junior de su departamento de Litigios. Había una lista con los nombres. La salida sería oficialmente efectiva a las cinco de la tarde de ese mismo día. El boletín concluía con el habitual panegírico sobre la grandeza del bufete y asegurando a todo el mundo que la ruptura no sería en menoscabo de la capacidad del bufete a la hora de atender las necesidades de sus numerosos y distinguidos clientes.

Kyle se asomó al dormitorio. Dale respiraba con total normalidad y no se había movido.

Apagó algunas luces en el salón y se tumbó en el sofá. Nada de memorandos, nada de facturar. Que el bufete se fuera al cuerno durante unas horas. ¿Cuántas veces tendría la oportunidad de relajarse de esa manera un jueves por la tarde? Tenía la impresión que hacía meses del funeral. Pittsburg se hallaba en otra galaxia. Baxter ya no estaba, pero nadie lo olvidaba. Necesitaba a Joey, pero Joey también se había marchado.

El zumbido del teléfono lo despertó por segunda vez. El e-mail era de Doug Peckham y decía: «Kyle. Gran reorganización en Litigios. Me han incorporado al caso Trylon, y a ti también. Te quiero en el despacho de Wilson Rush a las siete en punto de la mañana».

30

Para un socio de pleno derecho del bufete y miembro de su junta directiva, el precio del metro cuadrado carecía de importancia. El despacho de Wilson Rush ocupaba una de las esquinas de la planta treinta y uno y su extensión era cuatro veces superior a cualquiera que Kyle hubiera visto hasta entonces. Saltaba a la vista que al señor Rush le gustaban los barcos. Su enorme y reluciente escritorio de roble estaba montado sobre cuatro timones de viejos veleros. Detrás, una larga cómoda servía de repisa para toda una colección de maqueta de *clippers* y goletas. Todos los cuadros que adornaban las paredes presentaban imágenes de barcos navegando. Cuando Kyle entró y miró rápidamente alrededor, casi tuvo la sensación de que el suelo se balanceaba y se descubrió esperando a que el agua salada le salpicara los pies. De todas maneras, la sensación se le pasó de golpe cuando Rush le dijo:

—Buenos días, Kyle. Ven por aquí.

El gran hombre se estaba levantando de una espaciosa mesa de reuniones situada en un extremo del despacho. Había un montón de gente sentada sacando de sus maletines grandes y pesadas carpetas llenas de papeles. Tras unas rápidas presentaciones, Kyle se sentó al lado de Peckham. Sin contar a este ni Rush, había nueve personas más, y Kyle los conocía a todos, incluyendo a Sherry Abney, la veterana a quien Bennie le había echado el ojo. Sherry le lanzó una sonrisa, y él se la devolvió.

Rush, sentado a la cabecera de la mesa, empezó haciendo un rápido repaso del lío que tenían entre manos. Dos de los socios que se habían rebelado con Toby Roland y siete de los treinta y un juior que los habían acompañado estaban asignados al caso Trylon contra Bartin —«Más de eso dentro de un momento», dijo Rush— y resultaba imperativo redistribuir los recursos humanos del bufete porque el cliente, Trylon, era tan importante como exigente. En consecuencia, dos socios —Doug Peckham y una mujer llamada Isabelle Gaffney— se iban a sumar al equipo junto con ocho abogados.

Rush explicó que los letrados de Trylon estaban muy preocupados con la defección ocurrida en el bufete y que, en consecuencia, era de la mayor importancia que asignaran más tropas, es decir, más abogados, para luchar contra APE y Bartin Dynamics.

Isabelle, o «Izzy» según la llamaban a sus espaldas, era famosa por haber obligado a dos de sus subordinados a esperar en la sala de partos mientras ella estaba momentáneamente fuera de juego dando a luz a su bebé. Las malas lenguas aseguraban que nadie la había visto sonreír, y tampoco parecía dispuesta a hacerlo mientras Rush proseguía con su explicación de los cambios y la hábil redistribución del talento legal que tenía a su disposición.

Dos junior de primer año se unirían al equipo, Kyle y un misterioso joven de Penn llamado Atwater. De los doce novatos del departamento de Litigios, Atwater era sin duda el más reservado y solitario. Dale ocupaba el segundo lugar a cierta distancia; pero, en opinión de Kyle, estaba mejorando mucho. Este había vuelto a pasar la noche en el sofá de la joven, solo, mientras ella seguía ajena al mundo. Había dormido poco porque tenía muchas cosas que considerar. La sorpresa de que lo hubieran asignado al caso Trylon hizo que se quedara mirando al techo y murmurando. El horror del asesinato de Baxter, las imágenes del funeral y el entierro, las duras palabras de Joey Bernardo... ¿Quién habría podido dormir con todo eso rondándole en la cabeza?

Por la noche llamó a Peckham y lo sondeó disimuladamente para averiguar por qué lo habían asignado al caso Trylon cuando le había dicho claramente que prefería mantenerse alejado. Peckham no estaba de humor y no se mostró especialmente receptivo. La decisión la había tomado Wilson Rush en persona. Punto.

Este empezó a repasar los elementos básicos de la demanda, que Kyle ya sabía de memoria desde hacía semanas y meses. Se repartieron expedientes y, durante la media hora que siguió, Kyle se preguntó cómo alguien tan aburrido y metódico como Rush podía tener éxito ante un tribunal. Se había abierto el período de intercambio de documentos, y las dos partes habían entablado su guerra particular con los papeles. Había programadas al menos veinte deposiciones.

Kyle tomó notas porque todo el mundo las tomaba, pero en realidad pensaba en Bennie. ¿Se habría enterado ya de que su hombre se encontraba en el lugar deseado? Bennie sabía quiénes eran todos los miembros del equipo del caso Trylon, sabía que Sherry Abney supervisaba a Jack McDougle. ¿Y si tenía otro espía en el bufete, otra víctima de uno de sus chantajes? De ser así, sin duda esa persona le estaría informando de la situación.

A pesar de que odiaba las reuniones con Bennie, sabía que la siguiente sería la más difícil. Tendría que comportarse como siempre y mantener una conversación lo más civilizada posible con el hombre responsable del asesinato de Baxter Tate, y tendría que hacerlo sin dar la menor impresión de albergar sospecha alguna.

—¿Alguna pregunta? —dijo Rush.

«Pues claro —pensó Kyle—, más de las que puedes contestar.»

Al cabo de una hora de repaso y puesta al día, Kyle, Atwater y los otros seis nuevos abogados fueron conducidos por Sherry Abney a la sala secreta del piso dieciocho. Secreta para algunos, pero desde luego no para Bennie y Nigel. Por el camino Sherry les presentó a un tal Gant, un experto en seguridad. Este los llevó ante una puerta y les explicó que era la única que había, que solo había un camino de entrada y de salida de la sala y que para acceder a ella se requería una tarjeta codificada más pequeña que una de crédito. Todos los abogados asignados al caso recibían una, y cada vez que uno de ellos entraba o salía quedaba registrado. Gant les señaló el techo y les explicó que también había cámaras de seguridad grabándolo todo.

Por dentro, la sala tenía más o menos las mismas dimensiones que el despacho de Wilson Rush. Carecía de ventanas, sus paredes estaban desnudas, y el suelo, cubierto con una austera moqueta gris. Dentro no había nada salvo diez mesas cuadradas con un ordenador en cada una de ellas.

Sherry Abney se hizo cargo del mando.

—Este caso tiene alrededor de cuatro millones de documentos, y todos están aquí, en nuestro almacén digital —dijo, dando una palmada al ordenador igual que una madre orgullosa de su hijo—. Los documentos propiamente dichos se hallan guardados y bien guardados en una nave, en Washington; pero vosotros podréis tener acceso a todos ellos desde aquí. El servidor principal está encerrado en la habitación contigua. Estos componentes son algo fantástico —continuó sin dejar de darles palmadas—. Han sido fabricados a medida para nosotros por una empresa de la que nunca han oído ni oirán hablar. No se os ocurra en ninguna circunstancia intentar reparar, examinar o simplemente jugar con el hardware.

»El software se llama Sonic, y también ha sido adaptado a las necesidades del caso. Se trata de un arreglo que han hecho nuestros especialistas en informática basándose en el Barrister y añadiéndole algunas virguerías en materia de seguridad. Los códigos de acceso cambian todas las semanas; y las contraseñas, diariamente, en ocasiones, hasta dos veces al día. Cuando eso ocurra, recibiréis un correo electrónico codificado. Si intentáis entrar con el código o la contraseña equivocados se armará un lío muy gordo y podéis acabar en la calle.

Los miró a todos con aire amenazador y prosiguió:

—Este sistema es autónomo y no se puede acceder a él desde ningún otro ni de dentro ni de fuera del bufete. Esta sala es el único lugar donde se pueden examinar los documentos del caso, y está cerrada desde las diez de la noche hasta las seis de la mañana, de modo que, lo siento, pero nada de hacer horas extra por las noches aquí dentro.

Siguiendo sus indicaciones, los jóvenes profesionales se fueron sentando ante sus respectivas terminales y recibieron su correspondiente código y contraseña. En la pantalla no apareció la menor indicación de quién había fabricado el ordenador ni diseñado el programa.

Sherry fue de uno en uno, conversando con ellos y mirando los monitores como si fuera una profesora de universidad.

—Al principio hay un extenso tutorial, de manera que os sugiero que os lo estudiéis bien. Id al índice. Veréis que los documentos están clasificados en tres grandes grupos con cientos de subgrupos. La Categoría A contiene toda la basura sin importancia que ya hemos entregado a Bartin: cartas, correos electrónicos, memorandos, la lista es interminable. La Categoría B tiene material importante que puede que debamos compartir con la otra parte pero que todavía no le hemos dado. La Categoría R de «Restringido» es donde encontraréis el material más jugoso. Hay alrededor de un millón de documentos que tratan de la investigación tecnológica que está en el corazón de esta demanda. Son alto secreto, material confidencial, y solo el juez sabe si alguna vez irán a manos de Bartin. El señor Rush cree que no. La Categoría R es privilegiada, confidencial, material de uso restringido. Cada vez que entréis en ella, quedará constancia en el ordenador del señor Gant. ¿Alguna pregunta?

Los ocho se quedaron con la vista fija en su respectiva pantalla, pensando todos lo mismo: «Aquí hay cuatro millones de documentos y alguien se los tiene que leer».

—Sonic es increíble —dijo Sherry—. Cuando dominéis su manejo, podréis encontrar un documento o un grupo de documentos en cuestión de segundos. Me quedaré con vosotros aquí el resto del día para un taller de prácticas. Cuanto antes aprendáis a moveros en nuestra biblioteca digital, más fácil será vuestra vida.

A las cuatro y veinte del viernes por la tarde, Kyle recibió un correo de Bennie. Decía: «Nos vemos esta noche a las nueve. Los detalles más tarde. BW».

Kyle respondió: «No puedo».

Bennie contestó: «¿Mañana por la tarde, entre las cinco y las seis?».

Kyle: «No puedo».

Bennie: «¿Sábado noche a las diez?».

Kyle: «No puedo».

Kyle estaba durmiendo cuando alguien llamó a la puerta de su apartamento, a las siete y diez de la mañana del sábado.

—¿Quién es? —gritó mientras cruzaba el desordenado salón para abrir.

—Bennie —fue la respuesta.

—¿Qué quieres? —preguntó Kyle a través de la puerta.

—Te he traído café.

Kyle descorrió el cerrojo, quitó la cadena de seguridad, y Bennie entró rápidamente con dos altos vasos de papel de café. Los dejó en la cocina y miró a su alrededor con cara de disgusto.

—Menuda pocilga —dijo—. Pensaba que te pagaban un buen sueldo.

—¿Qué quieres? —espetó Kyle.

—¡No me gusta que pasen de mí! —replicó, dándose la vuelta violentamente, listo para saltar. Tenía el rostro tenso, y los ojos, brillantes. Señaló a Kyle con el dedo y bufó—: ¡No pases de mí! ¿Entendido?

Era la primera demostración de mal genio que Kyle recordaba haberle visto.

—Tranquilo, Bennie —le dijo y pasó por su lado para ir a su dormitorio y ponerse una camiseta. Sus hombros chocaron sin que nadie se apartara. Cuando Kyle volvió al salón, Bennie estaba quitando las tapas a los vasos de papel. Se volvió y dijo:

—Quiero que me pongas al día.

El arma más próxima era una lámpara de mesa que Kyle había comprado de segunda mano en un mercadillo. Cogió el café sin dar las gracias. Contempló la lámpara y se imaginó lo bien que se haría añicos en la calva de Bennie, en lo estupendo que sería oír cómo se rompían, la lámpara y su cráneo y en lo fácil que le resultaría seguir golpeándolo hasta que el hijo de puta quedara tendido y muerto en la barata moqueta. Recuerdos de Baxter. Kyle tomó un sorbo de café y respiró hondo. Ninguno de los dos se había sentado. Bennie llevaba su gabardina gris; Kyle, unos calzoncillos rojos y una camiseta.

—Ayer me asignaron al equipo del caso Trylon. ¡Menuda noticia!, ¿no? Aunque seguro que ya lo sabías.

La mirada de Bennie era inescrutable. Bebió un trago de café y dijo:

—¿Y la sala secreta del piso dieciocho? Háblame de ella.

Kyle se la describió.

—¿Qué me dices de los ordenadores?

—El fabricante es desconocido. Se trata de modelos típicos de sobremesa, pero parece que han sido fabricados expresamente para este caso. Están todos conectados a un servidor que se encuentra en otra habitación bajo siete llaves. El sistema tiene cantidad de memoria y todas las virguerías que quieras. Hay cámaras de vigilancia por todas partes y un experto en seguridad que lo controla todo. Si quieres saber mi opinión, es un callejón sin salida. No hay forma de robar nada de allí.

Por toda respuesta, Bennie soltó un bufido y sonrió maliciosamente.

—Hemos vencido sistemas mejores que ese, te lo aseguro. Se puede robar cualquier cosa. Deja que nosotros nos preocupemos de eso. ¿El software es Sonic?

—Sí.

—¿Has aprendido a manejarlo?

—Todavía no. Tengo que volver esta mañana para otra sesión.

—¿Cuántos documentos?

—Unos cuatro millones.

La cifra provocó la única sonrisa de la mañana.

—¿Qué me dices del acceso a la sala?

—Está abierta todos los días de la semana, pero la cierran por la noche, de las diez a las seis. Solo tiene una puerta, y hay al menos tres cámaras de vigilancia observando.

—¿Te tiene que abrir alguien?

—No lo creo, pero la llave electrónica deja un registro cada vez que entras y sales.

—Déjame ver esa llave.

Kyle fue a buscarla a regañadientes al dormitorio y se la entregó. Bennie la examinó y se la devolvió.

—Quiero que visites esa sala tantas veces como puedas en los próximos días, pero sin levantar sospechas. Ve a diferentes horas, obsérvalo todo. Nos volveremos a ver el martes a las diez de la noche en el hotel Four Seasons, habitación 1780. ¿Entendido?

—Claro.

—No quiero sorpresas, ¿vale?

—No, señor.

31

Teniendo en cuenta que en Manhattan había setenta y ocho mil abogados, la elección no tendría que haberle resultado tan difícil. Kyle redujo su lista inicial, hizo más averiguaciones, añadió nombres, borró otros. Había empezado su proyecto secreto nada más llegar a la ciudad y lo había abandonado varias veces. No había estado seguro de tener que contratar a un abogado, pero quería tener el nombre de uno bueno por si acaso. El asesinato de Baxter lo había cambiado todo. En esos momentos, Kyle no solo quería asesoramiento: quería justicia.

Roy Benedict era un abogado penalista que tenía un bufete situado en un alto edificio, cerca de Scully & Pershing, donde trabajaban doscientas personas. La ubicación del elegido resultaba crucial teniendo en cuenta la atención con la que seguían los movimientos de Kyle; pero Benedict también daba la talla en otros aspectos importantes. Había trabajado para el FBI antes de pasar por la facultad de Derecho de la Universidad de Nueva York, y después de graduarse había trabajado seis años en el departamento de Justicia. Tenía contactos, viejos amigos, gente que estaba en esos momentos en el bando contrario, pero en quien podía confiar. Su especialidad era la delincuencia, y figuraba entre los cien mejores abogados defensores de la ciudad, pero no entre los diez. Kyle necesitaba buenos consejos, pero no se podía permitir un ego desmesurado. El bufete de Benedict aparecía a menudo como oponente de Scully & Pershing. Lo mejor de todo era que también había jugado al baloncesto en Duquesne. Cuando habló con él por teléfono, Benedict le dio la impresión de que no tenía tiempo para andarse por las ramas y le dijo que no aceptaba nuevos casos por el momento; sin embargo, la cuestión del baloncesto abrió la puerta para Kyle.

La cita era el lunes a las dos de la tarde, pero este llegó un poco antes. No pudo evitar comparar aquel bufete con el suyo. Era más pequeño y dedicaba menos esfuerzos a impresionar a los clientes con exhibiciones de arte abstracto y muebles de diseño. Las recepcionistas no eran tan despampanantes.

En su maletín llevaba un expediente sobre Roy Benedict: viejas fotos de Duquesne, datos biográficos de los directorios jurídicos, artículos de los diarios sobre sus casos más destacados. Benedict tenía cuarenta y siete años, medía un metro ochenta y cinco y parecía estar en buena forma y listo para un peloteo. Su despacho era más pequeño que el de cualquiera de los socios de Scully & Pershing, pero estaba amueblado con gusto. Benedict se mostró cordial y sinceramente complacido de conocer a otro abogado de Nueva York que hubiera jugado con los Dukes.

Kyle le explicó que ya no jugaba mucho por culpa de su rodilla. La conversación siguió por los derroteros del baloncesto hasta que Kyle decidió ir al grano.

—Verá, señor Benedict…

—Llámame Roy.

—Muy bien, Roy, disculpa pero no puedo entretenerme mucho aquí porque me siguen.

Pasaron unos segundos mientras Benedict asimilaba el significado de aquellas palabras.

—¿Y se puede saber por qué alguien sigue a un recién incorporado a uno de los principales bufetes del mundo?

—Tengo problemas. La verdad es que resulta complicado y creo que necesito un abogado.

—Yo solo me ocupo de casos de delincuencia penal, Kyle. ¿Has cometido algún delito de ese tipo?

—Todavía no, pero me están presionando para que cometa un montón.

Roy hizo botar un lápiz en su mesa mientras pensaba si seguir adelante o no.

—De verdad, necesito un abogado —insistió Kyle.

—Mi anticipo sobre los honorarios es de cincuenta mil dólares —dijo Benedict, observando la reacción. Sabía aproximadamente cuánto ganaba Kyle como junior de primer año. Su bufete no intentaba competir con Scully & Pershing, pero tampoco le andaba a la zaga.

—No puedo pagar tanto, pero tengo cinco mil en efectivo —contestó Kyle sacando un sobre del bolsillo y dejándolo encima de la mesa—. Dame un poco más de tiempo y conseguiré el resto.

—¿De qué va este caso?

—De violación, asesinato, robo, espionaje, extorsión y chantaje. No puedo darte los detalles hasta que hayamos llegado a un acuerdo.

Roy asintió y sonrió.

—¿Te sigue alguien en estos momentos?

—Desde luego. Llevan vigilándome desde el mes de febrero, cuando todavía estaba en Yale.

—¿Tu vida corre peligro?

Kyle lo meditó unos segundos.

—Sí, eso creo.

El ambiente estaba cargado de preguntas sin respuesta. Al final, la curiosidad le pudo a Benedict. Abrió un cajón y sacó unos papeles. Los examinó rápidamente —tres hojas grapadas juntas—, añadió algunas correcciones de su puño y letra y se los entregó a Kyle.

—Esto es un contrato de prestación de servicios jurídicos.

Kyle lo leyó a toda prisa. La cantidad de anticipo había sido reducida a cinco mil dólares, y la tarifa por horas corregida a la mitad: de ochocientos dólares la hora a cuatrocientos. Kyle, que a duras penas empezaba a acostumbrarse a facturar cuatrocientos dólares la hora, estaba a punto de convertirse en un cliente que iba a pagar esa misma cantidad. Firmó con su nombre.

—Gracias —dijo.

Benedict cogió los papeles y los guardó en el cajón.

—Bueno, ¿por dónde empezamos? —preguntó.

Kyle se arrellanó en el sillón. Sentía que le quitaban un gran peso de encima. No estaba seguro de si la pesadilla que vivía iba a terminar o a empeorar, pero el hecho de tener alguien a quien contársela le producía un alivio indescriptible. Cerró los ojos unos segundos.

—No lo sé. Hay mucho que contar.

—¿Quién te está siguiendo, agentes del gobierno?

—No. Profesionales que trabajan para alguien. Son muy buenos, pero no tengo ni idea de quiénes son.

—¿Por qué no empezamos por el principio?

—De acuerdo.

Kyle empezó con Elaine, la fiesta, la acusación de violación y la subsiguiente investigación. Luego, habló de Bennie y sus hombres, del chantaje, del vídeo, de su misión encubierta de robar documentación secreta de Scully & Pershing. Sacó una carpeta y puso sobre la mesa las fotos de Bennie y el retrato robot de Nigel y de los dos matones que solían seguirlo por la calle.

—«Bennie Wright» es un nombre falso. Seguramente ese hombre tiene varios más. Habla con un ligero acento que probablemente sea centroeuropeo, pero no es más que una suposición.

Benedict estudió la foto de Wright.

—¿Hay forma de poder identificarlo? —preguntó Kyle.

—No lo sé. ¿Sabes dónde está?

—Está aquí, en Nueva York. Lo vi el sábado y nos volveremos a encontrar mañana por la noche. Soy su marioneta y él mi titiritero.

—Sigue contándome.

Kyle sacó otra carpeta e hizo un breve resumen de la guerra entre Trylon y Bartin, limitándose a los datos que se habían publicado en los medios de comunicación. A pesar de que Benedict era su abogado y estaba obligado por el secreto profesional, Kyle también era abogado, y su cliente esperaba el mismo trato de él.

—Es el mayor contrato de la historia del Pentágono, de modo que puede que se trate de la mayor demanda que jamás se haya interpuesto.

Benedict dedicó unos minutos a repasar los artículos de prensa y después comentó:

—He oído hablar del caso. Sigue.

Kyle describió la vigilancia y las escuchas a las que era sometido, y Benedict se olvidó de Trylon y Bartin.

—Las escuchas ilegales son un delito federal penado con cinco años de cárcel.

—Las escuchas son lo de menos. ¿Qué me dices del asesinato?

—¿Quién ha sido asesinado?

Kyle le hizo un rápido resumen de la intervención de Joey y de la sorprendente reaparición de Baxter con su deseo de ponerse en contacto con Elaine Keenan. También le entregó una docena de recortes de periódicos con información sobre la muerte a tiros de Baxter Tate.

—Sí, recuerdo haber visto algo en las noticias —comentó Benedict.

—Yo fui uno de los que llevaron el féretro durante el funeral, la semana pasada —explicó Kyle.

—Lo siento.

—Gracias. Según parece, la policía no tiene ninguna pista. Por mi parte, estoy seguro de que fue Bennie quien ordenó que lo liquidaran, pero no hay ni rastro de los asesinos.

—¿Por qué iba a querer el tal Bennie matar a Baxter Tate? —Benedict iba tomando notas mientras miraba la foto de Wright y examinaba otros documentos de la carpeta, al tiempo que meneaba la cabeza en señal de incredulidad.

—No tenía elección —contestó Kyle—. Si Baxter tenía éxito y lograba hacer su descerebrada confesión a Elaine, cosa que parecía probable, entonces los acontecimientos escaparían al control de Bennie. Piénsalo por un momento: Baxter se confiesa, Elaine se pone a gritar que la violaron y Joey, Alan y yo acabamos ante la policía de Pittsburg. Mi vida se va al cuerno, me echan del bufete y me marcho de Nueva York; pero Bennie se queda sin su infiltrado.

—Pero, una vez muerto Baxter, ¿el caso de la violación no pierde fuerza?

—Sí, pero el vídeo sigue ahí fuera. Y créeme, no queremos tener nada que ver con él. Es brutal.

—Pero a ti no te incrimina.

—Solo me incrimina de ser un gilipollas borracho. Cuando empieza el sexo, yo no aparezco por ningún lado. Ni siquiera recuerdo lo que pasó.

—Y no tienes ni idea de cómo Bennie pudo conseguir esa grabación, ¿no?

—Esa es la gran pregunta, la pregunta que me he hecho todos los días desde que esto empezó. El hecho de que se enterara de su existencia y lo robara o lo comprara es algo que no alcanzo a comprender. No sé qué resulta más aterrador, si el vídeo en sí o que Bennie le echara el guante.

Benedict meneó la cabeza, se incorporó y se puso en pie todo lo largo que era.

—¿Cuántos becarios contrató Scully & Pershing el verano anterior?

—Alrededor de un centenar.

—Eso quiere decir que Bennie y su gente se hizo con los nombres de un centenar de becarios y los investigó a todos buscando su talón de Aquiles. Cuando llegan a tu nombre, husmean por Pittsburg y Duquesne y seguramente se enteran de la presunta violación, sonsacan a alguien del departamento de Policía para que les consiga el expediente y buscan más allá. El caso está cerrado, de manera que la policía habla más de la cuenta. Corre el rumor de que había un vídeo, pero ellos no llegaron a encontrarlo. Sin embargo, Bennie sí lo encuentra.

—Exacto.

—Está claro que ese hombre dispone de cantidad de dinero y de gente.

—Eso es evidente. La pregunta es para quién trabaja.

Benedict miró el reloj y frunció el entrecejo.

—Tengo una reunión a las tres. Perdona un momento. —Descolgó el teléfono y ordenó—: Cancelad mi entrevista de las tres. Ah, y no quiero interrupciones.

Volvió a sentarse en su silla giratoria y apoyó los codos en el escritorio.

—No creo que trabaje para APE. Me cuesta creer que un bufete como ese se gaste tanto dinero para infringir un montón de leyes. Es impensable.

—¿Bartin, entonces?

—Eso es mucho más probable. Tiene dinero de sobra y motivos de sobra. Estoy convencido de que Bartin cree que le han robado documentos y quiere recuperarlos.

—¿Algún otro posible sospechoso?

—¡Por favor, Kyle, estamos hablando de tecnología militar! Los chinos y los rusos prefieren robar aquello que no son capaces de desarrollar. Así es este juego: nosotros hacemos todo el trabajo, y ellos nos lo roban.

—Pero ¿utilizando un bufete?

—Seguramente, el bufete no es más que una pieza más del rompecabezas. Tienen espías en otros sitios y sin duda hay más tipos como Bennie, tipos que no tienen nombre ni residencia pero sí un montón de pasaportes. Lo más probable es que se trate de un ex de los servicios de información que vende sus servicios a cambio de un montón de dinero para hacer exactamente lo que está haciendo.

—Mató a Baxter.

Benedict se encogió de hombros.

—No creo que el asesinato quite el sueño a ese tipo.

—Estupendo, justo cuando empezaba a sentirme un poco mejor.

—Mira —dijo Benedict con una sonrisa pero sin borrar las arrugas de preocupación de su frente—, será mejor que me des unos días para poder digerir todo esto.

—Tendremos que movernos deprisa. En estos momentos tengo acceso a los documentos que Bennie busca, y está mucho más nervioso.

—¿Te reunirás con él mañana por la noche?

—Sí. En el hotel Four Seasons, de la calle Cincuenta y siete. ¿Quieres unirte a la fiesta?

—Muy amable. ¿Cuánto suelen durar esos encuentros?

—Con suerte, unos diez minutos. Nos decimos de todo y yo acabo largándome dando un portazo. Me hago el duro, pero la verdad es que estoy muerto de miedo todo el rato. Necesito ayuda, Roy.

—Has venido al sitio adecuado.

—Gracias. Debo marcharme, Doofus me espera.

—¿Doofus?

Kyle se levantó, alargó la mano para coger una hoja del expediente que había dejado en la mesa de Benedict y la puso encima de las demás. Era un retrato robot.

—Te presento a Doofus, seguramente el más torpe de todos los tipos que se patean las calles siguiéndome. Su otro colega es Rufus. También es torpe, pero no tanto como Doofus. He aprendido hasta tal punto a fingir que no me doy cuenta de que me siguen que estos dos tarugos creen que pueden hacerlo hasta con los ojos cerrados y acaban cometiendo muchos errores.

Se dieron la mano y se despidieron. Cuando Kyle se hubo marchado, Benedict se quedó un buen rato de pie, junto a la ventana, intentando asimilar todo lo que su nuevo cliente le había contado: ¡un joven de veinticinco años, ex editor jefe del *Yale Law Journal*, al que un grupo de asesinos profesionales seguía por las calles de Nueva York, haciéndole chantaje para que espiara al bufete para el que trabajaba!

Estaba ciertamente asombrado, pero entonces sonrió y recordó por qué le gustaba tanto su profesión.

El negro panorama de la escisión de los socios de Scully & Pershing tenía su lado bueno: iba a ser necesario incorporar nuevos abogados, y hacerlo rápidamente. Además, los que se habían marchado habían dejado sitio para que otros ascendieran; sin embargo, lo más importante para los recién incorporados era que quedaban despachos vacíos. Todo el mundo puso en juego sus dotes persuasivas. Tabor no tardó en conseguir uno, y el sábado por la noche ya había trasladado sus cosas.

Kyle no tenía unas ganas especiales de cambiar. Se había

acostumbrado a su pequeño cubículo y le gustaba tener a Dale cerca porque hacían manitas cuando no había peligro a la vista. Esperaba con ganas su aparición diaria y el desglose completo de lo que se había puesto y quién lo había diseñado. Hablar de la ropa de Dale le resultaba casi tan agradable como quitársela.

Se sorprendió cuando Sherry Abney fue a verlo el lunes por la tarde y le dijo que lo siguiera. Subieron por la escalera hasta el piso de arriba, el treinta y cuatro, y tras pasar frente a una docena de puertas, ella se detuvo, abrió una, entró en un despacho y le dijo:

—Es tuyo.

Se trataba de una sala de cuatro metros cuadrados, con una mesa de cristal, sillones de cuero, una elegante alfombra y una ventana que miraba al sur y permitía que entrara la luz del sol. Kyle se quedó impresionado. Quiso preguntar que por qué él, pero fingió tomárselo como si aquello fuera de lo más normal.

—Con los mejores deseos de Wilson Rush —dijo Sherry.

—Muy agradable —comentó Kyle, acercándose a la ventana.

—Compartirás la secretaria con Cunningham, que es tu vecino. Si necesitas algo, yo estoy al final de pasillo. También me he cambiado de despacho. Es posible que Rush pase para hacer una rápida inspección.

El traslado le llevó quince minutos. Kyle hizo cuatro viajes, y en el último Dale lo ayudó a llevar el portátil y el saco de dormir. Estaba realmente contenta por él, e incluso le dio un par de ideas de decoración.

—Es una lástima que no tengas sofá —comentó con una maliciosa sonrisa.

—En la oficina no, cariño.

—Entonces, ¿dónde y cuándo?

—Vaya, se diría que estás de humor.

—Necesito sentirme querida o, cuando menos, deseada.

—¿Qué tal una cena y uno rápido?

—¿Qué tal un maratón y una cena rápida?

—¡Caramba!

Se escabulleron del edificio a las siete de la noche y fueron en taxi al apartamento de Dale. Kyle se estaba desabrochando la camisa cuando el FirmFone zumbó con un mensaje enviado por un socio desconocido a una docena de «esclavos». Se requerían inmediatamente todas las manos disponibles para una orgía de trabajo que resultaba de una importancia vital para el bufete. Kyle hizo caso omiso y apagó la luz.

32

Sin otro motivo que por simple cabezonería, Kyle llegó tres cuartos de hora tarde a su cita del martes por la noche en el Four Seasons. Esperaba ver a Nigel, de modo que no se sorprendió cuando el compinche de Bennie lo recibió en la puerta de la habitación, fingiendo estar encantado de verlo.

—Kyle, muchacho, ¿qué tal va todo?

—Estupendamente. ¿Tú te llamabas...?

—Nigel.

—Ah, sí. Me había olvidado. ¿Y tu apellido...?

—Lo siento, chico.

—¿Eso es porque no tienes apellido o porque tienes tantos que no te acuerdas del que toca en este momento?

—Buenas noches Kyle —interrumpió Bennie, levantándose y doblando un diario.

—No sabes cómo me alegro de verte, Bennie. —Kyle dejó su maletín encima de la cama, pero no hizo ademán de quitarse el abrigo.

—Háblanos de la sala secreta del piso dieciocho —dijo Bennie sin más preliminares.

—Ya te la he descrito.

Nigel se adelantó.

—Diez monitores en diez mesas, ¿no es eso?

—Eso es.

—¿Y dónde estaban los ordenadores propiamente dichos?

—En las mesas, junto a los monitores.

—¿Y cómo eran, altos, bajos, anchos? Danos una idea, Kyle.

—Parecían más como una caja cuadrada. Estaban junto a los monitores.

En una cómoda, junto al televisor, había un delgado clasificador abierto. Nigel se lo entregó.

—Echa un vistazo a estos ordenadores. Son de todas las formas y tamaños, de distintos fabricantes de todo el mundo. ¿Ves algo que se parezca a lo que hay en esa sala?

Kyle fue pasando metódicamente las páginas, diez en total. Cada una tenía fotos en color de unos ocho ordenadores, ochenta modelos distintos que variaban considerablemente en diseño y construcción. Al final se decidió por uno que más parecía una impresora de tinta.

—Sí, ya veo. Bastante cuadrado —comentó Nigel—. ¿Cuántas unidades de disco?

—Ninguna.

—¿Ninguna? ¿Estás seguro?

—Sí. Los ordenadores de esa sala han sido construidos específicamente para una máxima seguridad. No tienen unidades de disco, no tienen puertos de entrada ni de salida. No hay forma de transferir datos.

—¿Y un panel de control, botones, interruptores, luces, algo?

—Nada de nada. Son una simple caja cuadrada.

—¿Y el servidor?

—Bajo llave, en otra habitación y fuera de la vista.

—Interesante. ¿Y los monitores?

—Simples pantallas planas de cristal líquido.

—Echemos un vistazo —dijo Nigel, pasando a otra sección del clasificador llena de distintos tipos de pantallas—. ¿Qué tamaño tenían, Kyle?

—Catorce pulgadas.

—En color, me imagino.

—Sí. —Kyle se detuvo en la tercera página—. Esta se parece mucho.

—Excelente, Kyle.

—¿Y las impresoras? ¿Las había?

—No había ninguna.

—¿Ninguna? ¿Ni una sola impresora en toda la sala?

—Ni una.

Nigel se puso pensativo.

—Imagina que estás trabajando en un documento o en un informe, cuando llega el momento de materializarlo, ¿cómo lo haces?

—En ese caso, tienes que avisar a tu supervisor, que entra en la sala, lo abre y lo revisa. Si el documento en cuestión debe ser presentado ante el tribunal o entregado a la parte contraria, entonces se imprime.

—¿Dónde? Pensaba que habías dicho que no había impresoras.

—Hay una impresora en una habitación contigua, donde un auxiliar jurídico controla la impresión. Todas las hojas de papel que se imprimen son codificadas y duplicadas. No hay forma de imprimir nada sin dejar rastro.

—Estupendo, sí señor —dijo Nigel dando un paso atrás y cediendo el testigo a Bennie.

—¿Cuántas veces has estado en esa sala, Kyle? —preguntó.

—He estado una vez todos los días durante los últimos cinco días.

—¿Y cuánta gente suele haber en la habitación?

—Varía. El domingo por la tarde no hubo nadie durante una hora. Esta mañana había cinco o seis personas.

—¿Te has quedado alguna vez hasta que cierran?

—No. Todavía no.

—Pues hazlo. Una noche quédate hasta las diez.

—Escucha, Bennie, no puedo ir allí simplemente a matar el rato. No es una cafetería. La vigilancia es constante y está lleno de cámaras que lo registran todo. Hay que tener un motivo para estar ahí.

—¿Hay alguien que vigile tus entradas y salidas?

—La puerta no tiene vigilante porque la tarjeta electrónica para abrir deja constancia de todas las entradas y salidas. De todas maneras, estoy seguro de que hay un circuito cerrado que lo graba todo.

—¿Sueles llevar un maletín?

—No.

—¿Están prohibidos los maletines?

—No.

—¿Llevas americana?

—No. No es obligatorio llevar la americana puesta cuando se trabaja.

Bennie y Nigel cruzaron una mirada mientras meditaban la situación.

—¿Irás allí mañana?

—Puede ser. No estoy seguro. Dependerá de lo que me encarguen por la mañana.

—Bien. Quiero que mañana entres llevando la americana puesta y el maletín en la mano. En cuanto te hayas instalado, quítate la chaqueta y deja el maletín bajo la mesa.

—¿Puedes hacerlo, Kyle? —preguntó Nigel.

—Claro, ¿por qué no? ¿Algo más? ¿Y si me llevo también la merienda y dejo unas cuantas migas sobre el teclado? ¿Se puede saber qué significa todo esto?

—Confía en nosotros —contestó Nigel—. Sabemos lo que hacemos.

—A decir verdad, sois las últimas personas en las que confiaría.

—Vamos, Kyle...

—Mirad, estoy cansado y me quiero ir.

—¿Qué planes tienes para los próximos días? —quiso saber Bennie.

—Mañana trabajaré todo el día. Saldré del despacho a las cinco, cogeré el tren hasta Philly, alquilaré un coche y conduciré hasta York para comer el jueves, que es el día de Acción de Gracias, con mi padre. El viernes por la tarde estaré de regreso en la ciudad, y el sábado por la mañana iré al despacho. ¿Os parece bien?

—Nos volveremos a ver el domingo por la noche —dijo Bennie.

—¿En tu casa o en la mía?

—Ya te haré saber los detalles.

—Muy bien. Que tengáis un feliz día de Acción de Gracias, chicos —dijo Kyle antes de salir.

En la puerta de su despacho nuevo, Kyle había colgado dos abrigos impermeables, uno negro y el otro marrón claro. El negro se lo ponía todos los días para ir y volver del trabajo y cuando se movía por la ciudad. El marrón lo utilizaba menos, solo si no quería que lo siguieran. El miércoles, a las dos y media de la tarde, se lo echó en el brazo y bajó en ascensor hasta el segundo piso. Desde allí cogió el montacargas hasta el sótano, se puso el abrigo y se abrió paso a través de un laberinto de tuberías y conducciones eléctricas hasta que llegó a una escalera metálica de caracol. Saludó a un técnico al que saludaba habitualmente y salió a la luz del sol en el estrecho callejón que separaba el edificio del

Scully & Pershing del rascacielos vecino. Diez minutos más tarde, entraba en el despacho de Roy Benedict.

Habían conversado brevemente por teléfono, y Kyle no estaba del todo convencido con respecto al plan.

Benedict lo estaba plenamente. Había estudiado todo el material que Kyle le había entregado, analizado los hechos, calculado los riesgos y estaba listo para ponerse en marcha.

—Tengo un amigo en el FBI —comentó—. Es un amigo en quien confío plenamente. Trabajamos juntos antes de que me dedicara a la abogacía y, aunque ahora jugamos en campos distintos, sigo confiando en él. Es uno de los peces gordos de la oficina de Nueva York.

Kyle recordó su último encuentro con agentes del FBI: nombres falsos, placas falsas y una larga noche en una habitación de hotel con Bennie.

—Te escucho —dijo, sumamente escéptico.

—Quiero que te reúnas con él y le cuentes todo. Absolutamente todo.

—¿Y él qué hará?

—En este caso se han cometido delitos, se están cometiendo y se van a cometer más. Y no son delitos menores. Estoy convencido de que se quedará tan atónito como yo, y también de que al final el FBI tomará cartas en el asunto.

—¿Quieres decir que a Bennie lo trincarán los federales?

—Desde luego. ¿No quieres verlo entre rejas?

—Para el resto de su vida; pero, oculta ahí fuera, ese tío tiene una extensa red de contactos.

—El FBI sabe cómo tender una trampa. Es cierto que alguna vez la pifian, pero su promedio de aciertos es muy alto. Yo trato con ellos a menudo, Kyle, y sé lo listos que son. Si me pongo en contacto con ellos ahora, entrarán en el caso e irán preparando el terreno. Cuando quieren, son capaces de lanzar todo un ejército contra el enemigo. Y yo diría que un ejército es precisamente lo que necesitas.

—Gracias.

—Debo contar con tu permiso para hablar con el FBI.

—¿Hay alguna posibilidad de que echen un vistazo a la situación y decidan pasar?

—Sí, pero me extrañaría.

—¿Cuándo te pondrás en contacto con tu amigo?

—Quizá esta misma tarde.

Kyle apenas vaciló.

—Adelante —dijo.

33

Era casi medianoche cuando Kyle entró sigilosamente por la puerta de la cocina de la casa de sus padres, en York. Las luces estaban apagadas. Su padre sabía que iba a llegar tarde, pero John McAvoy no era hombre que dejara que algo interfiriera en una noche de sueño. Zack, el viejo collie que nunca había dejado entrar a ningún desconocido que no le gustara, levantó la cabeza de la manta del rincón sobre la que dormía y meneó el rabo. Kyle se acercó, le acarició la cabeza y le rascó detrás de las orejas, encantado con el recibimiento. La edad de Zack y su pedigrí nunca habían estado del todo claros. El animal había sido regalo de un antiguo cliente, parte de un pago de honorarios pendientes, y le gustaba pasar el tiempo bajo el escritorio de John McAvoy, dormitando entre todo tipo de problemas legales. Normalmente comía en el mismo bufete, en el cuarto de la cafetera, con alguna de las secretarias.

Kyle se quitó los mocasines, subió de puntillas por la escalera hasta su dormitorio y, cinco minutos más tarde, estaba entre las sábanas y profundamente dormido.

Menos de cinco horas más tarde, su padre casi echaba la puerta abajo y gritaba:

—¡Vamos, cabeza de chorlito! ¡Ya tendrás tiempo para dormir cuanto quieras cuando estés muerto!

Kyle sacó de un cajón un conjunto de ropa interior térmica y un par de calcetines de lana, y en el armario, entre una colección de ropa vieja que databa de su época de la universidad, encontró su conjunto de caza. Sin una mujer que se ocupara de la casa, la ropa, los trastos viejos y las telarañas empezaban a acumularse por todas partes. Sus botas estaban exactamente donde las había dejado el año anterior, el mismo día de Acción de Gracias.

Su padre se encontraba en la cocina, preparándose para la guerra. Encima de la mesa había tres rifles con mira telescópica junto con varias cajas de munición. Kyle, que había aprendido de pequeño el arte y las normas del cazador, sabía que su padre había limpiado y engrasado a conciencia las armas la noche anterior.

—Buenos días —dijo John—. ¿Estás listo?

—Desde luego. ¿Dónde está el café?

—En los termos. ¿A qué hora llegaste anoche?

—Muy tarde. Demasiado.

—No pasa nada: eres joven. Vámonos ya.

Cargaron todo el equipo en la camioneta Ford 4 × 4, último modelo, que era el medio de transporte favorito de John, tanto por York como fuera de la ciudad. Quince minutos después de haberse arrastrado fuera de la cama, Kyle mordisqueaba una barra de Granola y tomaba pequeños sorbos de café en la gélida madrugada del día de Acción de Gracias. No tardó en perder de vista la ciudad, y la carretera, en hacerse más estrecha.

Su padre fumaba un cigarrillo cuyo humo se escapaba por una rendija de la ventanilla, apenas bajada. Normalmente no decía gran cosa por las mañanas. Tratándose de un hombre que pasaba el día en su bullicioso despacho de abogado, rodeado de teléfonos que no dejaban de sonar, de clientes que esperaban y de secretarias que iban de un lado para otro, John necesitaba los minutos de silencio del amanecer.

A pesar de que estaba medio dormido, Kyle quedó impresionado una vez más por los espacios abiertos, las desiertas carreteras y la ausencia de gente en el paisaje; se preguntó cuál era realmente el encanto de las grandes ciudades. Se detuvieron ante una verja. Kyle bajó y la abrió para que su padre pasara con el coche. Siguieron hacia las montañas. Seguía sin haber rastro del sol por el este.

—¿Cómo vamos de amores? —preguntó Kyle, al fin, en un intento de entablar conversación. Meses antes, su padre le había hablado de cierta amiga con la que parecía ir en serio.

—Bien. Va y viene. Esta noche preparará la cena.

—Y se llama…

—Zoe.

—¿Zoe?

—Sí, Zoe. Es un nombre griego.

—¿Es griega?

—Su madre es griega. Su padre es de ascendencia inglesa. Zoe es una mestiza, como todos nosotros.

—¿Es guapa?

John tiró la ceniza por la ventanilla.

—¿Crees que saldría con ella si no lo fuera?

—Sí. Me acuerdo de Rhoda, que era un callo.

—Rhoda era cachonda. Me parece que no supiste apreciar su belleza.

La camioneta se metió en una zona bacheada del camino y los zarandeó.

—¿Y de dónde es Zoe?

—De Reading. ¿A qué vienen tantas preguntas?

—¿Qué edad tiene?

—Cuarenta y nueve, y le va la marcha.

—¿Piensas casarte con ella?

—Hemos hablado del asunto alguna vez, pero no lo sé.

El camino de gravilla se convirtió en uno de tierra. Cuando llegó al borde de un campo, John detuvo la camioneta y apagó las luces.

—¿De quién es esta propiedad? —preguntó Kyle en voz baja mientras cogían los rifles.

—Solía ser de la familia del ex marido de Zoe. Cuando se divorció, ella se la quedó. Ochenta hectáreas rebosantes de ciervos.

—¿Lo dices en serio?

—Totalmente. Limpio y legal.

—Y tú le llevaste el divorcio, ¿no?

—Eso fue hace cinco años, y empecé a salir con ella el año pasado. Bueno, puede que hace dos.

—O sea, que vamos a cazar en la finca de Zoe.

—Sí, pero a ella no le importa.

«¡Caramba con el ejercicio de la abogacía en las ciudades pequeñas!», se dijo Kyle.

Durante veinte minutos caminaron a lo largo de la linde del bosque sin decir palabra. Se detuvieron bajo un gran olmo cuando los primeros rayos de luz cayeron sobre el valle que tenían ante ellos.

—La semana pasada, Bill Henry mató uno de ocho puntas en aquel risco de allí —dijo John, señalando el lugar—. Por aquí hay ciervos enormes. Si él pudo abatir uno, cualquiera puede.

En lo alto del olmo alguien había construido una plataforma de tiro. Una escalerilla de cuerda colgaba de las ramas.

—Tú ocuparás la plataforma —dijo John—. Yo estaré en otra que hay a unos cien metros. Solo ciervos, ¿vale?

—Entendido.

—¿Tienes tu permiso de caza al día?

—Lo dudo.

—Bueno, no pasa nada. Lester sigue siendo el guarda y el mes pasado conseguí que a su hijo, que está enganchado al crack, no lo metieran en la trena.

John se alejó y, antes de desaparecer en la penumbra, se volvió y dijo.

—No te duermas.

Kyle se echó el rifle al hombro y trepó por la escalerilla. La plataforma estaba hecha de tablones y troncos atornillados al olmo, y como todas las plataformas de tiro no había sido construida pensando en la comodidad. Se situó de un lado, después el otro hasta que acabó sentado en los troncos con la espalda apoyada en el árbol y los pies colgando. Había estado en plataformas como aquella desde que tenía cinco años y había aprendido a quedarse completamente quieto. Una suave brisa agitaba las hojas. El sol se levantaba deprisa. Los ciervos no tardarían en salir cautelosamente del bosque para acercarse a los campos en busca de pastos y maíz.

El rifle era un Remington 30.06, un regalo de su décimo-cuarto cumpleaños. Se lo cruzó firmemente sobre el pecho y no tardó en adormecerse.

El estampido de un disparo lo despertó del sueño, y se echó el rifle a la cara, listo para disparar. Miró el reloj. Había dormido cuarenta minutos. Hacia la izquierda, por donde se había marchado su padre, vio varias colas blancas que escapaban saltando ágilmente. Transcurrieron diez minutos sin que supiera nada de John. Estaba claro que este había fallado el tiro y que seguía en su otero.

Pasó una hora sin que vieran más ciervos, y Kyle tuvo que hacer un esfuerzo sobrehumano para mantenerse despierto.

Era el día de Acción de Gracias. Las oficinas de Scully & Pershing estarían oficialmente cerradas, pero él sabía que alguno de los francotiradores estaría allí, vestido con vaqueros y botas, facturando incansablemente; y que también habría algún socio, sudando la gota gorda antes de que expirara algún plazo vital. Meneó la cabeza.

Oyó un ruido que se acercaba, el de unos pasos a los que no les importaba ser oídos. John apareció bajo el olmo.

—Vamos —dijo—. Hay un arroyo cerca de aquí donde van a beber.

Kyle descendió con cuidado.

—¿De verdad no has visto ese ciervo? —le preguntó su padre cuando tuvo los pies en el suelo.

—Pues no.

—No sé cómo no has podido verlo. Ha pasado justo delante de tus narices.

—¿Ese al que le disparaste?

—Sí. Al menos era un diez puntas.

—Bueno, tú tampoco le diste.

Volvieron a la camioneta en busca de los termos. Mientras estaban sentados en la caja, bebiendo café cargado en vasos de papel y acabando las barritas de cereales, Kyle se volvió a su padre y le dijo:

—Papá, no quiero seguir cazando. Tenemos que hablar.

Su padre escuchó, al principio con calma; luego, encendió un cigarrillo. Cuando Kyle abordó el capítulo de la investigación de la violación esperó verlo explotar en una serie de dolorosas preguntas de por qué no había acudido a él; pero su padre siguió escuchando en silencio, como si conociera la historia y estuviera esperando aquella confesión.

Su primer arranque de furia llegó cuando Bennie apareció en el relato.

—¡Ese tío te hace chantaje! —exclamó encendiendo otro cigarrillo—. ¡Hijo de puta!

—Por favor, sigue escuchando —le rogó Kyle, que siguió adelante, contando detalles a raudales, y varias veces tuvo que imponerse para que su padre no lo interrumpiera. Al final, este adoptó una actitud impasible mientras absorbía la información con incredulidad pero sin abrir la boca: el vídeo, Joey, Baxter, el asesinato, Trylon y Bartin, la sala secreta del piso dieciocho, las reuniones con Bennie, Nigel, el plan de robar documentos y entregarlos al enemigo. Y por último, su trato con Roy Benedict y la intervención del FBI.

Kyle se disculpó repetidamente por no confiar en su padre. Reconoció sus errores, que eran demasiado numerosos para que pudiera enumerarlos todos en ese momento. Abrió por completo su alma y, cuando acabó, el sol estaba alto en el cielo, hacía rato que no quedaba café y nadie se acordaba ya de los ciervos.

—Creo que necesito que me echen una mano —dijo Kile.

—Lo que necesitas es un buen rapapolvo por no confiar en mí.

—Es verdad.

—¡Dios mío, hijo, en menudo lío te has metido!

—No tuve elección. Estaba aterrorizado por el vídeo, y la idea de que se pudiera abrir una nueva investigación por esa violación era demasiado. Si hubieras visto ese maldito vídeo, lo entenderías.

Dejaron los rifles en el asiento de atrás de la camioneta y fueron a dar una larga caminata por los senderos que atravesaban los bosques.

El festín de pavo con sus acompañamientos de rigor había sido preparado por un restaurante local que ofrecía todo el lote a aquellos que preferían evitarse las molestias. Mientras John preparaba la mesa para el almuerzo, Kyle fue a recoger a su madre.

Patty lo recibió en la puerta con una sonrisa y un abrazo. Estaba levantada y debidamente medicada. Hizo pasar a Kyle y se empeñó en enseñarle sus últimas obras maestras. Al final, este consiguió llevarla hasta el coche de alquiler y hacer el breve trayecto a través de York. Su madre se había maquillado, pintado los labios y puesto un vestido naranja que su hijo recordaba haberle visto cuando era pequeño. Parloteó sin cesar, contando historias de gente a la que había conocido años atrás y saltando de un asunto a otro de un modo tan brusco que, en otras circunstancia, habría podido resultar cómico.

Kyle se sentía aliviado porque con su madre siempre cabía la posibilidad de que no se hubiera tomado la medicación y estuviera fuera de sí. Sus padres se saludaron con un educado abrazo, y la pequeña y maltrecha familia se sentó a comer mientras charlaban de las gemelas, ninguna de las cuales había estado en York desde hacía más de un año. Una vivía en Santa Mónica; la otra, en Portland. Antes de trinchar el pavo las llamaron a las dos y se fueron pasando el teléfono. En el salón, la televisión seguía encendida y en silencio, a la espera del partido que iban a ver. Kyle sirvió tres copas de vino, aunque sabía que su madre no probaría la suya.

—Veo que ahora tomas vino —comentó John, cortando el pavo.

Entre los dos sirvieron a Patty, se ocuparon de ella e hicieron todo lo posible para que se sintiera cómoda. Ella siguió hablando de su trabajo artístico y de cosas ocurridas en York años atrás. También hizo el esfuerzo de preguntar a Kyle por su trabajo en Nueva York, y él se las arregló para dar la impresión de que llevaba una vida envidiable. La tensión por el lío en que estaba metido resultaba palpable, pero ella no se dio cuenta. Casi no comió nada, y su marido y su hijo acabaron con el almuerzo lo más rápidamente posible. Tras la tarta de nueces y el café, dijo que deseaba volver a su casa y a su trabajo. Estaba cansada, según dijo, y Kyle no se hizo de rogar para acompañarla.

Los partidos de fútbol se sucedieron confusamente. Kyle, en el sofá, y padre, en la mecedora, los vieron en silencio mientras daban cabezadas. El ambiente estaba cargado de cosas por decir, preguntas pendientes y planes que discutir. A John le habría gustado echar un sermón y una bronca a su hijo, pero sabía que este era demasiado vulnerable y dependiente en esos momentos.

—¿Por qué no salimos a dar un paseo? —propuso Kyle cuando empezó a oscurecer.

—¿Pasear? ¿Adónde?

—Alrededor de la manzana. Tengo cosas que contarte.

—¿Y no me las puedes contar aquí?

—Mejor paseando.

Se abrigaron y sacaron a Zack con la correa. Iban por la acera cuando Kyle dijo:

—Lo siento, pero no me gusta hablar de cosas importantes dentro de casa.

John encendió un cigarrillo con la facilidad de los fumadores expertos, con un solo movimiento, fluido y perfectamente coordinado.

—No sé si quiero saber el porqué.

—Por los micrófonos, los aparatos de escucha y los artefactos con los que se espía cualquier conversación.

—Aclárame una cosa, antes de todo: ¿crees que esos indeseables pueden haber puesto micrófonos en mi casa?

Paseaban por las calles que Kyle había recorrido de niño. Conocía a todos sus habitantes, o al menos los había conocido en su día, y cada casa tenía su propia historia. Señaló una con la cabeza y preguntó:

—¿Qué ha sido del señor Polk?

—Al final murió. Pasó los últimos cincuenta años de su

vida en una silla de ruedas. Un caso penoso, la verdad. Oye, no estamos aquí para caminar con nuestros recuerdos. Te he hecho una pregunta.

—Y mi respuesta es que no. No creo que hayan puesto micrófonos en tu casa ni en tu despacho, pero no lo puedo descartar. Esos tipos son unos maniáticos de la vigilancia y tienen un presupuesto ilimitado. Además, poner micrófonos es muy fácil. Puedes preguntarme. Soy un experto. Podría convertir una casa en un centro de escuchas con cuatro cosas compradas en RadioShack.

—¿Y cómo es que sabes tanto?

—Libros, manuales... En Manhattan hay una tienda dedicada al espionaje. De vez en cuando me acerco por allí, si consigo dar esquinazo a los que me siguen.

—¡Esto es increíble, Kyle! Si no te conociera mejor diría que has perdido la chaveta. Pareces totalmente esquizofrénico, como alguno de mis clientes.

—No estoy loco. Al menos, no todavía; pero he aprendido a ir con pies de plomo y por eso salgo a la calle cuando tengo que hablar de algo importante.

—¿Tu apartamento está...?

—¡Por supuesto! Al menos sé que hay tres micros escondidos. Uno está en la rejilla del aire acondicionado del salón. Hay otro escondido en la pared del dormitorio, justo encima de la cómoda, y un tercero en la cocina, empotrado en una moldura. En realidad no puedo acercarme demasiado para examinarlos porque también hay tres pequeñas cámaras con las que me observan continuamente cuando estoy en casa, que no es muy a menudo. He conseguido localizar todos esos aparatos fingiendo que hago las tareas de limpieza de costumbre, como fregar suelos y ventanas y quitar el polvo. Puede que mi apartamento sea un caos de desorden, pero está limpio.

—¿Y tu teléfono?

—Todavía conservo el que tenía en la universidad, pero está pinchado. Por eso no lo conecto. Sé que están escuchando, de manera que les doy suficiente cebo inútil para tenerlos contentos. Instalé una línea de tierra en el apartamento, y estoy seguro de que también está pinchada. De todas maneras, no he podido inspeccionarla porque las cámaras me vigilan y solo la uso para cosas sin importancia, como pedir una pizza, discutir con el casero o llamar un taxi. —Kyle sacó el FirmFone y lo contempló—. Esto es lo que nos dieron en el bufete, nada más empezar el primer día.

—La pregunta es por qué lo llevas encima el día de Acción de Gracias.

—Por costumbre, pero está desconectado. Para los asuntos serios utilizo el teléfono de mi escritorio. Si consiguen pinchar todos los teléfonos del bufete, entonces estamos todos jodidos.

—El que está jodido eres tú. De eso no hay duda. Tendrías que haberme contado todo esto desde el primer momento.

—Lo sé. Hay un montón de cosas que tendría que haber hecho de otra manera, pero no contaba con el beneficio de la experiencia. Estaba aterrado. Y todavía lo estoy.

Zack se detuvo en una boca de incendios, y John necesitaba otro cigarrillo. Se había levantado viento, y las hojas volaban a su alrededor. Había oscurecido y todavía les esperaba la cena en casa de Zoe.

Acabaron de dar la vuelta a la manzana mientras hablaban del futuro.

34

Los junior que se habían atrevido a aflojar un poco el ritmo aprovechando el día de fiesta para marcharse, volvieron con ganas el sábado por la mañana. El tiempo que habían pasado fuera les había resultado gratificante, pero el frenesí de la vuelta los había dejado aún más cansados. Además, un día sin trabajar significaba un día sin facturar.

Kyle miró el reloj. Eran las ocho en punto cuando entró en la sala secreta del piso dieciocho y se instaló ante una de las terminales de trabajo. Había otros cuatro miembros del equipo de trabajo de Trylon, enfrascados en la lectura de los documentos digitales. Saludó a dos de ellos con un movimiento de cabeza, y le correspondieron, pero sin hablar. Iba vestido con tejanos, se había puesto una cazadora de lana y cargaba con su maletín, un Bally de quince centímetros de grosor que empezaba a mostrar cierto desgaste. Lo había comprado en una tienda de la Quinta Avenida una semana antes de que empezara el cursillo de orientación del bufete. Todos los maletines de la oficina eran negros.

Lo dejó en el suelo, junto a él, parcialmente bajo la mesa y justo debajo del ordenador que tanto había interesado a Nigel. Sacó un cuaderno de notas, una carpeta y no tardó en parecer que su trabajo ante la pantalla resultaba auténtico. Al cabo de unos minutos, se quitó la cazadora, la colgó del respaldo de su asiento y se arremangó la camisa. En esos momentos, Trylon estaba pagando al viejo Scully & Pershing otros cuatrocientos dólares la hora.

Una rápida ojeada por la sala reveló la presencia de otro maletín. Las otras chaquetas y cazadoras se habían quedado arriba, en los despachos de sus propietarios. Las horas empezaron a pasar lentamente mientras Kyle se perdía en el futurista mundo del Bombardero Hipersónico B-10 y de la gente que lo había diseñado.

Lo único bueno de aquella sala secreta era que estaban prohibidos los móviles. Al cabo de unas horas, Kyle decidió que necesitaba un descanso y que deseaba comprobar el correo. Concretamente, esperaba tener noticias de Dale, que no se había molestado en aparecer en tan bonita mañana. Fue a su despacho, cerró la puerta —lo que suponía una violación leve de las normas de la casa— y la llamó a su móvil personal. Todos los abogados llevaban uno encima, aunque solo fuera como compensación al odiado FirmFone.

—¿Sí? —respondió ella.

—¿Dónde estás?

—Aún estoy en Providence.

—¿Vas a volver a Nueva York?

—No estoy segura.

—¿Hará falta que te recuerde, jovencita, que este es el tercer día consecutivo que no has facturado ni una sola hora?

—Eso me indica que estás en el despacho, ¿verdad?

—Exacto, echando horas como cualquier otro «esclavo» de primer año. Están todos menos tú.

—Pues que me despidan, que me demanden. Me da igual.

—Con esa actitud nunca llegarás a la categoría de socia.

—¿De verdad?

—Estaba pensando en si podíamos cenar esta noche. Hay

un restaurante en el East Village al que Frank Bruni acaba de ponerle dos estrellas.

—¿Me estás pidiendo una cita?

—Por favor. Podremos pagar a escote, porque los dos trabajamos para un bufete que no hace discriminaciones por razón de sexo.

—¡Qué romántico eres!

—Del romance podríamos encargarnos después.

—O sea que, en el fondo, solo es eso lo que buscas, ¿no?

—Siempre. Ya me conoces.

—Llegaré alrededor de las siete. Te llamaré entonces.

Kyle endosó doce horas a Trylon y pidió un coche para que lo llevara a cenar. El restaurante tenía una veintena de mesas, su especialidad era la comida turca y no exigía una forma de vestir determinada, aunque prefería los vaqueros. Gracias a las dos estrellas del *New York Times*, estaba lleno. Kyle había tenido suerte porque una cancelación le había permitido encontrar mesa.

Dale lo esperaba en la barra, tomando una copa de vino y con aspecto aparentemente tranquilo. Se dieron un beso en la mejilla y empezaron a hablar de sus respectivos día de Acción de Gracias como si cada uno volviera de unas largas vacaciones. Tanto la madre como el padre de Dale daban clases de matemáticas en el Providence College y, aunque eran personas estupendas, llevaban una vida tirando a aburrida. El talento de Dale con los números le había permitido doctorarse rápidamente, pero no había tardado en inquietarse ante la posibilidad de acabar llevando una vida como la de sus padres. El mundo del Derecho la sedujo; el ejercicio de la abogacía, que aparecía en el cine y la televisión como una incesante fuente de emociones; como la piedra angular de la democracia y la vanguardia de la defensa de los derechos civiles y sociales. Brilló con luz propia en la facultad de Derecho y le llovieron ofertas de los mejores bufetes. Sin embargo, tras tres meses de duro ejercicio, empezaba a echar mucho de menos las matemáticas.

Más tarde, cuando ya estaban en la mesa y seguían con el vino, le confesó enseguida la noticia:

—Esta mañana he tenido una entrevista de trabajo.

—Pues yo pensaba que ya tenías trabajo.

—Sí, pero es un asco. En Providence hay un pequeño bufete que está instalado en un antiguo edificio precioso del centro. Cuando estaba en la facultad, trabajé allí un verano haciendo las fotocopias, el café y esas cosas. Tiene veinte abogados, la mitad mujeres, y se dedica al Derecho en general. Los llamé la semana pasada.

—Pero si tienes una envidiable situación como abogada del bufete más importante del mundo. ¿Qué más puedes querer?

—Tener vida propia. Lo mismo que tú.

—Lo que yo quiero es llegar a ser socio para poder dormir hasta las cinco de la madrugada todos los días hasta que me dé un infarto a los cincuenta. Eso es lo que quiero.

—Mira a tu alrededor, Kyle. Muy pocos aguantan más de tres años. Los más listos se largan al segundo. Solo los chiflados se quedan y ascienden.

—¿Me estás diciendo que te marchas?

—No estoy hecha para esto. Pensaba que era fuerte, pero no lo aguanto. Puede que tú sí.

El camarero les tomó nota y escanció un poco más de vino. Estaban sentados codo con codo en un pequeño reservado en forma de medialuna, mirando al restaurante. Kyle tenía la mano bajo la mesa, entre las rodillas de Dale.

—¿Y cuándo piensas irte?

—Tan pronto como sea humanamente posible. Esta mañana, un poco más y me pongo a suplicar trabajo. Si no me hacen una buena oferta, seguiré buscando. Esto es una locura, Kyle, y voy a dejarlo.

—Felicidades. Serás la envidia de todos los de primer año.

—¿Y tú?

—No lo sé. Me siento como si acabara de llegar. Estamos todos asustados, pero se nos pasará. Es como el campamento de entrenamiento, y todos estamos doloridos con los primeros golpes.

—Pues yo no quiero más golpes. Ya me he desmayado una vez y no voy a dejar que se repita. A partir de ahora bajaré el ritmo a cincuenta horas semanales y dejaré que sean ellos los que me digan algo.

—Lo que tú digas.

Les llevaron un plato con aceitunas y queso de cabra, y se entretuvieron con ello.

—¿Qué tal por York? —preguntó Dale.

—Como siempre. Comí con mi madre y cené con la que será la segunda mujer de mi padre. Salimos de caza con mi padre, pero no cazamos nada. Luego, paseamos y charlamos.

—¿De qué?

—De lo de siempre: de la vida, del pasado, del futuro.

Era la segunda vez consecutiva que Nigel se hallaba presente en una reunión, y estaba claro que había estado haciendo los preparativos desde mucho antes de que Kyle se presentara en la suite del hotel. En una pequeña mesa de escritorio había montado un ordenador que se parecía mucho a los de la sala del piso dieciocho. Junto a este había un monitor que era idéntico ante el que Kyle había pasado doce horas el día anterior.

—¿Qué, Kyle, nos vamos acercando? —preguntó alegremente Nigel mientras le mostraba la copia que había fabricado.

Kyle se sentó al escritorio bajo las atentas miradas de Nigel y Bennie.

—Sí. Se parece mucho —respondió.

—Como sabes, solo se trata del hardware. No es crucial, pero estamos intentando dar con el fabricante. Solo el software es importante, eso lo sabemos. ¿Estamos dando en el clavo?

Ni el ordenador ni la pantalla tenían nombres ni logotipos de marca alguna. Eran tan anónimos como los que intentaban imitar.

—Yo diría que bastante —contestó Kyle.

—Mira bien y dinos qué diferencias encuentras —insistió Nigel, que se hallaba al lado de Kyle, mirando la pantalla.

—El ordenador es un poco más oscuro de color, casi gris, y mide cuarenta centímetros de ancho por cincuenta de alto.

—¿Lo has medido, Kyle?

—Naturalmente. Con una libreta tamaño Din A4

—¡Qué idea tan genial! —exclamó Nigel, que parecía a punto de darle un abrazo. Incluso Bennie sonreía—. Tiene que ser un Fargo —aseguró.

—¿Un qué?

—Fargo, Kyle. Se trata de una empresa de ordenadores de San Diego especializada en material para el gobierno y el ejército. También hace trabajos para la CIA. Construye unos aparatos muy robustos con más sistemas de seguridad de los que se pueden imaginar, te lo aseguro. No los verás en las tiendas, no señor. Además, Fargo es propiedad de Deene, un cliente de quien ya sabes. El viejo Scully & Pershing le protege las espaldas a mil dólares la hora.

Mientras hablaba, Nigel le dio a un botón del teclado. La

pantalla se convirtió en una página distinta de todo lo que Kyle había visto hasta ese momento. Nada que ver con Microsoft ni Apple.

—Bueno, Kyle, dime ahora qué te parece esta página. ¿Algún parecido con lo que has visto?

—No. Ni de lejos. La página de inicio tiene un icono para el tutorial, pero eso es todo, no más iconos, ni ventanas de texto ni opciones de formato, nada salvo un índice para los documentos. Enciendes el ordenador, introduces los códigos y las contraseñas, esperas diez segundos y ¡listo!, entras en la biblioteca. Nada de perfiles del sistema, nada de hojas de características, nada de página de inicio.

—Fascinante —dijo Nigel, mirando el monitor—. ¿Y el índice, Kyle?

—El índice es lo difícil. Empieza con una serie de categorías de documentos que se van desplegando en subcategorías y subgrupos, en más sub-esto y sub-lo otro. Cuesta bastante encontrar los documentos que uno busca.

Nigel dio un paso atrás y se estiró mientras Bennie se acercaba.

—Supón que quieres encontrar los materiales relacionados con las turbinas de aspiración del B-10 y con los tipos de combustible de hidrógeno utilizados. ¿Cómo los localizarías?

—No tengo ni idea. No he llegado a ese punto aún. No he visto nada que tenga que ver con turbinas de aspiración.

Lo que acababa de decir era verdad, pero Kyle decidió que ya era suficiente. Con cuatro millones de documentos en juego, podía perfectamente decir que no había visto aquello por lo que le preguntaban.

—Pero ¿podrías encontrar ese material? —insistió Bennie.

—Podría encontrarlo rápidamente si supiera dónde mirar. El programa Sonic es muy rápido, pero tiene que recorrer toneladas de papel.

Los gestos de Bennie eran rápidos, y en sus palabras había un tono de mayor urgencia que la habitual. Por su parte, Nigel parecía muy agitado con la información que Kyle les había dado. Estaba claro que sus progresos los tenían muy nerviosos.

—¿Estuviste ayer en la sala? —preguntó Bennie.

—Sí, todo el día.

—¿Con el maletín y la chaqueta?

—Con los dos. Sin problemas. Había otro maletín. Nadie los controla.

—¿Cuándo volverás a entrar? —quiso saber Bennie.

—El equipo del caso se reúne por la mañana, y es probable que me encarguen algún trabajo. El lunes o el martes, seguro.

—Entonces nos volveremos a ver el martes por la noche.

—No sabes qué ganas tengo.

35

Como miembro oficial del equipo Trylon, Kyle tenía el honor de empezar todas las semanas, los lunes a las siete y media, con una sesión de trabajo en una sala de reuniones que no había visto jamás. Después de tres meses en el edificio, todavía se sorprendía con la cantidad de salas, rincones de reunión y pequeñas bibliotecas que no conocía y con las que se tropezaba por primera vez. El bufete necesitaba su propia guía.

La sala se hallaba en el piso cuarenta y uno, y era lo bastante grande para albergar un pequeño despacho de abogados. La mesa de trabajo era casi tan larga como la pista de una bolera, y a su alrededor se sentaban cuarenta abogados, más o menos, tomando café y preparándose para otra interminable semana. Wilson Rush se puso en pie en la cabecera y se aclaró la garganta. Todos callaron y se quedaron quietos.

—Buenos días —dijo Rush—. Vamos a empezar nuestra reunión semanal. Sed breves en vuestros comentarios. Esta reunión solo durará una hora.

No había duda de que la sesión se levantaría exactamente a las ocho.

Kyle se había sentado tan lejos de Rush como había podido. Se puso a tomar notas frenéticamente, unas notas que ni siquiera él sería capaz de leer después. Los ocho socios se fueron levantando por turnos y presentaron un breve resumen de asuntos tan apasionantes como las últimas mociones presentadas en el caso, las últimas discusiones sobre documentos y expertos y las últimas estrategias puestas en marcha por APE y Bartin. Doug Peckham presentó su primer informe sobre una complicada moción para no tener que entregar determinados documentos al adversario, y poco le faltó para conseguir adormecer a todos los presentes.

Sin embargo, Kyle aguantó despierto mientras seguía garrapateando en su libreta y repitiéndose que aquella situación era absurda. Se había convertido en un espía perfectamente situado por su contacto y tenía al alcance de su mano unos documentos tan importantes que ni siquiera alcanzaba a comprender su valor. Tan vitales como para hacer que se asesinara por ellos.

Levantó la vista cuando Isabelle Gaffney tomó la palabra y, haciendo caso omiso de sus palabras, miró al otro extremo de la pista de bolos, donde Wilson Rush parecía fulminarlo con la mirada. Aunque quizá no. Los separaba una considerable distancia, y él llevaba unas gafas de lectura, de manera que resultaba difícil determinar a quién fulminaba exactamente con la mirada.

Kyle se preguntó cómo reaccionaría el señor Rush si supiera la verdad. Cómo reaccionarían los miembros del equipo Trylon y los demás socios y abogados junior del bufete cuando se enteraran de lo que era en realidad el joven Kyle McAvoy, ex editor del *Yale Law Journal*.

Las consecuencias serían horripilantes. La magnitud de la conspiración hacía que el corazón se le acelerara. La boca se le secó, y tomó un sorbo de café frío. Sintió unas ganas irrefrenables de saltar hacia la puerta, bajar corriendo los cuarenta y un tramos de escalera y huir corriendo por las calles de Nueva York como un poseso.

A la hora del almuerzo utilizó la salida secreta del sótano y se escabulló hasta el despacho de Roy Benedict. Charlaron un par de minutos y entonces el penalista le dijo que había dos personas con las que quería que Kyle se reuniera. La primera era su contacto en el seno del FBI; la segunda, un letrado del departamento de Justicia. Kyle aceptó no sin cierto nerviosismo, y pasaron a una sala de reuniones contigua.

El supervisor del FBI se llamaba Joe Bullington, y era un tipo de maneras amables, con una gran sonrisa y un firme apretón de manos. El hombre del departamento de Justicia se llamaba Drew Wingate y era un tipo de expresión avinagrada que parecía evitar todo lo posible los apretones de manos. Los cuatro se sentaron alrededor de la mesa: Benedict y Kyle a un lado; los del gobierno al otro.

La reunión la había convocado Benedict, de modo que fue él quien tomó la palabra.

—Kyle, lo primero es saber de cuánto tiempo dispones.

—De una hora, más o menos.

—Bien. Quiero que sepas que he puesto el caso sobre la mesa. He tenido varias conversaciones con los señores Bullington y Wingate, y es importante que resumamos la situación para saber dónde estamos. Joe, por favor, háblanos de los antecedentes del señor Bennie Wright.

Sin dejar de sonreír, Bullington se frotó las manos y empezó:

—Sí. Bien, la verdad es que hemos pasado la foto de ese tipo por nuestra base de datos. No te aburriré con los detalles, pero tenemos un sistema muy complejo que almacena los datos faciales de millones de individuos. Cuando introducimos la imagen de un sospechoso, los ordenadores buscan y comparan y, en general, nos proporcionan un resultado. Sin embargo, con el señor Wright o como se llame no hemos conseguido sacar nada en claro. No hemos encontrado nada, ni una sola pista. Mandamos los datos a la CIA, y ellos hicieron su propia búsqueda con otros ordenadores y otros programas; pero tampoco consiguieron nada. La verdad es que estamos muy sorprendidos porque confiábamos en poder identificar a ese individuo.

Kyle no estaba sorprendido, pero sí decepcionado. Había leído acerca de los superordenadores que utilizaban los servicios de inteligencia y, después de una eternidad teniendo que tratar con Bennie, tenía muchas ganas de saber quién era.

Bullington se animó un poco y prosiguió:

—De todas maneras, lo de Nigel ha sido otro cantar. Metimos el retrato robot que hiciste de ese hombre y no conseguimos identificarlo, pero la CIA probablemente haya acertado. —Abrió una carpeta, sacó una foto en blanco y negro de trece por dieciocho y se la entregó a Kyle, que inmediatamente exclamó:

—¡Es él!

—Estupendo. Su verdadero nombre es Derry Hobart, nacido en Sudáfrica, crecido en Liverpool, se formó como técnico en los servicios de inteligencia británicos. Hace unos diez años fue expulsado por piratear los archivos confidenciales de unos suizos muy ricos. Está considerado uno de los piratas informáticos más brillantes del mundo, pero es un verdadero mercenario que vende sus servicios a cambio de dinero. Tiene una orden de busca y captura al menos en tres países.

—¿Cuánto les has contado a esos tipos? —quiso saber Wingate en un tono que parecía más una acusación que una pregunta.

Kyle miró a su abogado, que asintió.

—Puedes contestar, Kyle. No estás siendo sometido a investigación. No has hecho nada malo.

—Les he explicado cómo es la sala, su distribución, y cosas generales; lo suficiente para tenerlos contentos. En cualquier caso, no les he proporcionado material relevante.

Bullington volvió a tomar la palabra:

—Los otros dos retratos robot no han permitido averiguar nada más. Si lo he entendido bien, esos dos tipos forman parte del equipo de vigilancia y no son tan importantes.

—Así es —repuso Kyle.

—Tu retrato robot del señor Hobart es magnífico.

—Lo saqué de una página web: quickface.com. Cualquiera podría haberlo hecho.

—¿Cuál va a ser el siguiente paso? —preguntó Wingate.

—Tenemos que vernos mañana por la noche para que me den instrucciones. El plan es que yo entre de alguna manera en el sistema y consiga descargar o sacar unos documentos y entregárselos. No tengo ni idea de cómo piensan hacerlo. A mí, el sistema de ordenadores del bufete me parece completamente seguro.

—¿Cuándo se supone que va a ocurrir esto que dices?

—No me lo han dicho, pero me da la impresión de que será pronto. Quisiera hacer una pregunta.

Puesto que ninguno de los dos se ofreció a responder, Kyle se lanzó:

—¿Quién es esta gente? ¿Para quién trabaja?

Bullington respondió con la mejor de sus sonrisas:

—Si he de serte sincero, Kyle, no lo sabemos. Hobart es una ramera que va por el mundo ofreciendo sus servicios; pero no tenemos ni idea de dónde sale Bennie. Tú dices que no es estadounidense.

—Al menos, no habla como si lo fuera.

—Si no sabemos quién es, no tenemos manera de averiguar para quién trabaja.

—En mi primer encuentro con ellos, en febrero, había al

menos cinco tipos más, y todos ellos eran estadounidenses.

Bullington meneó la cabeza.

—Pistoleros a sueldo, Kyle; sicarios contratados para un trabajo determinado y despedidos una vez finalizado este. Ahí fuera hay todo un mundo de ex policías, ex soldados y ex agentes de inteligencia, todos ellos tipos que fueron expulsados de sus respectivas organizaciones por un montón de razones; indeseables en su mayoría. Los entrenaron de forma encubierta y pertenecen a un mundo encubierto. Se venderán a cualquiera que esté dispuesto a pagar. Lo más probable es que esos cinco tipos no tuvieran ni idea de qué estaba planeando Bennie.

—¿Qué posibilidades hay de atrapar a los que asesinaron a Baxter?

La sonrisa desapareció unos segundos. Los dos funcionarios adoptaron un aire contrito y perplejo.

—Primero tenemos que atrapar a Bennie —contestó al fin Bullington—. A partir de él seguiremos el rastro hacia arriba, hacia los peces gordos que lo contrataron, y después bajaremos hasta dar con los que se encargaban de hacer el trabajo sucio. De todas maneras, si es un profesional, y todo parece indicar que lo es, las posibilidades de que le arranquemos algún nombre son remotas.

—¿Cómo vais a coger a Bennie?

—Esa es la parte fácil: tú nos conducirás hasta él.

—¿Y lo arrestaréis?

—Desde luego. Tenemos motivos sobrados para detenerlo: escuchas ilegales, extorsión, conspiración... Escoge el que prefieras. Lo encerraremos junto con Hobart, y no habrá juez en el mundo que señale una fianza. Seguramente lo trasladaremos a una instalación de alta seguridad de fuera de Nueva York para interrogarlo.

La imagen de Bennie encadenado a una silla rodeado de

unos cuantos tipos muy cabreados le resultó sumamente agradable.

Roy carraspeó, miró el reloj y dijo:

—Si nos queréis disculpar, tengo que hablar con Kyle. Os llamaré más tarde.

Kyle se levantó, les estrechó la mano y siguió a su abogado hasta el despacho de este.

—Bueno, ¿qué te ha parecido? —preguntó Benedict, después de cerrar la puerta.

—¿Tú confías en esos tipos? —respondió Kyle.

—Sí. ¿Tú no?

—¿Y pondrías tu vida en sus manos?

—Desde luego.

—Imagínate la siguiente situación: en estos momentos hay alrededor de unas dieciocho agencias de inteligencia en el país, y solo cuento aquellas de las que se tiene constancia oficial. Seguramente habrá más de cuya existencia no tenemos ni idea. ¿Qué pasará si resulta que Bennie trabaja para alguna de ellas? ¿Y si resulta que los superordenadores no lo han encontrado porque no deben hacerlo?

—Kyle, la situación que me describes es ridícula. ¿Un agente independiente trabajando para el gobierno, espiando a un bufete estadounidense y asesinando a ciudadanos estadounidenses? No lo creo, de verdad.

—Ya sé que suena ridículo, pero cuando resulta que tu cabeza puede ser el próximo blanco, la imaginación vuela sola.

—Tómatelo con calma. Este es el único camino para salir de esta.

—No hay camino para salir de esta.

—Sí, lo hay; pero debemos ir paso a paso. No te dejes llevar por el pánico.

—Llevo nueve meses sin dejarme llevar por el pánico, pero se me agotan las fuerzas.

—No. Has de mantener la cabeza fría. Tenemos que confiar en esos tipos.

—Te llamaré mañana.

Kyle recogió su abrigo marrón y salió del despacho de Benedict.

36

El Cessna 182 era propiedad de un médico jubilado que solo volaba cuando el día era despejado y nunca por la noche. John McAvoy lo conocía desde hacía más de cuarenta años, y había volado con él de un lado a otro del estado por asuntos legales. Sus pequeños viajes lo eran tanto por negocios como por placer ya que John se colocaba los auriculares y el micrófono, cogía los mandos y se lo pasaba en grande como piloto temporal. También discutían incesantemente sobre las tarifas de vuelo. John insistía en pagar no solo el combustible, y el médico pedía menos porque volar era su principal afición y no necesitaba el dinero. Una vez establecido el precio del viaje en doscientos cincuenta dólares, se encontraron en el aeropuerto de York a primera hora del martes y despegaron con un tiempo inmejorable. Setenta y un minutos después, aterrizaron en Scranton. Allí John alquiló un coche, y el médico volvió a despegar para ir a ver a su hijo a Williamsport.

El bufete de Michelin Chiz se encontraba en el primer piso de un viejo edificio de Spruce Street, en el centro de Scranton. John entró puntualmente a las nueve y fue recibido con frialdad por la secretaria encargada de la recepción. Nunca había visto a la señorita Chiz y tampoco había oído hablar de ella, pero eso no era nada raro en un estado donde había más de sesenta mil abogados. Un colega de Scranton al que conocía le había contado que Chiz dirigía un bufete compuesto exclusivamente de mujeres, con dos socias, unas cuantas auxiliares jurídicas y la habitual compañía de secretarias y ayudantes a tiempo parcial. No se aceptaban hombres. La señorita Chiz estaba especializada en casos de divorcio, de custodia, de abusos sexuales y de discriminación laboral, siempre desde el punto de vista femenino y tenía trabajo de sobra. Su reputación era intachable. Tenía fama de ser dura negociando y de que no le daban miedo los tribunales. El colega de John también le había informado de que era bastante atractiva.

Y sobre ese punto estaba en lo cierto. La señorita Chiz lo esperaba en su despacho cuando John entró y le dio los buenos días. Vestía una falda de cuero, no demasiado corta, con un suéter color púrpura y un par de plataformas negras y lila de tacón alto a las que ninguna prostituta hubiera hecho ascos. Debía rondar los cuarenta y tantos y, según el colega de John, arrastraba dos divorcios tras ella. Llevaba mucha bisutería y maquillaje, demasiado para el gusto de John, pero él no estaba allí para evaluar sus encantos.

Por su parte, él vestía un anodino traje gris y una corbata roja: nada en lo que alguien fuera a fijarse.

Se instalaron en una mesa de trabajo situada en una esquina del despacho, y la secretaria fue por café. Estuvieron unos minutos jugando a quién-conoce-a-quién, repasando los nombres de sus colegas desde Filadelfia a Erie. Cuando la secretaria trajo el café y se fue, cerrando la puerta, Michelin Chiz sonrió y dijo:

—Bien, vayamos al grano.

—Estupendo. Puedes llamarme John.

—Desde luego. Yo soy Mike. No sé si ese es el apodo correcto para «Michelin», pero es el que tengo.

—Pues que sea «Mike».

Hasta ese momento, Mike se había mostrado amable y encantadora; pero John se daba cuenta de que había una abogada dura como el granito bajo aquella sonrisa.

—¿Quieres empezar tú? —peguntó John.

—No. Tú me llamaste y tú has hecho el viaje hasta aquí. Eso quiere decir que quieres algo. Veamos de qué se trata.

—Muy bien. Mi cliente es mi hijo. No es el mejor acuerdo del mundo, pero es lo que hay. Como sabes, trabaja en un bufete de Nueva York. Se graduó en Yale después de pasar por Duquesne. Estoy seguro de que ya conoces todos los detalles de la presunta violación.

—Desde luego que sí. Elaine trabaja aquí media jornada y somos muy amigas. Algún día le gustaría cursar estudios de Derecho.

—Espero que lo consiga. Como sabes, la policía de Pittsburg dejó la investigación al poco de haber abierto el caso. Para serte sincero, yo no sabía nada de este asunto hasta hace muy poco.

La sorpresa que apareció en el rostro de Chiz fue auténtica.

—No, Kyle no me lo contó en su momento —prosiguió John—. Pensaba hacerlo, pero la policía dio carpetazo al caso. La verdad es que me resulta doloroso porque estamos muy unidos, pero no es importante. Tengo entendido que tú y la señorita Keenan os reunisteis con Joey Bernardo aquí, en Scranton, hace unas semanas, y que, según dice Joey, la reunión no fue especialmente bien. También sé que Baxter Tate se puso en contacto con tu cliente y que se hallaba en camino para hablar con ella cuando fue asesinado.

—Es cierto.

—¿Tenían previsto encontrarse?

—Sí.

—Así pues, Mike, puesto que parece que el episodio ocurrido hace cinco años no va a desaparecer, a mi cliente le gustaría resolver las cosas de una vez y dar por cerrado este asunto. Se trata de una espada de Damocles que pende sobre la cabeza de estos chicos, y yo estoy aquí para ver la forma de eliminarla para siempre. Vengo en representación de mi hijo. Los demás no saben nada de esta reunión. Naturalmente, la familia Tate no tiene ni idea, y ya imaginarás el mal momento que están viviendo. Joey va a tener un hijo y a casarse, y Alan Strock, por lo que yo sé, se ha olvidado por completo de lo ocurrido.

Mike todavía no había hecho el menor gesto de coger un lápiz, y se limitaba a escuchar con los dedos entrelazados. Casi todos ellos estaban adornados con anillos, y ambas muñecas, llenas de pulseras baratas. Sus fieros ojos castaños no parpadeaban.

—Estoy asegura de que tienes algo pensado —contestó, limitándose a escuchar.

—No estoy seguro de qué quiere tu cliente. Puede que le entusiasme la idea de que los tres antiguos compañeros de habitación que aún siguen con vida confiesen que fue una violación, sean condenados y acaben entre rejas. Puede que quede satisfecha con unas disculpas. O puede que acaricie la idea de llegar a un acuerdo económico. Tú podrías ayudarme en ese sentido.

Mike se humedeció el carmín de los labios y agitó algunas pulseras.

—Hace dos años que conozco a Elaine. Tiene un pasado muy problemático. Es frágil, vulnerable y a ratos sufre períodos de muy mal humor. Podría tratarse de una depresión. Lleva un año sobria y limpia, pero sigue luchando contra sus demonios. Para mí se ha convertido casi en una hija, y desde el primer día ha insistido en que la violaron. Yo la creo. Está convencida de que la familia Tate se enteró, echó mano de sus influencias y que estas hicieron que la policía diera carpetazo al caso.

John negó con la cabeza.

—Eso no es verdad. Ninguno de los cuatro chicos se lo dijo a sus padres.

—Puede ser, pero tampoco podemos estar seguros. En cualquier caso, la mayor parte de los problemas de Elaine provienen de ese episodio. Era una chica sana, a la que le gustaba divertirse, que disfrutaba en la universidad y tenía grandes planes para el futuro. Poco después de la violación lo dejó todo y desde entonces no ha hecho más que pasarlo mal y luchar.

—¿Has visto sus notas en Duquesne?

—No.

—Durante su primer semestre suspendió una de las materias, dejó otra y sacó unas pésimas notas en las tres restantes.

—¿Cómo has tenido acceso a sus notas?

—En el segundo semestre mejoró un poco y lo aprobó todo por los pelos. Después de la supuesta violación se presentó a todos los exámenes. Luego, volvió a casa y ya no regresó a Duquesne.

Mike se puso muy tiesa y lo miró, ceñuda.

—¿Cómo has tenido acceso a sus notas? —preguntó de nuevo con cara de pocos amigos y en tono amenazador.

Al fin y al cabo, tenía su temperamento.

—No lo he tenido, y en cualquier caso no es importante. ¿Cuántas veces tus clientes te cuentan toda la verdad?

—¿Estás sugiriendo que Elaine miente?

—En este caso, la verdad es un blanco fugaz, Mike. Lo que sí es seguro es que nunca sabremos a ciencia cierta qué pasó esa noche. Esos chicos llevaban ocho horas bebiendo y fumando y eran mucho más promiscuos de lo que nos gustaría creer. Tu cliente era famosa por acostarse con todo el que se le ponía a tiro.

—Todos se acostaban con todos. Eso no es excusa para violar a nadie.

—Desde luego que no.

La cuestión del dinero flotaba en el aire. Quedaban algunos otros problemas por despejar, pero ambos abogados sabían que tarde o temprano acabarían tratando la cuestión del arreglo económico.

—¿Qué dice tu cliente de lo ocurrido? —quiso saber Mike en tono nuevamente sosegado. El arranque de furia había acabado, pero había más en reserva.

—Habían pasado toda la tarde en la piscina. Después, la fiesta pasó dentro, al apartamento. Había unas quince personas, más chicos que chicas, pero Elaine no estaba en ese grupo. Evidentemente se encontraba en el apartamento de al lado, en otra fiesta. Alrededor de las once, se presentó la policía y la fiesta se acabó. Nadie fue detenido y los agentes decidieron darles un margen.

Mike asintió pacientemente. Todo aquello figuraba en el informe de la policía.

—Cuando los agentes se marcharon —siguió diciendo John—, llegó Elaine. Ella y Baxter se lo empezaron a montar en el sofá y una cosa llevó a la siguiente. Mi cliente estaba en la misma habitación, viendo la televisión, lo mismo que Alan Strock, y también estaba muy bebido, por decirlo suavemente; de modo que en un momento dado perdió el conocimiento. En cualquier caso, está seguro de que esa noche no se acostó con Elaine; pero no sabe si alguien más lo hizo. Estaba demasiado borracho para acordarse a la mañana siguiente, y como sabes, tu cliente no presentó ninguna acusación hasta pasados cuatro días. La policía investigó el asunto, y los cuatro chicos estuvieron a punto de contárselo a sus padres; sin embargo, la investigación no tardó nada en darse cuenta de que no había pruebas para presentar un caso. En las últimas semanas, mi cliente ha hablado con Baxter Tate y Joey Bernardo, y ambos admitieron que se habían acostado con tu cliente la noche en cuestión. Y los dos aseguraron que se trató de sexo consentido.

—Entonces, ¿por qué estaba Baxter tan deseoso de disculparse?

—No puedo responder a eso, no hablo por boca de Baxter.

—¿Y por qué se disculpó Joey? Lo hizo en mi presencia, ¿lo sabías?

—¿Joey se disculpó por haber violado a Elaine o por el malentendido?

—Lo que cuenta es que se disculpó.

—Pero sigue sin haber caso, y sus disculpas no constituyen prueba alguna. No hay forma de demostrar que se produjo una violación. Que hubo sexo, eso es seguro; pero no puedes demostrar nada más.

Ella escribió por fin algo en una libreta de notas de color lavanda, haciendo ruido con las pulseras. Suspiró y durante un momento pareció mirar por la ventana.

Para el Equipo McAvoy había llegado el momento de la gran jugada. Nunca revelaría todos los datos, por ejemplo que Baxter abofeteara a la chica, porque concluir con éxito una negociación no era cuestión de desvelar toda la información. En ese caso se trataba de desactivar la bomba que podía poner fin a cualquier tipo de acuerdo.

—¿Has hablado con los detectives de Pittsburg que llevaron el caso? —preguntó John.

—No, pero he leído todo el expediente.

—¿Se mencionaba en él algo de un vídeo?

—Sí, había algo. Según parece, corría el rumor de que circulaban unas imágenes, pero la policía no encontró nada; aunque Elaine se enteró.

—Pues no se trataba de ningún rumor. Ese vídeo existe.

Mike asimiló la noticia sin pestañear. Nada en sus ojos o gestos denotó sorpresa. Simplemente esperó.

—Yo no lo he visto —prosiguió John, admirando su cara de póquer—, pero mi cliente lo vio en el mes de febrero de este año. No sabe dónde está ahora esa grabación ni quién más ha podido verla. Cabe la posibilidad de que salga a la luz, puede que en internet o incluso que te la encuentres en el buzón.

—¿Y qué demostraría ese vídeo?

—Demostraría que tu cliente estaba borracha y fumándose un canuto cuando se tumbó en el sofá con Baxter y empezaron los toqueteos. El ángulo de la cámara no permite ver un plano completo de los dos en plena relación sexual; pero, a juzgar por las piernas, es evidente que se lo estaban pasando en grande. Después de Baxter, le llega el turno a Joey. A ratos, Elaine parece pasiva; en otros, por el contrario, parece participar activamente. Mi cliente cree que eso demuestra que estaba consciente a ratos, pero no está seguro. Nada está claro salvo que ni mi cliente ni Alan Strock se acostaron con Elaine esa noche.

—¿Dónde está ese vídeo?

—No lo sé.

—¿Y lo sabe tu cliente?

—No.

—¿Quién lo tiene?

—No lo sé.

—De acuerdo, ¿quién se lo mostró a tu cliente?

—Mi cliente no conoce el nombre verdadero de esa persona. Nunca la había visto hasta que le mostró la grabación.

—Entiendo. Detrás de todo esto hay una historia complicada.

—Muy complicada.

—¿Un desconocido se presenta, enseña un vídeo a tu hijo y después desaparece?

—Exacto, salvo por lo de la desaparición. El desconocido sigue en contacto.

—¿Extorsión?

—Algo parecido.

—Por eso estás aquí, porque a tu cliente le da miedo ese vídeo y tú quieres hacer las paces con nosotros para eliminar la palanca de presión, ¿no?

—Eres muy astuta.

Mike no había parpadeado siquiera, y John tuvo la sensación de que le estaba leyendo el pensamiento.

—Pues debe de ser un vídeo de narices —comentó ella.

—A mi cliente le pareció muy incómodo y eso que no estaba presente en lo que a relaciones sexuales se refiere. El vídeo muestra a Elaine, tu cliente, retozando alegremente en el sofá. Si llegó a desmayarse o no es algo que no acaba de estar claro, al menos en el vídeo.

—¿Se la ve caminando y hablando?

—Claramente. Esos chicos no la hicieron entrar a la fuerza, Mike. Elaine había estado muchas veces en ese apartamento, tanto sobria como borracha.

—Pobre chica —dijo Mike, cometiendo su primer error.

—Tu «pobre chica» se lo estaba pasando en grande. Llevaba el bolso lleno de pastillas y siempre estaba buscando marcha.

Mike se puso en pie lentamente y dijo:

—Discúlpame un momento.

Salió del despacho, y John no pudo evitar admirar el contoneo de la falda. La oyó hablar en voz baja, seguramente por teléfono. Al cabo de un momento, Mike regresó con una forzada sonrisa.

—Podríamos pasarnos horas hablando de este asunto sin llegar a ninguna conclusión.

—Estoy de acuerdo. Hace tres semanas, Baxter pasó por

Nueva York para hablar con mi cliente. En el transcurso de la larga charla que tuvieron acerca de lo ocurrido, Baxter le dijo a mi cliente que creía que había forzado a Elaine. Se sentía muy culpable por la posibilidad de que hubiera cometido una agresión sexual.

—Pero el violador ha muerto.

—Exactamente. Sin embargo, mi cliente estaba allí cuando ocurrió. Se trataba de su apartamento, de sus amigos, de su fiesta y de sus bebidas. Mi cliente quiere quitarse de encima este asunto, Mike.

—¿Cuánto?

John se las arregló para soltar una risita nerviosa. ¡Cuánta torpeza! Sin embargo, Mike no sonreía lo más mínimo.

—¿Sería posible llegar a un acuerdo económico y que a cambio tu cliente renunciara expresamente a presentar denuncia alguna? —preguntó John, escribiendo una nota.

—Sí, suponiendo que la oferta sea suficiente.

Se hizo el silencio mientras John seguía escribiendo.

—Mi cliente no tiene mucho dinero.

—Sé cuánto gana tu cliente. Llevo veinte años ejerciendo la abogacía y él gana más que yo.

—Y también más que yo, que llevo treinta y cinco. Pero tiene que devolver un crédito de estudios, y vivir en Nueva York no es precisamente barato. Seguramente tendré que poner de mi bolsillo y no soy un hombre rico. No cuento con propiedades ni valores. Solo tengo un pequeño despacho en el centro de York, y ese no es el camino para hacerse millonario.

Su sinceridad la pilló desprevenida un momento. Sonrió y pareció relajarse. Estuvieron un rato contándose anécdotas sobre lo que significaba ejercer la abogacía en una pequeña ciudad. Cuando el tiempo se les acabó, John le dijo con la mayor amabilidad:

—Háblame de Elaine, de su trabajo, su sueldo, su economía, su familia y esas cosas.

—Bueno, como te he dicho, trabaja media jornada conmigo a cambio de calderilla. Gana veinticuatro mil dólares al año como ayudante del servicio de Parques y Jardines de la ciudad. No se puede decir que sea el empleo de su vida. Tiene alquilado un pequeño apartamento que comparte con una amiga, Beverly, y conduce un Nissan cuyas letras sigue pagando todos los meses. Sus padres son de Erie y no sé si tienen tanto dinero como tenían; pero me parece que las cosas no les han ido bien. En cualquier caso, ella está sola y sobrevive como puede. A pesar de todo, sigue soñando con mejorar.

John tomó unas notas y dijo:

—Ayer hablé con uno de los abogados de la familia Tate. Pertenece a un importante bufete de Pittsburg. Baxter disponía de un fideicomiso que todos los meses le metía seis mil dólares en el bolsillo, cantidad que nunca era suficiente aunque iba aumentando con el tiempo. Sin embargo, todos los fideicomisos los controla ahora un tío que es más bien tacaño. El de Baxter concluyó con su muerte, y en su herencia casi no hay nada. Eso quiere decir que cualquier contribución de la familia pertenecerá a la categoría de las donaciones caritativas, y esa gente no es famosa precisamente por su caridad, y aun menos me los imagino propensos a considerar la idea de extender cheques a antiguas novias de Baxter.

Mike asentía en señal de conformidad.

—¿Y en cuanto a Joey? —preguntó.

—Joey trabaja duro intentando mantener a una familia que crece. Probablemente andará justo de dinero ahora y el resto de su vida. Mi cliente preferiría mantener a Joey y a Alan Strock fuera de esto.

—Muy loable por su parte.

—Proponemos dos pagos: uno ahora y otro dentro de siete años, cuando prescriba el delito de violación. Si tu cliente se olvida de este asunto y renuncia a la idea de demandar a esos chicos, cuando concluya el plazo recibirá una bonita cantidad. Veinticinco mil ahora y durante siete años diez mil cada año que mi cliente depositará en una cuenta de inversión que, al final del plazo, cuando Elaine haya cumplido treinta años, le rendirá unos bonitos cien mil dólares.

Mike siguió con su cara de póquer.

—Veinticinco mil para empezar es ridículo.

—Mi cliente no tiene veinticinco mil. Ese dinero saldrá de mi bolsillo.

—No nos interesa de dónde sale. Nos interesa mucho más la cantidad.

—Bueno, en estos momentos la cantidad que tienes es cero. Y si no llegamos a un acuerdo es más que probable que siga siendo cero. Tus posibilidades de conseguir algo son escasas, por decir algo.

—Entonces, ¿por qué ofreces algo?

—Para quedarme tranquilo. Vamos, Mike, demos carpetazo a este asunto para que esos chicos puedan seguir adelante con su vida. Kyle se había olvidado prácticamente del incidente. ¡Qué demonios! ¿Cómo no va a olvidarlo si trabaja cien horas a la semana? Luego, Joey se tropieza con Elaine y aparece un Baxter que se siente culpable porque, de repente, recuerda más de lo que recordaba. Todo este asunto es una locura, Mike. No eran más que una panda de adolescentes borrachos.

Sí, lo eran, y Mike no podía rebatir aquel argumento. Descruzó y volvió a cruzar las piernas. John no pudo evitar mirárselas un momento, y ella se dio cuenta.

—Deja que hable con Elaine y haremos una contraoferta —contestó.

—De acuerdo, pero que sepas que no hay mucho margen. El primer pago será un préstamo que tendré que hacer a mi cliente, y él está naturalmente nervioso ante la idea de contraer una obligación a siete años. Solo tiene veinticinco y es incapaz de ver más allá de tres.

—Llamaré a Elaine y lo más seguro es que quiera venir para discutir esto cara a cara.

—No pienso marcharme de la ciudad hasta que tengamos un acuerdo. Me iré a dar una vuelta y a tomar algo para matar el rato.

Una hora más tarde estaba de vuelta. Volvieron a sentarse en el mismo sitio, cogieron papel y lápiz y reanudaron la negociación.

—Doy por hecho que no aceptáis nuestra oferta —dijo John.

—Sí y no. El plan de los siete años es conforme, pero Elaine necesita una cantidad inicial mayor. Le faltan dos años para graduarse en la Universidad de Scranton y sueña con entrar en la facultad de Derecho. Sin ayuda lo tendrá difícil.

—¿Cuánta ayuda?

—Cien mil para empezar.

Asombro, incredulidad, rechazo... John torció el gesto y dejó escapar un silbido entre dientes. No era más que simple actuación, un fingimiento fruto de la práctica que ponía en marcha siempre que la parte contraria ponía sobre la mesa su primera exigencia.

—Escucha, Mike, yo he venido aquí para intentar llegar a un acuerdo; pero vosotros estáis proponiendo un atraco a mano armada.

—Dentro de dos años, Elaine seguirá ganando veinticuatro mil dólares al año, pero tu cliente habrá pasado a embolsarse cuatrocientos mil con aumentos garantizados. Para él no supondrá nada tan terrible.

John se levantó como si se dispusiera a marcharse. Fin de las negociaciones.

—Tengo que hablar con él.

—Desde luego. Te espero.

John salió a la calle, se llevó el móvil al oído, pero no llamó a nadie. La cantidad que iban a pagar tenía menos que ver con lo que Elaine necesitaba y más con cerrarle la boca. En aquellas circunstancias, cien mil dólares eran una ganga.

—Estamos dispuestos a llegar a los setenta y cinco mil —dijo cuando volvió a sentarse a la mesa—. Ni un céntimo más.

Mike le tendió una mano cargada de pulseras.

—Trato hecho.

Sellaron el acuerdo con un apretón de manos y pasaron las dos horas siguientes pergeñando los detalles del acuerdo. Cuando hubieron terminado, John la invitó a comer, y ella aceptó encantada.

37

La última versión de la estación de trabajo de Nigel había sido apresuradamente ensamblada en una bonita mesa de caoba en el centro de la sala de estar de una espaciosa suite del Waldorf Astoria, en Park Avenue. El ordenador era una réplica exacta del modelo que había en la sala secreta del piso dieciocho, y el monitor, también. Junto a ellos había una ominosa caja azul marino del tamaño de un ordenador portátil.

Bennie y Kyle observaron sin decir palabra mientras Nigel procedía a describir orgullosamente los distintos cables y conexiones, los «espaguetis», como los llamó. Había un cable de corriente, otro de audio, uno del monitor y el de la impresora.

—¿Qué me dices del audio, Kyle? ¿Nuestra máquina emite ruidos de alguna clase?

—No, ninguno —contestó Kyle.

Nigel enrolló cuidadosamente el cable correspondiente y lo dejó a un lado. A continuación se inclinó sobre el ordenador y señaló el punto mágico.

—Aquí lo tenemos, Kyle. La Tierra Prometida. El puerto USB. Está casi oculto, pero sé que está porque tengo un contacto en Fargo. Tiene que estar ahí. Confía en mí.

Kyle gruñó algo ininteligible.

—El plan es este, Kyle —dijo animadamente y cautivado

por su trabajo. De su maletín de alta tecnología de pirata informático sacó dos artefactos idénticos de unos dos centímetros de ancho por cuatro de largo—. Esto es un transmisor inalámbrico USB. Es lo último, tanto que todavía no se vende al público. No señor —dijo antes de introducirlo rápidamente en el puerto del ordenador que se encontraba justo debajo de la toma de corriente. Una vez conectado, solo asomaba un par de centímetros—. Es prácticamente invisible. Solo tienes que enchufarlo y listo. Ya podremos empezar. —Luego, cogió el otro y se lo mostró—. Y esta pequeña maravilla es la que va en la caja azul que ves aquí. ¿Todo claro hasta ahora, Kyle?

—Todo claro.

—La caja azul irá dentro de tu maletín. Solo tienes que dejarlo en el suelo, justo debajo del ordenador, darle a un interruptor y los documentos se descargarán solos en un abrir y cerrar de ojos.

—¿A qué velocidad?

—A sesenta megabytes por segundo. Más o menos un millar de documentos suponiendo que consigas situar el receptor a menos de tres metros del emisor, lo cual no debería plantearte ninguna dificultad. Cuanto más cerca, mejor. ¿Lo entiendes, Kyle?

—La verdad es que no —contestó Kyle, sentándose ante el ordenador—. ¿Cómo se supone que voy a conseguir meter la mano detrás de este aparato, enchufar esto en el puerto USB y empezar las descargas con la habitación llena de gente?

—Tira un bolígrafo al suelo —dijo Bennie—. Derrama un poco de café. Haz algo para desviar la atención. Entra cuando no haya nadie y mantente de espaldas a la cámara.

Kyle negó vehementemente con la cabeza.

—Ni hablar. Es demasiado arriesgado. Los del bufete no son estúpidos. Hay un técnico de seguridad que vigila desde una habitación contigua. Se llama Gant.

—¿Y trabaja dieciséis horas al día?

—No sé cuándo trabaja. Esa es la cuestión. Uno nunca sabe quién está observando.

—Sabemos cómo funcionan las tareas de seguridad, Kyle, y los tipos a los que pagan para que observen los monitores de seguridad se pasan el día medio dormidos. Es uno de los trabajos más aburridos del mundo.

—Ese cuarto no es una sala de esparcimiento, Bennie. Si entro se supone que es para trabajar. Puede que robar documentos sea vuestra prioridad, pero el bufete espera que yo me pase el día revisándolos. Me han encargado un trabajo y tengo un socio esperando que se lo entregue.

Nigel intervino.

—Escucha, Kyle, suponiendo que localices rápidamente los documentos, podrías tenerlo todo listo en un par de horas.

Bennie descartó cualquier objeción.

—El principal objetivo son las turbinas de aspiración que Trylon y Bartin desarrollaron conjuntamente. Su tecnología es tan avanzada que los del Pentágono todavía se corren de gusto. El segundo objetivo es la mezcla de combustible. Haz una búsqueda de «combustible de hidrógeno criogenizado» y sigue a partir de ahí con «scramjet». Tendría que haber una tonelada de documentos en los archivos. El tercer objetivo se llama «alerones de empuje». Busca eso. Son los elementos aerodinámicos que permiten que el B-10 aumente su coeficiente de ascenso. Aquí tienes información que te lo explica. —Bennie le entregó un par de páginas grapadas.

—¿Te suena algo de todo esto, Kyle? —preguntó Nigel.

—No.

—Está ahí —insistió Bennie—. Es el núcleo de la investigación y la parte decisiva de la demanda. La encontrarás, Kyle.

—Sí, seguro. Muchas gracias.

Nigel le entregó el transmisor para que practicara.

—Vamos a ver cómo lo haces.

Kyle se puso en pie, se inclinó sobre el ordenador, apartó unos cables y no sin esfuerzo consiguió introducir finalmente el aparato en el puerto correspondiente. Luego, se sentó y dijo:

—Es imposible. No hay manera de hacerlo.

—¡Claro que la hay! —espetó Bennie—. Utiliza el cerebro.

—No puedo, está muerto.

Nigel cogió la caja azul.

—Mira esto. El software es de mi creación. Cuando hayas colocado el transmisor, solo tienes que darle a este interruptor y el aparato localizará el ordenador por sí solo y empezará la descarga de la base de datos. Todo irá muy deprisa. Si lo prefieres puedes aprovechar para descansar un momento, salir de la sala, ir a mear, fingir que no pasa nada raro. Durante todo ese rato, este invento mío estará descargando documentos.

—No sabía que fueras un genio, Nigel.

Bennie sacó un maletín negro de la marca Bally, idéntico al de Kyle, un modelo que se aguantaba derecho y con una solapa de cuero en un lado. Tenía tres compartimientos, el de en medio acolchado para albergar un ordenador portátil. Por fuera estaba rozado y gastado y llevaba el anagrama de Scully & Pershing estampado en la cerradura.

—Utilizarás esto —dijo Nigel, levantando con cuidado la caja azul y colocándola en el compartimiento central del maletín. Cuando corras la cremallera, el receptor ya estará conectado. Si por alguna razón tienes que abortar la misión, no tienes más que cerrar y apretar este botón. El maletín se cerrará con llave automáticamente.

—¿Abortar la misión?

—Es solo por si acaso, Kyle.

—A ver si aclaramos las cosas. Supongamos que algo sale mal, que alguien me ve o que salte la alarma en algún superordenador del que no sabemos nada tan pronto como empiezo a descargar documentos, en ese caso, vuestro plan es que cierre el maletín, coja el transmisor que está prácticamente escondido y entonces, ¿qué? ¿Que salga corriendo como un vulgar ratero al que han pillado con las manos en la masa? ¿Adónde voy, Nigel? ¿Qué, Bennie, no se te ocurre nada que pueda ayudar?

—Tranquilo, Kyle —dijo con su falsa sonrisa—. Esto está chupado. Lo harás perfectamente.

—No se disparará ninguna alarma, Kyle. Mi software es demasiado bueno para eso. Confía en mí.

—Estoy cansado de oír eso.

Kyle se levantó, fue hasta la ventana y se quedó mirando el paisaje de Manhattan. Eran casi las nueve y media del martes por la noche. No había comido nada desde que Tabor y él habían disfrutado de un almuerzo de quince minutos en la cafetería del bufete, a las once y media de la mañana. Aun así, el hambre era la última de su larga lista de preocupaciones.

—¿Estás preparado? —preguntó Bennie desde el otro lado de la habitación. No se trataba tanto de una pregunta como de un desafío.

—Tan preparado como en cualquier otro momento —contestó él sin darse la vuelta.

—Entonces, ¿cuándo?

—Lo antes posible. Quiero poner fin a esto. Mañana pasaré un par de veces por la sala para comprobar cómo está de gente. Creo que lo haré a las ocho y media de la noche. Será tarde, pero tendré tiempo suficiente para la descarga. Eso suponiendo que no me peguen un tiro.

—¿Tienes alguna pregunta que hacer sobre el equipo? —quiso saber Nigel.

Kyle se acercó lentamente a la mesa y se quedó mirando los aparatos.

—No, ninguna —dijo al final, encogiéndose de hombros.

—Estupendo. Una última cosa. La caja azul emite una señal inalámbrica para que podamos saber exactamente cuándo has empezado a descargar.

—¿Y para qué hace falta?

—Para que podamos monitorizarlo todo. Estaremos cerca.

Kyle repitió el gesto de indiferencia.

—Como queráis.

Nigel introdujo la caja azul en el compartimiento central del maletín con sumo cuidado, como si de una bomba se tratara. Kyle añadió el resto de cosas que llevaba en su maletín y, cuando lo levantó, se sorprendió de lo pesado que era.

—¿Pesa un poco, Kyle? —preguntó Nigel, observando sus movimientos.

—Sí, un poco.

—No te preocupes. Hemos reforzado la base del maletín y no hay que temer que se desfonde mientras caminas por la calle.

—Me gusta más el otro. ¿Cuándo me lo devolveréis?

—Pronto, Kyle, pronto.

Kyle se puso el abrigo y fue hacia la puerta. Bennie lo siguió.

—Buena suerte, Kyle. Ahora todo depende de ti.

—Vete al infierno —contestó Kyle antes de salir.

38

El maletín pareció hacerse cada vez más pesado a medida que pasaba la breve noche de insomnio; cuando el miércoles por la mañana Kyle lo cogió del asiento trasero del taxi, casi deseó que se desfondara y la caja azul se hiciera añicos en plena acera de Broad Street, enviando por el desagüe el valiosísimo trabajo de Nigel. No sabía qué iba a ocurrir, pero cualquier alternativa le parecía mejor.

Veinte minutos después de que subiera en el ascensor hasta el piso treinta y cuatro, Roy Benedict entró en la misma cabina junto con otros dos jóvenes que sin duda eran abogados junior de Scully & Pershing. Los rasgos resultaban característicos: tenían menos de treinta años, eran las seis y media de la mañana; tenían aspecto de estar cansados y sentirse desdichados, pero vestían ropas caras y llevaban elegantes maletines negros. Aunque no lo consideraba probable, Benedict estaba preparado para toparse con algún rostro conocido. No era nada raro ver por el edificio abogados de otros bufetes, y él conocía a unos cuantos de los socios de Scully & Pershing. Sin embargo, las posibilidades eran escasas si tenía en cuenta que allí trabajaban mil quinientos colegas. Y acertaba: los dos muertos vivientes que lo acompañaron no eran más que un par de rostros anónimos que ya no estarían allí al cabo de un año.

El maletín que llevaba en la mano también era un Bally negro, idéntico al que Kyle había comprado en agosto, y hacía el número tres de los necesarios para aquella misión. Salió del ascensor en el piso treinta y cuatro sin que nadie lo siguiera, dejó atrás el vacío mostrador de recepción, cogió por el pasillo de la derecha, pasó ante cinco puertas, entró en la siguiente y se encontró con su cliente sentado a su escritorio, tomando café y esperando. Los saludos fueron breves. Benedict le cambió el maletín y se dispuso a marcharse.

—¿Dónde están los federales? —preguntó Kyle en voz baja aunque no había nadie en los otros despachos y las secretarias todavía no habían salido de sus camas.

—En una furgoneta, a la vuelta de la esquina. Harán un rápido escaneo del maletín para comprobar que no lleva ningún rastreador. Si encuentran uno, volveré aquí a toda prisa y nos inventaremos una historia. Si no, se lo llevarán a sus laboratorios de Queens. Oye, esto pesa.

—Es la caja azul. La ha diseñado un genio diabólico.

—¿Para cuándo lo necesitas de vuelta?

—Digamos que a las siete de la tarde. Eso son unas doce horas. Debería ser tiempo de sobra, ¿no?

—Eso dicen ellos. Según Bullington, tienen un pequeño ejército de técnicos impacientes por poner las manos encima a ese maletín.

—Que no lo estropeen.

—No lo harán. ¿Tú estás bien?

—Estupendamente. ¿Tienen las órdenes de detención?

—Desde luego. Escuchas ilegales, extorsión, conspiración... Lo que haga falta y más. Solo te están esperando a ti.

—Si Bennie va a ser detenido, entonces tienes delante a la persona con la motivación adecuada.

—Buena suerte.

Roy se fue dejándole un maletín Bally con las mismas

marcas, rozaduras y nombre. Kyle se apresuró a llenarlo con lápices, libretas y expedientes y fue a buscar más café.

Doce largas horas más tarde, Benedict regresó con el segundo maletín y se sentó mientras Kyle cerraba la puerta.

—Es lo que parece ser: un ordenador a medida, construido según los patrones del ejército y preparado para aguantar lo que sea. Ha sido diseñado exclusivamente para realizar una descarga. Tiene dos discos duros de setecientos cincuenta gigas, memoria suficiente para almacenar todo lo que hay en este edificio y en los cuatro de al lado. El software es un invento sofisticado que los especialistas del FBI no habían visto nunca. Esos tipos son buenos de verdad, Kyle.

—Ya lo veo...

—Y también lleva un dispositivo inalámbrico para controlarte.

—Maldita sea, eso significa que tengo que descargar algo.

—Me temo que sí. Al parecer, la señal no puede decirles qué o cuánto estás descargando. Solo les hace saber que has entrado en la sala y que has empezado a descargar de la base de datos.

—¡Mierda!

—Puedes hacerlo, Kyle.

—Sí. Todo el mundo parece estar de acuerdo en eso.

—¿Tienes idea de dónde te debes reunir con esos tipos?

—No. Me lo han de decir en el último momento. Suponiendo que consigo descargar sin hacer saltar las alarmas, debo llamar a Bennie cuando termine, y él me dirá dónde tenemos que vernos. Dentro de una hora entraré en la sala. Mi intención es salir a las nueve, haya descargado lo que haya descargado. Eso quiere decir que, con un poco de suerte, a las nueve y cuarto estaré en la calle.

—Y yo en mi despacho. Si puedes, quiero que me llames. La cosa está muy emocionante, Kyle.

—¿Emocionante? Yo diría que aterradora.

—No te preocupes. Eres la persona adecuada para la misión.

Dicho eso, Benedict volvió a cambiarle el maletín y se marchó.

Durante sesenta minutos, Kyle no hizo otra cosa que mirar el reloj y facturar a Trylon una hora de su trabajo. Al fin, se aflojó la corbata, se arremangó la camisa en un intento de tener un aspecto lo más normal posible, cogió el maletín y bajó en ascensor hasta el piso dieciocho.

Sherry Abney estaba en la sala, y Kyle tuvo que saludarla. A juzgar por el aspecto de su mesa, debía de llevar allí horas, y su investigación no había ido bien. Kyle escogió el ordenador más apartado posible. Ella le daba la espalda.

A pesar de todas sus quejas y protestas, lo cierto era que no creía que fuera a correr un gran riesgo de que algún miembro del equipo Trylon se fijara en lo que hacía. Las diez sillas estaban encaradas a la pared, de modo que mientras uno estuviera trabajando no viera más que la pantalla, el ordenador y el tabique que había detrás. El peligro acechaba en lo alto, en las lentes de las cámaras de vigilancia. A pesar de todo, Kyle prefería estar solo en la sala.

Al cabo de un cuarto de hora decidió ir al baño.

—¿Te apetece un café? —le preguntó a Sherry antes de salir.

—No, gracias. Me iré enseguida.

Perfecto.

Sherry se marchó a las ocho y media, una hora que facilitaba el cálculo de las horas facturadas. Kyle puso una libreta encima del ordenador y, encima de esta, unos cuantos lápices. Cosas que pudieran rodar fácilmente y requerir una búsqueda. También dejó unas cuantas hojas sueltas por la mesa, a la que dio un aire desordenado. A las nueve menos veinte llamó a la puerta de hierro del cuarto de la impresora, y nadie contestó. A continuación lo intentó con la segunda puerta que daba a lo desconocido pero que él sospechaba que se trataba de la sala de Gant. Solía verlo a menudo, y suponía que trabajaría allí cerca. Tampoco obtuvo respuesta. A las nueve menos cuarto, Kyle decidió ponerse manos a la obra antes de que alguien apareciera para una última hora de trabajo. Caminó hacia su mesa y fingió tropezar con la libreta que había dejado encima del ordenador. Los lápices rodaron en todas direcciones.

—¡Mierda! —exclamó en voz alta para ser oído, y se inclinó sobre la máquina para recogerlos.

Encontró uno, pero le faltaba otro y siguió buscando; primero en el suelo, después bajo la silla y nuevamente detrás del ordenador, donde enchufó rápidamente el transmisor USB al tiempo que encontraba el lápiz y lo blandía triunfalmente para que las cámaras pudieran captarlo. A continuación se sentó y reanudó su trabajo ante el teclado. Empujó el maletín bajo la mesa, justo bajo el ordenador y le dio al interruptor.

No sonó ninguna alarma. En la pantalla no apareció ningún mensaje de virus. Gant no irrumpió violentamente con un grupo de guardias armados. Nada de nada. Kyle el Hacker estaba descargando archivos, robándolos a velocidad de vértigo. En nueve minutos transfirió todos los documentos de la Categoría A —cartas, memorandos y todo un conjunto de información inofensiva que Bartin y APE ya habían recibido—. Cuando finalizó, repitió el proceso y los volvió a descargar varias veces más.

Una hora después de haber entrado en la sala secreta repitió la comedia de tirar los lápices y, mientras los buscaba, desconectó el transmisor del puerto USB. Acto seguido, recogió sus cosas, ordenó la mesa y se marchó. Volvió a su oficina, se puso la chaqueta y el abrigo y fue a los ascensores sin cruzarse con nadie por el camino. Mientras bajaba sin detenerse en ningún piso, se dio cuenta de que aquel era el momento que tanto había temido: estaba saliendo del bufete como un ladrón, con los suficientes documentos robados en su maletín para que lo acusaran de un montón de delitos y lo expulsaran para siempre del Colegio de Abogados.

Nada más salir a la gélida noche de diciembre, llamó a Bennie.

—¡Misión cumplida! —le dijo con orgullo.

—Muy bien, Kyle. La dirección es hotel Oxford, en la esquina de Lexington con la Treinta y cinco. Habitación 551. Está a un cuarto de hora de distancia.

—Voy para allá.

Kyle se encaminó hacia un sedán negro que llevaba el rótulo de una conocida empresa de coches de alquiler de Brooklyn y saltó al asiento de atrás. El chófer, un asiático menudo, se volvió.

—¿Adónde? —preguntó.

—¿Cómo se llama usted?

—Al Capone.

—¿Y dónde ha nacido, Al?

—En Tutwiler, Texas.

—Muy bien, es usted mi hombre. Al hotel Oxford, en la esquina de Lexington con la Treinta y cinco. Habitación 551. Está a un cuarto de hora de distancia.

El agente Al llamó inmediatamente a alguien y repitió la información. Escuchó unos minutos mientras conducía despacio y, finalmente, dijo:

—El plan es el siguiente, señor McAvoy: tenemos un equipo que se ha puesto en marcha y debería llegar al hotel en diez minutos. Nosotros nos tomaremos nuestro tiempo. Cuando el supervisor llegue al hotel, me llamará para darme más instrucciones. ¿Quiere un chaleco?

—¿Un qué?

—Un chaleco antibalas. Hay uno en el maletero si lo quiere.

Kyle había estado demasiado ocupado con su robo para prestar atención a los detalles que acompañarían el arresto de Bennie y, con suerte, también de Nigel. Estaba convencido de que conduciría al FBI hasta su hombre, pero no había pensado en ello como en un acto de delación. ¿A santo de qué podía necesitar un chaleco antibalas?

Pues para detener las balas, naturalmente. La imagen de Baxter cruzó por su aturullado cerebro.

—Creo que pasaré del chaleco —contestó, dándose cuenta de lo mal informado que estaba para tomar semejante decisión.

—Sí, señor.

Al se metió en lo más denso del tráfico y dio unos cuantos rodeos para ganar tiempo. Lo llamaron por el móvil y escuchó atentamente.

—Muy bien, señor McAvoy —dijo después de colgar—, yo me detendré en la puerta del hotel, y usted bajará y entrará solo. Tiene que coger el ascensor de la derecha y bajar en el cuarto piso. Salga, gire a la izquierda y vaya hasta la puerta que da a la escalera. Allí se encontrará con el señor Bullington y unos cuantos agentes más. Ellos se encargarán de la situación a partir de ese momento.

—Parece de lo más divertido.

—Buena suerte, señor McAvoy.

Cinco minutos después, Kyle atravesaba el vestíbulo del hotel Oxford y seguía al pie de la letra las instrucciones de Al. En el rellano de la escalera, entre los pisos cuarto y quinto, se encontró con Joe Bullington y otros dos agentes idénticos a los que lo habían abordado diez meses antes, en New Haven, cuando salía de entrenar a un equipo de baloncesto juvenil. La única diferencia radicaba en que esos eran de verdad y que no le apetecía lo más mínimo comprobar sus credenciales. La tensión se palpaba en el ambiente, y el corazón le latía con fuerza.

—Soy el agente Booth —dijo uno de ellos—, y él es el agente Hardy.

Kyle se sintió impresionado por lo corpulentos que eran.

—Vaya hasta la puerta de la 551 —le dijo Booth—. Tan pronto como se abra, dele una patada con toda su alma y hágase a un lado. Yo estaré justo detrás de usted. No creemos que pueda haber un tiroteo. Aunque seguramente van armados, no esperarán problemas. Una vez hayamos entrado, usted será llevado lejos de la escena del arresto.

¡Cómo! ¿Nada de tiros? Kyle sintió ganas de hacer un chiste, pero las piernas le temblaban.

—¿Lo ha entendido? —gruñó Booth.

—Lo he entendido. Vamos.

Kyle salió al pasillo del quinto piso y caminó hasta la habitación 551 con la mayor naturalidad posible. Llamó al timbre y contuvo el aliento mientras miraba alrededor. Booth y Hardy se hallaban a unos cinco metros de distancia, pistola en mano y dispuestos a intervenir. Dos agentes más se acercaban por el otro lado del pasillo, con las armas bien a la vista.

«Quizá tendría que haber pedido el chaleco», se dijo Kyle.

Volvió a llamar al timbre. Nada. Al otro lado de la puerta no se oía ni un rumor.

Los pulmones dejaron de funcionarle. Su estómago se convirtió en un nudo de acero. El maletín le pesaba una tonelada, mucho más que antes de descargar todos los ficheros.

Miró a Booth, que parecía tan perplejo como él. Kyle llamó una vez más al timbre, después con los nudillos y, por último gritó:

—¡Eh, Bennie, soy yo, Kyle!

Nada. Llamó por cuarta vez y por quinta.

—Es una habitación sencilla. Será mejor que se aparte y espere a un lado —le dijo Booth en voz baja y acto seguido ordenó a sus hombres que se prepararan.

Hardy sacó una llave electrónica y la metió en la cerradura. Cuando se encendió la luz verde, los cuatro agentes del FBI entraron en tromba apuntando arriba, abajo, a derecha y a izquierda. Joe Bullington llegó corriendo por el pasillo. Lo seguían más agentes armados.

La habitación estaba vacía, al menos de sospechosos, y si alguien había estado allí hacía poco no quedaba rastro alguno. Bullington volvió a salir.

—¡Que acordonen el edificio! —ordenó a través de una radio y miró a Kyle con expresión de total perplejidad, y este empezó a ponerse pálido. Los agentes corrieron en todas las direcciones, en frenética confusión, unos hacia la escalera y otros hacia los ascensores.

Una mujer mayor salió de la habitación 562 y gritó:

—¡Silencio!

Pero enmudeció de golpe cuando vio que dos agentes armados se volvían para mirarla. La mujer se retiró a su habitación, sana y salva, pero desvelada para el resto de la noche.

—Kyle, ven aquí, por favor —lo llamó Bullington desde la 562.

Kyle sujetó con fuerza el maletín y entró.

—Quédate aquí un momento —le dijo el supervisor del FBI—. Estos agentes te acompañarán.

Kyle se sentó en el borde de la cama con el maletín entre las piernas. Los dos agentes guardaron las pistolas y cerraron la puerta. El tiempo fue pasando mientras imaginaba mil y una posibilidades, ninguna especialmente satisfactoria. Se acordó de Benedict y lo llamó. El abogado seguía en su despacho, a la espera de noticias.

—Se han largado —le dijo Kyle en tono desanimado.

—¿A qué te refieres?

—Estamos en la habitación del hotel que me indicaron, pero no hay nadie. Se han largado, Roy.

—¿Dónde te encuentras?

—En la habitación 551 del hotel Oxford. Supongo que bajo vigilancia. Los del FBI están registrando el establecimiento, pero no creo que encuentren a nadie.

—Estaré allí dentro de quince minutos.

Mientras seguían buscando en el hotel, tres agentes entraron en el apartamento de Kyle, en Chelsea, utilizando su llave, y empezaron un minucioso registro que les llevó varias horas y les permitió encontrar tres cámaras ocultas, un micrófono en el teléfono y otros seis artefactos de escucha repartidos por el piso: un montón de pruebas con las que respaldar una acusación. Un caso clarísimo para los federales, pero lo que estos necesitaban de verdad era dar con algún sospechoso.

39

Benedict llegó a las once de la noche. Joe Bullington lo recibió en la puerta del hotel y lo escoltó por el vestíbulo. El Oxford seguía acordonado mientras se procedía a un registro habitación por habitación. Los clientes estaban furiosos, y la recepción era un caos.

—¿Cómo está Kyle? —fue la primera pregunta de Roy.

—Bastante alterado —contestó el supervisor del FBI—. Será mejor que vayamos por la escalera porque los ascensores están parados. ¡Demonios! ¡La verdad es que estamos todos bastante alterados!

La segunda pregunta era la más obvia:

—¿Qué ha pasado?

—No lo sé, Roy. Es todo muy confuso.

Kyle se encontraba sentado en el borde de la cama, con el maletín todavía entre las piernas y el abrigo puesto, con la mirada perdida en el suelo y haciendo caso omiso de los dos agentes que lo vigilaban. Benedict le puso la mano en el hombro y se agachó para mirarlo.

—¿Estás bien, Kyle?

—Desde luego —contestó.

Ver un rostro amigo le produjo cierto consuelo. Bullington hablaba por teléfono. Colgó y se volvió hacia ellos.

—En el segundo piso hay una suite. Es más fácil de vigilar y más grande. Sugiero que nos traslademos.

Mientras salían, Kyle murmuró al oído de su abogado:

—¿Lo has oído, Roy? «Más fácil de vigilar.» Ahora resulta que me protegen.

—No pasa nada, Kyle. No te preocupes.

La suite constaba de tres habitaciones, una de las cuales podía servir perfectamente de despacho porque tenía un escritorio, fax, internet, sillas cómodas y un rincón habilitado como sala de reuniones.

—Servirá —dijo Bullington, quitándose el abrigo y la chaqueta como si pensara pasar mucho tiempo allí. Kyle y Benedict hicieron lo mismo y se pusieron lo más cómodos posible. Dos jóvenes agentes se situaron junto a la puerta.

—Esto es lo que sabemos hasta el momento —dijo Bullington, haciéndose con el mando de la situación—. La habitación fue reservada esta tarde por un tal Randall Kerr, que utilizó un nombre falso y una tarjeta de crédito igualmente falsa. Alrededor de las ocho cuarenta y cinco, el señor Randall llegó al hotel solo, con un simple maletín y se registró. Charló un momento con el recepcionista y le dijo que acababa de llegar de México capital. Lo hemos visto en el vídeo de seguridad y es Bennie, no hay duda, sin el menor disfraz. A continuación subió a su habitación y, según el registro electrónico de la llave, entró en la 551 a las ocho cincuenta y ocho. Volvió a abrir la puerta dieciocho minutos después, evidentemente para marcharse porque la puerta no se volvió a abrir. Nadie recuerda haberlo visto salir del edificio. Hay algunas cámaras de vigilancia en los pasillos y el vestíbulo, pero hasta el momento no hemos conseguido nada. Se ha esfumado.

—Pues claro. Se ha esfumado, y no lo encontrarán —dijo Kyle.

—Pues lo estamos intentando.

—¿Qué información descargaste, Kyle? —preguntó Benedict.

—Documentos de Categoría A. Descargué los mismos varias veces. No toqué nada más.

—¿Y todo fue sin problemas?

—Por lo que sé, sin duda. No tuve ninguna dificultad en la sala secreta.

—¿A qué hora empezaste la descarga? —preguntó Bullington.

—Serían las ocho cuarenta y cinco.

—¿Y a qué hora llamaste a Bennie?

—Justo antes de las diez.

Bullington reflexionó unos segundos y después resumió lo que todos sabían:

—Así pues, Bennie esperó a recibir tu señal y, cuando supo que habías empezado a descargar, se registró en el hotel. Pero dieciocho minutos más tarde se largaba. Eso no tiene sentido.

—Lo tiene si conoces a Bennie —contestó Kyle.

—No te entiendo —dijo Bullington.

—Alguien informó a Bennie de nuestros planes, eso está claro. Y también que no fui yo ni mi abogado. Las únicas partes que estaban al tanto de la situación son Bullington, el FBI, Wingate y su gente del departamento de Justicia. No sabemos quién pudo ser y no creo que lo sepamos nunca. El caso es que Bennie recibió el soplo y decidió divertirse un poco. Sabía que yo os conduciría hasta él para que lo arrestarais, de modo que todo esto es un montaje. Seguramente, Bennie estará en estos momentos en la calle, partiéndose de risa al ver cómo el FBI acordona el hotel donde ya no está.

Bullington se puso muy colorado. De repente tuvo que hacer una llamada urgente y salió de la habitación.

—Tranquilízate, Kyle —dijo Benedict.

Kyle seguía teniendo el maletín entre las piernas. Cerró los ojos e intentó controlar sus pensamientos, pero le fue imposible. Benedict lo observó, pero no dijo nada y fue al minibar, donde cogió dos botellas de agua.

—Tenemos que hablar —dijo volviendo junto a su cliente—. Vamos a tener que tomar algunas decisiones rápidamente.

—De acuerdo, pero ¿qué hago con este maldito trasto? —quiso saber Kyle, dando una palmada al maletín—. El bufete no lo necesita porque los documentos que contiene no son confidenciales. Solo robé una copia de los que ya tiene la otra parte. Por lo tanto, todavía no han perdido nada. Parecerá que nadie ha tocado sus archivos.

—Estoy seguro de que el FBI querrá conservarlo como prueba.

—¿Como prueba? ¿Contra quién?

—Contra Bennie.

—¿Contra Bennie? Escucha, Roy: Bennie se ha largado, y el FBI no lo encontrará porque Bennie es mucho más listo que ellos. Nadie detendrá a Bennie, nadie lo llevará ante un tribunal. En estos momentos, Bennie estará en un avión, casi seguro en un reactor privado, mirando sus no sé cuántos pasaportes y decidiendo cuál utilizar a continuación.

—No estés tan seguro.

—¿Y por qué no? Esta noche bien que nos ha burlado a todos, ¿no? Bennie tiene contactos en las más altas esferas, puede que no en Nueva York, pero sí en Washington. En esta operación ha participado demasiada gente, Roy. Que si el FBI, que si el departamento de Justicia... Seguro que el rumor ha corrido. Planes por aquí, autorizaciones por allá, reuniones a alto nivel y más y más gente implicada. Ha sido un error, Roy.

—No tenías elección.

—Sí, mis alternativas eran limitadas y parece que opté por la equivocada.

—¿Qué me dices del bufete?

—Estoy seguro de que también la he pifiado en ese aspecto. ¿Tú qué me aconsejas? Sabe Dios que te pago por él, aunque sea con descuento.

Los dos sonrieron brevemente. Roy bebió un trago de agua, se secó los labios con el dorso de la mano y se acercó un poco más a su cliente. Los dos agentes seguían en la habitación y podían oírlos perfectamente.

—Podrías no decir nada. Preséntate mañana a trabajar y compórtate como si nada hubiera ocurrido. Los documentos están salvo. Nada ha corrido peligro. Escucha, Kyle, tú nunca planeaste entregar nada a Bennie. Te viste obligado a descargar unos archivos para facilitar su detención; pero, al final, el arresto no ha llegado a consumarse. El bufete no tiene la menor idea de lo ocurrido, y si partimos de la base de que no se va a presentar cargo ninguno, Scully & Pershing nunca se enterará.

—Pero el plan era cazar a Bennie, confesarlo todo al bufete y pedir clemencia. Un poco como el atracador que devuelve el dinero y pide perdón a cambio de que todo quede olvidado. Lo mismo pero con unas cuantas complicaciones más, claro.

—¿Quieres quedarte en Scully & Pershing, Kyle?

—Mi salida de ese bufete estaba cantada desde el día que entré en tu despacho.

—Puede que haya manera de que conserves el empleo.

—Mira, acepté ese empleo porque Bennie me tenía contra las cuerdas con una pistola. Esa pistola ha sido reemplazada por otra distinta, pero al menos la amenaza del chantaje ha desaparecido. Cabe la posibilidad de que ese vídeo ocasione algún quebradero de cabeza, pero nada más. Me gustaría largarme de aquí.

Una radio crepitó en la sala, sobresaltando a los agentes, y se apagó sin más.

Kyle decidió por fin dejar el maletín y se levantó para estirar las piernas.

—Tú eres un socio importante de un gran bufete —le dijo a Benedict, volviéndose hacia él—. ¿Qué harías si uno de tus abogados se presentase ante ti con este asunto?

—Lo despediría en el acto.

—Exactamente, en el acto, y no le darías mucho margen para explicaciones. ¿Cómo van a volver a confiar en mí los de Scully & Pershing? Hay un centenar de novatos deseando ocupar mi puesto, y también hay algo más, Roy, algo que el bufete debe saber.

Kyle contempló el salón, donde sus guardaespaldas estaban viendo en esos momentos la televisión.

—Yo no soy el único espía de esta historia —prosiguió diciendo—. Bennie sabía demasiadas cosas del bufete. Seguro que tenía un topo allí que le pasaba información. Tengo que avisarles.

Se oyeron ruidos en la puerta, y los dos agentes apagaron rápidamente el televisor y se pusieron en pie. Kyle y Roy no se movieron de donde estaban cuando Bullington entró acompañado de un grupo de gente en cuyo centro había un hombre de unos sesenta años, de cabellos cortos y grises, vestido con un buen traje y con el aire de quien controla lo que le rodea. Bullington lo presentó como el señor Mario Delano, director ejecutivo de la oficina del FBI en Nueva York.

El recién llegado se dirigió tanto a Kyle como a Benedict:

—Caballeros, está claro que el señor Bennie Wright ha abandonado el edificio y nosotros tenemos un serio problema. No tengo ni idea de dónde puede estar la filtración, pero les aseguro que no se ha producido en mi oficina, aunque no creo que esto les sirva de consuelo en estos momentos. Estamos buscando como locos por toda la ciudad, en estaciones de tren, de metro, de autobuses, en aeropuertos, helipuertos. Por todas partes. Tengo a todos los agentes a mi cargo pateándose las calles.

Si se suponía que aquellas palabras debían impresionar a Kyle, desde luego no lo consiguieron.

—Estupendo —dijo, encogiéndose de hombros—. Es lo menos que pueden hacer.

—Ahora es urgente que salga usted de la ciudad, señor McAvoy —siguió diciendo Delano—. Le sugiero que se quede bajo nuestra protección durante unos días, mientras las cosas vuelven a su sitio, y nos dé un poco más de tiempo para localizar a Bennie Wright.

—¿Y si no lo localizan?

—Ya hablaremos de eso más tarde. Tenemos un pequeño reactor esperando en el aeropuerto de Teterboro. En treinta minutos lo habremos subido a bordo y entonces dispondrá usted de toda nuestra protección hasta que la situación cambie.

Lo inapelable de las palabras de Delano dejaron bien claro que el peligro era real. Kyle no estaba en posición de discutir. En esos momentos, se había convertido en agente doble y, al mismo tiempo, en el testigo estrella del gobierno en el supuesto de que atraparan a Bennie. Si habían sido capaces de asesinar a Baxter para mantenerlo lejos de Elaine, no resultaba difícil imaginar lo que podían hacer con Kyle.

—Vámonos —dijo Delano.

—Antes me gustaría hablar un momento con mi cliente —pidió Benedict.

—Desde luego —contestó el director ejecutivo, mientras chasqueaba los dedos y la habitación se vaciaba de agentes.

Benedict cerró la puerta cuando estuvieron solos.

—Puedo ocuparme de llamar a Scully & Pershing y darles alguna excusa.

—No hará falta —respondió Kyle, sacando el FirmFone—. Me pondré en contacto con Doug Peckham y le diré que estoy enfermo. Bennie no llegó a poner las manos encima de este aparato.

—Está bien. Creo que lo mejor será que yo me quede con el maletín y el ordenador.

—Sí, no dejes que el FBI se lo lleve.

—No lo haré.

Se estrecharon la mano.

—Hiciste lo correcto —le dijo Benedict.

—Correcto o no, no ha funcionado.

—Sí, pero no has entregado nada, Kyle, no has traicionado la confianza de tu cliente.

—Será mejor que discutamos eso en otro momento.

—Ten cuidado.

40

John McAvoy estaba disfrutando de una tranquila mañana de jueves en su despacho cuando una secretaria lo llamó por teléfono para decirle que dos caballeros del FBI estaban allí para hacerle una visita sorpresa.

—Su hijo está bien —le dijo el agente Halsey. El otro, llamado Murdock, asintió con presuntuosa seguridad.

—¿Qué ha ocurrido?

—Kyle nos ha informado de que usted estaba al corriente de sus planes para echar el guante a su extorsionador —contestó Halsey.

—Sí, conozco los antecedentes del asunto y sé lo que tenía en mente. ¿Qué ha ocurrido?

Los dos agentes se agitaron, incómodos, y Murdock tomó la palabra.

—Bueno, las cosas no salieron como las habíamos planeado. Kyle descargó los documentos y se suponía que debía reunirse con su hombre en un hotel del centro a las diez de la noche, pero el tipo no estaba. Se había largado en el último momento. Por ahora no hemos podido detenerlo.

John cerró los ojos, se quitó las gafas de lectura y encendió un cigarrillo.

—¿Dónde está Kyle?

—Está con nosotros, en vigilancia protegida. Se encuentra sano y salvo y está impaciente por hablar con usted; pero, por el momento, no va a ser posible.

Una nube de humo azul brotó del lado de John.

—¿Vigilancia protegida? —repitió.

La nube de humo flotó en el aire y acabó rodeando a Halsey y a Murdock.

—Eso mismo. Tememos que puede estar en peligro.

—¿Quién metió la pata y estropeó la operación?

—No estamos seguros de que alguien metiera la pata. Digamos que por el momento se están haciendo las averiguaciones pertinentes.

—¿Cuándo podré hablar con mi hijo?

—Pronto —contestó Halsey.

—Estamos destinados en Filadelfia —dijo Murdock—, pero vamos a pasar unos cuantos días en York. Nuestra misión es hacerle llegar cualquier mensaje. —Los dos agentes sacaron su tarjeta—. Detrás están los números de nuestros móviles. No dude en llamarnos.

Kyle durmió hasta tarde y se despertó con el ruido de las olas rompiendo en la playa. Se encontraba como flotando en una nube compuesta de un grueso edredón y mullidas almohadas. La cama de matrimonio estaba rematada por un dosel. Sabía dónde se encontraba, pero aun así tardó unos minutos en convencerse de que realmente estaba allí.

Las paredes estaban decoradas con vulgares acuarelas de escenas de playa. El suelo era de madera pintada. Escuchó el rumor del mar y los graznidos de las gaviotas, a lo lejos. No había otros sonidos, lo cual suponía un agradable contraste con respecto al bullicio que desde primera hora invadía su apartamento de Chelsea; ningún despertador arrancándolo del sueño a una hora indecente; ninguna prisa por correr a la ducha y a la oficina. Nada de eso, al menos ese día.

No era una mala manera de empezar lo que iba a ser el resto de su vida.

El dormitorio era uno de los tres que tenía la sencilla casa de dos plantas de alquiler situada al este de Destin, en pleno golfo de Florida, a dos horas y media de vuelo en Learjet del aeropuerto de Teterboro. Él y sus amigos había aterrizado en Destin justo antes de las cuatro de la madrugada. Una furgoneta conducida por agentes armados los había recogido y recorrido la carretera 98 dejando atrás kilómetros de casas pareadas y pequeños hoteles. A juzgar por lo vacíos que estaban los aparcamientos, no debía de haber muchos veraneantes; aun así, la mayoría de las matrículas eran canadienses.

Las dos ventanas estaban entreabiertas y por ellas entraba la brisa marina y agitaba las cortinas. Pasaron tres minutos enteros antes de que Kyle pensara en Bennie, pero venció la tentación de hacerlo y se concentró en el lejano sonido de las gaviotas. Oyó que llamaban a la puerta.

—¿Sí? —respondió con voz pastosa.

La puerta se entreabrió, y Todd, su nuevo mejor amigo, asomó su regordeta cara.

—Dijiste que te despertaran a las diez.

—Gracias.

—¿Te encuentras bien?

—Desde luego.

Todd se había unido a los escapados en Destin y, en esos momentos, estaba encargado de proteger a su testigo, a su informador o lo que Kyle fuera para ellos. Provenía de la oficina de Pensacola, había estudiado en Auburn y solo era dos años mayor que él. También era mucho más hablador que cualquiera de los agentes del FBI con los que Kyle se había encontrado hasta la fecha.

Kyle se obligó a abandonar la comodidad de la cama y, vestido solo con unos calzoncillos, salió a la cocina-comedor contigua. Todd había pasado por la tienda de alimentación. Encima de la mesa había varias cajas de cereales, galletas y distintos tipos de desayuno.

—¿Café? —preguntó Todd.

—Desde luego.

Había ropa doblada en el respaldo de una de las sillas. El otro nuevo amigo de Kyle se llamaba Barry, y era un individuo mayor y más callado, con el pelo prematuramente gris y con más arrugas en el rostro de las que le correspondían a sus cuarenta años.

—Buenos días —dijo Barry—. Hemos ido de compras y te hemos traído unas cuantas camisetas, unas bermudas, un pantalón de loneta y unos náuticos. Todo de la mayor calidad del K-Mart local. No tienes que preocuparte por nada: el Tío Sam se ha hecho cargo de la factura.

—Estoy seguro de que me sentará fabulosamente —comentó Kyle, cogiendo una taza de café de manos de Todd. Tanto este como Barry iban vestidos con polos y pantalones caqui. Ninguno de los dos llevaba el arma encima, pero no la tenían lejos. En alguna parte, siempre cerca, también estarían un Matthew y un Nick.

—Tengo que llamar al despacho —dijo Kyle—. Ya sabéis, para informarles de que estoy con gripe y que no iré a trabajar. En estos momentos seguro que ya estarán intentando localizarme.

Todd sacó el FirmFone.

—Toma. Nos han dicho que es seguro. De todas maneras, no se te ocurra dar una sola pista de dónde te encuentras, ¿de acuerdo?

—Por cierto, ¿dónde me encuentro?

—En el hemisferio occidental.

—Con eso me basta.

Con el teléfono en una mano y el café en la otra, Kyle salió a una terraza desde donde se veían las dunas. La playa era larga, muy bonita y estaba desierta. El aire era salado y fresco, pero mucho más cálido que la gélida brisa de Nueva York. A regañadientes comprobó las llamadas recibidas, los mensajes de texto y el correo. Eran de Doug Peckham, de Dale, de Sherry Abney, de Tim Reynolds, de Tabor y de más gente; pero nada de lo que preocuparse: el bombardeo diario de comunicaciones de gente demasiado interconectada que se comunicaba en exceso. Dale le preguntaba dos veces si se encontraba bien.

Llamó a Peckham, le salió el contestador y le dejó el recado de que estaba en cama con gripe, con fiebre, enfermísimo y todo eso. Luego, llamó a Dale, que se encontraba encerrada en una reunión, y le dejó un mensaje parecido. Una de las inútiles ventajas de trabajar con adictos al trabajo era que no tenían tiempo de preocuparse por los males que afligían a sus compañeros. ¿Tienes gripe? Pues te tomas unas pastillas y te quedas en la cama, pero no se te ocurra venir a la oficina a esparcir tus gérmenes.

Roy Benedict parecía estar esperando su llamada.

—¿Dónde estás? —preguntó en tono casi jadeante.

—En el hemisferio occidental.

—Estupendo. ¿Te encuentras a salvo?

—Totalmente a salvo. Me han escondido, ocultado, y me vigila una patrulla de al menos cuatro tíos impacientes por pegarle un tiro a alguien. ¿Alguna noticia de Bennie, nuestro hombre?

—No. A mediodía tendrán lista la acusación formal porque le están añadiendo el cargo de asesinato. Luego, la harán circular por todo el mundo, a ver si sale algo. Tenías razón, tu apartamento tenía más cámaras y micrófonos que un plató de televisión. Además, era material de primera, la más alta tecnología.

—Me siento halagado.

—También encontraron un transmisor en el parachoques trasero de tu jeep.

—Vaya, no se me ocurrió mirar ahí.

—En cualquier caso, mientras hablamos están presentando todo esto ante el Gran Jurado, de manera que nuestro amigo Bennie tendrá un expediente esperándolo para cuando cometa el más pequeño error.

—No cuentes con eso.

—¿Has hablado con el bufete?

—Le he dejado un mensaje a Peckham con lo de la gripe. Funcionará durante un par de días.

—¿Ninguna alarma? ¿Nada raro?

—Nada. Es extraño, Roy. Ahora que estoy a miles de kilómetros, miro hacia atrás y me cuesta creer lo fácil que me resultó entrar con el equipo adecuado y salir con los documentos necesarios. Podría haberme llevado hasta el último papel de la base de datos, los más de cuatro millones, habérselos entregado a Bennie o a cualquier otro esbirro, y esta mañana volver a mi despacho como si nada hubiera pasado. Hay que advertir al bufete como sea.

—¿Y quién se lo dice?

—Yo lo haré. Quiero quitarme de encima algunos pesos.

—Hablemos más tarde de esto. He estado toda la mañana al teléfono con Bullington, y me ha mencionado dos veces el programa de protección de testigos. Los del FBI insisten mucho. Parece que andan muy preocupados por ti.

—Yo también, pero lo del programa de protección de testigos...

—Tiene su lógica. Mira, tú estás convencido de que no van a atrapar a Bennie, y ellos están convencidos de que sí. Si lo consiguen y lo llevan ante un tribunal con una lista de cargos más larga que mi brazo, te convertirás en la estrella de la función. Si no te tienen a ti para que testifiques, su caso se queda en nada.

Una agradable mañana en la playa se estaba empezando a complicar. Pero ¿por qué no? Hacía tiempo que nada era sencillo.

—Eso merece ser largamente meditado —dijo Kyle.

—Pues ya puedes empezar.

—Te llamaré más tarde.

Kyle se vistió con una camiseta y un pantalón caqui que no le sentaban nada mal y se tomó dos cuencos de cereales. Luego, leyó el *Pensacola News Journal*. El *New York Times* no decía nada de las intrigas de la noche anterior en el hotel Oxford; pero Kyle se dijo que era normal porque había ocurrido muy tarde y toda la operación era clandestina. Entonces, ¿por qué buscaba información sobre ella?

Después del desayuno y los periódicos, Todd se sentó con él a la mesa de la cocina.

—Tenemos unas normas —dijo con expresión jovial pero con una falsa sonrisa.

—No me digas.

—Puedes llamar por teléfono, desde luego, pero solo con ese aparato. No puedes mencionar tu paradero. Puedes salir a pasear por la playa, pero tenemos que seguirte a cierta distancia.

—¿Bromeas? ¿O sea que si salgo a caminar por la playa ha de ser con un tío pegado a mis talones y armado con una metralleta? Eso es lo que yo llamo un paseo relajante.

Todd rió con el chiste.

—No te preocupes. No llevaremos metralletas y tampoco llamaremos la atención.

—No hay ninguno de vosotros que no llame la atención. Os puedo detectar a kilómetros de distancia.

—En todo caso no te alejes demasiado de la casa.

—¿Cuánto tiempo voy a pasar aquí?

Todd se encogió de hombros.

—No tengo ni idea.

—¿Estoy en vigilancia protegida o soy un testigo protegido?

—En vigilancia, creo.

—¿No lo sabes? Vamos, Todd. Vigilancia significa que soy sospechoso de algo, ¿no es así?

Otro encogimiento de hombros.

—Pero no soy sospechoso de nada, sino testigo de algo, un testigo que por el momento no ha dicho que quiera acogerse al programa de protección de testigos. Por lo tanto, según mi abogado, con el que acabo de hablar, soy libre para coger la puerta y largarme cuando quiera. ¿Tú qué opinas, Todd?

—¿Recuerdas, la metralleta de la que hablabas? Al menos tenemos seis por los alrededores.

—Eso quiere decir que debería quedarme, ¿no?

—Sí.

—De acuerdo. Son las doce. ¿Qué vamos a hacer?

Barry, que se había mantenido cerca, sin perderse una palabra de la conversación, se acercó con un cesto lleno de los juegos de mesa que la gente que solía alquilar casas en la playa siempre dejaba al marcharse.

—Tenemos Monopoly, Risk, Rook, Scrabble y Damas chinas. ¿Qué te gusta más, Kyle?

Kyle examinó el cesto detenidamente.

—Scrabble —dijo al fin.

41

La gripe de Kyle continuó sin remitir durante todo el viernes. A pesar de mostrarse compasivo, Peckham siguió llamando en busca de alguna mejoría. Al bufete le estaban lloviendo todo tipo de iniciativas legales en el caso Trylon, y necesitaba a todo el personal disponible. En cualquier caso, su interés no abarcaba el deseo de saber dónde se encontraba Kyle; quién lo cuidaba, si es que alguien lo hacía, ni qué medicación estaba tomando. Parte del engaño de Kyle se basaba en un presunto diagnóstico de su médico, que le había dicho que el tipo de gripe que sufría era muy contagiosa. Dado que Nueva York estaba sufriendo su epidemia anual de gripe, la excusa de Kyle resultó absolutamente creíble. Dale también se la creyó, pero su interés y preocupación fueron genuinos.

Por la tarde, la temperatura alcanzó los veintiséis grados y Kyle empezó a aburrirse de estar encerrado en la casa de la playa.

—Me gustaría salir a pasear —dijo a Todd—. ¿Serías tan amable de prepararme la playa?

—Será un placer. ¿Hacia dónde vas a ir?

—Hacia el este, a Miami.

—Llamaré a los chicos. Se estaban empezando a aburrir contigo.

Kyle paseó durante una hora y, en ese tiempo, se cruzó con menos de una docena de personas. A unos treinta metros de distancia lo seguían sus guardianes, un hombre y una mujer, una feliz pareja con intercomunicadores en los oídos y pistolas en los bolsillos.

Oyó música y vio a un grupo de gente reunida bajo un falso techo abuhardillado. Era el hotel Gator, un pequeño motel familiar al estilo de los años cincuenta, con una diminuta piscina y unas tarifas igualmente pequeñas; un lugar sin duda deprimente, pero el único de toda la playa que parecía ofrecer algo de diversión.

Aunque solo fuera por fastidiar un poco a su escolta, Kyle se alejó de la orilla, caminó entre unas dunas y se sentó en una de las sillas de Pedro's Bar. Jimmy Buffet cantaba algo sobre la vida en una república bananera. El camarero estaba preparando ponches de ron. La multitud la componían siete personas, todas gordas, mayores de setenta años y con acento del norte. Los primeros turistas en huir del invierno.

Kyle cogió un ponche de ron y pidió un cigarro. Vio que la pareja de guardianes aparecía entre las dunas y se quedaba mirándolo con perplejidad, sin saber exactamente qué hacer. Al cabo de unos minutos, otro agente apareció en la entrada del motel, fue hacia el bar y pasó junto a Kyle, guiñándole el ojo. Aquí estamos, chaval.

Kyle estuvo un rato fumando y bebiendo mientras hacía un esfuerzo por convencerse de que se estaba relajando, que no tenía ningún problema y que no era más que un profesional como tantos, sobrecargado de trabajo, que disfrutaba de unos días en la playa.

Sin embargo, había dejado demasiados asuntos pendientes en Nueva York.

Al cabo de tres días de intensa protección, Kyle se hartó. El Learjet aterrizó en Teterboro a las seis de la tarde de un sábado 6 de diciembre. Después de mucho insistir, reservaron una suite en el Tribeca Grand Hotel, entre Walker y White, cerca del Village, y allí lo instalaron. Y también después de mucho insistir, los agentes del FBI aceptaron quedarse en el vestíbulo. Kyle estaba cansado de su sobreprotección y de sus, en su opinión, estúpidas normas.

Dale llegó temprano, a las ocho. Dos agentes la escoltaron y la hicieron entrar disimuladamente por la puerta de servicio. Cuando estuvieron solos, Kyle empezó el relato por la falsa gripe y siguió retrocediendo en el tiempo. Fue un largo viaje, y Dale escuchó con el mismo asombro mostrado por Roy Benedict y John McAvoy. Al cabo de un rato, llamaron al servicio de habitaciones y encargaron una langosta y una botella de un estupendo borgoña blanco, todo cortesía del gobierno, y siguieron hablando. Kyle se iba a marchar del bufete y no estaba seguro de adónde iba a encaminar sus pasos. Dale se iba marchar del bufete con la idea de buscar una vida mejor en Providence. Kyle quiso hablar del futuro de ella, pero ella estaba decidida a no tener nada que ver con el pasado de él, un pasado que encontraba fascinante, increíble y aterrador. La pregunta que Dale más repitió fue:

—¿Por qué no me lo dijiste?

Y la mejor respuesta que él pudo ofrecerle fue:

—Es que no se lo dije a nadie.

Estuvieron hablando hasta entrada la medianoche, y la conversación fue más entre dos buenos amigos que entre dos amantes ocasionales. Se despidieron con un largo beso y la firme promesa de volver a verse al cabo de unas semanas, cuando Kyle hubiera despachado unos cuantos asuntos pendientes.

A la una de la madrugada, llamó a los chicos que estaban en el vestíbulo para avisarles de que se iba a dormir.

Kyle McAvoy entró por última vez en las opulentas dependencias de Scully & Pershing el domingo a mediodía. Lo acompañaban Roy Benedict; el señor Mario Delano, del FBI, y el señor Drew Wingate, del departamento de Justicia. Nada más entrar, los llevaron a una sala de reuniones del piso treinta y cinco, una más de las muchas que Kyle todavía no conocía. Allí fueron recibidos por media docena de socios del bufete, todos ellos con expresión sombría, que se presentaron con la misma falta de cordialidad. Únicamente Doug Peckham mostró cierto calor humano, pero solo durante un instante. Luego, cada bando se sentó frente a frente, igual que enemigos en el campo de batalla. Estaban Howard Meezer, el director general; Peckham; Wilson Rush, que parecía especialmente enfadado; una leyenda ya jubilada llamada Abraham Kintz, y otros dos socios más jóvenes que eran miembros del comité directivo del bufete y a los que Kyle no había visto nunca.

A última hora del sábado por la tarde, Benedict les había enviado un detallado informe de veinticinco páginas resumiéndoles la increíble aventura de Kyle, y no había duda de que todos los socios presentes lo habían leído de cabo a rabo más de una vez. Con el informe, Benedict había adjuntado la carta de dimisión de Kyle.

Meezer abrió la sesión con un amable comentario:

—Señor McAvoy, me complace comunicarle que su dimisión ha sido aceptada por unanimidad.

No solo aceptada, sino por unanimidad. Kyle asintió, pero no dijo nada.

—También hemos leído el informe que ha redactado su abogado —siguió diciendo Meezer en tono frío y mecánico—. Resulta fascinante y preocupante a la vez porque plantea una serie de preguntas. Sugiero que las abordemos en orden de prioridad.

Todos los presentes estuvieron de acuerdo.

—La primera cuestión que se nos plantea es qué hacer con usted, señor McAvoy. Comprendemos las razones que había detrás de su robo, pero no por ello deja de ser un robo lo que hizo. Y lo que hizo fue llevarse documentos confidenciales de un importante cliente para un propósito que no había sido autorizado por este bufete. En un caso así, lo que procede es demandarlo por la vía penal.

Kyle tenía instrucciones de no abrir la boca a menos que Benedict hubiera aprobado la respuesta.

—Sin duda pueden interponer una demanda por la vía penal —intervino este—, pero tienen muy poco que ganar por ese camino. El bufete no ha perdido nada importante.

—La pérdida no es un requisito imprescindible, señor Benedict.

—Desde un punto de vista estrictamente técnico, estoy de acuerdo. Pero seamos prácticos: Kyle no tenía intención de entregar a nadie los documentos después de haberse apropiado de ellos. Si lo hizo fue para acabar con una conspiración que podía dañar considerablemente a este bufete y a su cliente.

—El FBI no colaborará si ustedes interponen una demanda por la vía penal, señor Meezer —aclaró Delano, poniendo sobre la mesa todo el peso del gobierno federal.

—Y tampoco lo hará el departamento de Justicia —añadió por su parte Wingate.

—Muchas gracias a los dos —respondió Meezer—, pero no necesitamos su ayuda. El robo es un delito estatal y contamos con unos estupendos contactos entre las autoridades de la ciudad. Sin embargo, no somos partidarios de resolver este asunto por la vía penal —Meezer puso el debido énfasis en la palabra «penal»— porque nos deja con mucho que perder y muy poco que ganar. No deseamos que nuestro cliente tenga que preocuparse por la confidencialidad de sus intereses, y este pequeño suceso sería verdadera carnaza para la prensa.

Wilson Rush fulminaba a Kyle con la mirada, en cambio Peckham prefería hacer garabatos en la hoja que tenía delante. Si estaba allí era porque se ocupaba de la supervisión directa de Kyle y porque el bufete necesitaba presentar gente, demostrar su fuerza en tan molesto trance. Kyle hizo caso omiso de Rush, observó a Peckham y se preguntó cuántos de aquellos seis socios facturarían a Trylon por el doble de la tarifa habitual al haber sido llamados a trabajar en domingo.

Facturar. Facturar. Confiaba en no volver a ver jamás una hoja de minutado. Deseaba no tener que mirar nunca más el reloj para dividir las horas en décimas partes de hora, no tener que hinchar el resultado a final de mes para estar seguro de haber superado las doscientas horas.

—En cuanto a la cuestión ética —siguió diciendo Mezer—, esto supone una grave violación de la confianza de nuestro cliente. El Comité Disciplinario del estado debe ser informado.

Hizo una pausa para permitir que alguien del otro bando interviniera.

—Pensaba que había dicho que prefería ahorrarse la publicidad en este caso —dijo Benedict—. Todos sabemos que estas cuestiones deberían ser privadas, pero que al final las filtraciones son inevitables. Y si Kyle es sancionado por el Colegio o expulsado de la profesión, eso se sabrá. ¡Un abogado de Scully & Pershing expulsado del Colegio por robar documentación confidencial! ¿De verdad es ese el titular que quieren ver publicado en la primera página del *New York Lawyer*?

Al menos cuatro de los seis socios menearon negativamente la cabeza, y fue entonces cuando Kyle comprendió que ellos sin duda estaban tan preocupados como él. Era su famosa reputación la que estaba en juego. Si uno de sus clientes más importantes los dejaba, otros podían hacer lo mismo, y los competidores del bufete utilizarían el asunto maliciosamente y harían correr el rumor por todo Wall Street.

—¿Tiene intención de quedarse en Nueva York, señor McAvoy? —preguntó Meezer.

Roy le hizo un gesto de asentimiento, y Kyle contestó:

—No. No puedo.

—Muy bien. Si usted decide renunciar a ejercer la abogacía en el estado de Nueva York, nosotros aceptaremos olvidarnos de que ha quebrantado los principios de la ética profesional.

—De acuerdo, acepto —contestó Kyle, quizá un poco demasiado deprisa porque no veía el momento de marcharse de la ciudad.

Meezer repasó algunas notas como si tuviera un montón de asuntos que tratar, pero la reunión prácticamente había concluido. El encuentro era importante para que el bufete pudiera aceptar oficialmente la dimisión de Kyle, reprenderlo un poco y escuchar sus disculpas. A partir de ahí, ambos bandos podían decirse adiós cuando quisieran.

—¿Dónde está la caja azul? —quiso saber Rush.

—En mi oficina, bajo llave —respondió Benedict.

—¿Y asegura que solo contiene documentos de la Categoría A?

—Así es.

—Me gustaría que nuestro personal de seguridad pudiera echarle un vistazo.

—Cuando quieran.

—Pero nosotros tenemos que estar presentes, si eso sucede —intervino Delano—. Si conseguimos atrapar al tal Bennie, esa caja será la prueba número uno.

—¿Algún progreso en ese sentido? —preguntó Meezer, apartándose del guión.

Delano nunca podía admitir que no se estaban haciendo avances cuando se trataba de localizar un sospechoso, de modo que dio la respuesta de rutina.

—Estamos siguiendo varias pistas y tenemos confianza en conseguirlo.

En otras palabras: no.

Meezer revolvió más papeles y se agitó, incómodo.

—Señor McAvoy, en el informe de su abogado, usted habla de cuestiones de seguridad vitales para Scully & Pershing. ¿Le importaría explicarse con más detalle?

Tras recibir la aprobación de Benedict, Kyle empezó:

—Desde luego. Pero antes quisiera disculparme por lo que he hecho. Confío en que comprendan las razones que me empujaron a obrar como lo hice, pero sé que no son una excusa. Por eso me disculpo ante ustedes. En cuanto al tema de la seguridad, me reuní con esos delincuentes unas diez veces mientras estaba en Nueva York. La primera reunión fue en febrero y la última el pasado martes por la noche. Tomé notas detalladas de todos esos encuentros: fecha, lugar, duración, quién estaba presente y de qué se habló; de todo lo que fui capaz de recordar después. Mi abogado tiene esas notas, y el FBI dispone de una copia. En tres ocasiones me dieron información que solo podía ser conocida por alguien de esta casa, lo cual me lleva a la conclusión de que tienen un espía entre ustedes.

»Por ejemplo, Bennie, y no me gusta usar ese nombre porque no es más que una tapadera, conocía la existencia de ese almacén donde tienen los documentos de Trylon. En una de nuestras reuniones, él y Nigel, otro nombre falso, me dieron a entender que estaban haciendo progresos para forzar los sistemas de seguridad del almacén. También sabían de la sala secreta del piso dieciocho. Bennie, además, conocía el nombre de todos los socios y abogados junior asignados al caso Trylon; sabía que un joven abogado llamado McDougle estaba a punto de ser despedido y que trabajaba a las órdenes de una veterana llamada Shirley Abney; más concretamente, Bennie me dijo que empezara a jugar al squash porque a ella le gustaba ese deporte. Y por si todo lo anterior fuera poco, Bennie también entregó copia de todas las iniciativas legales presentadas ante el tribunal encargado del caso. Tanto es así que tengo guardadas más de seiscientas páginas de un expediente judicial que se halla bajo secreto de sumario.

Tres de las seis mandíbulas que tenía delante se desencajaron. No es que en sus caras se dibujara una expresión de sorpresa tipo «menudo golpe bajo», pero sí la de un susto considerable. La pesadilla de que un humilde junior de primer año hubiera penetrado en sus defensas ya resultaba bastante terrorífica, pero ¡que hubiera otro topo entre sus filas...!

Y aunque solo fuera para darles algo más en lo que pensar, Kyle añadió algo en lo que creía firmemente a pesar de que no pudiera demostrar su veracidad.

—Y si quieren saber mi opinión, no creo que ese infiltrado sea un junior.

Dicho lo cual, se retiró de la escaramuza y se recostó en su asiento.

Los seis socios presentes pensaron lo mismo: «Si no se trata de un junior, entonces tiene que ser uno de los socios».

Doug Peckham carraspeó e intentó decir algo.

—Kyle, ¿estás sugiriendo...?

Sentado junto a él, Wilson Rush levantó la mano ante las narices de Peckham para imponer silencio. Y el silencio que se hizo fue absoluto.

—¿Algo más? —preguntó finalmente Benedict.

—Creo que eso es todo —contestó Meezer.

Al cabo de unos embarazosos segundos, Benedict se levantó seguido por Kyle, Delano y Wingate. Los seis socios no se movieron de sus asientos, pero siguieron furiosamente con la mirada a Kyle y sus acompañantes mientras estos abandonaban la sala de reuniones.

42

En el vestíbulo del edificio, al grupo se sumaron los mismos tres jóvenes corpulentos que habían acompañado a Kyle desde el hotel. Salieron todos juntos a la Broad Street y caminaron hasta el edificio vecino, donde Benedict trabajaba dieciséis pisos más arriba. Los tres agentes, en realidad guardaespaldas, se quedaron en la zona de recepción y se dispusieron nuevamente a esperar. Drew Wingate decidió que su trabajo había terminado, de modo que se disculpó y se marchó no sin antes prometer que ayudaría en todo lo que fuera posible. Cuando se hubo marchado, Kyle, Benedict y Delano se sentaron en una de las salas de reuniones de la oficina mientras una desdichada secretaria, a la que se había pedido que trabajara siendo sábado, les servía café con su mejor sonrisa.

—Bueno, ¿qué planes tienes, Kyle? —preguntó Delano.

—No lo sé. Lo que sí es seguro es que no voy a ejercer la abogacía en el estado de Nueva York. Me iré a casa a pasar unas semanas y a disfrutar de las fiestas de Navidad.

—No estoy nada convencido de que esa sea la decisión más sensata.

—Le agradezco su interés, señor Delano, pero no tengo intención de ocultarme. Le doy las gracias por ofrecerme entrar en el secreto mundo de los testigos protegidos, pero no, gracias. Tengo veinticinco años y he tropezado, pero no me he caído. Me las arreglaré perfectamente por mi cuenta.

Benedict se quedó petrificado, con la taza de café a medio camino de los labios.

—No hablarás en serio, ¿verdad?

—Mortalmente en serio, Roy, y perdona el chiste. Acabo de sobrevivir a tres días de protección vigilada, ocultándome y escondiéndome, rodeado de tipos armados que esperaban que en cualquier momento aparecieran los malos. Pues no, gracias, no me apetece más. A partir de ahora quiero un futuro hecho de algo más que de nombres falsos e interminables partidas de Scrabble.

—¿Scrabble?

—Mejor no te lo cuento. Escucha, entre unos y otros, llevo más de diez meses bajo constante vigilancia. ¿Sabes lo que te hace eso? Te pone paranoico total. Acabas sospechando de todo el mundo y te fijas en todas las caras porque puede que una de ellas sea la del malo de la película. Te fijas en todos los callejones, en todos los rincones oscuros, en cada tío con pinta rara que te cruzas en el parque y con cualquiera que lleve una gabardina oscura. Siempre que descuelgas un teléfono te preguntas quién estará espiándote. Cada vez que envías un correo electrónico cambias las palabras por temor a que lo lea alguien que no debe. Si estás en tu apartamento te vistes siempre de espaldas a la cámara para que no te vean las partes. Si entras en una cafetería te sientas junto a la ventana para ver si alguien te sigue. Y acabas aprendiendo un montón de trucos idiotas porque cuanto más sabes más crees que necesitas saber. Y el mundo se convierte en unas paredes que se cierran y en un lugar muy pequeño porque siempre hay alguien observándote. Mira, estoy harto de todo eso y no tengo intención de vivir huyendo permanentemente.

—Esos tipos asesinaron a Baxter Tate sin la menor vacilación —dijo Benedict—. ¿Qué te hace pensar que no harán lo mismo contigo?

—La operación estaba en su punto álgido cuando se presentó el pobre Baxter y metió la pata. En estos momentos, y en lo que a mí se refiere, la operación ha concluido, ha fracasado y Bennie se ha largado por eso. Puede que vuelva a la carga con otro plan...

—De eso puedes estar seguro, Kyle —intervino Delano.

—Quizá, pero dudo que me implique a mí. ¿Qué puede ganar Bennie eliminándome?

—Pues suprimir un testigo —contestó Benedict.

—Eso solo si lo atrapan, cosa que dudo mucho. Si Bennie es llevado ante los tribunales, entonces sí que hablaremos de esconderme.

—Entonces será demasiado tarde —dijo Delano—. Créeme, en el momento en que le echemos el guante habrá unos cuantos tipos pisándote los talones.

—Pues que vengan. En casa tenemos varios rifles para cazar ciervos, y llevaré una Luger en la cartera. Si aparecen tendremos un tiroteo como el de las películas.

—No bromees, Kyle. Por favor —rogó Benedict.

—La decisión está tomada. El FBI no me puede obligar a entrar en el programa de testigos protegidos y por lo tanto, con todos los respetos, yo digo que no. Gracias, señor Delano, pero mi respuesta es «no».

—Confío en que no tengas que arrepentirte.

—Y yo también —repuso Kyle—. Y por favor, no haga que me sigan. Podría entrarme el telele y pegarle un tiro al primer desgraciado que crea que me acecha entre las sombras.

—No te preocupes, tenemos muchos asuntos de los que ocuparnos.

Delano se levantó y estrechó la mano de Kyle y de Benedict.

—Me mantendré en contacto todas las semanas para dar cuenta de las novedades que haya —dijo a este último.

Benedict lo acompañó hasta la puerta, y el FBI salió de ese modo de la vida de Kyle.

—Eres muy valiente —le dijo Benedict sentándose y mirándolo como si le costara creer lo que acababa de presenciar.

—Valiente o estúpido. A veces, la diferencia es muy sutil.

—¿Por qué no desapareces durante unos meses, incluso durante un año? Así dejarías que las cosas se enfriaran.

—Un año no es nada. Esos tipos tienen buena memoria. Si Bennie quiere vengarse, dará conmigo tarde o temprano y entonces poco importará adónde me haya largado.

—¿No confías en el FBI?

—No. Confío en ti, en mi padre y en una chica llamada Dale. Eso es todo.

—Entonces, ¿tú crees que fue un trabajo desde dentro?

—Nunca lo sabremos, ¿no crees? Me da en la nariz que Bennie trabaja para el mismo gobierno a quien pagamos nuestros impuestos. Por eso ha escapado y por eso nunca lo encontrarán.

—Sigo sin creerlo.

Kyle se encogió de hombros y durante un rato ninguno de los dos dijo nada.

Al fin, Kyle miró el reloj.

—Oye, Roy, es domingo por la tarde y tienes familia. Será mejor que te vayas a casa.

—¿Y qué pasa contigo?

—¿Conmigo? Yo voy a salir por la puerta y me iré caminando hasta mi apartamento, por una vez sin mirar por encima del hombro. Cuando llegue allí, recogeré todas mis cosas y las meteré en mi jeep, que tiene doscientos mil kilómetros en el marcador, y me iré a casa. Si me doy prisa podría llegar para cenar con mi padre. Mañana, él y yo firmaremos un acuerdo y abriremos un nuevo despacho que se llamará «McAvoy & McAvoy Abogados», y me convertiré en socio de un bufete más rápidamente que cualquier de mis compañeros de universidad.

—Me gusta. El ex editor jefe del *Yale Law Journal* ejerciendo la abogacía en la calle Main de York, en Pensilvania.

—A mí también me gusta. Clientes de carne y hueso, gente de verdad, casos de verdad, salir a cazar los sábados, los Steelers los domingos. Una vida como es debido.

—Lo dices en serio, ¿verdad?

—Nunca he hablado tan en serio.

—Vamos, te acompañaré a la calle.

Bajaron en el ascensor hasta el vestíbulo y salieron del edificio. Se dieron la mano, se dijeron adiós, y Benedict vio a su cliente caminar tranquilamente por Broad Street y desaparecer al doblar una esquina.

ESTE LIBRO HA SIDO IMPRESO
EN LOS TALLERES DE
RODESA
VILLATUERTA
NAVARRA